会唱歌的墙

莫言文集

HUI CHANGGE DE QIANG

莫言 著

作家出版社

文集序言

莫言

一九八一年十月，在《蓮池》雙月刊第五期上發表處女作短篇小說《春夜雨霏霏》，至今已是三十年。發表處女作後不久我的女兒出生，今秋，女兒的女兒也出生了。儘管往事歷歷如在眼前，但外孫女粉紅的笑臉告訴我，三十年，對一個人來說，是相當漫長的一段時光。

我一直羞於編文集，因為編文集，就如同回頭檢點走過的道路。走十里八里，可以努着勁兒，保持良好的姿態，做到一步也不歪斜，但走三百里，就任憑是鐵打的漢子，也難確保沒有一個歪腳印。寫幾年文章，可以抖擻着精神，保證篇篇都是精品，但寫三十年，就難免泥沙俱下，良莠不齊了。因此，編選這種總結性的文集，最大的羞愧就是面對着那些當初草率付梓、如今不堪入目的文章。當然也可以將這類文章剔除出去，但既是階段性的全集，剔出去又名實不副；當然也可以將不滿意的文章大加刪改，但如此又有不忠實自己的寫作歷史之弊。因此，三十年中發表的文字，凡能蒐集到的，還是統統編進來；除了技術方面的錯誤，其餘的盡量保持原貌。以前改動過的，以最後一次定稿為準。

通讀舊稿，感慨良多。一萬多個日日夜夜，凝固在其中，每一部作品，都有自己的故事，每一行文字，都能引發美好或痛苦的記憶。實事求是地說，我為年輕時的探索熱情和挑戰傳統的勇氣而自豪，同時也為因用力過猛所造成的偏差而遺憾。我本來是能夠也應該寫得更多更好一些的，但我虛擲了許多大好時光，浪費了許多才華，現在後悔也晚矣。

當然也可以說現在覺悟也不晚，畢竟我還能寫。我知道已經寫了一些什麼，因此也就大概地知道還有可能寫些什麼。

我用臺灣一位老作家送我的自來水筆寫了上述這些字，筆好，書寫便成為一件樂事，接下來的小說，也用這枝筆寫。

二零一一年十二月十四日

我和羊

1981年5月于保定

羊的种类繁多，形态各异，但给我印象最深的是绵羊。

二十年前，有两只绵羊是我亲密的朋友，它们的模样至今还清晰地印在我的脑海里。那时候，我是什么模样已经无法考证了。因为在当时的农村，拍照片的事儿是很罕见的；六七岁的男孩，也少有照着镜子看自己模样的。据母亲说，我童年时丑极了，小脸抹得花猫绿狗，唇上挂着两条鼻涕，乡下人谓之“二龙吐须”。母亲还说我小时候饭量极大，好像饿死鬼托生的。去年春节我回去探家，母亲又说起往事。她说我本来是个好苗子，可惜正长身体时饿坏了坯子，结果成了现在这个弯弯曲曲的样子。说着，母亲就眼泪婆娑了。我不愿意看着母亲难过，就扭转话题，说起那两只绵羊。

记得那是一个春天的上午，家里忽然来了一个衣衫褴褛的老头。我躲在门后，好奇地看着他，听他用生疏的外地口音和爷爷说话。他从怀里摸出了两个茅草饼给我吃。饼是甜的，吃到口里沙沙响。那感觉至今还记忆犹新。爷爷让我称那老头为二爷。后来我知道二爷是爷爷的拜把子兄弟，是在淮海战役时送军粮的路上结拜的，也算是患难之交。二爷问我：“小三，愿意放羊不？”我说：“愿意！”二爷说：那好，等下个集我就给你把羊送来。”

二爷走了，我就天天盼集，还缠着爷爷用麻皮拧了一条鞭子。终于把集盼到了。二爷果然送来了两只小羊羔，是用草筐背来的。它们的颜色像雪一样，身上的毛打着卷儿。眼睛碧蓝，像透明的玻璃珠子。小鼻头粉嘟嘟的。刚送来时，它们不停地叫唤，好像两个孤儿。听着它们的叫声我的鼻子很酸，眼泪不知不觉地就流了出来。二爷说，这两只小羊羔才生出来两个月，本来还在吃奶，但它们的妈不幸死了。不过好歹现在已是春天，嫩草儿已经长起来了，只要精心喂养，它们死不了。

当时正是六十年代初，生活困难，货币贬值，市场上什么都贵，羊更贵。虽说爷爷和二爷是生死朋友，但还是拿出钱给他。二爷气得山羊胡子一撅一撅的，说："大哥，你瞧不起我！这羊，是我送给小三耍的。"爷爷说："二弟，这不是羊钱，是大哥帮你几个路费。"二爷的老伴刚刚饿死，剩下他一个人无依无靠，折腾了家产，想到东北去投奔女儿。他哆嗦着接过钱，眼里含着泪说："大哥，咱弟兄们就这么着了……"

小羊一雄一雌，读中学的大姐给它们起了名字，雄的叫"谢廖沙"，雌的叫"瓦丽娅"，那时候中苏友好，学校里开俄语课，大姐是她们班里的俄语课代表。

我们村坐落在三县交界处。出村东行二里，就是一片辽阔的大草甸子。春天一到，一望无际的绿草地上，开着繁多的花朵，好像一块大地毯。在这里，我和羊找到了乐园。它们忘掉了愁苦，吃饱了嫩草，就在草地上追逐跳跃。我也高兴地在草地上打滚。不时有在草地上结巢的云雀被我们惊起，箭一般射到天上去。

谢廖沙和瓦丽娅渐渐大了，并且很肥。我却还是那样矮，还是那样瘦。家里人都省饭给我吃，可我总感到吃不饱。每当我看到羊儿的嘴巴灵巧而敏捷地采吃嫩草时，总是油然而生羡慕之情。有时候，我也学着羊儿，啃一些草儿吃，但我毕竟不是羊，那些看起来鲜嫩的绿草，苦涩难以下咽。

有一天，我无意中发现谢廖沙的头上露出了两点粉红色的东西，不觉万分惊异。急忙回家请教爷爷。爷爷说羊儿要长角了。我对谢廖沙的长角很反感，因为它一长角就变得很丑。

春去秋来，谢廖沙已经十分雄伟，四肢矫健有力，头上的角已很粗壮，盘旋着向两侧伸去。它已失去了俊美的少年形象，走起路来昂着头，一副骄傲自大的样子，很像公社里的脱产干部。我每每按着它的脑袋往下按，想让它谦虚一点。这使它很不满，头一摆，就把我甩出去了。瓦丽娅也长大了。它很丰满，很斯文，像个大闺女。它也生了角，但很小。

我的两只羊在村子里有了名气。每当我在草地上放它们时，就有一些男孩子围上来，远远地观看谢廖沙头上的角。并且还打赌：谁要敢摸摸谢廖沙的角，大家就帮他剜一筐野菜。有个叫大壮的逞英雄，蹑手蹑脚地靠上去，还没等他动手，就被谢廖沙顶翻了。我当然不怕谢廖沙。只要我不按它的脑袋，它对我就很友好。我可以骑在它背上，让它驮着我走好远。

有好事者劝爷爷把羊卖了，说每只能卖三百元。听到这消息，我怕极了，也恨极了。天黑了，不回家，想和羊在草地上露宿。爷爷找到我们，说：“放心吧，孩子，我们不卖，你好不容易将它们放大，我们怎么舍得卖？”

在草地上放牧着的还有国营农场一群羊。其中一只头羊，听说是从新疆那边弄来的。那家伙已经有六七岁了，个头比谢廖沙还要大一点。那家伙满身长毛脏成了黄褐色，两只青色的角像铁鞭一样在头上弯曲着。那家伙喜欢斜着眼睛看人，样子十分可怕。我对这群羊向来是避而远之。不想有一天，我的两只羊却违背我的意愿，硬是主动地和那群羊靠拢了。那个牧羊人看上去有二十七八岁，穿着一身邋遢的蓝布学生装，鼻梁上架着“二饼”，一张小瘦脸白惨惨地，像盐碱地似的。这人很热情地对我说：“小孩，你这两只羊放得不错！”我骄傲地扬起头。他又说：“可惜是品种不好，如果你这只母羊能用我们这只新疆种羊交配，生出的小羊保证好。”说着，他指了指那只丑陋的老公羊。我急忙想把我的羊赶走，但是已经晚了。那只老公羊看见了瓦丽娅，颠颠地凑了上来。它的肮脏的嘴巴在瓦丽娅身后嗅着，嗅一嗅就屏住鼻孔，龇牙咧唇，向着天，做出一副很流氓的样子来。瓦丽娅夹着尾巴躲避它，但那家伙跟在后边穷追不舍。我挥起鞭子愤怒地抽打着它，但是它毫不在乎。这时，谢廖沙勇敢地冲上去了。老公羊是角斗的老手，它原地站住，用轻蔑的目光斜视着谢廖沙，活像一个老流氓。第一个回合，老公羊以虚避实，将谢廖沙闪倒在地。但谢廖沙并不畏缩。它迅速地跳起来，又英猛地冲上去。它的眼睛射出红光，鼻孔张大，咻咻地喷着气，好像一匹我想象中的狼。老公羊不敢轻敌，晃动着铁角迎上来，一声巨响，四只角撞到一起，仿佛有火星子溅出来。接下来它们展开了恶斗，只听到乒乒啪啪地乱响，一大片草地被它们的蹄子践踏得一蹋糊涂。最后，两只羊都势衰力竭，口里嚼着白沫，毛儿都汗湿了。战斗进入胶着状态。四只羊角交叉在一起。谢廖沙进三步，老公羊退三步；老公羊进三步，谢廖沙退三步。我急得放声大哭。大骂老公羊，老公羊不理睬。大骂牧羊人，牧羊人也不理睬。牧羊人根本就没听到我的叫骂，他低着头，只顾在一个夹板上画着什么。这个坏蛋。我冲上去，用鞭杆子戳着老公羊的屁股。牧羊人上来拉开我，说：“小兄弟，求求你，让我把这幅斗羊图画完吧……”我看到，他那夹板的一张白纸上，活生生地有谢廖沙和老公羊相持的画面，只是老公羊的后腿还没画好。我这才知道，世上的活物竟然可以搬到纸上。想不到这个窝窝囊囊的牧羊人竟然有这样大的本事。我对他不由地肃然起了敬意。

牧羊人和我成了很好的朋友。我们每天都在大草甸子里相会。他使我知道了许多稀奇古怪的事情，我也让他知道了我们村子里的许多秘密。他把那幅斗羊图送给了我，并在上边署上了龙飞凤舞的名字。我如获至宝，双手捧回家，家里人都称奇。用一块熟地瓜我把斗羊图贴在了墙上。

姐姐星期天回来背口粮，看到了墙上的斗羊图，说画这画的是省里挺有名的画家，可惜被打成了右派。当天下午，我就介绍姐姐和牧羊人认识了。

后来，老公羊和谢廖沙又斗了几次，仍然不分胜负，莫名其妙地它们就和解了。

第二年，瓦丽娅生了两只小羊，毛儿细长，大尾巴拖到地面，果然不同寻常。这时，羊已经不值钱了。四只羊也值不了一百块，我知道爷爷有点后悔，但他嘴里没说。

弹指就是二十年，爷爷已经九十岁。我当兵也有了些年头。去年我回去探亲，爷爷说：那张羊皮，已经被虫子咬烂了……你二爷，大概早就没了吧……

爷爷说的那张羊皮，是谢廖沙的皮。当年，它与老公羊角斗之后，性格发生了变化，动不动就顶人。顶不到人时，它就顶墙，羊圈的墙上被它顶出了一个大洞。有一次，爷爷去给它饮水，这家伙，竟然六亲不认，把爷爷的头顶破了。爷爷说：这东西，不能留了。有一天，趁着我不在家，爷爷就让四叔把它杀了。我回家看到，昔日威风凛凛的谢廖沙，已经变成了肉，在汤锅里翻滚。我们家族里的十几个孩子，围在锅边，等着吃它的肉。我的眼里流出了泪。母亲将一碗羊杂递给我时，我心里虽然不是滋味，但还是狼吞虎咽了下去。

瓦丽娅和它的两个孩子，也被爷爷赶到集上去卖了。

后来，姐姐跟着牧羊人走了。那张牧羊图是被姐姐揭走了呢，还是被母亲引了火，我已经记不清了。

马蹄

1985年9月

文论：我以为各种文体均如铁笼，笼着一群群称为“作家”或者“诗人”的呆鸟。大家都在笼子里飞，比着看谁飞得花哨，偶有不慎冲撞了笼子的，还要遭到笑骂呢。有一天，一只九头鸟用力撞了一下笼子，把笼内的空间扩大了，大家就在扩大了的笼子里飞。又有一天，一群九头鸟把笼子冲破了，但它们依然无法飞入蓝天，不过是飞进了一个更大的笼子而已。四言诗、五言诗、七言诗、自由诗、唐传奇、宋话本、元杂剧、明小说。新的文体形成，非朝夕之功，一旦形成，总要稳定很长的时期，总要有它的规范——笼子。九头鸟们不断地冲撞着它扩展着它，但在未冲破笼子之前，总要在笼子里飞。这里边也许有马克思的辩证法吧。

我们这些独头鸟，能在被九头大师们冲撞得宽阔畸曲的散文的笼子里扑弄几下瘦翅膀子就足矣。

从新开辟的旅游胜地索溪峪山下的“不吹牛皮”饭馆出来，正是正午。山间白气升腾，石路上黄光灼目，不知太阳在哪里。只觉得裸露的肌肤如被针尖刺着，汗水粘粘滞滞地不敢出来，周身似乎涂上了一层粘稠的胶水。往年与家兄见面时，其总是大言湖南之热，吾口虽诺诺，心中其实不以为然。因为从天气预报中知道，长沙的温度比起北京也高不了多少，有时甚至还不如北京高，而我在北京多年，并没有感到北京的夏天有什么难熬的。现在自然是知道了。初到长沙那天中午就知道了。我见到长沙街头的摊贩，一个个无精打采，面如醉蟹，行人都垂头疾走，不及顾盼。搭乘长沙至常德的长途汽车，车过湘江大桥时，见江水混浊如开锅的绿豆汤，几十只白船黑舟死在水上。江面上泛起粘稠的灰黄色光线，全无当年读毛主席诗词名篇《沁园春·长沙》时那种清澈见游鱼、飒飒闻树响、轻清出世傲天下小的感觉。也许是季节不同的关系吧。那边，著名的橘子洲宛如一个耐热不过而剥去绮罗遍身粘汗躺在江上的女人，但愿寒秋来到时，她会用火红的锦绣把自己装扮起来，我应该找一个秋天到湖南的机会。

“不吹牛皮”饭馆的老板娘在二两一碗的面条里，加上了足有一两辣椒，唏嘘不止，如咽烈火。出了饭馆，还是觉得五内如炉，流出的汗水似乎都是暗红色的，每一个毛孔都在发烧。新辟之地，道路崎岖，我们要到十里之外地方去乘车，幸好这十里路从一条山峪里穿过，据说山峪里风光秀丽，似天堂景色。喊一声走，大家便一起开步。进峪数百步后，回头望那“不吹牛皮”饭馆，见廊檐下那块火红的大布幔像张牛皮一样地挂着，想起饭馆内壁上挂着的那些“妙手回春”、“华陀在世”之类的锦旗，心中惶然。

过了湖南的三条江，走了湖南的三座城，爬了湖南五架山，在落满了黄尘的长途汽车上，见道路两边山峦起伏，树木蓊郁，大自然犹如一头正在沉睡的猛兽。我觉得湖南尤其是湘西的大自然是有着自己的性格的。这种性格就像染了人血的远古的陶器一样凝重朴拙，荒蛮辉煌。想起多年前，诸多三湘风流子弟，从这里走出去，进入了世界大舞台，在那里叱咤风云，呼风唤雨，翻天覆地，双脚一抖地球都要哆嗦，那股子牛气劲儿，真是令人神往。

走进了十里画廊，微微有了些风，汗毛见了凉风，根根直立起来。听说这个画廊里有条小河，但久走不到。路的右边有一条河沟，沟里晒着一片片大大小小的鹅卵石。卵石上生着一层白色的碱花，很像在卤水里浸泡过的巨大的鸡蛋。我想，这条河沟也许就是河了。我看到左边的峭壁上有一些泪珠般的细流在滴答。同行者有伸出舌头去接水喝的，我亦仿效。水微咸，浸透了大山的悲哀。初从山上窄不容脚的小路上下来走这平坦的道路，双脚受宠若惊，下意识地高抬低放，从别人的走相上看到了自己，不由齐笑起来。疲乏加上炎热，笑得艰难。然而山峪里的风景的确是美不胜收，一座座山峰突兀壁立，奇形怪状，不可以语言描画。同行中有善比喻者，指东指西，命此山为苍狗，命彼山为美人，我凝视之，觉得都似是而非。其实山就是山，命名多半只有符号的意义，硬要按名循实，并且要敷衍出几个大同小异的故事，几同对大自然的亵渎。

渐走渐深，树木从两侧的山壁上罩下来，郁郁葱葱中，我只认识松树，余皆不识名目，实在是孤陋寡闻。我恍然感到，在诸多的树木中挺立着的松树可怜地望着我，而那些我叫不出名字的树木，则仿佛在闭目养神，对我表示着极大的蔑视。我被这蔑视压得躬腰驼背，气喘吁吁。树上时时响起蝉鸣——我拿不准这是不是蝉鸣，旁边一个身背画夹的小个子姑娘也许是个本地人她说是蝉鸣——蝉鸣声犹如北方池塘里蛤蟆的叫声，圆润潮湿，富有弹性，就算是蝉鸣吧，那这蝉鸣里也有沉郁傲慢的性格。沉郁傲慢的湖南山水树木孕育出来的蝉也叫得各路，我想这种鸣叫起来像蛤蟆的蝉是能够吃掉螳螂而决不会被螳螂所吃掉的。我又想，这里的蝉如此各路，难道这里的螳螂就会甘于平凡混同于外地的螳螂吗？这里的螳螂也许能够一刀斩断妄图吃它的黄雀的脑袋，问题是这里的黄雀难道就会是一般的黄雀吗？真不敢想象，如果没有这样的仿佛用人血涂抹过的、古陶般的大自然的性格，会有绚丽的楚文化。湖南作家韩少功在《文学的根》里试图寻找绚丽的楚文化的流向，他听一个诗人说楚文化流到湘西去了。我想，假如湘西不是如此闭塞，假如湘西高楼林立，道路纵横，农民家家有轿车，有钢琴，文化大普及，生活大提高，楚文化还能在此潴留吗？如此一想，竟有些可怕，原来保留传统文化是要以闭塞落后为前提的啊。各种古老的习俗传统，流传日久，尤其是赖以产生的政治经济条件、地理风貌发生变化之后，大都失去了原来的庄严和辉煌，变成了一个空壳，正如五月里赛龙舟，戴着电子表的船工们，所体会到的究竟是什么呢？假如此说成立，那就坏了，湘西毕竟不可能长此闭塞落后，如有朝一日先进开化之后，绚丽的楚文化不是又断流了吗？幸好，我也认为楚文化是一个内涵既深且广的概念，它的一部分确实潴留在了湘西的某些“深潭”里，表现为一些古老的风俗习惯，一些图腾崇拜；另一部分如屈原的作品，则早已汇进了汉文化的滔滔大河滋养了不知道多少代中国人，甚至变得像遗传基因一样想躲都躲不掉呢！

这时，听到后边一片的马蹄声响，急忙回头看时，见有七八匹马遭人骑着，五颜六色走进来了。众人跳到路边，一时忘了热，惊讶地看着这个马队。马有黑，有黄，有一匹枣红，无白。突然想起“白马非马”说，哲学教科书上说公孙龙子是个诡辩者，“白马非马”说也不值钱。我却于这些教科书背后，见公孙龙子两眼望着苍天，傲岸而坐，天坠大石于面前，目不眨动。“白马非马”就是“白马非马”，管他犯了什么逻辑错误，仅仅这个很各色的命题，不就伟大得可以了吗？几十年来，我们习惯用一种简化了的辩证法来解释世界，得出的结论貌似公允，实则含有很多的诡辩因素，文学上的公式化、简单化，恐怕与此不无关系吧。我认为一个作家就应该有种“白马非马”的精神，敢于立论就好，先休去管是否公允，韩少功说楚文化流到湘西去了，那就让他流去好了。他自有他的藏在字面后边的道理，别人难以尽解，自然随笔议论几句当做一种思维训练也未尝不可。谁要对作家的立论执行形式逻辑的批判，谁就有点板——其实尽可以将想法藏在心中——各想各的“拳经”。

我想着自己的“拳经”，双眼却直盯着那几骑看。马儿越走越大，俱是口吐白沫，身上汗水晶亮，马蹄铁敲击着卵石，短短促促地响。马似走得轻捷，骨子里却是忧郁和不平，它们麻木、呆板，已经失去了马身自由，骑马非马也。庄子马蹄篇曰：“马，蹄可以践霜雪，毛可以御风寒，吃草饮水，翘足而陆，此马之真性也。虽有义台、路寝，无所用之。及至伯乐曰：‘我善治马。’烧之，剔之，刻之，络之，连之以羁，编之以栈，马之死者十二三矣；饥之，渴之，驰之，骤之，整之，齐之，前有橛饰之患，而后有鞭策之威，而马之死者已过半矣。”马本来逍遥于天地之间，饥食芳草，渴饮甘泉，风餐露宿，自得其乐，在无拘无束中，方为真马，方不失马之本性，方有龙腾虎跃之气，徐悲鸿笔下的马少有缰绳嚼铁，想必也是因此吧。可是人在马嘴里塞进铁链，马背上压上鞍鞯，怒之加以鞭笞，爱之饲以香豆，恩威并重，软硬兼施，马虽然膘肥体壮，何如当初之骨销形立也。人太残忍了，人太过于霸道于地球了。我心中忽然充满了对马上骑手们的仇恨。但是，我马上又开始否定自己。弱肉强食，是大自然的规律，在某种条件下，人类也不例外。常常见说：“在万恶的旧社会……过着非人的生活……”人一旦受制于人就是“非人”，“骑马非马”也应该成立吧。在逻辑上似乎无大错。将马比人，也许是错误类比，可是我们不是天天都在进行着这种类比吗？孔夫子闻子路身被千创而死，便吩咐人将厨房里的肉酱倒掉（批林批孔时说他虚伪）。近来的文学作品中，不也有好多小动物被作家们擒来寄托伟大的人道精神吗？

说嘴容易实行起来难。我恨骑马者大概是因为我无马可骑。孔夫子倒了肉酱我觉得可惜。可怜小生灵的作家们有几个食素呢？说与做背道而驰，正是人类的习性。

马队们走到了我们面前，一是因为问路，二是因为临近河水，英雄们纷纷滚鞍下马。他们都是光头黑脸，袒露着胸膛或是穿着汗渍斑斑的背心。脚上有穿着麻底草鞋的，有穿着高腰黑色马靴的。他们衣服的后边，都有一块圆月般大小的白布，布上墨写着一个拳大的“勇”字，或是“兵”字。有两个身背弓箭，有两个腰挎钢刀。马背着鞍桥，鞍下吊着长杆子红缨枪，或是铁柄大砍刀，及一些行李杂物。口音与湘人迥异，不知是哪路草莽。

牵枣红马的小伙子像是一个小头目，身体修长，眉清目秀。枣红马遍体缨络，颈下挂着一串铜铃，发出叮咚之声。他左手拉着马，右手按着刀鞘，狼行虎步般地来到我的面前。我惶然不知所措。却见那小伙子嫣然一笑，露出一口结实的微黄的牙齿，问我：“同志，去招待所是走这条路吗？”我慌忙答对。一牵黑马、脸上有疤的小伙子说：“大文，还有烟没有啊？借支过过瘾。”“什么借？光借不还。”枣红马小伙子说着，但还是从兜里摸出了两只烟，自己叼上一支，递给讨烟者一支。蓝色的烟雾从他们的鼻子嘴巴里喷出来。马在他们身边，打着焦躁的响鼻，用力弹着蹄子，尾巴抽打着飞蠓，马头向着河水那边歪过去。河水像翡翠一样绿，突然从大山的缝隙里流出来，泛出冰凉的惬意。枣红马小伙子说：“弟兄们，不要急着给战马饮水，走一会儿，等落了汗再饮他们。”小伙子让我吸烟，我说不会。他看到了我面前的校徽，就此搭上了腔，聊得很是投入。大家一起往山外走，正走在十里画廊里。因为有了河水，风景才真正地有了灵气。大家都跟着马队走，闲聊中，才知道潇湘电影制片厂正在此地要拍摄一部大戏，《天国恩仇记》，他们是从河南雇来的群众演员，扮演着曾国藩的湘军，刚刚在西海与“太平军”大战了一场，“湘军”无一伤亡，倒有一员“太平军”的大将硬在马上摆英雄姿态不慎落马，摔折了一只胳膊。大家齐笑。话到深处，小伙子说，他们报酬微薄，从河南跑到湖南，骑着自家拉车耕田的马，马窜得拉稀，人颠得骨离，要是为了挣钱，鬼才来呢，为着热闹，为着开心，权当骑马旅游吧。他说，一跨上战马，披挂起来，就感到天不怕地也不怕，一股子英雄气在胸中沸腾，见到了那些坐“地鳖子”的大官们心中也没有怯意。在家乡时，乡长吆喝一声腿肚子都打哆嗦。现在想想，怕他个鸟？人的身份，就像这身披挂一样，光屁股进了澡堂，再大的官也威风不起来。你信不信？你不信，反正我信。他说我是当过兵的，内务条令规定，在澡堂里，士兵可以不给首长敬礼。我们一个班长是个马屁精，在澡堂里见到连长，啪的一个立正，敬礼，连长大怒，一脚就把我们班长踹到水池子里了。他还说，他扮演的是“湘军”的一个小头目，老是挨打，剧情这样规定的，没有办法。要是演“太平军”才过瘾，发一声喊：孩儿们，上啊！一窝蜂地就上去了，攻城掠地，杀富济贫，大碗喝酒，大块吃肉，痛快啊！

他和伙伴们在河边饮马，河水凉得马唇上卷。饮毕，他飞身上马，昂首挺胸，铠甲鲜明，嘴里发出拟古之声，拱手与我等告别，发一声喊，双腿一夹，枣红马就撒欢儿跑。山路上石棱突出，缝隙纵横，马跑得歪歪斜斜，很是拘谨。但瘸马胜过健驴，我们只能步他们的后尘了。

马队跑出去约有一箭之地，就见那匹打头的枣红马跌翻在地，马上的骑手一头栽进了路边的灌木丛中。众骑手纷纷下马，枣红马上的骑手也从灌木中钻出来，狼狈不堪，像个败兵。我们匆匆赶过去，见骑手们有蹲着的，有站着的，围着那匹枣红马看，脸色都很沉重。枣红马上的骑手双手捧着一只马蹄，嘴巴半张，面色如土。那匹马还想挣扎着站起来，但它已经站不起来了。它的一条后腿在石缝里扭断了，鲜血像喷泉一样从它的断腿处一股股地涌出来。我忽然想起，1976年我在黄县当兵时，跟我们班长去罗山煤矿拉煤，也是一匹枣红马，是拉长套的，很年轻的一匹骒马，怀着驹子，长相健美。在横穿一条废弃的铁路时，不慎把一只后蹄伸进架空的铁轨，齐齐地断了。但那匹枣红马始终站着，那条断腿像拐棍一样点着地面。当时，我们班长手捧着马蹄，放声大哭。这只马蹄的印象在我的脑海里盘旋了几十年，我想在合适的时候，我要把它写成一部小说，题目就叫《马蹄》。

美丽的自杀

1986年

你是我的姑姑的女儿，我比你大几岁，咱俩是表兄表妹呢。虽然我只见过你两次面，但我这辈子也忘记不了你了，表妹。本来为了证明这报告的真实性，我应该写出你的籍贯和姓名，但我不忍心让熟识你的人见到你的名字难过，不忍心让你的蒙受了痛苦的亲人们知道有一个人又把你拉出来示众。可是……请允许我把你的乳名报告了吧，表妹，你的乳名叫“美丽”。

实事求是地说，你算不上美丽，你的最引人注目的特征是你的健康，你的健康的像焦麦颜色的脸，你的健康的因为黑眼球过大而显得悲婉沉静的眼睛和你的健康成熟饱满的身体。

今年的七月初四，大栏镇逢集，我到集上去卖鸡蛋。我过了一条河，河里流淌着浅浅的无色的透明的水。我横穿了一条马路，路上摆着热气腾腾的驴粪球儿。几只麻雀在啄食着驴粪中残留的粮食粒儿。我跳过了一条路沟，就进了鸡蛋市。几十个卖鸡蛋的老太婆小媳妇，有的站着，有的蹲着。有十几个可能来得早，抢得了好地盘，坐在了供销社从南方贩运来的一大堆青皮溜溜的竹竿上。你也在其中。在你们之间穿行着几个男女，随便地问着价钱，甚至蹲下去捏起一个鸡蛋晃晃，恍恍惚惚的，都不像真正的买主。在路沟边上，蹲着几个鸡蛋贩子，他们抽着烟，在熬你们，熇你们，等着你们不耐烦了就把鸡蛋低价卖给他们。你和那些立着的蹲着的坐着的女人们，眼巴巴地盯着那几个问价的人。我来了。我穿着军装，戴着部队刚发的像雄鸡的冠子一样威风的大檐帽子，提着一个大篮子。我知道自己生着一张虽然狰狞但是还算白皙的脸，走进了褐色的人群一定会引起大家的注意。你当时一定注意到了我。在你们的眼里，我一定是一个不懂行情、生怕买不到鸡蛋的笨蛋。我心中毛虚虚地问价，还装模做样地拿起鸡蛋对着太阳照照。报载：透明的就是好蛋，混浊的就是坏蛋。我无疑是抬高了七月初四日大栏集鸡蛋市上的价格，鸡蛋贩子一定恨得我要命。我买了三百个鸡蛋。一个老太太说：看看，到底还是大军哥有钱！我脸上烧烧的，心中十分得意，得意便慷慨，便潇洒，于是在付账时连那三分五分的零头都不要了。这样的举动，更赢得了一片赞语和很多的关注的目光。我很快就买够了鸡蛋，提起沉重的篮子，要走，这时，表妹，你提着一个柳条篮子，走到了我的面前。

柳条篮子里铺着一层金色的细沙，沙上插着十个红皮鸡蛋，鸡蛋上有一层浅浅的白霜，还有两枚鸡蛋上沾着黑红的血迹和几根细弱的纤毛。后来我才知道这是“头蛋”，黑血表示着生产的艰难和痛苦。

你说：“大哥，俺这里还有一把蛋，您也买了吧。”

我说：“买够了，买够了。”

你说：“您还多这十个蛋？块把钱，您买了吧。”

我从这时起注意到了你，看到了你生动的额头，沉思的眼睛，倔强的鼻子，疲乏的嘴唇，忧伤的下巴……我心中涌起一阵温暖的悲凉感，犹如惶惑的美丽潮水卷着贝壳冲刷着遗憾的荒凉滩头。我对你充满好感，渴望着与你交谈，我在爱慕健康异性的心理背景下与你扯蛋。我故意地说你的蛋小，还说你的蛋是隔年的老蛋，是沾着血污的脏蛋。你似乎一点都不生气，你当时肯定也明白我的话毫无意义，我是在没话找话说。你说大哥您可是看错了眼，你从你买那些蛋里挑出一个和俺的蛋比比，看看可有一个蛋比俺的蛋新鲜？不怕不识货，就怕货比货嘛，您看看俺蛋上的白霜，看看蛋上的血，一只母鸡一辈子只有一只“头蛋”，“头蛋”能治病呢。你买的蛋里真有坏蛋呢。

你从我的篮子里挑出一个蛋给我看。这个蛋明亮光滑、仿佛是用砂纸打磨了后又涂上了一层油。你说：

“你摇摇看。”

我接过蛋，摇摇，里边传出“咣当”之声。我惶惑地看着你，你悄声说：

“这是孵小鸡孵下来的坏蛋。”

我很生气，回头去找那个把这样的鸡蛋卖给我、还说这是一种鸡蛋的新品种、看起来十分忠厚的、令人无法不信任的高个子老人，但是他已经走了。

你教给我很多关于鸡蛋的学问，我很感动。我宽慰自己，虽然买了坏蛋，但是增加了知识，今后买蛋就不会上当，这就是坏事变成了好事。

我用最高的价钱买了你的蛋。我把钱递到你黑红的手里。我看到你的掌纹深刻有力，手上结满了淡黄的老茧。当我的手触到你的手时，我有一种惶恐不安的感觉。我感到我们之间似乎有些特殊的关系。

我问：“你是哪个村的？”

你答：“谭家村。”

我问：“你们村谭秀丽在家干什么？”

你答：“教书呢。”

我问：“她结婚了吗？”

你说："孩子都上小学了。"

我说："我和她是小学同学，十几年没见面了。"

你问："你姓管吧？"

我问："你怎么知道？"

你说："我猜出来了，你的模样挺像俺娘娘（伯母）。"

我说："啊，你是……"

你低声叫我："表哥。"

我说："你是那个叫美玲的吧？"

你说："那是俺二姐，我叫美丽。"

我说："不好意思，说了很多不该说的话……"

你把我方才给你的钱往我的篮子里一扔，问："表嫂生了个什么小孩？"

然后你提着篮子跑了。我望着你的背影，怅然若失。

过了三天，七月初七，一个美好而伤感的节日，天上的牛郎会织女，人间的百姓用白面红糖烙成各式各样的"花儿"，有"猫"有"虎"，有"鸡"有"鱼"。母亲咳着喘着烙了不少"花儿"，侄子和侄女围着锅台转，一家人喜气洋洋，但我却高兴不起来，总觉得心中有点事情放不下。

七月初八，早饭是昨天吃剩的"花儿"在锅里一蒸，都花纹模糊，不成模样。我匆匆吃了一只"虎"，打算到谷子地里帮父亲喷洒农药，据说钻心虫十分猖獗，谷子都一片片枯死了。

正收拾着药具，忽听到一个男人高亢的哭声。哭进院子的是一个憔悴的小老头，大约有五十岁吧，脚上穿着一双过时的黑色塑料凉鞋，哭声很响，但眼睛里却无泪水。我认出了他是姑姑的小叔子，人称神枪手的谭老四。据说他用土枪打死过两千多只野兔子，还有一些狐狸、野鸭什么的。谭老四一见我父亲，即刻就软软地瘫倒在地，叫一声：

“大哥啊……这日子没法子过了哇……啊嗬啊嗬啊嗬嗬……”

父亲一向急公好义，乡里闻名，一见此状，扔掉喷雾器，把谭老四双手扶起，问：

“怎么啦？老四？”

老四哭着对我们说：“大哥啊，大侄子啊，美丽这个糊涂虫，喝了毒药了啊……”

……

那天我目送着你跑上河堤，你的健康的身体在灿烂的阳光里跳跃着，活像一头灵巧的小鹿。你把钱扔进我的篮子时，我看到你的耳朵都红了。啊表妹，你是一个健康纯洁的少女，你一声表哥，感我肺腑。即便表哥已垂死，你这一声呼唤，也会让我起死回生。可是你却往这曾经发出了美妙声音的地方灌进了毒药。表妹啊，你好糊涂。

你的爹正在我家院子里，当着我和我爹和许多听到他的哭声赶来看热闹的人的面，大声地骂着你：

“美丽啊，你这个小畜生，你这一耙棍子，把你爹给擂倒了啊……”

表妹，你利用了人类独有的锐利武器，把你的打死过两千只野兔的爹像一只老野兔一样打倒了。他在你面前，从此再也直不起腰杆子了。他从此想到你就会颤抖不止。他正在向我的爹诉说着你自杀的前后过程，他的脑海里也许正在闪烁着你童年形影。你在三岁前有一个白白胖胖的圆圆脸，不知为什么你越长越黑，脸盘也越来越长。你爹牢记着你“抓周”的事，我的姑姑也参加了你的“抓周”仪式。你的胖出了褶子的手脖子上拴着一串叮当作响的小银器，你的胸前的雪白的小肚兜上绣着两只叼着绿树枝的黄鸽子，堂屋里一张平放的饭桌上摆着书、笔、秤杆、算盘……大家都眼睁睁地看着你，你的三年之后才去世的曾祖母也看着你。她的老牙掉光又长出了新牙，她也想看看，你这个老谭家的第四代女孩子长大后要从事什么职业。大家都看到你伸出了手背上有肉涡涡的小手，毫不犹豫地抓住了你的当过志愿军炊事员的大伯父从战场上捡来的大钢笔。全家一片欢腾，都为你的锦绣的吉祥预兆欢呼。你曾祖母把那口崭新的新牙都笑了出来。你上完了小学，没考上中学，你没有当乡长或是当书记的三姑六舅，你下地当了农民。你像所有的农村女孩子一样，战战兢兢地跨进了青春的大门。你十六岁那年去赶集，不小心丢了一元三角钱，你爹在你的左腮上打了一个响亮的耳光。你哭了，但是不恨。你心甘情愿地承受了这一巴掌，你知道这一元三角钱对一个农民家庭的意义。挨打之后，你的心中反而感到轻松了不少，如果你的爹不打你，才会让你久久地难过。1976年的夏天，你曾经对你的女伴说过你丢了钱往家走时的感觉，你说当时只要有一个男人能给你一元三角钱，你就豁出去了。你在那样的屈辱面前，在一元三角钱和一耳光之间的漫长道路上都没有想到要自杀。你爹打过你，你哭了一会儿，吃了一个冷地瓜两根咸萝卜条儿，拿起一柄三股钢叉到南洼里掘茅草去了。而现在，表妹，到底是为了什么，你竟然喝下了毒药……

“大哥，这个讨债的鬼，她存心要我的老命啊……一把屎一把尿的把她养到二十岁，容易吗？不容易啊，可是她，就为了屁大的一点事，就下了狠心……”你的爹鼻涕一把眼泪一把地对着我和我的父亲哭诉着，“昨天晌午，也是我多事，她娘还住在医院里，还是那年结扎时留下的病根，至今还没好。吃饭时她还有说有笑的，还说起她表哥买她的鸡蛋的事儿，说她表哥念书多了，成了呆子，花了高价，买了一些坏蛋。吃过饭，来了一个讨饭的老头，挎着一篮子‘花儿’，什么花样的都有。这些年连讨饭的也提高了水平。那个讨饭的老头说，‘大兄弟，我实在是挎不动了，把这些干粮做个价卖给你吧，一毛钱一斤。’雪白的干粮一毛钱一斤，多便宜啊，我说，行吧，找个秤过过吧。她当时就横鼻子竖眼地说，‘不要！’我问她，这样便宜，为什么不要呢？她说：‘脏，太脏了，没准里边还有大麻风家的干粮呢。’我说，‘烧得你不轻啊，才吃了几天饱饭？1960年那时，草根树皮都没得吃，大麻风家的干粮你也大口吃！’然后我就做主把那一篮子干粮买下了。就为了这样一件小事，她就喝了毒药啊……”

“老四，别难过了，”我父亲卷起一支烟递给你的父亲，说，“这不是你的错，你命里没有这样一个闺女，该当如此……”

“大哥，我悔死了，”你父亲揪扯着他乱草般的头发，说，“我鬼迷了心窍了，为什么要买那篮子干粮？我为什么要贪那点小便宜？既然闺女不愿意，我为什么还要买？”

“老四，过去的事情，就不要再提，提也无益，”我父亲说，“再说了，人活百岁也是死，该怎么死都是命中注定的，该死在井里绝对死不在湾里。死了的就死了，活着的人还要往前奔。闺女在哪里？”

“在乡医院里，”你爹说，“大哥，不好意思开口，我是来借钱的，她娘还住在医院里，医院不让赊账，她这一死，又给我折腾了一腚饥荒啊……”

表妹，我陪着我的爹和你的爹来到乡医院，看到了平放在床板上的你。你的脸色青紫，眼皮深红，两缕凝固了的黑色光线从你的未合拢的睫毛间射出来，犹如利箭射进了我的心。你还穿着那天卖鸡蛋时穿过的那套衣裳，断过襻儿的白色塑料凉鞋还穿在你的脚上。乌黑的脚趾上，你的指甲像珍珠一样放出虹彩。你躺在木床上，舒展大方，两枚已经僵硬了的乳房把你的衬衣撑起，透明凄凉沮丧，无可奈何，像两只眼睛直视着我，向我诉说着你的秘密，人生的秘密，在人生的坎坷道路上，有一个正当妙龄的黄花姑娘走累了，走厌了，她不走了。在你的面前，表妹，我蓦然意识到，生死之间原来只隔着一层薄薄的纸，原来以为明确的、不可逾越的界限，其实非常模糊低矮，一闪念间就跨越了。在死者面前，生者都变得渺小晦暗，你的青紫的脸上，闪烁着庄严的、睥睨万物的光辉。表妹，你通俗易懂地向我解说了人的伟大和卑微，人的坚强和软弱，这些对立的概念，又是怎样完美和谐地存在于一个生命个体之中，互相牵制着，互相制约着。

表妹，你起来，你站起来，我有话问你。你为什么要这样？难道你不留恋瑰丽的充满了欢乐和痛苦的、喧嚣与骚动着的人世吗？难道你不留恋你的亲人、你的朋友、你的情人、你的仇敌、你倾心的电影明星吗？你难道不想看看这空旷无边的原野上夏则郁郁葱葱秋则一片金黄的庄稼和农夫们被阳光染成土黄色的肌肤了吗？你不为永远听不到牛犊思念母亲的凄凉的鸣叫、绕梁燕子的缠绵啁啾、盘旋蓝天的风筝的呼啸、猫头鹰在暗夜里发出的喜悦的叫声和产妇阵痛时甜蜜的呻吟而感到后悔吗？当你的爹用那支古老的长苗子猎枪把一只飞奔中的野兔打得离地三尺又跌落下来时，当野兔的嘴巴流出的鲜血将洁白的雪地染红了时，当一对情人在澄澈的月明之夜躲进散发着苦香的草堆里依偎在一起相互抚爱并且发出小野兽一样的叫声时，当少先队员在冰河上滑冰不幸掉进冰窟窿里又被人救起时，当除夕之夜突然出现了一颗巨大的彗星将银河横断千万人为此惶惶不安时，当这一切都出现过之后又更加美丽地再现时，啊表妹，你已经看不到了听不到了，你不为此感到遗憾吗？

“孩子，你糊涂啊，爹更糊涂……”

“老四，人死如灯灭，哭也不管用了……”

表妹，请你回答我，你是从什么时候开始悟到了农药不但可以杀死害虫而且还可以杀死人自己，什么时候帮助人类生存的文明的结晶开始异化成为消灭人类的野蛮手段？你什么时候知道了人可以自己结束自己的生命？你怎么忘记了我们家乡妇孺皆知的伟大格言：好死不如赖活着！你知不知道由于你的提前退席将是假如是温暖的世界失去一分温暖假如是寒冷的世界更多几分寒冷呢？你知不知道你健康的身体可以孕育一个也许能成为伟大领袖的胚胎，你纯洁的乳汁可以哺乳一个也许能成为天才人物的婴孩？就像电影里说的一样：在你这条金光闪闪的丝线上，本来可以编织出绵延不尽的绸缎，你却一刀把这根丝线斩断了。

你到底有什么委屈，你那点委屈算得了什么？你父亲讲得不是挺对吗？几年前你不是还终年不得温饱吗？吃饱了喝足了你还不知足，你还要什么呢？

是哪个无耻的男子像侮辱S村的郭某某一样侮辱过你吗？郭某某遭受侮辱，悲愤交加，在村头一棵树上，用一条麻绳子，勒断了自己的咽喉。她二十五岁，比你早去了十个月。

你是因为婚姻上的不如意，像那个为了给自己的瘸腿哥哥换媳妇被迫嫁给了一个歪头汉子的C村的陈某一样吗？陈某为了反抗这无耻的婚姻，扎进了一口闲置的机井，在井里倒置了半个月才被发现，弄上来时，眼珠子都控了出来。她生前美丽无比，死后人不敢看。她二十七岁，先你八个月告别人世。

你是因为厌烦了毫无新意的车轮般旋转的生活、和牛马般的艰苦劳动而服毒的吗？D村的吴姓孪生姐妹看到电影上的优美生活，痛感命运不公、天下不平，每人喝了一瓶“敌杀死“，相抱着，像她们在母腹里一样，到天国去找上帝论理去了。她们的年龄加起来三十四岁，死于去年元旦。

你是因为受了几句忆苦思甜的教育而死吗？你是因为吃饱喝足了而被福气烧死的吗？你是因为那可怕的自尊心受到伤害而死的吗？你是因为精神生活的贫困而死的吗？你是因为爱但是难得到爱而死的吗？……啊，表妹，你多么聪明啊，你用了两秒钟就把自己与这个世界的关系推卸得干干净净，你使十几个人为你瞠目结舌，你飞扬着彩蝶一样的衣袂加入了那些先你而去的仙女们的行列，你们使活着的人在你们的生满野草的坟茔前、在对你们的鲜活面容的回忆里，发出永无休止的叹息。

你像先哲一样睨着我，不愿意听我的胡言乱语。表妹，我在想，在这个星球上，每天都有人在结束自己的生命，不论是在我们的优越的社会主义制度下还是在腐朽的资本主义制度下。人应该研究自己。人应该关心和研究自杀问题。人应该尽量消除造成的自杀的客观条件，矫正灵魂深处的偏差。活得更好一点，活得更像人一点。毫无疑问，自杀曾经使一些人英名盖世，自杀也使一些人遗臭万年。光荣的自杀，勇敢的自杀，怯懦的自杀，有意义的自杀，毫无价值的自杀……希望能有人来研究自杀，希望能有人来研究近年来农村姑娘的自杀，不但到贫困的地区去调查，也要到富裕起来的地区去调查。救活一个姑娘，比炸掉一个暗堡更加功德无量。表妹，我不知道应该如何来评价你这次最后的行动。一个平凡的人死了，让所有平凡的人都难过。你在乙丑年七月初七夜半时分，喝了250cc剧毒有机磷农药，十分钟后药力发作。你爹听到你临倒前长叹了一声。送到医院时，你已经停止了呼吸。医生给你打了几针，但除了让化学物质更快地腐蚀你的肌体，除了给你爹增添一点债务，已无任何意义。你生于1963年3月5日，作为一个人，你在这个星球上，生活了二十二年多五个月。

为了防止苍蝇往你的脸上吐唾沫，我拉过了一条肮脏的白床单把你的脸和你的身体遮盖起来。就像一层发黑的雪，遮没了朦胧的丘陵和山峰。

读书杂感三篇

1998年

一、楚霸王与战争

司马迁《史记》的最伟大之处，就在于他彻底粉碎了“成则王侯败则贼”这一思维的模式和铁打的定律。在当时的情况下，这首先是一种卓然不群的眼光，当然还需要不怕砍头的勇气。这目光和勇气的由来，实得力于他身受的腐刑。在他那个时代，腐刑和砍头是同一等级的。许多不愿受辱的人是宁愿断头也不愿去势的。司马迁因为胸中有了一部《史记》所以他忍辱受刑；也因为他忍辱受了腐刑才使《史记》有了今天这样的面貌。汉武帝一声令下，切掉了司马迁的私心杂念，切出了他为真正的英雄立传的勇气。大凡人处在得意之时，往往从正面、用官家认可的观点去看世界，而身处逆境时，才能、才愿意换一个角度、甚至从反面来看世界。这有物质上的原因，也有精神上的原因，二者同等重要。无论从文学的观点看《史记》，还是用史学的观点看《史记》，都可以看到这种视角变换的重大意义。换一个角度看世界的结果，便是打破了偏激与执迷，比较更容易看透人生的本质。站在另一面的了悟者，往往是无法不沉浸在一种悲凉、寂寞的情绪中，但也是无欲无求、超然物外的心态中。比死都可怕的酷刑俺都受过了，俺从死亡线上挣扎过来了，还有什么可以忌惮的吗？有这种

“肆无忌惮”的精神作了前提，所以才能避开正统的、皇家的观点，以全新的角度，画出“盗贼”的另一面——失败了的英雄的英雄本色。太史公的实践，对当今的作家依然富有启示。

听我的老师说，司马迁所处的时代，是富有浪漫精神的大时代。浪漫的时代才能产生浪漫的大性格。回首楚汉相争时，代表着时代精神，具有浪漫气质、堪称伟大英雄的人物，非项羽莫属。项羽的精神，引起了司马迁的强烈共鸣。一篇《项羽本纪》，字字有深情。我们从中读出了项羽这位举世无双的青年英雄的天马行空的本色。他少时学书不成改学剑，学剑不成改学兵，学兵不求甚解，草草罢休。这应当是好事，因为任何太具体的知识都会成为束缚这匹天马的缰绳。他身长八尺，力能扛鼎，是天生的英雄。他临危不惧，英猛果断，是天生的战士。少时我在高密，听到过许多传说，其中就有关于楚霸王项羽的。

我爷爷说：楚霸王是龙生虎奶。说秦始皇东巡时，梦中曾与东海龙王之女交合。交合完毕，秦始皇无牵无挂地一走了之，那龙女却身怀了六甲。后来自然就产下了一个黑胖小子。龙女可能考虑到此子是私生，名不正言不顺，传出去有损龙宫声誉，便抛之深山，一走了之。这是货真价实的龙种，当然不能让他就这么死了，于是，来了一只母老虎，为这个孩子喂奶。这男孩就是项羽。这个传说除了说明项羽血统高贵之外，还为他的神力做了一个注脚。另外还有更深一层的意思。这意思就是，项羽如果夺了秦朝的江山做了皇帝，等于子承父业，名正言顺。由此推想，这传说的最早的源头，很可能是项羽手下的谋士们有意制造的谣言，就像陈胜吴广把写有“大楚兴，陈胜王”的绢塞进鱼肚子一样。这种把戏，大概历朝的开国皇帝都练过。我爷爷说，楚霸王能“气吹檐瓦”。怎么算气吹檐瓦呢？就是说项羽站在房檐下，呼出的气流能把房檐上的瓦吹掉。这已经非常玄乎了，但更玄乎的还在后边呢。我爷爷说，楚霸王除了能气吹檐瓦外，还有“过顶之力”，何为过顶之力呢？就是自己拔着自己的头发把自己拔离地面。楚霸王是人类历史上第一个能把自己提离地面的人。这等神力，的确是匪夷所思了。等到我读了《史记·项羽本纪》后，才猜测到，我爷爷所说的“力能过顶”，很可能是“力能扛鼎”之讹。老百姓不大容易把“扛鼎”理解好，于是，“力能扛鼎”便成了“力能过顶”，而“力能过顶”便成了自己提着自己的头发把自己提离地面。

我想，项羽在民间，之所以不是乱臣贼子面目，而是盖世英雄形象，实得力于文坛英雄司马迁的旷世杰作《史记·项羽本纪》。汉武帝那一刀，切出了一个大目光、大手笔，实在是不经意地为人类文明做出了一个大贡献。当代很多知识分子，受了一点委屈就念叨不休，比比司马迁，就差了火色。当然，决不是要让人为了写杰作，自愿下蚕室。很多事都是命运使然，真要自愿下了蚕室，也只能去做个李莲英或是小德张，而做不了司马迁。

读了项羽的本纪，我感到这家伙从没用心打过仗。他打仗如同做游戏。这是一个童心活泼、童趣盎然的英雄。他破釜沉舟，烧房子，坑降卒，表现出典型的儿童破坏欲。每逢交战，他必身先士卒，不像个大元帅，就是个急先锋。不冲不杀不呐喊他就不痛快。他斗勇斗力不斗智，让他搞点阴谋什么的他就头痛、心烦。到了最后的时刻，他还对着美人和骏马唱歌。惨败到只剩下二十八骑时还跟部下打赌，证明自己的神力。最后他孤身一人到了乌江边上，还把名马送给好汉，将头颅赠给旧友。他不过江东，并不是不敢去见江东父老，这家伙是打够了，打烦了，他不愿打了。不愿打了，就用刀抹了脖子，够干脆，够利索。他其实从没十分认真地考虑过夺江山、做皇帝的事，那都是范增等人逼着他干的。他的兴趣不在这里。如果真让他做了皇帝，那才是真正的“沐猴而冠”，他分封诸王、自封西楚霸王时其实也就是皇帝了，但他做得一塌糊涂。听听他为自己起的封号吧，西楚霸王，孩子气十足，像一个用拳头打出了威风的好斗少年的心态。他是为战斗而生的。英勇战斗就是他的最高境界、最大乐趣。中国如果要选战神，非他莫属。不必为他惋惜，皇帝出了几百个，项羽只有一个。当然，我们也要感谢刘邦，在楚汉战争的广大历史舞台上，他为项羽威武雄壮的表演充当了优秀的配角，从而使这台大戏丰富多彩，好看之极。如果是两个刘邦或是两个项羽打起来，那这台戏就没有什么看头了。

从政治的角度看，刘邦胜利了，项羽失败了。从人生的角度看，这哥俩都是成功者。他们都做了自己想做的事，而且都做得很好。刘邦成功在结果，项羽成功在过程。太史公此文，首先是杰出的文学，然后才是历史。是充满客观精神的文学，是洋溢着主观色彩的历史。

回头想想，战争，即使不是人类历史的全部，也是人类历史中最辉煌、最壮丽的组成部分。战争荟萃了最优秀的人才，集中了每一历史时期的最高智慧，是人类聪明才智的表演舞台。因此，从某种意义上说，历史就是战争的历史，文学也就是战争的文学。小说家观察战争的角度，研究战争的方法，必须不断变化才好。太史公是描写战争的大家，他是当然的战争文学的老祖宗。他也写战争过程，但他笔下的战争过程从来都是有鲜明的性格在其中活动的过程。我们都知道什么是好的战争文学，但我们写起来就忘了文学，忘了文学是因为我们忘不了政治。描写战争灾难，揭示人性在战争中的变异等曾经是别开生面的角度，但“李杜诗篇万口传，至今已觉不新鲜”。如何写战争，我一直跃跃欲试，但很多问题想不清楚，也就不敢轻易动笔。我的心里藏着几个精彩的战争故事，有朝一日，我也许会斗胆动手。

任何一种真正意义上的英雄，都敢于战胜或是藐视不是一切也是大部分既定的法则。彻底的蔑视和战胜是不可能的，所以彻底的英雄也是不存在的。项羽有项羽的不彻底处，司马迁有司马迁的不彻底处。一般的人，通体都被链条捆绑，所以敢于蔑视成法就是通往英雄之路的第一步。项羽性格中最宝贵的大概就是童心始终盎然。这一点与司马迁应有共通之处。司马迁在《项羽本纪》里对项羽给予了深深的同情，而对汉王朝的开国皇帝多有讥刺，这肯定与身受酷刑有关。这样，问题就出来了：司马迁笔下的项羽，是不是历史生活中真正的项羽，同样，历史生活里的刘邦是不是就像司马迁写的那样？这样一想，胡适所说“历史是一个任人打扮的小姑娘”，也就有了一点点道理。

二、搜尽奇峰打草稿

历史在某种意义上就是传奇。这是我读史的感想，也是我从个人经验中得出的结论。当年我在家乡做农民时，劳动休息时，常与父老们在田间地头小憩。这时，在我们身旁的一个坟包里，也许就埋葬着一个草莽英雄。在那座摇摇晃晃的小桥上，也许曾经发生过惊心动魄的浪漫故事。在那道高高的河堤后边，也许曾经埋伏过千军万马。与我坐在一起抽旱烟的老人也许就是这些故事的目睹者，或是某个事件的当事人。他们总是触景生情地对我讲述他们的故事，或是他们听到或是看到的故事。我发现就同一件事，他们每个人讲的都不一样；同一件事同一个人每一次讲述的也不一样。虽然这些事过去了也不过就是几十年的光景，但它们已经变得众说纷纭，除了主干性的事件还有那么点影子外，细节已经丰富多彩，难辨真假。我发现这些故事在被讲述的过程中被不断地加工润色、升华提高。英雄被传说的更英雄，奇人被传说的更出奇。没有任何一个故事讲述人是不对自己讲述的故事添油加醋的；也没有任何一个史学家肯完全客观地记述历史。因为人毕竟是有感情的、有好恶的，想客观也客观不了。看看司马迁的《史记》就知道他是一个对刘姓王朝充满怨恨的人。凡是遭到刘家迫害、或被刘家冤杀的人，他都寄予了深深的同情，描述到他们的功绩时总是绘声绘色地赞美，极尽夸张之能事。譬如对大将军韩信，对飞将军李广，对楚霸王项羽。他把项羽列入“本纪”，让他享受与帝王同级待遇。他写韩信和李广的列传时不直呼其名，而称“淮阴侯”、称“李将军”，只一标题间，便见出无限的爱慕和敬仰。究其根本原因，还是因为挨了那不该挨的裆下一刀，忍受着如此的奇耻大辱写汉家的历史，怎么能客观得了。由此推想，我们今天所读到的历史，都是被史学家、文学家和老百姓大大地夸饰过的，都是有爱有憎或是爱憎分明的产物。我们与其说是读史，还不如说是在读传奇；我们读《史记》，何尝不是在读司马迁的心灵史。

司马迁一生最大的特点是好奇。好奇是人类的天性。人类的天性在童年时最能自然流露，所以儿童最好奇。司马迁老而好奇，他是童心活泼的大作家。司马迁的童心表现在文章里，项羽的童心表现在战斗中。

最早提出司马迁好奇的是汉代的杨雄。宋代的苏辙也说：“太史公行天下，周览四海名山大川，与燕赵间豪杰交游，故其文疏荡，颇有奇气。”

好奇是司马迁浪漫精神的核心。

他在二十岁左右，即“南游江、淮，上会稽，探禹穴，窥九嶷，浮于沅、湘；北涉汶、泗，讲业齐鲁之都，观孔子之遗风，乡射邹、峄；厄困鄱、薛、彭城，过梁楚以归”。好奇之心促使他游历名山大川，探本溯源，开阔眼界，增加阅历，也使他的文章疏密参差，诡奇超拔，变化莫测。

司马迁好奇，尤好人中之奇。人中之奇谓之才，奇才。

他笔下那些成功的人物都有出奇之处，都有行为奇怪、超出常人之处。而所有的奇人奇才，都是独步的雄鸡、行空的天马。项羽奇在学书不成学剑不成学兵也不成不学而有术，奇在他是一个天生的战斗之神。韩信奇在以雄伟之躯甘受胯下之辱，拜将后屡出奇计，最后被糊糊涂涂地处死，奇在设计杀他之人竟是当初力荐他之人，这就是“成也萧何，败也萧何”。李广奇在膂力过人，箭发石穿，身著奇功，蒙受奇冤。等等，不一而举。所以说一部《史记》，正是太史公抱满腹奇学，负一世奇气，郁一腔奇冤，写一世奇人之一生奇事，发为万古千秋之奇文。

欣赏奇才，爱听奇人奇事，是人类好奇天性的表现。而当今之道德社会，树了那么多的碑，垒了那么多的墙，派了那么多的岗，安了那么多的哨，目的实际很简单：防止人类好奇。所以从某种意义上来说，所有的社会，对人类的好奇天性都是一种桎梏。当然这是没有办法的事。

只有好奇，才能有奇思妙想。只有奇思妙想，才会有异想天开。只有异想天开才会有艺术的创新。从某种意义上说，艺术的创新也就是社会的进步。

好奇的人往往不讨人喜欢，尽管人人都好奇。

好奇与保守从来都是一对矛盾。

好奇者往往有奇特的结局。

一生好奇的金圣叹因好奇而遭祸，临刑时说："杀头至痛也，抄家至惨也，而圣叹以不意得之，大奇！"

好奇是要付出代价的。

对于一个小说家来说，好奇比学习更重要。学习也是好奇的表现。

如果没有奇人奇事，这世界就是一潭死水。

好奇吧，但不一定去做奇人。

三、月光如水照缁衣

鲁迅先生在铸剑里塑造了两位有英雄主义气质的人物，黑衣人宴之敖者与眉间尺。眉间尺为报父仇，毅然割下自己的头颅，交给一言相交的黑衣人。黑衣人为了替他报仇，在紧要关头，按照预先的设计，挥剑砍下了自己的头颅。这种一言既诺，即以头颅相托和以头颅相许的行为，正是古侠的风貌，读来令人神往。

眉间尺是个稚气未脱、优柔寡断、心地善良的孩子。他对那只"淹在水里面，单露出一点尖尖的红鼻子"的老鼠，也怀着怜悯的心情。救起它，又觉得它可憎；踩死它，又觉得它可怜。这种心理，是典型的艺术家心理。骨子里是对生命的热爱，是敏感，是善变，是动摇。这样的心态只合适于写小说，不合适于去复仇。

但突变发生了。当他得知父亲为楚王铸剑反被楚王砍了头时，就像自己的少年时代被那柄纯青、透明的利剑砍掉一样，一步跨进了成人的行列。他"全身都如烧着猛火，自己觉着每一根毛发上都仿佛闪出火星来。他的双拳，在暗中捏得格格地作响"。母亲的话，使他明白，作为一个男子汉，此生唯一的目的就是复仇。当他在复仇的猛火燃烧中，拿起那柄使"窗外的星月和屋里的松明似乎都骤然失了光辉”的雄剑时，“他觉得自己已经改变了优柔的性情；他决心要并无心事一样，倒头便睡，清晨起来，毫不改变常态，从容地去寻他不共戴天的仇雠”。但这种成熟是十分幼稚的，他暗下的决心，颇类似小孩子打架时的咬牙发恨。当他把复仇的计划付诸实施时，决心便开始动摇。在路上，“一个突然跑来的孩子，几乎碰到了他背上的剑，使他吓出了一身汗”；在冲向楚王的车驾时，“只走了五六步，就跌了一个倒栽葱”；并且还被一个干瘪脸少年扭住不放。看来，欲报父仇，光有决心没有临危不惧的胆魄和超人的技巧也是不行的。就在眉间尺被干瘪脸少年扭住不放的瞬间，“黑须黑眼睛，瘦得如铁”的黑衣人出现了。他对着眉间尺“冷冷地一笑”，“举手轻轻地一拨干瘪少年的下巴，并且看定了他的脸”，那少年就“不觉慢慢地松开了手，溜走了”。他的眼睛好像“两点磷火”，声音“好像惊露”，这是一个冷酷如铁的复仇者形象。他不愿眉间尺称他为“义士”，说他“同情寡妇孤儿”，他厌烦地回答道：“唉，孩子，你不要提这些受了污辱的名称。”他严厉地说：“仗义，同情，那些东西，先前曾经干净过，现在却都成了放鬼债的资本。我的心里全没有你所谓的那些。我只不过要给你报仇！”

这种“只不过要给你报仇”的思想，表现了他内心深处的忧愤，近乎虚无绝望的忧愤。他的激情经过铸剑一样的锻炼，达到了“看上去好像一无所有了”的程度。这正是一个久经磨练、灵气内藏、精光内敛的战士形象。在他身上再也找不到眉间尺那般的“决心”、“勇气”之类的浅薄东西，正如他自己所说：“我的灵魂上是有这么多的，人我所加的伤，我已经憎恶了我自己。”

一个能够憎恶自己的人，当然不会再如热血少年那样把决心和勇气挂在嘴上，他所着力追求的，就是如何置敌于死命的战斗策略和方法。小说中那奇异的人头魔术，正是他复仇艺术的生动写照。

一切暴君，都喜好杀戮。黑衣人投其所好，用眉间尺的头来引诱他，他果然上当。最喜欢看人头的人的头，竟也变成了整个复仇把戏的组成部分。这里富有意味。

我十几岁的时候，就从中学的语文课本里看到了这篇小说。几十年后，还难忘记这篇奇特的小说对我的心灵震撼。尽管当时不可能完全看懂这篇小说，但还是能感受到这篇小说深刻的内涵、丰富的象征和瑰奇的艺术魅力。

离开了身体的头颅，尚能放声歌唱，尚能继续与仇人搏斗，这的确是迷人的描写。都说这里有象征，但谁也说不清楚，头颅象征着什么，青剑象征着什么，黑衣人又象征着什么。它们既是头又不是头，既是剑又不是剑，既是人又不是人。这是一种黑得发亮的精神，就像葛里高利看到的那轮黑色的太阳。这是一种冷得发烫、热得像冰的精神。而这恰恰就是鲁迅一贯的精神。

每读《铸剑》，即感到那黑衣人就是鲁迅的化身。鲁迅的风格与黑衣人是那么的相像。到了晚年，他手中的笔，确如那柄青色的雄剑，看似有形却无形，看似浑圆却锋利，杀人不见血，砍头不留痕。黑衣人复仇的行动过程，体现了鲁迅与敌人战斗的方法。

近来我很读了一些武侠小说，颇有所得。但也深感武侠小说夸饰太过，没有分寸感，破坏了小说本应具有的寓言性和象征性。文字和语言因夸饰而失去了张力，丧失了美学价值，只能靠故事的悬念来吸引读者。《铸剑》取材于古代传奇，但由于投入了饱满的感情，所以应视为全新的创造，而不是什么“故事新编”。我一直在思考所谓严肃小说向武侠小说学习的问题。如何汲取武侠小说迷人的因素，从而使读者把书读完，这恐怕是当代小说的一条出路。

眉间尺听了黑衣人一席话，就果敢地挥剑砍下了自己的头颅。他的行为让我大吃了一惊。这孩子，怎么能如此轻信一个陌生人呢？其实，眉间尺这一剑，其勇敢程度，并不亚于手刃仇敌，甚至还要难上数倍。他这种敢于信任他人的精神，同样是泣天动地。超常的心灵，往往披着愚笨的外衣。

对一个永恒的头脑来说，个人一生中的痛苦和奋斗，成功和失败，都如过眼的烟云。黑衣人是这样的英雄。鲁迅在某些时刻也是这样的英雄。唯其如此，才能视生死如无物，处剧变而不惊。黑衣人连自己都憎恶了。鲁迅呢？

《铸剑》之所以具有如此撼人的力量，得之于其与现实保持着距离。小说并不负责帮助农民解决卖粮难的问题，更不能解决工人失业。小说要说的就是那样一种超常的精神。当然这只是我喜欢的一种小说。

《故事新编》的其他篇什，则显示出鲁迅的另一面。他经常把一己的怨怼，改头换面，加入到小说中去。如《理水》中对顾颉刚的影射，就是败笔。但无论如何，《故事新编》都是一部奇书。这本书里隐含了现代小说中几乎所有的流派。就连其中的败笔，也被当今的人们发扬光大。油滑和幽默，只隔着一层薄纸。

我至今还认为，《铸剑》是鲁迅最好的小说，也是中国最好的小说。

从《莲池》到《湖海》

1989年3月22日

《湖海》是家地区级刊物，我是这家刊物的顾问。挂名而已，其实是不顾也不问。但我对所有的地区级刊物是怀有深情的，对《湖海》更是如此——因为我的同学在这里任职——所以《湖海》让我写稿，我立即就写了。

我之所以对地区级刊物有感情，是因为我最早的五篇小说都是在一家地区级刊物上发表的。

这家刊物名叫《莲池》，是保定市文联办的。后来《莲池》改名为《小说创作》，再后来就没有了。向人打听了一下，说是穷死了。一个曾经很风火的刊物竟然穷死了，不能不令人遗憾。

1979年秋天，我从渤海湾调到狼牙山下，在一个训练大队里担任政治教员，因为久久不能提干，前途渺茫，精神苦闷，便拿起笔来写小说。写出来就近往《莲池》寄。寄过去，退回来，再寄过去，又退回来。终于，有一天，收到了《莲池》一封信。信上说希望我能去编辑部谈谈。我把这封信反来复去地看，激动得一夜没合眼。第二天一大早，就搭上长途汽车赶到保定市，按着信封上的地址，找到了《莲池》编辑部。进门前我紧张得要命，双手不停地流汗。进了门就转着圈敬礼，然后把那封信拿出来。一个中年编辑看了信，说：“你等一下吧，老毛家远，还没到。”我就坐在一把木椅上等着，偷眼看着那几个编辑在埋头处理稿子，感到他们的工作庄严得要命。同时我还看到他们每个人面前都堆着一大摞稿子，于是知道爱好文学的人很多。等个大概半个小时，一个五十多岁的人哈着腰进了门。方才看过我的信的那个编辑说："老毛，你的作者。"就这样我见到了我永远不敢忘记的毛兆晃老师。他个子很高，人很瘦，穿一身空空荡荡的、油渍麻花的中山装，身上散发出一股浓浓的烟味。他把我让到他的桌子前，简单地问了一下我的情况，然后把我那篇稿子拿出来，说稿子有一定基础，希望我能拿回去改改。说完了稿子，他问我喝不喝水，我说不喝，然后我就走了。

回到部队后，感到稿子不好改，干脆另起炉灶写了一篇，送到编辑部去给毛老师看。他一目十行地看了，说还不如第一篇好呢。他的话对我打击很大，但我还是对他保证，我愿意继续改，并且保证能改好。

这一次我把前后两篇小说揉到了一起，又送到了编辑部。

过了一段时间，毛老师来了一封信，说这一次改得很好，刊物决定要用了。不久，小说就在《莲池》上发表，头条，这就是我的处女作《春夜雨霏霏》。不久，《莲池》又发了我的第二篇小说《丑兵》，并且附上了一个编辑手记，说莫言是驻军某部一位战士，他的文笔细腻，感情真挚，这个作者大有希望等。

不久，毛兆晃老师到部队驻地来看我，他说想不到离城里这样远，早知道这样远就不让我跑来跑去的送稿子了。他牙齿不好，还有胃病，吃了很少一点饭。饭后，我与一个战友陪着他在山间闲走，我的战友说这山上出产上水石，他说他对养花养草很感兴趣，也喜欢养石头。又一次进城时，我背去了两块大石头，足有八十斤。下了汽车一打听，才知道毛老师住的地方在南郊，那时保定还是个很落后的地方，郊区不通车，我背着两块大石头走了十几里路，总算找到了他的家。他家住在六楼，我背着石头吭吭哧哧地爬上去，敲开了门。他一看我背了那么大两块石头，有些恼火，说谁让你往这背这样大的石头，其实我只要拳头大的一块就行了。他家养着几十盆君子兰，还养了几十只鹌鹑。他的老伴是机械厂的一个老工程师，人很慈祥。她做了很多好饭给我吃，我背着石头走了十几里路，的确饿了，便放开肚皮吃了一饱。

后来我又写了一组短小的水乡小说，毛老师说很有点孙犁小说的味道，于是他就带我到白洋淀去体验生活。他陪着我采访完著名的民兵英雄赵虎，因为家里有事，就提前回去了。我一个人在村子里转来转去，招来了很多疑问的目光。当时正是五月，夜里很凉，我借住在一个农民家的空房里，只有一铺炕，没有被子也没有枕头，睡觉时只好枕着胶鞋盖着褂子，睡了一夜就感冒了。那时白洋淀干得底朝天，我一个人孤独寂寞，也不知生活该怎么个体验法，主要的还是受不了那个罪，呆了两天就跑了。后来见了毛老师，他还批评过我，说我不应该那样匆忙离开。

《莲池》发表了我的第三篇小说《因为孩子》。

1982年夏天，我被提拔为正排职教员，很快又调到北京的上级机关工作。在此期间，《莲池》又发表了我的第四篇小说《售棉大路》，转过年来，又发表了我的第五篇小说《民间音乐》。《售棉大路》被《小说月报》转载，《民间音乐》得到了孙犁先生的好评。他在天津日报上发表了一篇文章，其中一段提到了我：“去年的一期《莲池》，登了莫言一篇小说，题为《民间音乐》。我读过后，觉得写得不错。他写一个小瞎子，好乐器，天黑到达一个小镇，为一女店主收留。女店主想利用他的音乐天才，作为一种生财之道。小瞎子不愿意，很悲哀，一个人又向远方走去了。事情虽不甚典型，但也反映当前农村集镇一些生活风貌，以及从事商业的人们的一些心理变化。小说的写法，有些欧化，基本上还是现实主义的。主题有些艺术至上的味道，小说的气氛，还是不同一般的，小瞎子的形象，有些飘飘欲仙的空灵之感。”

几个月后，我拿着孙犁先生的文章和《民间音乐》敲开了解放军艺术学院的大门。从此走上了文学之路。

转眼过去了十几年，毛老师应已经六十多岁了吧？他的样子经常出现在我的眼前。北京距保定好像很近，又好像非常遥远。我是从《莲池》里扑通出来的，它对于我永远是圣地。

地区级文学刊物对于培养本地区的作者作用很大，对于繁荣文学创作作用也很大。它好像一级台阶，踏着它可以往上登攀。我不敢想象，如果没有《莲池》给我的勇气，我会不会成为一个作家。但《莲池》终于穷死了。

《湖海》比《莲池》应该更大些，相信很多作家会在这里获得勇气，练出真本领。

清醒的说梦者——关于余华及其小说的杂感

1989年12月

1987年，有一位古怪而残酷的青年小说家以他的几部血腥的小说震动了文坛。一时间，大部分评论家的目光，都集中在他的身上。此人姓余名华，浙江海盐人，后来，我有幸与他同居一室，进行着同学的岁月，逐渐地对这个诡异的灵魂有所了解。坦率地说，这是个令人不愉快的家伙。他说话期期艾艾，双目长放精光，不会顺人情说好话，尤其不会崇拜“名流”。据说他曾经当过五年牙医，我不敢想象病人在这个狂生的铁钳下会遭受什么样子的酷刑。当然，余华也有他的另外一面，这另外的一面也就是跟我们差不多的一面。这一面在文学的眼光下显得通俗而平庸。我欣赏的是那些独步雄鸡式的、令人不愉快的东西。正常的人一般在浴室里才引吭高歌，余华却在大庭广众面前狂叫。他基本上不理会别人会有的反应，而比较自由地表现他的狂欢的本性。狂欢是童心的最露骨的表现，是浪漫精神的最充分的体现。这家伙在某种意义上是个顽童，在某种意义上又是个成熟的可怕的世故老人。对人的理解促使我重新考虑他的小说，试图说一点关于艺术的话，尽管这显得多余。任何一位有异秉的人都是一个深不可测的陷阱，都是一本难念的经文，都是一颗难剃的头颅。对余华的分析注定了也是一桩出力不讨好的营生。这里用得上孔夫子的精神：知其不可为而为之。

我首先要做的工作是缩小研究的范围，把这个复杂的性格放在一边，简单地从思想和文学的能力方面给他定性：

这是一个具有很强的理性思维能力的人，他清晰的思想脉络借助于有条不紊的逻辑转换词，曲折但是并不隐晦地表达出来。这个人善于在小说中施放烟幕弹，并且具有超卓的在烟雾中捕捉亦鬼亦人的幻影的才能。

上述两方面的结合，正如矛盾的统一，构成了他的一批条理清楚的仿梦小说。于是余华就成为了中国当代文坛上的第一个清醒的说梦者。

这种类型的小说，并非是余华的首创，如卡夫卡的作品，可以说篇篇都有梦中境界。最典型的如《乡村医生》，简直就是一个梦境的实录。也许他就是记录了一个梦境。这都无关紧要。余华曾经坦率地承认卡夫卡给他的启示，在他之前，加西亚·马尔克斯在巴黎的阁楼上读完卡夫卡的《变形记》后，也曾经如梦初醒地骂道："他妈的，小说原来可以这样写！"

这是一种对于小说的顿悟，而那当头的棒喝，完全是来自卡夫卡小说中那种对于生活或是世界的独特的看法。卡夫卡如同博尔赫斯，也是一位为了作家写作的作家。他的意义在于他的小说中那种超越了生活的、神喻般的力量。每隔些年头，就会有一个具有慧根的天才，从他的著作中，读出一些法门来，从而羽化成仙。余华就是一个这样的幸运儿郎。

毫无疑问，这个令人不愉快的家伙，是个"残酷的天才"。也许是牙医的职业生涯培养和发展了他的这种天性，促使他像拔牙一样把客观事物中包涵的确定性的意义全部拔掉了。据说他当牙医时就是这样：全部拔光，不管好牙还是坏牙。这是一个彻底的牙医，改行后，变成了一个彻底的小说家。于是，在他营造的文学口腔里，剩下的只有血肉模糊的牙床，向人们昭示着牙齿曾经存在过的幻影。由此推论，如果让他画一棵树，他大概只会画出树的影子。

当然，我捕捉到的，也仅仅是他的影子。

是什么样子的因缘，使余华成为了这样的小说家？这是传记作家的任务。现在，我翻开他的第一本小说集《十八岁出门远行》。我没有精力读完这部小说集，况且，我也认为，对一个作家来说，似乎也没有去把他的全部作品读完的必要，无论他是多么优秀。

我来分析《十八岁出门远行》里的仿梦成份。他写到："柏油马路起伏不定，马路像是贴到海浪上，我走在这条山区的公路上，我像一条船。"

小说开篇，就如同一个梦的开始。突如其来，一个梦境、一个随着起伏的海浪漂流的旅途开始了。当然，这是剪裁过的梦境。这个梦有一个中心，那就是焦虑，就是企盼，因为企盼而焦虑，因为焦虑而企盼，就像梦中的孩童因为尿迫而寻找厕所一样。但我更愿意把小说中的主人公寻找旅馆的焦虑看成是寻找新的精神家园的焦虑。黄昏的迫近加重了这焦虑，于是梦的成份越来越强："公路高低起伏，那高处总在诱惑我，诱惑我没命地奔上去看旅店，可每次都只看到另一个高处，中间是一个令人沮丧的弧度。"

这里描写的感觉，是部分神经被抑制的感觉，是一种无法摆脱的强迫症，也是对希腊神话中推着巨石上山的西绪福斯故事的一种改造。人生总是陷在这种荒谬的永无止境的追求中，一直到最后的一刻才会罢休。这里包涵着人类生活中最为常见的、但谁也无法摆脱的公式。人永远是这公式的证明材料，英雄豪杰，无一例外。这是真正的梦魇。

“尽管我还是一次次地往高处奔，次次都是没命的奔。眼下我又往高处奔去。这一次我看到了，看到的是汽车而不是旅馆。”汽车突兀地出现在“我”的视野之内，而且是毫无道理地对着我开来，没有任何的前因后果。正符合梦的特征。汽车是确定的，但汽车的出现却是不确定的，它随时可以莫名其妙地出现，又随时可以莫名其妙地消失。就如同卡夫卡的《乡村医生》中那土人从窗框中伸进来的红色马头一样。马从哪里来？要往哪里去？何须问？但马头毕竟是就这样从窗框中伸了进来。

随即“我”就搭上了车，随即汽车就抛了锚。这也许是司机的诡计，也许是真的抛锚。后来，一群老乡涌上来把车上的苹果哄抢了。“我”为保护苹果结果竟然被司机打了个满脸开花。

司机的脸上始终挂着笑容，（笑容是肯定的，为什么笑，笑什么，不知道）并且抢走了“我”的书包和书。然后司机抛弃车辆，扬长而去。

这部小说的精彩之处在于司机与那些抢苹果老乡的关系所布下的巨大谜团。这也是余华在这篇小说里施放的第一颗烟雾弹。如果把这当成一个方程式，那么这个方程式是个不定式，它起码存在着两个以上的根，存在着无数的可能性。确定的只是事件的过程。因为存在着许多可能性，事件的意义也就等于被彻底瓦解。事件是反逻辑的，但又准确无误。为什么？鬼知道。对这篇小说进行确定意义的探讨，无疑是一种愚蠢的举动。当你举着一大堆答案去向他征询时，他会说：我不知道。他说的是真话。是的，他也不知道。梦是没有确定的意义的。梦仅仅是由一系列事件构成的过程，它只是作为梦存在着。诠释这类小说，如同给人圆梦一样，除了牵强附会、胡说八道，你还能说什么呢？

《十八岁出门远行》是当代小说中一个精巧的样板，它真正的高明之处即在于它用多样的可能性瓦解了故事本身的意义，而让人感受到一种由悖谬的逻辑关系与清晰准确的动作构成的统一所产生的梦一样的美丽。

应该进一步说明的是，故事的意义崩溃之后，一种关于人生、关于世界的崭新的把握方式产生了。这就是他在他的小说的宣言书《虚伪的作品》中所阐述的：“人类自身的肤浅来自经验的局限和对精神本质的疏远，只有脱离常识，背弃现状世界提供的秩序和逻辑，才能自由地接近真实。”

其实，当代小说的突破早已不是形式上的突破，而是来自哲学的突破。余华能用清醒的思辨来设计自己的方向，这是令我钦佩的，自然也是望尘莫及的。

那个十八岁的小伙子终究没有找到旅馆，就像那个始终没有找到厕所的孩子一样。多么令人高兴，他到底没有尿在床上。

酒后絮语

1992年5月14日

童年时，村头来了一位拉着骆驼的相面先生，许多人围观，我也挤进去看热闹。相面先生对众人说我："这个小孩眉中藏痣，注定长大了能喝酒。"当时村人们都以糠菜果腹，酒是极端奢侈之物，我既然相上注定能喝酒，也许长大后必有酒喝，有酒喝生活必然不会错——于是众人便用异样的目光打量我，看我这未来的酒徒，记得我当时颇为得意。

七十年代初，生活略有好转，有一次父亲在家招待一位尊贵客人，剩了半瓶酒，放在后窗台上。我盯着那半瓶酒，突然想起了相面先生的预言，便取下酒瓶，拔开塞子，狠嘬了一口。口腔麻辣，眼睛流泪，是酒给我的第一次感觉。这也便是我饮酒生涯的开始。

从此后只要家里没有人我便偷喝瓶中酒，自然是日日见少，担心被发现皮肉受苦，灵机一动，去水缸里舀来水，倒入酒瓶中，恢复到原来的水平。发现了这方法后，就更加放肆地偷喝，反正水缸里有得是水。渐渐地感到瓶中酒味越来越寡淡，不敢再喝，心中日日忐忑。过了些日子，又有客人来，父亲用那半瓶酒待客，竟然没有尝出酒味淡薄，也许是尝出来没说。总算是把这半瓶酒解决了，去了我一块心病。

母亲是知道我的鬼把戏的，但她并没有在父亲面前揭露我。我从小嘴馋，肚子似乎永远空空荡荡。饿苦了，所以馋。家里有什么好吃的东西，无论藏在什么地方，都会被我找到。母亲对我的馋无可奈何，她曾用手指点着我的额头，痛苦万端地说：你怎么这样馋呢？为什么屡教不改呢？因为吃，你赚了多少厌弃？让我为你担了多少羞耻？你什么时候才能把这个馋毛病改掉呢？你现在不但偷吃，还偷喝，喝了你爹的酒，就往里加凉水，你以为我不知道吗？——在母亲的斥责声中，我感到无地自容。

那时候的酒是用红薯干做原料烧出来的。这种酒质量低劣，味道苦辣，稍微喝多一点就烧心、头痛、吐酸水；而用高粱烧出来的酒，无论喝多少也不会头痛。我的大爷爷是喝酒的专家，许多关于酒类的知识，我都是从他那里得知的。

这位大爷爷是个中医，父亲说他三十多岁时才立志学医，后来竟学成了。他虽然没学到扁鹊、张仲景那种程度，但在方圆百里地盘上，很有些名气，也算是一方名医。他一生服务乡里，有口皆碑。父亲经常用大爷爷老大立志、学有所成的榜样来鞭策激励我，并让我跟他去学习中医。父亲说，什么人的饭碗都可能打破，唯独医生的饭碗打不破，因为皇帝也要生病。父亲说，只要你能学成，那保准你一辈子吃香的喝辣的。

那时我因为组织“蒺藜造反小队”被赶出校门，干农活又不中用，便有许多时间泡在大爷爷家。名曰学医，实则是泡在那里看热闹，听四乡八屯前来求医的人说一些轶闻趣事。大爷爷是地主成份，只因为有医术，土改时才免于一死。解放后政府对他特别照顾，没强制他下田劳动，允许他在家里坐堂行医。他那时已经年近八十，但耳聪目明，头脑清楚。他是个很健谈的人，尤其是三盅酒落肚之后。我从他的嘴里听过很多故事。这是事实，并不因为马尔克斯有个善讲故事的外祖母我就造出一个善讲故事的大爷爷来类龙比凤。后来听上了年纪的村人私下里说，大爷爷年轻时是个花天酒地的人，干过不少闻名乡里的风流事。听到祖辈的秘史，感到很亲切，并没有影响我对他的尊敬，反而感到敬佩。大爷爷有一种怀旧情绪，薯干酒令他很不满意，高粱酒很难买到大概也买不起，所以他也只能喝着薯干酒怀念高粱酒。

大爷爷说那时候我们这个只有三十多户人家的小村子里有两家规模很大的酒坊。东北乡遍地高粱，酒坊里烧的自然是高粱酒。那两家酒坊都有自家的堂号，一曰“总记”，一曰“聚元”。两家在土改时都被划为地主，他们的后辈都低头弯腰地承受了几十年祖辈遗给的苦难。“总记”的一个小儿子是解放初期的大学生，反右时被划为“右派”，“文革”期间被开除公职，赶回家乡劳改。他体力不济，干不了重活，只能与我们这些半大孩子混在一起。我常常看到他瞪着被薯干酒烧红的眼睛说一些疯话：酒啊，酒啊，亲娘比不上一瓶酒啊！“文革”结束后，他恢复了公职，离开家乡前，在大街上摆上一个缸，把周围三家供销社的酒全部买了，灌了满满一缸，然后爬到树上放鞭炮，号召全村人来喝酒，庆祝他平反，同时为自己招亲——立刻就有一个贫农的女儿上门来自荐——八十年代末，“总记”的几个后代扬言要恢复祖先的荣耀重建酒坊，说不但要造高粱酒，还要造葡萄酒。他们弄了一些据说是从意大利进口的葡萄种苗让乡亲们栽种，可惜这几个幻想家的热情在葡萄还没结果之前就冷却了。

那时候我们这个偏僻的小村庄里酒香洋溢，村子里上了年纪的男人，大都在酒坊里干过活儿。在酒坊里干活，酒是随便喝的，只要不耽误干活，掌柜的不会出言。我的一个表大伯说，那时酒坊伙计们的饭食很好，一天三顿白面，早晨四个小菜，每人一个咸鸭蛋，中午晚上有鱼有肉，酒管够。所以那时候的伙计，干活没有不卖力气的。这个表大伯腿瘸，就是在“总记”酒坊里干活累的。大爷爷那时候开着药铺，是村子里的头面人物，他自然不会到烧酒作坊里去卖大力，但他对酿酒的过程了如指掌。我写作《红高粱家族》时，从他们过去的生活中，获取了很多灵感。

大爷爷八十多岁时，每天还要喝两顿酒，午饭喝，晚饭喝，每次喝半斤。他年轻时能喝多少？谁也说不准。他对我讲过他自己的两次喝酒经历。一次是他出外为人诊病归来，在路上碰到一位朋友，朋友背着一坛酒，十二斤装，老秤。两人寒暄几句，坐下就喝。没有佐肴，正好路边有几棵野锥蒜，就掐着锥蒜叶儿当肴。搬着坛子，你咕嘟几口递给我，我咕嘟几口递给你，一会儿工夫，就把一坛酒咕嘟光了，那几棵野锥蒜还没吃完呢。然后抿嘴站起来，意犹未尽，拱手道别，各走各的，没事人一样。人均六斤白酒，老秤，竟然都没醉意，用现在的眼光看，简直就是海量了。而另一次，在邻村的一次酒宴上，他一眼看到对面而坐的竟是一位不共戴天的仇人，一杯酒饮罢，辞席而去，摇摇晃晃，感到烈火在脑子里燃烧，过了连结两村的小石桥，一头栽在村头的一个草垛边上，醉了整整一夜，醒来后看到一个车轮大的红日冉冉升起，照耀着遍地霜雪。

后来我渐渐大了，必须下地干活换取自己的饭食，大爷爷家不能去泡了，学习中医的事也就罢休。父亲对我的不堪造就非常不满，但也无可奈何。因为食物不足，家庭里永远笼罩着阴沉的空气，所以我和哥哥姐姐们，除了吃饭、睡觉不得不回家外，其余的空闲时间几乎都泡在六叔家。六叔家当然也吃不饱穿不暖，但穷欢乐的气氛浓厚，村里那些颇有趣味的人，都是六叔家的常客，在那些漫漫的冬夜里，他们每晚必到。房子小，人挤，我的位置在墙角，与一株养在破水缸里瑟缩在墙角熬冬的夹竹桃紧挨着。屋子里永远不生火，脚冻得像猫咬着一样痛。一灯如豆，温暖地照耀着众人模模糊糊的脸。屋子里烟雾腾腾，这些乡村的口头小说家们你一段我一段地编织着奇闻怪事，有时也议论经济，有时也批评政治，最多的话题则是妖魔鬼怪和村中人的男女情事。有一夜晚，下着鹅毛大雪，众人照旧来了，不知是谁说：要是有壶酒就好了。没有酒，但每个人都在想象着雪夜饮酒的幸福情景。六叔灵机一动，拿出半瓶给猪打针消毒用的酒精（他是赤脚兽医）兑上一碗凉水，从咸菜缸里捞出一个白菜疙瘩当肴，便你一口我一口地喝起来。这件事在《酒国》里得到了表现，但喝瞎眼睛的事是没有的，大概我们摄入的甲醇量还没有达到伤害身体的程度。

到了八十年代，生活好转，喝酒已是常事。造酒是暴利行业，大大小小的酒厂如雨后春笋般冒出来，各种各样的酒造出来，散装的红薯干酒见不到了，所有的酒都是瓶装盒盛，而且包装越来越豪华。报章上不时揭露用工业酒精勾兑假酒喝坏了人的事件，读之令人心怵。假酒制造者遍布各地，手段卑劣，令人发指。大批的假酒制造者和销售者发了横财，被揭露者不过千万之一。即使被揭露了，也不过罚点款了事，这点罚金与他们牟取的暴利相比，根本不算什么。所以，更多的假酒制造者继续用他们的毒酒害人，许多地方的官员对形形色色的制假集团是姑息的甚至是庇护的，其背后的情景可以想象。其实何止是假酒呢？常有人戏言：除了假的是真假，其余的都是假的。好在我们被蒙骗惯了，人命又不珍贵，所以买了假货也就摇摇头，连愤怒的兴趣都日益淡漠了。近日来，正在掀起一个揭露假货的运动，但愿运动过去，不要恢复如初，甚至变本加厉。我在北京，为防止上当，轻易不买个体户的东西。因为这些人的东西真货不多。而且这些人大都怀揣利刃，弄不好就要捅人。但从报纸上看到，连堂皇的国营商店里也充斥着假货，不用说，进货的人发了财。看起来，泛滥成灾的造假和售假并不是一个纯粹的经济现象，现象背后有深刻的背景，在腐败没得到有效遏制之前，假货永难灭绝。官员的腐败，是所有社会丑恶现象的根本原因。官员腐败问题得不到控制，制假卖假问题解决不了，社会风气堕落问题解决不了，环境污染问题解决不了。连那些濒临灭绝的珍稀动物，他们的天敌，也是腐败官员。

刺激了我的神经、触发了我的灵感，使我动笔写《酒国》的是一篇刊登在某家报刊的文章：《我曾是个陪酒员》。写这文章的是一位家庭出身不好，在念书时就被划为“右派”的人。他念的是中文，毕业后分到东北某矿山的子弟学校当教员，一直郁郁不得志，连个老婆也讨不到。有一次，开了工资之后，他买了八斤酒，想，索性醉死算了。他写了遗书，背着酒，进了山，找了片小树林，坐下，喝光了八斤酒，等死，但除了肚子发胀，别无不适之感。他这才明白自己是个永远喝不醉的人，于是放声大哭。学校的人发现了他的遗书，赶紧找到他，发现满地酒瓶，一人嚎啕。问他哭什么？他说原本想喝酒寻死，没想到毫无反应，这个月的工资也造光了，因此悲从中来。众人哭笑不得。渐渐地他千杯不醉的声名传播了出去。有一天，矿山党委派员来考察他的酒量，他当着来人的面连灌三瓶烈性白酒，面不改色心不跳。于是他被调到矿山党委宣传部，具体工作是陪矿山的干部出席酒宴。从此后他如鱼得水，无数的来宾倒在他的面前。他是中文科班出身，编几句敬酒词儿那是小菜一碟，人又机灵，常常妙语联珠惊四座，深得领导宠爱。他走到街上，许多人都投过来敬仰的目光。临近的几家大企业想用重金把他挖过去，矿山绝不放他。自然，老婆也讨到了，而且是本地区有名的美女。酒中自有黄金屋，酒中自有千钟粟，酒中自有颜如玉。

文章是这位饮酒的天才调回南方故乡后写的，字里行间充满痛定思痛的味道。如果他还在东北矿山工作，大概他也不会写这文章。

《酒国》动笔于1989年9月，原想写部五万字左右的中篇，但一写起来就没了遮拦。原想远避政治，只写酒，写这奇妙的液体与人类生活的关系。写起来才知晓这是不可能的。当今社会，喝酒已变成斗争，酒场变成了交易场，许多事情决定于觥筹交错之时。由酒场深入进去，便可发现这社会的全部奥秘。于是《酒国》便有了讽刺政治的意味，批判的小小刺芒也露了出来。

即便根据官方统计的数字，我们每年消耗的酒量也是惊人的。虽然禁止公费吃喝的明令再三颁布，但收效甚微，而且每整顿一次，便有一次疯狂的反弹。各种各样的斗酒方式应运而生。我与许多小官吏是朋友，也跟着他们喝了很多不花钱的酒，这也是腐败行为，我知道。我深深体会到，赴这种比赛酒量的宴席绝不是一件乐事，只要你还讲信义、好冲动，必定要被放倒，只有那些冷面冷心冷静的人，才能不被灌醉。而喝醉后的难受滋味，比感冒了难熬许多。我醉酒一次，脑筋要麻木起码一星期。但一上酒席，三杯下肚，便忘了先前的痛苦，总是像英雄一样豪饮，像狗熊一样醉倒。那些小官吏们，其实也想回家与家人一起吃饭，有兴时自随自便啜两盅，但他们身不由己。一方面他们因用公费吃喝、酒海肉山地挥霍浪费而被百姓诅咒，一方面他们又深受酒宴之苦。这大概是中国的一个独特矛盾。我想中国能够杜绝公费吃喝哪怕一年，省下的钱能修一条三峡大坝；能够杜绝公费吃喝三年，足可以让那些尚未脱贫的农民脱贫。这又是白日梦。能把月亮炸掉怕也不能把公费的酒宴取消，而这种现象一日不得到控制，百姓的口诽腹谤便一日不能止。

《酒国》中写了几位小官吏，我对他们表示了充分的理解与宽容。因为我深知，假若把我放在他们的位置上，我会跟他们一样。我经常想，能不能像朱元璋那样，把贪官污吏剥皮揎草，挂在公堂上，以警后任？我把这想法跟好友说，他们笑我幼稚。朱元璋剥皮揎草，也没制止王朝的腐败，我是太幼稚了。

当然，《酒国》首先是一部小说，最耗费我心力的并不是揭露和批判，而是为这小说寻找结构。目前这小说的结构，虽不能说是最好的，我自认为也是较好的了。语言也让我挖空心思。最好写的是酒后絮语，最难写的也是酒后絮语。如果读者能从这部书里读出一些不同于我过去作品之处，就使我欣然如醉了。

写到此处，这文章也该收尾了。但流连不忍离去，何故也？因为遗憾太多，过去五千年的历史，从某种意义上说几同一部酒的历史，酒成就了多少好事，也坏了多少好事。古人沉醉着，度过了多少峥嵘岁月，写出了多少辉煌诗篇，而我醉着酒，只写出了这冷眼文章。我想今后一定会有关于酒的巨著产生，我这《酒国》，不过是一声长啸而已，当有高啸如风者在后。

附注："苏门啸"，钱仲联注引《魏氏春秋》曰："阮籍……尝游苏门山，有隐者莫知姓名，有竹实数斛，杵臼而已。籍闻而从之，论太古无为之道，论五帝三王之义，苏门先生修然曾不眄之。籍乃吟然长啸，韵响寥亮。苏门先生迴尔而笑。籍既降，先生喟然高啸，有如风音。"

长啸自谓不凡，更有高啸在后。

狗文三篇

1993年1月——6月

一、狗的悼文

人与狗的关系由来日久。当人在洞穴里点着火堆御寒取暖、恐吓野兽时，狗也许还是围着火堆嚎叫着、伺机吃人的野牲口吧？等人进化到了半坡遗址所标志着的文明程度，狗就被驯化成了伏在火堆前、对围着火堆的野牲口狂吠的家牲口——由人的敌类变成了人的帮手了。仔细想起来，这不知道是狗的进化还是狗的退化？是狗的喜剧还是狗的悲剧？反正这种大概在山林里也没像虎豹熊狮那般威风过的野兽从此就堕落了呢还是文明了呢？总归是也与人类一起，远离了山林，渐渐步入了庙堂。

古往今来，关于狗的故事，层出不穷，难以胜数。救主的狗、帮闲的狗、复仇的狗、看家护院的狗、帮助猎人驱赶野兽的狗、与它们的表兄弟——狼——搏斗的狗，还有野性复发重归了山林的狗，还有经过了多少次、多少代的选优提纯、弄得基本不像狗的哈巴狗、狮子狗、腊皮狗、蝴蝶狗、蜜蜂狗、贵妃狗、西施狗……这些成了小姐太太们宠物的狗身价高贵、名目繁多，贵到数十万元一只，多到可以编一本比砖头还要厚的狗学大辞典。这些狗东西有时的确很可爱，在我吃饱了的时候。我并不反对养狗，有时甚至还能夸几句那狗——为了讨狗主人的喜欢——这小宝贝，多么可爱呀！但要让我自己养这样一条宠物狗，那是绝对不可能的。据说那些名狗们的膳食是由名厨料理的，某些世界名流的狗有专门的佣人侍候，还有奶妈——挑奶妈的标准比大地主刘文彩选奶妈还严格，刘文彩也不过是选那些年轻无病、奶水旺盛的即可，这些狗的奶妈们除了具备上述条件外，还必须面目清秀，气质高雅——这是一个名叫苟三枪的朋友告诉我的，不知真假，但这些狗东西难侍候之极确是真的。我们领导的太太养了一只蝴蝶狗，每周都要让公务员给它洗三次热水澡，用进口洗发香波，洗完了要用电吹风吹干，然后还要撒上几十滴法国香水。这条狗的待遇真让我羡慕，它过着多么幸福的生活啊！大如首都北京，能用进口香波每周洗上三次热水澡的人也不会超过一半，洗完了还能撒上几十滴巴黎香水的就更少，可见中国都市狗的生活水准大大超过了中国人民的生活水准，什么时候老百姓能过上都市狗的日子，那么中国就进入"大康"社会了，不是"中康"，更不是"小康"。这些话听起来好像有些阴阳怪气，似乎我在讥讽什么，其实绝无讥讽之意，实话好说实话难听罢了。

就像人分三六九等一样，狗也分成了诸多层次。前边说的高级宠物狗，自然是一等第一，第二等的大概要数公安边防们驯养的警犬了。这些狗外貌威武雄壮，看起来让人胆寒，实际是也是非常厉害。我曾采访过一个警犬训导员，知道了警犬的血统十分讲究，一头纯种名犬的价格能把人吓一个跟头。价格昂贵，训练更不易，从前有人说国民党的空军飞行员是用黄金堆起来的，我们的警犬则是用人民币堆起来。类似警犬立了军功、牺牲后隆重召开追悼大会的事在前苏联的文学作品中经常见到，中国大概也有这种事吧？

当年我看《林海雪原》，看到李勇奇的表弟姜青山那只名叫"赛虎”的猛犬竟能轻松地制服了两个荷枪实弹的土匪，我以为这是小说家的夸张，是为了衬托那位具有丰富山林经验、高超滑雪技能、枪法如神、行迹如侠客的姜青山的，现实生活中，一只狗，如何能制服两个人？何况还是两个荷枪实弹的土匪。后来又看了美国作家杰克·伦敦的《野性的呼唤》，那只名叫巴克的狗更是厉害，能在片刻之间咬死一群持枪的人，这就更难让我相信了。我认为地球上不存在这样的狗，巴克只能是个神话中的狗，与杨戬的哮天犬一样。

但现在我已经相信了作家们的描写，狗，的确是比人厉害。为什么我的关于狗的认识发生了变化？因为：前天，我被我家那条饿得瘦骨伶仃的狗狠狠地咬了几口。隔着棉裤、毛裤、衬裤、两件毛衣，它的利齿，竟然使我的身上三处出血、一处青紫。假如是夏天，我想我已经丧命于狗牙之下，即使不死，肠子也要流出来了。狗实在是太可怕了。狗真要发了疯，人很难抵挡。这是我平生第一次遭狗咬，如同上了一堂深刻的阶级教育课似的触及灵魂，于是就写这篇狗牙交错的文章。

听说我让狗咬了，父亲从乡下赶来看我。我说：“一条小瘦狗，想不到这么厉害！”我父亲说：“这条狗算不上厉害，日本鬼子那些狗才叫厉害呢！都是些纯种的大狼狗，牙是白的，眼是绿的，黑耳朵竖着，红舌头伸着，吃人肉吃得全身流油，个头巨大，像小牛犊似的，叫起来‘哐哐哐’的……为什么中国出了那么多的汉奸和顺民？一半是让日本鬼子打的，一半是让大狼狗吓的！”我的天哪，原来如此！

农村人也养狗，“文革”期间口粮不足，农民家徒四壁，没什么可偷——关键还是口粮太少，所以，养狗的极少——“文革”期间“忆苦思甜”，还把养狗少当作新社会比旧社会好的一个标志——这几年，口粮多了，家财也多了，于是养狗的也多了。这几年农村盗贼如毛，没有条狗还真不行。现在农村的狗我想很可能是历史上最多的时候，养这些狗决不是为欣赏，而是为了防盗贼。但由于都是些劣种的土杂狗，胆小而且弱智，小偷来了，它们也就是瞎汪汪几声而已，所以尽管养着狗，也防不了盗贼。何况现在的小偷们都是高智商，精通狗学，研究出了十几种对付狗的办法，据说最有效的一种是烧好一个萝卜，扔给狗，狗以为来了羊肉包子，张口一咬，便把牙烫掉，失去了呐喊与搏斗的能力，于是小偷就可以堂皇入室了。即使不扔热萝卜，扔一块肥肉进去，堵住了狗嘴，它们也就睁一只眼闭一只眼，成了小偷们的同谋。不过小偷们一般不舍得扔肥肉，要扔就扔热萝卜。农村狗一般都吃不太饱，熬得很苦，容易被收买也是情理中的事，都市的狗，食不厌精，脍不厌细，见了香酥鸡都不抬头，想收买它们就比较困难。

五年前，我妻子与女儿进县城居住，为了安全，也是为了添点动静热闹，我从朋友家要了一条刚出生不久的小狗，它的妈妈是条杂种狼犬，仅存一点狼的形象而已，决不是与狼交配而生。我把这小东西抱回来时，它可爱极了，一身茸茸毛，走路还跌跌撞撞的。它脑门子很高，看起来很有智慧。我女儿喜欢得不得了，竟然省出奶粉来喂它。我回了北京后，女儿来信说小狗渐渐长大，越来越不可爱了。它性情凶猛且口味高贵，把我妻子饲养的小油鸡吃掉不少，为了小鸡们的安全，只好在它的脖子上拴上了铁链，从此它就失去了自由。这条狗也是条苦命的狗，如果它不是被我抱走而是让一个干部或是农民企业家抱走，它保证可以长得像小牛一样大，但它不幸到了我家，刚开始还吃了几顿饱饭，后来就再也没吃饱过。它瘦得肋条根根突出，个头没长够就蹲住了。我们也没顾上给它盖个窝，一年四季，风霜雨雪，就让它露着天在墙根上蹲着。有几次整日暴雨，它在雨中疯狂地转着圈，追着自己的尾巴咬，眼珠子通红。我疑心这家伙疯了。后来转不动了，叫不动了，就缩成一团，浑身水淋淋的，像个老叫花子一样哼哼着，见到了我们，就发出哭一样的叫声，眼泪汪汪的，真是可怜极了。但肯定是不能把它放进屋子的：它满身泥水，腥气熏人，还有一身的跳蚤。我和妻子冒着雨给它搭了一个小棚子，但它竟然不懂得躲进去避雨。那个夜晚，在它的呻吟声里，我睡得很不安宁。它的生命力实在是顽强，太阳一出，抖擞掉身上的水，立刻又活蹦乱跳了。它的责任心强得有点可怕，在雨中，那般苦熬，但只要街上有点动静，它马上就忘记了自己的痛苦，拖着铁链子跳起来，狂叫不止，向主人示警。

它在我家吃了很多苦，我心中很是歉疚。翻盖房子时，特意为它盖了一间小屋，从此，它遭受风吹雨打的生活结束了。它更加尽职地为我们看护着家院，街上过车，它跳叫；街上过小学生，它也跳叫；邻居夫妻打架，它也跳叫；如果有人敲响了我家的门环，它一蹦能有三尺高；如果有人打开我家的门走进院子，它就忘了脖子上拴着铁链，发疯似地冲向前去，在半空中被铁链扽得连翻几个跟头跌下来；爬起来它继续往前冲，屡跌屡起，直到客人进了屋子它才停下来，吭吭地咳嗽，吐白沫，让铁链子勒的。

所有来过我家的人，都惊叹这条瘦狗的凶恶，都说从来没见过这般歇斯底里的狗，都说这条狗幸亏瘦弱，如果用肥肉喂胖了，那就不可想象有多么厉害了。我父亲却说：“肥鹰不拿兔子，胖狗不看家。”所有来我家的人都贴着墙跟，胆战心惊地溜走，我每次都大声咋呼着迎送客人，生怕它挣脱了锁链。它先后挣断过三条铁链子，为了找一根不被它挣断的铁链，我和妻子在集上转了好多圈，终于在卖废铁的地方发现了一条，是起重动滑轮上使用的，就像《红灯记》里的李玉和赴刑场时戴的脚镣那样粗，有三米多长，十几斤重。我如获至宝，出价要买。那卖废铁的主儿听说我买了做狗链子时问：“天老爷爷，你们家养了条什么狗？”我当然没有必要告诉他我们家养了条什么狗。回家后我与妻子一起把这条粗大的铁链子给它换上，它低着头，好像很不习惯。但很快它就习惯了，它拖着沉重的铁链，一如既往地对着客人冲击着，铁链子在水泥地面上哗啦啦地响着，有点英勇悲壮的意思，令人浮想联翩。它耸着脖子上的毛，龇着雪白的牙，对来客满怀深仇，表现出一种特别能战斗、特别渴望战斗的精神。我和妻子每隔几天就去检查一次拴它的链子和捆它的脖圈，生怕它获得了自由身，误伤了人民群众。记得三年前它还没完全长大时，就挣开链子，把一个来给我送稿子的县委宣传部的小伙子咬伤了。那个小伙子与我说着话往外走，猛然间从星光下它蹿了过来，基本上赛过一道闪电，眨眼间就在那个小伙子脚脖子上咬了一口。那小伙子蹭地一下子就蹿上了我家的高达三米的平房，等我妻子拴好了狗，搬来梯子，他才惊魂未定地爬下来。他说：“天哪，我是怎么上的房？”以后这个小伙子来给我送稿子，都是站在我家院墙外边，把稿子扔进来，大喊：“我不进去了，莫老师！”现在它长大了，虽然瘦但战斗精神极强，如果挣脱了锁链，后果不堪设想。尤其是我女儿经常带她的同学来家做作业看小人书，那些小女孩，一个个都是家里的宝贝疙瘩，万一被恶犬咬了，那乱子可就闹大，赔上医疗费和无数的道歉事小，伤了人家的孩子怎么也弥补不了。所以我远在北京，心里总是不踏实，每次写信或是打电话，都不敢忘记叮嘱：千万拴紧我们的狗！

据女儿说，有好几次链子开了，她和爷爷躲在屋子里不敢出来，一直等到她妈妈回来。说也怪，这条狗几乎对谁都龇牙，唯有对我妻子，却是异常地顺驯，一见她就摇尾俯身，恭敬得不得了，宛如太监见了皇后。她骂它，打它，踢它，它不龇牙，不瞪眼，老实得简直媚了。她开大门的声音它都能辨别出来，绝对不会错。我父亲说它不是听声，而是嗅味；我在一本书上也看到：狗的鼻子比人的鼻子灵光几十万倍。我虽然每年在家只有几个月，但它还是认识我的。有时我大着胆子给它喂食，它还对我摇摇尾巴表示感谢。有时甚至扑上来搂搂我的腿。但我的心里还是怯，绝不敢太靠近它，因为我知道这条狗跟我有距离。但我绝对没想到它竟会咬我，而且是那样的毫不留情。

那天，我送一个前来查电表的电工出门，它突然挣脱了脖圈，把那条沉重的锁链弯弯曲曲地抛弃在地上。我女儿惊呼："爸爸，狗！"狗已经蹿了过来，它的身体几乎紧贴着地面，见惯了它戴着锁链的形象，乍一见了没戴锁链的它，竟感到有一些陌生，好像不是我家的狗，而是一只别的野兽。运动员戴着沙袋训练，一旦解了沙袋，便如离弦之箭；我家的狗一直戴着铁链生活，一旦解脱了铁链，那速度比离弦箭还要快。我挺身而出，把电工挡在身后，并举起一只手，对着它挥舞着，嘴里大喊："狗！"狗一口就咬住了我的左腿。我庆幸自己穿着棉裤，棉裤里还套着毛裤，它咬了我，也不一定咬得透。我认为它咬我一口就该罢休，没想到它竟然连续作战，松开我的左腿，又咬了我的右腿，然后耸身一跳，在我的肚皮上又咬了一口。这时候我才知道这家伙的可怕，这时候我才明白宣传部那个小伙子为什么能跳上三米高的房顶。伤口剧烈地疼痛起来，我一挥手，正好挥进它的嘴里，它顺便又给了我一口。幸好离门不远，我挣脱了它，与电工和我女儿跑进屋子，紧紧地插上门，吓得三魂丢了两魂半。解开衣服一看，三处出血，一处青紫。腹部伤得最重，原因是毛衣不如棉裤厚。如果我只穿着单衣……如果咬着电工……我想，真是不幸之中之大幸!

这时，大门还没有关，万一它跑到大街上去见人就咬怎么办？这条狗，自从进了我家的大门，还从来没有出去过，它可以听到邻居家狗的叫声，但从来没有见过面，它能认识自己的同类吗？

妻子终于下班回来了，狗撒着欢儿迎接她，并且十分顺从地让她把铁链子重新拴到脖子上。

下午，我去县防疫站购买了狂犬疫苗，到门诊部打了一针，医生说要连续打五针，戒酒、茶一个月。

只因为一时冲动，咬了主人，它的末日就要来临了。

我让妻子去打听一下，有没有人愿意要这条狗。妻子回来说，人家都说：连自己的主人都咬，谁敢要？但她厂里几个馋鬼愿意打死它吃肉。

我的心立刻就软了。我想起了这条狗无比的忠诚，对我妻子。我想起这条狗在社会治安不好的情况下，给我妻子和女儿带来的安全感。我女儿在学校里听到了一些吓人的消息，夜里睡不着觉，我妻子就安慰她：“不怕，我们有狗。”它咬我，可能是一时糊涂吧？我决定还是留着它，给它脖子上再加一个脖圈，挣脱一个，还有一个。但那两个打狗的人已经来了。我妻子想了想，坚定地说：“不要了！”

那是两个身穿黑皮夹克的中年人，每人提着一条麻绳子。一进院，狗就疯了似地对他们冲刺、叫器。我生怕他们当场动手，他们说不。他们让我妻子把那两条绳子拴到狗脖子上，由他们拉到厂里去再打。

我女儿很难过，坐在桌前，打开了收音机。我把声音调大，怕狗垂死的声音刺激她。她坐在桌前，在低沉的箫声里，捂着脸哭了。

奇怪的是它竟一声不吭地被我妻子拉出了大门，那两个男人跟在后边。这是它第一次出门，出去了，就永远回不来了。

我心里也感到很难过，劝着女儿，说人家把狗牵去，放在食堂里养着，天天吃大鱼大肉，它是去享福了。她还是哭，我心里烦起来，就说：是爸爸要紧还是狗要紧？！

她躺到床上，用被子蒙着头，不吃饭，我咋呼她，她不服。

我妻子悄悄地跟我说，狗出门时，双膝跪着，望着她，那眼神真让人不好受。

第二天，她回来说，那两个人拖它走，它死活不走，于是就在街上把它打死了。我问它反抗了没有，我妻子说没有，一点也没有。

我许愿为女儿再去要一条善良的、漂亮的狗，但我的确很犹豫。人养狗，总要看到它的末日，即便它咬了你，打死它时你也要为它难过，这就是感情吧！

现在，它早已变成了肥田的东西，构成它的物质重新回归了大自然，而且，由这些物质，重新组合成一条狗的机会再也不会有了，但它的短暂的一生，与我的家庭的一段历史纠葛在一起。它咬我那几口，会变成我的女儿对她的孩子讲述的一件趣事吧？也许。

二、狗的冤枉

其实何止是狗有冤枉呢，大凡是被人驯化了的动物，都有诉不尽的冤枉，其中尤以狗的冤枉为最罢了。譬如牛，为人拉犁耕田，为人吃草泌奶，提供皮肉骨骼，连粪便都要为人肥田或是取暖，冤得很，但人对牛的无私奉献和任劳任怨是赞赏的，并将牛的品格作为一种美德，用来褒扬那些勤勤恳恳、吃苦耐劳、不声不响的人。我初当兵那时，在部队里最容易入党、最有希望提干、最被领导喜欢的人，就是那些文化水平不高、但特能种菜抡大锤、特能起猪圈扫厕所的“老黄牛”，“革命的老黄牛”。有不革命的老黄牛吗？谁知道！而如果你是高中毕业生，嘴巴能说，笔头能写，即使你干起活来比那些“老黄牛”还要拼命，也不会得到多少好评。年终总结时，一顶“骄傲自满、缺乏实干精神”的帽子还是要戴到你的头上。对此我有亲身的经历、深刻的体会、满腹的牢骚。多少年来，我们的队伍里究竟提拔了多少“老黄牛”当军官，谁也没有统计过，但数量肯定很大。一旦那些“老黄牛”被提拔成小军官，多半“牛”性顿失，腐化堕落得比资产阶级还要快一些。他们的行为很有些为当“牛”的历史捞本儿似的。经过几十年的淘汰，这些“牛”们多半解甲归了田，但也有一些爬到了一定高度，靠着囫囵吞枣学来的那几百个汉字，靠着几十句部队“政治思想工作者”们挂在嘴上的空洞术语，统治着他管辖的部门。这些由“牛”变成的老虎，张口就是“觉悟”、“党性”、“组织原则”、“作风纪律”、“关怀培养”，其实他自己也弄不明白这些话的真正含义，鹦鹉学舌，瞎叫而已。其实他满脑袋瓜子都是《官场现形记》中那个带着老婆给巡抚大人煮馄饨的小官儿的思维，他对下属颐指气使，对同级脸上带笑脚下使绊子，对上司呢？那就是一只活生生的哈巴狗了——瞧，冤案出来了！

人们喜欢用牛誉人，却用狗来骂人。难道狗对人类的贡献比牛小吗？不，一点也不小。据一个动物学专家说，狗是人类最早驯化的野兽，这也就是说，狗为人卖命的历史比牛马等牲畜都要早。在过去的千千万万年里，有多少狗帮助主人追捕到了多少野兽？多少狗把被主人击伤但还没死利索的多少飞禽走兽咬死叼到主人面前、换取一个鸟头或是一根兽骨？多少狗为主人放牧了多少牛羊？多少次把多少离群的牛羊撵回到主人的畜群里？多少狗为了保护主人的多少鹅棚鸭舍与多少前来偷食的恶狼、刁狐进行了多少次生死搏斗？多少忠心耿耿的狗倒在狼的利齿下，为了主人的利益牺牲了自己宝贵的生命？多少狗多少次为了主人身负重伤、皮开肉绽、骨折筋断、血迹斑斑、痛得眼睛冒绿火儿嘴里直哼哼，主人无药医它它只能伸出舌头一下下地舔舐自己的伤口、主人还说断不了的狗腿、狗舌上有参、狗唾液能消炎为不给狗疗伤开脱自己？有多少次有多少狗为多少人通风报信于危难之中，挽救了多少人的生命？有多少狗伴随着人开拓了多少新大陆？有多少狗拉着多少雪橇奔驰在冰天雪地的南极北极，夜里睡在雪窝里，每天只吃一条鱼？有多少狗多少次凭着灵敏的鼻子为多少主人侦破了多少杀人血案？有多少狗多少次凭着利齿、利爪和全身灵活强健的肌肉制止了犯罪、惩治了邪恶、伸张了正义？有多少狗一生忠心耿耿为主人看家护院保卫了主人的财产安全、安定了弱小者的心、壮了孤儿寡母的胆？有多少狗用自己可爱的、可笑的、稀奇古怪的相貌和体形安慰了多少青春少女、孤独老人、大亨巨贾、高官显要们寂寞或是空虚的心灵？有多少狗用自己丰满的皮毛温暖了多少流浪汉子的身体、伴他们度过多少个漫漫长夜？有多少狗将自己的尸体贡献出来、充填了多少不法之徒或是善良平民的肚腹？有多少狗肉的分子变成了多少人的多少细胞？有多少狗的皮毛变成了华美的皮帽子戴在了多少人的头上为他们抵御了多少次风雪？有多少张狗皮被做成了狗皮褥子垫在了多少人的床上？有多少根狗骨头被人熬成了胶，又有多少根狗骨头被不法商人当成了虎骨卖给了人浸泡了多少瓶酒浆？……呵，狗啊！你对人的奉献一点也不比牛少，更不比马少，但几乎一句赞美之词也落不到你的头上。人们在骂人时，张口就是：狗！走狗！哈巴狗！狗东西！狗崽子！狗娘养的！狗日的！……猫对人的贡献远不如狗，猫讨好主人的本领决不比狗差甚至还过之，但谁又肯骂人为猫养的？——这种不公平的现象是什么时候、如何形成的？谁能谁又愿意告诉我呢？

狗想：人，你们这些可怕的狗东西，你们实在是太难侍候了。我们凶了你们要打死我们；我们善了你们嫌我们没用还是要打死我们。你们天天叹息做人之难，但你们是否知道做狗更不易？上帝创造万物之初，狗和人都浑身长毛拖着一根尾巴，凭什么该你们统治我们而不该我们统治你们？我们不反抗是因为我们斗不过你们，你们发明了弓箭、猎枪和名目繁多的武器，我们只能俯首称臣。我们中的彻底的觉悟者，就是你们认为的“疯狗”，其实它们很正常，它们为了恢复我们狗类的远古的光荣不惜咬人然后杀身成仁是我们狗中的烈士。它们之所以见人便咬，是它们已经认识到人类是我们敌人。你们每打死一条“疯狗”，在我们的狗心里就有一座巍峨的丰碑竖立起来。人啊，你们不要得意得太早了！当然，我们不否认，狗中确有道德败坏的败类，譬如其中一个就违犯造物的原则，公然地与它的女主人交媾，此例见于山东淄川人蒲松龄所著《聊斋志异》。但归根结底还是它的女主人引诱了它……外边又有什么声响？是不是小偷在撬主人的门户？是不是刺猬在咬主人的甜瓜？汪汪汪汪，虽然我在胡思乱想，但决不能忘记做狗的本分，汪汪汪汪，汪汪汪汪汪汪汪……

如果不深入狗的心灵，我做梦也想不到狗会有这样深的痛苦和这样痛苦的思想，它们什么都明白，但它们轻易不吐露心声。它们什么都知道，但它们揣着明白装糊涂。那一连串的汪汪汪里，包含着太多的矛盾，并不是简单的为主报警。

话往回收一收：还是鲁迅深刻，还是鲁迅更辩证些。他虽然也骂人为“丧家的资产阶级的乏走狗”，并且高举着“痛打落水狗”的旗帜，但他老先生又说他受伤之后，一声不吭，躲进荆榛丛中，舔舐自己的伤口。动物中大概只有狗才会舔舐疗伤，由此可见，先生对狗并不一概论之，他对狗的两面性或是对两种狗是区别对待的，前者是他憎恨的，后者是他效仿的。所以，我想，呼人为狗，在早，也许既无褒意也无贬意，到了后来，这种称谓才发生了变化，成了骂人的专用名词。

但导师教导我们，所谓的纯粹只是相对而言，金无足赤，人无完人，狗也无完狗。称人为狗，一般情况下是恶意，但父母称自己的孩子为“小狗”、为“狗儿”时，不但无恶意，而是爱到溺的表现了。据说也有妻子呼丈夫为“狗狗”——张贤亮的《绿化树》中，马缨花就称章永麟为“狗狗”——这是肉麻狎怩的称呼，是情深意笃的表现，这种情况一般应该发生在母性强大的女人身上，而事实证明，铁打的汉子，最需要的，也许正是这种扮演着母亲与情人的女人。我为一个名导写楚汉战争的剧本时，曾在气拔高山力盖世的项羽身上发现了这种情结，他之所以和虞姬难分难舍，极有可能他是一个大顽童而虞姬是一个母亲情人型的女人。

绝对会一切如故，狗还是狗人还是人，狗还是要被人奴役着，狗还是要变成某些坏人的符号，文章改变不了千年的习惯，何况还是这等狗屁文章。

我把你抱来，我把你养大，你咬我三口，我找人把你打死，我家的功大于过的狗啊，我用这两篇文章，覆着你的困惑不解的双眼，你安息吧！

三、狗的趣谈

今年明明是鸡年，可我偏偏和狗干上了，连写数篇狗文，好像在欢度狗年。幸好时光如过隙白马，眨眼间狗年就在不远处向我们狂吠了。鸡年头上我被自家的狗咬伤，注射狂犬疫苗已过百日，除了身上留下几个紫红的疤痕，下雨阴天发痒外，别无什么感觉。据说狂犬病毒有潜伏期，百日过后尚无异常，看来发病的可能性已经很小了，如果得狂犬病而死，倒也不失为一种别致的死法，可以让朋友们多一些话题。

咬我的狼狗被处理之后，我便请求父亲给我女儿找条小狗。父亲对他这个最小的孙女的要求向来是有求必应，所以办得格外认真。老人号令一发，亲戚朋友立即分头去办，很快就落实了几户。这几户人家都有母狗怀着孕，说一等下了崽，让我们先挑。我大姐为了给我女儿要小狗，甚至不惜登了与她家关系不睦的人家的大门——那家的狗曾经咬了我大姐的小女儿——那家的女主人听说是我的女儿要小狗，答应得十分干脆，说没问题，一旦下了崽，一定留个最好的。

就在这当儿，我女儿自己不知从哪里弄来了一条小狗。这是个灰灰绒绒的小家伙，十分可爱。我女儿说是条小公狗，但我发现它蹲着撒尿，而在我的印象里，小公狗都是三条腿站着、一条腿翘着撒尿的。我女儿硬说是条小公狗，那就小公狗吧，只要她喜欢，母狗说成公狗又有何妨。

这条小狗一进家门，气氛顿时活泼了。女儿带着它在院子里跑来跑去，欢声笑语不绝。每天上学去，她都要跟小狗握“手”道别；放学回来，第一件事就是跟小狗握“手”寒暄。看到这些，我心里感到很欣慰。我在童年时饱受苦难，当时也没感到特别苦，回忆起来也是淡然如水，但我生怕女儿受苦，只要她高兴，我就欢喜。这世界将来是个什么样子谁也说不准，女儿这代人会不会像我们这代人一样遭受磨难？将来的事管不了，眼前的事能管就多管点。狗给孩子们带来欢乐，狗就万岁。写到这里，我对都市狗的不满也就锐减了。人家用香波给狗洗澡、用香水给狗洒毛，是人家有钱，是狗的福气，与我有什么关系？

前几天在一个会上碰到了一个东北的作家，他说他一年多来在俄罗斯“挂职”，大开了眼界。他讲了一大堆俄罗斯趣事给我们听，其中讲到了俄罗斯的狗。他说俄罗斯的狗品种繁多，有的狗怎么看也是只羊，但它的确是只狗。他说有很多来往于北京与莫斯科之间的狗倒爷，倒狗发了大财；不但发了财而且成了狗专家，对狗的一切都了如指掌。他在莫斯科时养过一条狗，名叫“拳击手”，这条狗的模样就像一张人脸让拳击手迎面搗了一拳，什么模样，你自己去想象吧！他说俄罗斯的倒狗女们不但技巧非凡，而且对狗充满了感情。俄罗斯女人乳大，乳沟里能藏几只小狗。那些小狗都戴着呢绒小帽，像小孩子一样吃奶，当然不是吃俄罗斯女人的奶。俄罗斯女人们在腰里插一圈奶瓶，利用体温使奶瓶里的奶保持温度。在“莫斯科——北京”的国际列车上，俄罗斯倒狗女们从腰里摸出一只奶瓶，插在头戴呢绒小帽、藏在乳沟里的像小娃娃一样的小狗嘴里，小狗们就愉快地嘬起奶来。这生动活泼的情景宛若在眼前，令我心里无限温馨。世界如此美好，俄罗斯女人真是可爱。我想到了《静静的顿河》里的阿克西妮娅——只有乳沟里能藏狗的女人中才能产生阿克西妮娅，也只有阿克西妮娅的后裔们才能在乳沟里藏狗啊！

洗热水澡

1993年

当兵之前，我在农村生活了二十年，从没洗过一次热水澡。那时候我们洗澡是到河里去。我家的房后有一条胶河，每到盛夏季节，河中水势滔滔，坐在炕上便能看到河中的流水。回忆中那时候的夏天比现在热得多，吃罢午饭，总是满身大汗。什么也顾不上，扔下饭碗便飞快地跑上河堤，一头扎到河里去，扎猛子打扑通，这行为本是游泳，但我们从来把这说成是洗澡。在河里泡上一晌午头，等到大人们午睡起来，我们便爬上岸，或是去上学，或是去放牛羊。每年的夏天，河里总要淹死几个孩子，但并不能阻止我们下河洗澡。大人也懒得来管。我们都是好水性，没人教练，完全是无师自通，游泳的姿势也是五花八门。那时候，每到夏天，十岁以下的男孩子，身上都是一丝不挂，连鞋子也不穿。我们身上沾满了泥巴，晒得像一条条黑巴鱼。有一些胆大的女孩子也有每天中午跟着男孩子下河的，但她们总是要穿着衣服，拖泥带水，很不利索。

我们洗澡的时间大概从“五一”节开始，洗到十月国庆节为止。个别的特别恋水的孩子，到了下霜的深秋季节，还动不动就往河里跳。我们那时自然不知冬泳什么的，只是感到不下水身上刺痒。河里结了冰，我们就没法子洗澡了。然后就干巴一个冬季，任凭身上的灰垢积累得比铜钱还要厚。那时候我们并不知道城里人在冬季还能洗热水澡。

我第一次洗热水澡是应征入伍后到县城里去换穿军装的时候。那时我已二十岁。那个冬季里我们县共征收了九百名士兵，在县城集合，发放了军装后，像赶鸭子似的被赶到两个澡堂子里去。送行的家人们在澡堂子外边等着拿我们换下来的衣服。那时县城里总共有两个澡堂子。一个是公共澡堂，一个是橡胶厂澡堂。公共澡堂也叫人民浴池，是供县城人民洗澡用的，据说里边有一个很大的水池子，而且还是石板铺地。橡胶厂澡堂是供橡胶厂工人洗澡用的，规模很小，设施也差。我不幸被分到橡胶厂的澡堂里去。那个澡堂其实就是在平地是挖了一个坑，周遭抹上一层水泥。水泥坑中倒上几十桶热水。墙角上临时升了几个火炉子。澡堂里的墙上、地上到处都抹着一层又黑又粘的脏东西，估计是从橡胶工人身上洗下来的。屋子里散发着一股刺鼻的臭气，比农村里所有的气味都难闻。很多人捂着鼻子跑出来说不洗了不洗了！但带队的武装部干部说，你们已经是兵了，军令如山倒，让你们洗就得洗，不洗就是违抗军令。于是大家只好手忙脚乱地脱衣。三百个青年，光溜溜的，发一声喊，冲进澡堂里去，像下饺子一样跳到池中。水池立刻就满了人，好似肉的丛林。池中的水猛地溢了出来，在地上涌流，流到外间去，浸湿了我们脱下来的衣服。这次所谓洗澡，不过是用热水沾了沾身体罢了。力气小的挤不进去，连身体也没沾湿。但是从此之后，我知道了人在严寒的冬天，可以在室内用热水洗澡这件事。

当兵后，部队住在偏远的农村，周围连条可以洗澡的河都没有。我们整天摸爬滚打，还要养猪种菜，脏得像泥猴子似的，身上散发着臭气。但部队就是部队，待遇胜过农民。每逢重大节日，部队领导就提前派人到县城里去联系澡堂子。联系好了，就用大卡车拉着我们去。这一天部队把整个澡堂包下来了，老百姓不准入内。我们可以尽兴地洗。我们所在的那个县是革命的老根据地，对子弟兵有很深的感情。澡堂工作人员对我们特别客气，免费供应茶水，还免费供应肥皂，把我们感动得很厉害。那个很胖大的澡堂领导对我们说：好好洗，同志们，来一次不容易。有什么意见随时提出来，我们随时改正。我们的带队领导说：同志们，好好洗，认真洗，洗不好对不起人民群众对子弟兵的一片心意。我们在澡堂子里一般要耗六个小时，上午九点进去，下午三点出来。我们在老兵的带领下，先到水温不太高的大池子里泡，泡透了，爬上来，两个人一对，互相搓身上的灰。直搓得满身通红，好像褪去了一层皮，也的确是褪去了一层皮。搓完了灰，再下水去泡着。泡一会儿，再上来搓灰。这一次是细搓，连脚丫缝隙里都要搓到。搓完了，老兵同志站在池子沿上，说：不怕烫的、会享福的跟我到小池子里泡着去。我们就跟着老兵到小池子里去。小池子里的水起码有六十度，水清见底，冒着袅袅的蒸汽。一个新兵伸手试了试，哇地叫了一声。老兵轻蔑地看了他一眼，说：大惊小怪干什么？然后，好像给我们表演似的，他屏住气息，双手按着池子的边沿，闭着眼，将身体慢慢地顺到池子里。他人下了池子，几分钟后还是无声无息，好像牺牲了似的，我们胡思乱想着但是不敢吭气。过了许久，水池中那个老兵才长长地吐出一口气，足有三米长。我们在一个忠厚老兵的教导下，排着队蹲在池边，用手往身上撩热水，让皮肤逐渐适应。然后，慢慢地把脚后跟往水里放。一点一点地放，牙缝里咝咝地往里吸着气。渐渐地把整个脚放下去了。老兵说，不管烫得有多痛，只要放下去的部分，就不能提上来。我们遵循着他的教导，咬紧牙关，一点点地往下放腿，终于放到了大腿根部。这时你感到，好像有一万根针在扎着你的腿，你的眼前冒着金火花，两个耳朵眼里嗡嗡地响。你一定要咬住牙关，千万不能动摇，一动摇什么都完了。你感到热汗就像小虫子一样从你的毛孔里爬出来。然后，在老兵的鼓励下，你一闭眼，一咬牙，抱着死也不怕的决心，猛地将整个身体浸到热水中。这时候你会百感交集，多数人会像火箭一样蹿出水面。老兵说，意志坚定不坚定，全看这一霎哪。你一往外蹿，等于前功尽弃，这辈子也没福洗真正的热水澡了。这时你无论如何也要狠下心，咬住牙，你就想：我宁愿烫死在池子里也不出来了。这时你可能感到有万支钢针在给你针灸，你的心脏跳动得比麻雀心脏还要快，你的血液像开水一样在你的血管子里循环，你汗如雨下，你血里的脏东西全部顺着汗水流出来了。过了这个阶段，你感到你的身体不知道哪里去了，你基本上不是你了。你能感觉到的只有你的脑袋，你能支配的器官只有你的眼皮，如果眼皮算个器官的话。连眼皮也懒得睁开。你这时尽可以闭上眼睛，把头枕在池子沿上睡一觉吧。即便是这样死了，你也挺幸福是不是？在这样的热水中像神仙一样泡上个把小时，然后调动昏昏沉沉的意识，自己对自己说：行了，伙计，该上去了，再不上去就泡化了。你努力找到自己的身体，用双手把住池子的边沿，慢慢地往上抽身体，你想快也快不了。你终于爬上来了。你低头看到，你的身体红得像一只煮熟的大龙虾，散发着一股新鲜的气味。澡堂中本来温度很高，但是你却感到凉风习习，好像进了神仙洞府。你看到一根条凳，赶快躺下来。如果找不到条凳，你就随便找个地方躺下吧。你感到浑身上下，有一股说痛不是痛，说麻不是麻的古怪滋味，这滋味说不上是幸福还是痛苦，反正会让你终生难忘。躺在凉森森的条凳上，你感到天旋地转，浑身轻飘飘的，有点腾云驾雾的意思。躺上半小时，你爬起来，再到热水池中去浸泡十分钟，然后就到莲蓬头那儿，把身体冲一冲，其实冲不冲都无所谓，在那个时代里，我们没有那么多卫生观念。洗这样一次澡，几乎有点像脱胎换骨，我们神清气爽，自觉美丽无比。

过了十几年，我到北京上学、工作，虽然是身在首都，但要洗一次澡还是不容易。譬如在军艺上学期间，每周澡堂开一次。因为要讲究卫生，取消了水池子，全部改成了淋浴。总共十几个莲蓬头，全院数百个男子，只能是有人洗，有人在一边等。暖气烧得又不热，把人冻得像猴似的。好不容易洗完了澡，再冒着寒风、踩着满地的煤灰走回宿舍，连一点美好的感觉也找不到了。从那时我就想：将来如果有了钱或是有了权，我要做的第一件事就是在自己家里修一个澡堂子，澡堂子里有一大一小两个水池子，一天二十四小时都有热水，大池子里的水比较热，小池子里的水特别热。据说我党的许多领导人喜欢坐在马桶上办公，我如果成了什么领导人，一定要泡在澡堂子里办公，办公桌就浮在水面上。开会也在澡堂里开，大家一边互相搓着背，一边讨论，那样肯定能够比较坦诚相见，许多衣冠楚楚时解决不了的问题也就容易解决了。有好几次我接受记者采访，他们问我最大的理想是什么，我说就是将来在家修个澡堂子，天天能洗热水澡。

又过了将近十年，我的家中安装了燃气热水器，基本上解决了天天能洗热水澡的问题，但这离我的理想还相差甚远。在热水器下洗完澡，总是感到浮皮潦草，一点都不深刻，没有那种脱胎换骨的感觉。我理想的、我向往的、我怀念的还是县城里那种有热水池和超热水池的大澡堂子，如果要修一个私有的这样规模的大澡堂并能日日维持热水不断，我的钱还远远不够，我的权更是远远不够。我这样的人这辈子是当不上什么官了，所以指望着利用职权来为自己修一个大澡堂子的可能性是不存在的，只有寄希望于我能写出一部畅销书，卖了几千万本，收入了亿万元的版税，那时，我的大澡堂子就可以兴建了。到时候欢迎各位到我家来洗澡，咱们一边洗澡一边谈论文学问题，那该是多么幸福的生活啊！

会唱歌的墙

1993年

高密东北乡东南边隅上那个小村，是我出生的地方。村子里几十户人家，几十栋土墙草顶的房屋稀疏地摆布在胶河的怀抱里。村庄虽小，村子里却有一条宽阔的黄土大道，道路的两边杂乱无章地生长着槐、柳、柏、楸，还有几棵每到金秋就满树黄叶、无人能叫出名字的怪树。路边的树有的是参天古木，有的却细如麻杆，显然是刚刚长出的幼苗。

沿着这条奇树镶边的黄土大道东行三里，便出了村庄。向东南方向似乎是无限地延伸着的原野扑面而来。景观的突变使人往往精神一振。黄土的大道已经留在身后，脚下的道路不知何时已经变成了黑色的土路，狭窄，弯曲，爬向东南，望不到尽头。人至此总是禁不住回头。回头时你看到了村子中央那完全中国化了的天主教堂上那高高的十字架上蹲着的乌鸦变成了一个模糊的黑点，融在夕阳的余晖或是清晨的乳白色炊烟里。也许你回头时正巧是钟声苍凉，从钟楼上溢出，感动着你的心。黄土大道上树影婆娑，如果是秋天，也许能看到落叶的奇观：没有一丝风，无数金黄的叶片纷纷落地，叶片相撞，索索有声，在街上穿行的鸡犬，仓皇逃窜，仿佛怕被打破头颅。

如果是夏天站在这里，无法不沿着黑土的弯路向东南行走。黑土在夏天总是黏滞的，你脱了鞋子赤脚向前，感觉会很美妙，踩着颤颤悠悠的路面，脚的纹路会清晰地印在那路面上。但你不必担心会陷下去。如果挖一块这样的黑泥，用力一攥，你就会明白了这泥土是多么的珍贵。我每次攥着这泥土，就想起了那些在商店里以很高的价格出售的那种供儿童们捏制小鸡小狗用的橡皮泥。它仿佛是用豆油调和着揉了九十九道的面团。祖先们早就用这里的黑泥，用木榔头敲打它几十遍，使它像黑色的脂油，然后制成陶器、砖瓦，都在出窑时呈现出釉彩，尽管不是釉。这样的陶器和砖瓦是宝贝，敲起来都能发出清脆悦耳的声音。

继续往前走，假如是春天，草甸子里绿草如毡，星星点点、五颜六色的小小花朵，如同这毡上的美丽图案。空中鸟声婉转，天蓝得令人头晕目眩。文背红胸的那种貌似鹌鹑但不是鹌鹑的鸟儿在路上蹒跚行走，后边跟随着几只刚刚出壳的幼鸟。还不时地可以看到草黄色的野兔儿一耸一耸地从你的面前跳过去，追它几步，是有趣的游戏，但要想追上它却是妄想。门老头子养的那条莽撞的瞎狗能追上野兔子，那要在冬天的原野上，最好是大雪遮盖了原野，让野兔子无法疾跑。

前面有一个池塘，所谓池塘，实际上就是原野上的洼地，至于如何成了洼地，洼地里的泥土去了什么地方，没人知道，大概也没有人想知道。草甸子里有无数的池塘，有大的，有小的。夏天时，池塘里积蓄着发黄的水。这些池塘无论大小，都以极圆的形状存在着，令人猜想不透，猜想不透的结果就是浮想联翩。前年夏天，我带一位朋友来看这些池塘。刚下了一场大雨，草叶子上的雨水把我们的裤子都打湿了。池水有些混浊，水底下一串串的气泡冒到水面上破裂，水中洋溢着一股腥甜的气味。有的池塘里生长着厚厚的浮萍，看不到水面。有的池塘里生长着睡莲，油亮的叶片紧贴着水面，中间高挑起一支两支的花苞或是花朵，带着十分人工的痕迹，但我知道它们绝对是自生自灭的，是野的不是家的。朦胧的月夜里，站在这样的池塘边，望着那些闪烁着奇光异彩的玉雕般的花朵，象征和暗示就油然而生了。四周寂静，月光如水，虫声唧唧，格外深刻。使人想起日本的徘句：“蝉声渗到岩石中。”声音是一种力呢还是一种物质？它既然能“渗透”到磁盘上，也必定能“渗透”到岩石里。原野里的声音渗透到我的脑海里，时时地想起来，响起来。

我站在池塘边倾听着唧唧虫鸣，美人的头发闪烁着迷人的光泽，美人的身上散发着蜂蜜的气味。突然，一阵湿漉漉的蛙鸣从不远处的一个池塘传来，月亮的光彩纷纷扬扬，青蛙的气味凉森森地粘在我们的皮肤上。仿佛高密东北乡的全体青蛙都集中在这个约有半亩大的池塘里了，看不到一点点水面，只能看到层层叠叠地在月亮中蠕动鸣叫的青蛙和青蛙们腮边那些白色的气囊。月亮和青蛙们混在一起，声音原本就是一体——自然是人的自然，人是自然的一部分。人在天安门集会，青蛙在池塘里开会。

还是回到路上来吧，那条黄沙的大道早就被我们留在了身后，这条黑色的胶泥小路旁生了若干的枝杈，一条条小径像无数条大蛇盲目爬动时留下的痕迹，复杂地卧在原野上。你没有必要去选择，因为每一条小径都与其它的小径相连，因为每一条小路都通向奇异的风景。池塘是风景。青蛙的池塘。蛇的池塘。螃蟹的池塘。翠鸟的池塘。浮萍的池塘。睡莲的池塘。芦苇的池塘。水荭的池塘。冒泡的池塘和不冒泡的池塘。没有传说的池塘和有传说的池塘。

传说明朝的嘉靖年间，有一个给地主家放牛的孩子，正在池塘边的茅草中蹲着干一件事儿，听到有两个男人的声音在池塘边上响起。谈话的大意是：这个池塘是一穴风水宝地，半夜三更时会有一朵奇大的白莲花苞从池塘中升起。如果趁着这莲花开放时，把祖先的骨灰罐儿投进去，注定了后代儿孙会高中状元。这个放牛娃很灵，知道这是两个会看风水的南方蛮子。他心中琢磨：我给人家放牛，一个大字不识，一辈子不会有什么出息了，但如果我有中了状元的儿子，子贵父荣，也是一件大大的美事。尽管我现在还没有老婆，但老婆总是会有的。放牛娃回去把父母连同爷爷奶奶的尸骨起出来，烧化了，装在一个破罐子里，选一个月明之夜，蹲在池边茅草里，等待着。夜半三更时，果然有一个比牛头还要大的洁白的荷花苞儿从池塘正中冒了出来，紧接着就缓缓地开放，那些巨大的花瓣儿在月光的照耀下像什么只能由您自己去想象。等到花儿全部放开时，总有磨盘那般大小，香气浓郁，把池塘边上的野草都熏蔫了。放牛娃头晕眼花地站起来，双手捧住那个祖先的骨灰罐子，瞄得真切，投向那花心，自然是正中了。香气大放了一阵，接着就收敛了，那些花瓣儿也逐渐地收拢，缩成了初出水时的模样，缓缓地沉下水去。放牛娃在池边干完了这一切，仿佛在梦境中。月亮明晃晃地高挂在天中，池塘中水平如镜，万籁俱寂，远处传来野鹅的叫声，仿佛梦呓。此后放牛娃继续放他的牛，一切如初，他把这事儿也就淡忘了。一天，那两个南方蛮子又出现在池塘边，其中一位，顿足长叹："晚了，被人家抢了先了。"放牛娃看到这两个人痛心疾首的样子，心中暗暗得意，装出无事人的样子，上前问讯："二位先生，来这里干什么？怀里抱着什么东西？"那两个人低头看看怀中的骨灰罐子，抬头看看放牛娃，眼中射出十分锐利的光线。后来，这两个蛮子从南方带来了两个美女，非要送给放牛娃做老婆，所有的人都感到这事情不可思议，只有放牛娃心中明白。但送上门来的美女，不要白不要，于是就接受了，房子也是那两个蛮子帮助盖好。过了几年，两个女人都怀了孕。一天，趁放牛娃不在家，两个南方人把两个女人带走了。放牛娃回来后，发现女人不在了，招呼了乡亲，骑马去追，追上了，不让走，南方人也不相让，相持不下，最终由乡绅出面达成协议，两个女人，南方人带走一个，给放牛娃留下一个。过了半年，两个女人各生了一个儿子。长大后，都聪慧异常，读书如吃方便面，先生们如走马灯般地换。十几年中，都由童生而秀才，由秀才而举人，然后进京考进士。南方的那位，在北上的船头上，竖起了一面狂妄的大旗，旗上绣着："头名状元董梅赞，就怕高密哥哥小蓝田。"进场后，都是下笔千言，满卷锦绣。考试官难分高下，只好用走马观榜、水底摸碑等方式来判定高低。董梅赞在水底摸碑时耍了一个心眼，将天下太平的"太"字一点用泥巴糊住，使他的同父异母哥哥摸成了天下大平，于是，董梅赞成了状元，而蓝田屈居榜眼……这个传说还有别样的版本，但故事的框架基本如此。

如果干脆舍弃了道路，不管脚下是草丛还是牛粪，不要怕踩坏那一窝窝鲜亮的鸟蛋和活生生的鸟雏，不要怕被刺猬扎了你娇嫩的脚踝，不要怕花朵染彩了你洁净的衣裳，不要怕酢浆草的气味熏出你的眼泪，我们就笔直地对着东南方向那座秀丽的、孤零零的小山走吧。几个小时后，站在墨水河高高的、长满了香草、开遍了百花的河堤上，我们已经把那个幸运的放牛娃和他的美丽的传说抛在了脑后，而另外一个或是几个在河堤上放羊的娃娃正在睁大了眼睛，好奇地看着你。他们中如果有一个独腿的、满面孤独神情的少年，你千万可别去招惹他啊，他是高密东北乡最著名的土匪许大巴掌一脉单传的重孙子。许大巴掌曾经与在胶东纵横了十六年的八路军司令许世友比试过枪法和武术。"咱俩都姓许，一笔难写两个许字。"这句很有江湖气的话不知道出自哪个许口。至今还在流传着他们在大草甸子里比武的故事，流传的过程也就是传奇的过程。那孤独的独腿少年站在河堤上，挥动着手中的鞭子，抽打着堤岸上的野草，一鞭横扫，高草纷披，开辟出一块天地。那少年的嘴唇薄得如刀刃一样，鼻子高挺，腮上几乎没有肉，双眼里几乎没有白色。几千年前蹲在渭河边上钓鱼的姜子牙，现在就蹲在墨水河边上，头顶着黑斗笠，身披着黑蓑衣，身后放一只黑色的鱼篓子，宛如一块黑石头。他的面前是平静的河水，野鸭子在水边浅草中觅食，高脚的鸬鹭站在野鸭们背后，尖嘴藏在背羽中。明晃晃一道闪电，喀啦啦一声霹雳，头上的黑云团团旋转，顷刻遮没了半边天，青灰色的大雨点子急匆匆地砸下来，使河面千疮百孔。一条犁铧大小的鲫鱼落在了姜子牙的鱼篓里。河里有些什么鱼？黑鱼、鲇鱼、鲤鱼、草鱼、鳝鱼。泥鳅不算鱼，只能喂鸭子，人不吃它。色彩艳丽的“紫瓜皮”也不算鱼，它活蹦乱跳，好像一块花玻璃。鳖是能成精作怪的灵物，尤其是五爪子鳖，无人敢惹。河里最多的是螃蟹，还有一种青色的草虾子。这条河与胶河一样是我们高密东北乡的母亲河。胶河在村子后边，墨水河在村子前面，两条河往东流淌四十里后，在咸水口子那里汇合在一起，然后注入渤海的万顷碧波之中。有河必有桥，桥是民国初年修的，至今已经摇摇欲坠。桥上曾经浸透了血迹。一个红衣少女坐在桥上，两条光滑的小腿垂到水面上。她的眼睛里唱着五百年前的歌谣。她的嘴巴紧紧地闭着。她是孙家这个阴鸷的家族中诸多美貌哑巴中的一个。她是一个彻底的沉默，永远紧绷着长长的秀丽的嘴巴。那一年九个哑巴姐妹叠成了一座高高的宝塔，塔顶上是她们的夜明珠般的弟弟——一个伶牙俐齿的男孩子。他踩在姐姐们用身体垒起来的高度上，放声歌唱：“桃花儿红，莲花儿白，莲花儿白白如奶奶……”这歌声也照样地渗透在他的姐姐们的眼睛里。每当我注视着孙家姐妹们冷艳的凤眼，便亲切地听到了那白牙红唇的少年的歌唱。这歌唱渗透到他的姐姐们丰满的乳房里，变成青白的乳汁，哺育着面色苍白的青年。

发生在这座老弱的小石桥上的故事多如牛毛。世间的书大多是写在纸上的，也有刻在竹简上的，但有一部关于高密东北乡的大书是渗透在石头里的，是写在桥上的。

过了桥，又上堤，同样的芳草野花杂色烂漫的堤，站上去往南望，土地猛然间改变了颜色：河北是黑色的原野，河南是苍黄的土地。秋天，万亩高粱在河南成熟，像血像火又像豪情。采集高粱米的鸽子们的叫声竟然如女人的悲伤的抽泣。但现在已经是滴水成冰的寒冬，大地沉睡在白雪下，初升的太阳照耀，眼前便展开了万丈金琉璃。许多似曾相识的人在雪地上忙碌着，他们仿佛是从地下冒出来的。这就是高密东北乡的“雪集”了。“雪集”者，雪地上的集市也。雪地上的贸易和雪地上的庆典，是一个将千言万语压在心头，一出声就要遭祸殃的仪式。成千上万的东北乡人一入冬就盼望着第一场雪，雪遮盖了大地，人走出房屋，集中在墨水河南那片大约有三百亩的莫名其妙的高地上。据说这块高地几百年前曾经是老孙家的资产，现在成了村子里的公田。据说高密东北乡的领导人要把这片高地变成所谓的开发区，这愚蠢的念头遭到了村民的坚决抵制。圈地的木橛子被毁坏了几十次，乡长的院子里每天夜里都要落进去一汽车破砖碎瓦。

我多么留恋着跟随着爷爷第一次去赶“雪集”的情景啊。在那里，你只能用眼睛看，用手势比划，用全部的心思去体会，但你绝对不能开口说话。开口说话会带来什么后果？我们心照不宣。“雪集”上卖什么的都有，最多的是用蒲草编织成的草鞋和各种吃食。主宰着“雪集”的是食物的香气：油煎包的香气，炸油条的香气，烧猪肉的香气，烤野兔的香气……女人们都用肥大的袖口捂住嘴巴，看起来是为了防止寒风侵入，其实是要防止话语溢出。我们这里遵循着这古老的约定：不说话。这是人对自己的制约，也是人对自己的挑战。苏联的著名小说《钢铁是怎样炼成的》中的主人公保尔·柯察金说不抽烟就不抽烟了，高密东北乡人民说不说话就不说话了。会抽烟不抽烟是痛苦，但会说话不说话却是乐趣。难得的是来这里的人都憋着不说话。当年我亲眼目睹着因为不说话使“雪集”上的各项交易以神奇的速度进行着。因为不说话，一切都变得简捷明了，可见人世上的话，百分之九十九都是废话，都可以省略不说。闭住你的嘴巴，省出力量和时间来思想吧。不说话会让你捕捉到更多的信息。关于颜色，关于气味，关于形状。不说话使人处在一种相互理解的和谐气氛中，不说话使人避免了过分的亲昵也避免了争斗，不说话使人与人之间的关系拉上了一层透明的帷幕，由于有了这层帷幕，彼此反倒更深刻地记住了对方的容貌。不说话你能更多地听到美好的声音。不说话女人的嫣然一笑更加赏心悦目、心领神会。你愿意说话也可以，但只要你一开口，就会有无数的眼睛盯着你，使你感到无地自容。大家都能说话而不说，你为什么偏要说？人民的沉默据说是一个可怕的征兆，当人们七嘴八舌地议论着、詈骂着时，这个社会还有救；当人民都冷眼不语装了哑巴时，这个社会就到了尽头。据说有一个外乡人来到“雪集”，纳闷地说：“你们这里的人都是哑巴吗？”他受到了什么样的惩罚？请你猜猜看。

不要在此流连，关于“雪集”，我会在一部长篇小说里再次对你说起，非常的详细。下面，请你注意那条狗。那条瞎眼的狗，在雪地上追逐野兔。我在本文开篇时为这条狗下了一个定语：莽撞。其所以莽撞，是因为瞎眼；正因为盲目，所以就莽撞。其实他追逐着的，仅仅是野兔的气味和声音。但它最终总是能一口咬住野兔子。使我想起了德国作家聚帕特里克·斯金德的小说《香水》，那里边有一个怪人，通过对气味的了解，比所有的人都更加深刻地了解了这个世界。日本的盲音乐家宫城道雄写道：“失去了光之后，在我的面前却展现出无限复杂的音的世界，充分地弥补了我因为不能接触颜色造成的孤寂。”这位天才还听到了声音的颜色，他说音和色密不可分，有白色的声音，黑色的声音，红色的声音，黄色的声音，等等，也许还有一个天才，能听出声音的气味来。

就不去西南方向的沼泽地了吧？也不去东北方向的大河入海处了吧？那儿的沙滩上有着硕果累累的葡萄园。也不去逐个地游览高密东北乡版图上那些大小村镇了吧？那儿的历史上曾经有过的烧酒大锅、染布的作坊、孵小鸡的暖房、训老鹰的老人、纺线的老妇、熟皮子的工匠、谈鬼的书场等等等等都沉积在历史的岩层中，跑不了的。请看，那条莽撞的狗把野兔子咬住了。叼着，献给它的主人，高寿的门老头儿。他已经九十九岁。他的房屋坐落在高密东北乡最东南的边缘上，孤零零的。出了他的门，往前走两步，便是一道奇怪的墙壁，墙里是我们的家乡，墙外是别人的土地。

门老头儿身材高大，年轻时也许是个了不起的汉子。他的故事至今还在高密东北乡流传。我最亲近他捉鬼的故事。说他赶集回来，遇到一个鬼，是个女鬼，要他背着走。他就背着她走。到了村头时鬼要下来，他不理睬，一直将那个鬼背到了家中。他将那个女鬼背到家中，放下一看，原来是个……这个孤独的老人，曾经给一个大名鼎鼎的人物当过马夫。据说他还是共产党员。从我记事起，他就住在远离我们村子的地方。小时候我经常吃到他托人捎来的兔子肉或是野鸟的肉。他用一种红梗的野草煮野物，肉味于是鲜美无比，宛如动听的音乐，至今还缭绕在我的唇边耳畔。但别人找不到这种草。前几年，听村子里的老人说，门老头儿到处收集酒瓶子，问他收了干什么，他也不说。终于发现他在用废旧的酒瓶子垒一道把高密东北乡和外界分割开来的墙。但这道墙刚刚砌了二十米，老头儿就坐在墙根上，无疾而终了。

这道墙是由几十万只酒瓶子砌成，瓶口一律向着北。只要是刮起北风，几十万只酒瓶子就会发出声音各异的呼啸，这些声音汇合在一起，便成了亘古未有的音乐。在北风呼啸的夜晚，我们躺在被窝里，听着来自东南方向变幻莫测、五彩缤纷、五味杂陈的声音，眼睛里往往饱含着泪水，心中常怀着对祖先的崇拜、对大自然的敬畏、对未来的憧憬、对神的感谢。

你什么都可以忘记，但不要忘记这道墙发出的声音。因为它是大自然的声音，是鬼与神的合唱。

会唱歌的墙昨天倒了，千万只破碎的玻璃瓶子，在雨水中闪烁清冷的光芒继续歌唱，但较之以前的高唱，现在已经是雨中的低吟了。值得庆幸的是，那高唱，那低吟，都渗透到了我们高密东北乡人的灵魂里，并且会世代流传。

讲话

1993年

接到入伍通知书后，村里一个复员兵便登门来教导我："到了部队，第一件事就是给新兵连首长写一份决心书，这对你的分配至关重要。如果你写得好，新兵训练结束后，就有可能让你去当文书或是给首长去当警卫员，而这两个职务是天生的干部苗子。"他还传授给我很多宝贵经验，高级的有如何取得首长的好感，低级的有怎么样抢吃热汤面。

我遵循着他的教导，到新兵连的第二天，就写了一份决心书交给班长，让他帮我交给连首长。班长是个老兵，狐疑地看看我，问："你家里有人当过兵吧？"我说没有。他摇摇头，好像不相信我的话。

我那份决心书开头就写要在党支部的英明领导下反击右倾翻案风，其实啥是右倾翻案风我一点也不知道。后来写入团申请书也是这样写。填入党志愿书就填上紧跟英明领袖华主席，坚持"两个凡是"，这些东西现在还在我的档案袋里吧？但天地早就大变了模样。

也许真是那份决心书起了作用，团里举行大会欢迎新战友，要选一个新兵代表讲话，这事儿就光荣地落在了我的头上。我兴奋得一宿没睡着，大睁着两眼梦想自己的光明前途。大概是由文书而指导员，穿上了四个兜的军装，回家探亲挽着袖子，手腕子上套着手表，上海牌的，全钢防震，十九个钻。

讲话稿写好后，新兵连的指导员帮我改了一遍，让我下去念熟溜了，别上了台打结巴嗑子。这件事让一起入伍的老乡很忌妒，说什么的都有。我心里憋着劲儿，想来个一鸣惊人，来一个亲者快仇者痛。

欢迎大会那晚上，几百个新兵和团直的几百个老兵把团部礼堂坐满了，边角上还镶着一些家属和小孩子。因为会后还有文艺演出。

那是我第一次进入人间的礼堂，看着舞台上那猩红的天鹅绒大幕，还有那些华灯，心里激动得很严重。老兵和新兵拉着歌子，此起彼伏，声震屋顶。那情绪不是几句话能说清的。我想当兵真好，当兵实在是太好了呀！看到那些精神焕发的小军官，我的心中充满了希望。

大幕终于拉开了。一个老军官上台讲了几句开幕词儿，就请曹副团长讲话。曹副团长上来坐下，对着包着红布的麦克风念讲稿。那稿子的内容跟我写的差不多。曹副团长讲完了，我们使劲鼓掌。下面指导员讲话。指导员也是坐在麦克风前念讲稿，稿子的内容跟我写的差不多。指导员讲完了，我们使劲鼓掌。指导员下去后，那个主持会议的老军官说："下边请新兵代表讲话。"

在一片掌声里，我不知怎么样地上了台。我头晕，心跳，快要死了似的。谁见过这样的大场面了？但这是光荣，是前途，是四个兜的军装，是上海牌手表，全钢防震，十九个钻。

我一屁股坐在那把坐过曹副团长、坐过新兵连指导员的椅子上。那是一把红色人造革面的钢架折叠椅，我糊糊涂涂地就坐上了。我望了一眼台下那一片眼睛就低头念稿子。我感到嘴唇不好使唤，喉咙紧张，发出的声音都是颤抖的。念了几句，便放了胆，嘴唇活泼了，嗓子松弛了，我听到自己的声音像春雷一样在礼堂里滚动。刚刚找到感觉，还没过瘾，稿子就念完了。我站起来，立正，给台下人敬礼。然后转身，立正，给台后那些坐成一排的首长敬礼。然后又转身，找到台阶，在众目睽睽下，回到座位上坐下。

我刚落座，就被班长狠狠地踩了一脚。我听到班长压低声音，恶狠狠地说："你这个混蛋，彻底完了！"

我当时就懵了。文艺演出开始，团文艺宣传队那些女兵五花八门的脸我一概看不清了。

带着沉重的思想负担回到宿舍，我问："班长，怎么回事？"

班长骂道："混蛋，那凳子，你也配坐？那是首长坐的！你一个新兵蛋子，不站着讲话，竟敢像首长一样坐着讲，太不像话了！你稀稀了（新兵连流行语），等着明年回家吃地瓜去吧。"

我一夜未睡，满脑子胡思乱想，真是连自杀的心都有。

我请教班长，还有没有办法补救。

班长说："印象太坏了，没什么戏了。"

我的眼泪唰地就流下来了。我一个老中农的儿子，费了千辛万苦才当上兵，原本想在部队好好干，提成军官，为父母争气，与地瓜离婚，谁知道这样简单就"稀稀"了。有苦不能言，心中车轮转，转了半天，转出了个主意。我给新兵连党支部写了一份沉痛的检查，检查我坐了不该坐的椅子的错误。检查写好后，我买了一包烟送给班长，求他把我的检查上交给连首长。班长不看烟，看着我，说："要说起来，新兵嘛……行，我帮你递上去，咱就死马当成活马医吧！"

望星空

1995年8月

去年，轰轰烈烈的“彗木相撞”过后，我颇有感触，便摹仿着某些著名散文家的笔调，写了一篇题为《望星空》的随笔，塞给家乡的一家内部发行的刊物。但是却感到言犹未尽，今日翻出来，将原文润色后，再续上一条尾巴，吐尽我心中的随感吧。原文如下：

不久前，一串彗星的碎片（每片都有数公里之巨），撞击了木星。在那颗神秘的星球上，发生了“惊天动地”的大事件。如果那里有什么生物，那它们的命运将会十分悲惨。在彗木相撞的那些日子里，全世界亿万双眼睛盯着天上这颗与地球息息相关的星球。据说西方国家的电视台一天二十四小时滚动着播出有关彗木相撞的消息，是绝对的新闻热点。但在我国，媒体保持着足够的冷静，以近乎麻木的口吻向国人转述着国外的科学工具获得的资料。好像彗木相撞是在某个大洋深处的小岛上发生的一次小小的自然灾害一样。

在那些日子里，我一直在想，假如有一天，同样的命运落在了地球上，人类该怎么办？过去，杞人忧天是讽刺某些人的，现在，是否应该学习那些忧天倾的杞人，有那么点忧天的意思呢？彗星的碎片既然可以“亲吻”木星，谁又敢担保它不会“亲吻”地球呢？这样的“亲吻”是真正的天崩地裂，不是闹着玩的。

有一位名叫王红旗的人，写了一本文采飞扬的奇书《神秘的星宿文化和游戏》，在彗木相撞的那些日子里，这本书陪伴着我，给了我很多的教益。王红旗认为：在不太久远的古代，小行星的碎片或者彗星的碎片，确曾光顾过地球，并造成了几乎毁灭人类的巨大灾难。王认为我国古代那几个著名的神话传说如女娲补天、后羿射日、嫦娥奔月、夸父追日等，都与那时代的一次巨大的天文事件有关。

那是一颗足够大的天外星体与地球相撞的事件，当该星体进入地球的大气层后时，剧烈的摩擦使它发出了灼目的光芒，发出了难以形容的巨响，并且极有可能分裂成了多块碎片（十日并出），然后是风云突变、石破天惊、地动山摇、山呼海啸、天地变色——这些巨大的字眼就是事实的写照，后来变成了大形容词。这次事件，极大地震惊了处在混沌状态中的远古人类，使他们抬起了仰望星空的眼睛。这次天文事件开启了他们的心智，历史的意识由此产生，哲学也由此及彼地产生了。

《淮南子·天文训》曰："昔者共工与颛顼争为帝，怒而触不周山，天柱折，地维缺，天倾西北，故日月星辰移焉；地不满东南，故水潦尘埃归焉。"不周山正是这次撞击事件造成的巨大陨石坑。据王的解释，"不周"，是不完全的圆形。可能是那个天体带有一个棱角吧？这次事件的可怕后果就是"天倾西北，故日月星辰移焉"，英国著名学者李约瑟敏锐地指出，这是中国古代关于地球自转轴倾角的最早知识，当然也是人类历史上最早的关于地球自转轴倾角的知识。王认为如非亲身经历，绝难编造出来。忧郁地球自转轴倾角的变化，以及撞击过后的巨量尘埃（"黄帝与蚩尤战于涿鹿之野，蚩尤做大雾弥漫三月"），不排除破碎的高温天体落入大海后引起的海啸（"扶桑之东，有一石，方圆四万里，海水注之，莫不焦尽"）、陨石落地引起的森林大火等，远古人类的生存环境发生了突然的巨变，相当一部分人在事件过程中和事件过后的洪水、火灾、恶劣的环境中死去，活下来的人，都是与大自然顽强斗争后的胜利者。所以，远古神话传说，既是那场巨大灾难的记录，也是我们的远古祖先为了生存与大自然顽强斗争并最终取得了胜利的记录。

我想，所谓的盘古、女娲、后羿、嫦娥、夸父、精卫，应该是我们的远古祖先的英雄群体的名字或者是他们心造的英雄。盘古开天地是祖先们的集体行为，女娲炼石补天、后羿举弓射日、夸父持杖逐日、精卫衔石填海亦当如是解。嫦娥奔月则被王红旗理解为对月亮（亦或是那发光的天体碎片）的献祭。这使我联想起英国作家劳伦斯的著名小说《骑马出走的女人》，印第安人用女人祭奠月亮的行为应该是远古巫术的延续吧？当然，这些美妙的传说肯定是产生于那次大事件后的若干年，发生在新的自然环境形成若干年、人类重新安居乐业后。那场大灾难是通过一代代的传说甚至是形成了一种潜意识遗传给将历史事件神话化了的后代的，一直到文字产生，才被记录到《山海经》里。想想《山海经》这本奇妙无穷的天书的的创作者和流传者也是一桩令人心驰神往的事情。

世界上所有民族的古老神话传说都惊人地相似，都有开天辟地、十日并出、洪水滔天之类的内容，这恐怕很难说是偶然的。地球毕竟很小，那次天文事件所产生的后果，并不仅仅影响到女娲们、后羿们、嫦娥们，那时候人类是否就形成了体征鲜明区别的种族也未可知，人类是不是由一种猿进化来的也很难说。我想“远古神话传说”是一个复杂的概念，神话和传说本不是一回事。尽管传说久远了就具有了神话的色彩，这也不完全是祖先们对科学知识了解不够所造成的现象。传说本身就是个添油加醋的过程，如果再有文人一加工，那更要乱套，非搞得光芒四射不可。就连司马迁也是如此。根据考古发现，汉朝人的身材普遍比今人矮小，可那项羽在司马迁笔下，已经是巨无霸了。神话应该是比较近代的产物，是理想的产物，现实的折射，如牛郎织女之类。而传说，即便是被传神了的，也总是有一个真实的事件为内核。所以，看起来神乎其神的女娲补天、嫦娥奔月、羿射九日等远古传说，反倒具有了历史的价值，而牛郎织女、仙女下凡之类，则一般地只有文学的和伦理学的价值。

彗木相撞的情景（已经观测到的）与《山海经》、《淮南子》等古籍中所记载的有惊人的相似之处，如：无法用语言形容的光亮、突破了木星深厚的大气层矗立数千公里的巨大烟柱等。木星尽管比地球大一千三百多倍，但这次撞击，也令它哆嗦了良久。（油然想起“石油工人一声吼，地球也要抖三抖”的豪言壮语，心中泛起难言的凄凉。）据王红旗说，近年来在地球上发现了几个巨大的陨石坑（烟波浩渺的太湖也有陨石坑之嫌）。由上述推想，地球确是遭受过类似彗木相撞的浩劫的，这说明，地球并不是安全的，所以，杞人忧天是有道理的，新的杞人忧天的时代，应该开始了。

那场远古浩劫，也许可以算作人类的一个转折点，而彗木相撞，该不该算作一个新的转折点呢？这是真正的“上天示警”。我想人类应该认识到：地球本来很小，国与国的疆界、社会制度的差异、阶级之间的争斗，与彗木相撞比较起来，简直是荒唐可笑了。假如有一天哪一颗一直在流浪的小行星之类的天体亲近了地球，即便它撞在了纽约，上海也不会舒服。人类实在是应该大度一点。多一点豁达大度，少一点鸡肠小肚；多一点襟怀坦白，少一点阴谋诡计；多一点堂堂正正，少一点蝇营狗苟。我想，当年美国宇航员站在月球上时，他代表的并不仅仅是“美帝”。假如有一天，中国人改变了一颗对着北京撞来的小行星的轨道，让它与地球擦肩而过，我们所拯救的也不仅仅是北京的市民和中国的首都。由此推想，我们这些平民百姓也应该想开一些，最名贵的钻石也是石头，在沙漠里，它的价值还不如一块西瓜皮。至于争权夺利、投机倒把、打小报告修理朋友、为了头上的乌纱帽媚上欺下、卖友求荣等等，就更加没有意思了。

当然一切还会照旧。彗木相撞的观测和研究使我感到人类的伟大也使我感叹人类的不可救药。即便明天就会有天外来客撞击地球，日本的大米也不会白送给朝鲜，美国的边境也不会对全世界开放。一般的百姓会好一点，但顶多也就像《编辑部的故事》里的那些人，多吃一碗饭——还是先顾自己的肚子，死到了临头还是难改自私的天性。至于各个国家的元首们会干些什么就很难想象了。据我的一个很有些见识的朋友分析，说一旦地球面临着灭顶之灾，各国的元首，就会坐上火箭飞上月球去找嫦娥玩耍。我知道他这是戏言。几十个总统，呆在一个荒凉的月球上干什么？尽管早就为他们储备了足够的水和氧气以及美味食品，但没有足够的子民供他们领导，他们很快就会感到没有意思。所以我想，当地球面临危机时，这些大人物不会往月球上飞，他们要做的大概是这样两件事：一是严密地封锁消息，不让老百姓知道；二是发射飞弹之类的东西拦截撞向地球的天体。

写到此处，突然想起了离我的老家不远的潍坊市寒亭区双杨镇华潼村的村民栾来宗和他的孙子栾巨庆。栾氏祖孙是有名的“星痴”，穷毕生精力研究太阳系五大行星运动轨迹和地球气象、地壳运动的关系，并写出了《行星与长期天气预报》、《星体运动与长期天气、地震预报》两部专著，取得了令世人瞩目的成果。两个朴素的农民，并没受过学校教育，吃着地瓜干子喝着凉水，能有如此高远的目光和辽阔的胸襟，并且在神秘莫测的天文学领域仅仅靠着悟性和肉眼的观测就获得了丰厚的知识，的确令锦衣玉食者汗颜。在爷爷栾来宗的时代，潍坊出过很多举人和进士，其中获得了高官厚禄者也不少，但从对人类的贡献和人的价值的角度看，他们加起来也比不上一个乡巴佬栾来宗。他们的眼睛盯着金银财宝和官帽上闪烁的顶子，栾来宗的眼睛却在仰望着灿烂的星空。

1994年8月28日于高密写此稿的时间距今也不过一年多点，但彗木相撞这件惊天动地的大事，早已经被我忘到了脑后。一年来我该吃就吃该睡就睡，绝对没有因为写过这样一篇貌似深刻的文章而影响了自己的食欲和睡眠。该怎么着还是怎么着，并没有因此而超脱点。由此可见，文章大都是一时冲动的产物，作家如我者，也虚伪得很够意思了。人尚如此，地球呢？就像十世纪的科学物理学奠基人伽利略受到宗教裁判所审判时所庄严地宣布的那样："它仍然在转动！"可惜的是，当宗教裁判所在广场上架起火堆，面对着熊熊烈火，伽利略动摇了。他怕被烧死，屈服了，说地球不转了。尽管他心中明白，它依然在转动。这种软弱和动摇是人之常情，并没有什么耻辱。布鲁诺宁折不弯，结果被活活烧死在罗马的圣彼得广场上，这样的好汉子是人中的翘楚。前几年罗马教廷宣布给布鲁诺平反。神学终于向科学投降了，只是这投降来得太迟。还是科学，还是真理，是人世间最为宝贵的，是人类的共同的财富，是任何的恶势力也扼杀不了的。

1969年7月20日22时56分（美国东部时间），美国宇航员阿姆斯壮步入了历史。他从登月舱的最低一级伸出了穿着靴子的左足，在月球上踏上了人类的第一个脚印。接着他说了一句永垂不朽的话："这是个人的一小步，是人类的一大步。"

地球上的亿万人，从电视上看到了阿姆斯壮迈出这难忘的一步，从广播里听到了他这句难忘的话，观众和听众至多，在人类的历史上也是空前的，但是，这些人群里，不包括中国人。那个时候，绝大多数的中国人和我一样，不知道地球上还有电视机这种东西，知道有收音机，但也很少见到。我们能够见到的是那个挂在村子中央木杆上的高音喇叭，听着它每天三次对着我们哇哇乱叫。开头总是放出被捧为时代的最强音的《东方红》的旋律，结束时总是放出《国际歌》的旋律，不算是最强音，也算是次强音吧。“东方红，太阳升，中国出了个毛泽东……他是人民的大救星……”，请注意，也是天文现象啊。一个人代表着一颗星，《三国演义》里常有这样的描述，凤雏先生在千里之外的落凤坡前战死，卧龙先生在荆州就看到代表着他的那颗星陨落了：“只见正西上一星，其大如斗从天坠下，流光四射。”诸葛亮不但能够看到别人的星，还能看到自己的星。他在五丈原被司马懿的固守战术搞得心烦意乱，无计可施，夜间出帐，仰观天象，说：“三星台中，客星倍明，主星幽隐，相辅列曜，其光昏暗，天象如此，吾命可知。”姜维劝他禳星，他只好死马当成活马医，布坛做法，可惜被魏延冲破，终究天命难违。他的对手司马懿也是观星高手——这位大元帅白天不出来夜晚出来望星空——“忽一夜仰观天象，大喜，谓夏侯霸曰：‘吾见将星失位，孔明必然有病，不久即死。’”诸葛亮越算越神，临死前让杨仪将自己的遗体放在龛里坐定，嘴里塞进去七粒米——陕西的小米——脚下置明灯一盏，这样竟然能使他的将星不从天上落下来。嘱咐妥当了，“是夜孔明令人扶出，仰观北斗，遥指一星曰：‘此吾之将星也。’众视之，见其色昏暗，摇摇欲坠。孔明以剑指之，口中念咒，咒毕，急回帐中，不省人事。”装神弄鬼，达到了登峰造极的程度。却说司马懿夜观天象，见一大星，赤色，光芒有角，自东北方流向西南方，坠入蜀营中，三投再起，隐隐有声。懿惊喜曰：“孔明死矣！”在中国古代的文学中，类似的关于星斗和人的关系的传说比比皆是，说是完全的迷信未必公允，这是人类仰起头来观望星空这一具有革命意义的行为的副产品。凝目仰望灿烂星空，科学的历史才真正开始。

把毛泽东比作太阳和星斗，感情上可以理解，但如果深究，就有了讽刺意味。据说毛泽东的老乡和亲密战友彭德怀就对《东方红》中把毛比作太阳和救星提出过异议——他后来的倒霉不可避免。如果真的坚持辩证唯物主义立场，那么，美国宇航员在月球上行走的时候，正是唯心主义和封建迷信在中国横行的时候。我们村子里那个大喇叭里，每天都在打着不知什么人的响亮耳光：开头唱《东方红》，捧出了一个人民的大救星；结尾唱《国际歌》，又说“从来就没有什么救世主，也不靠神仙皇帝，要创造人类的幸福，全靠我们自己”。这样的喇叭，绝对不敢播送美国人登上了月球的消息，我们是几十年后才知道了这消息的。后来我知道，在那个时代，北京城里就有了电视台和电视机，尽管数量很少。我胆大妄为地想象着：毛泽东和他的那些战友们，围坐在电视机前，观看着美国人登月的情景……他们的脸上会出现什么样子的表情呢？他们的心中又在想些什么呢？那时候，数亿的老百姓在饿着肚子搞“无产阶级专政下的继续革命”，刘少奇在开封监狱里奄奄待毙，数百万解放军集结在中苏边境，准备和“新沙皇”开仗。

两位美国宇航员在月球荒凉的表面上，为一块牌子揭幕，那牌子上写着：

公元一九六九年七月

地球人类初次在此登陆月球

我们代表全人类和平而来

后来还有人批评上面的月球留言是美国人的虚伪，但我想为此碑揭幕的阿姆斯壮和艾德宁是顾不上虚伪的，因为那纷纷攘攘、载不动千愁万恨的、悲欢离合的地球，正在他们头上宁静的天空中高悬着，宛如一个身披蓝裙、风情万种的美人。

1965年，毛泽东主席重上井冈山时，写下了“可上九天揽月，可下五洋捉鳖”的豪言壮语。上九天揽月，这世间最美的事情，被美国人抢了先，还剩下的事情就是下五洋捉鳖了。想想这个伟人心中的滋味吧。他在50年代就写下了“问讯吴刚何所有，吴刚捧出桂花酒”、“寂寞嫦娥舒广袖，万里长空且为忠魂舞”的美丽诗句，他对月亮可谓情有独钟。美国宇航员即将升空前，幽默的通讯员在电话里告诉他们：“有一个古老的传说，说是有一个美丽的中国姑娘已经在月亮里住了四千年，你们不妨去找她玩玩。此外，月亮里还有一只中国大兔子，应该不难看到，因为它的前腿抬起，站在一株桂树下面。”“好吧，”阿姆斯壮回答，“我们一定要找到那位兔子姑娘。”

想想毛主席心中的滋味吧。

很快，用小白球牵线搭桥，中美建交，饶有趣味的是，尼克松送给毛主席的礼物竟然是从月亮上取来的泥土和岩石。

我已经在妄议故人和伟人的道路上越滑越远，赶快打住，以免写出更加大逆不道的昏话。但有一个伟人出现在我们的眼前：他全身瘫痪，只有几根手指还能动弹。他用这几根手指，操纵着电瓶车在剑桥大学的校园里缓缓行走，看到他的人，无不肃然起敬，他就是被全世界尊为继爱因斯坦之后二十世纪最伟大的理论物理学家斯蒂芬·霍金教授。霍金的研究与宇宙中最神秘的现象——黑洞。黑洞也是星体，是最亮的星。最亮的星是看不见的。因为这种星的引力之大连光线都逃脱不出来。我看过霍金的名著《时间简史》，这是一本很少有人能够看懂的、但是却十分畅销的书。我也看不懂，看懂了谁还去搞文学呢。霍金的学生当·佩奇写道："有一年，霍金一家带我去威尔斯郡威耶珂附近的乡间别墅，这个房子在山顶上，有一段铺好的道路通到房子里。他开始上坡并超过我不少，然后他就拐入到房子，但是这刚好在斜坡上。我注意到他的轮椅慢慢地向后倾倒下来。我刚想上前去扶他，但是没有来得及，他就向后翻滚到灌木丛里去了。看到这位研究引力的大师，被地球的微弱引力所征服，是令人震惊的一幕。"目睹此景，谁能不震惊呢？霍金的往后倾倒，说明了无论多么伟大的头脑也摆脱不了客观规律的制约。所有的人都应该向科学和真理投降（连罗马教廷都投降了，连霍金教授都往后倾倒了），因为科学和真理是忠实于客观规律的。

现在想起来，因为彗木相撞就鼓吹大家忧天是不对的，人既是大自然的奴隶也是大自然的主人。"宇宙间最不可理解的事情，就是宇宙是可以理解的。"（爱因斯坦语录）大自然想了解自己，它把这个光荣的任务交给了人。科学和技术，才是通向共产主义的唯一的金桥。从某种意义上说，美国人竖立在月球上的纪念碑是一块共产主义的基石，它使地球缩小了。它开阔了人类的视野，它使人类又一次抬起头仰望星空，它唤起了人作为人的光荣感觉。我自信没有背离马克思主义的基本原理，连垄断资本都是科学社会主义的物质基础嘛。

1989年10月18日，美国亚特兰蒂斯号宇宙飞船发射了价值十五亿美元的伽利略号探测器，按预定轨迹，它将于1995年底飞抵木星，让我们再一次仰望星空，看看太阳卫星中这颗"大哥大"的美丽面貌，看看它的众说纷纭的大红斑，看看被彗星的碎片砸出来的周山或者是不周山，看看那些至今还不被我们所了解的神奇景象。人类在探测宇宙中的每一个成果，都应该是全人类的骄傲。我们能够成为一个人，真是无比的荣耀。我们渺小得可怜，但我们也伟大得可以。千千万万年之后，当人类的子孙分布到许多星球上之后，他们会不会迷惘地问：“据说我们来自地球，但地球在哪里呢？”

于是，我们就成了与女娲、盘古、后羿、夸父比肩的英雄。

三岛由纪夫猜想

1995年12月

我猜想三岛其实是一个内心非常软弱的人。他的刚毅的面孔、粗重的眉毛、冷峻的目光其实是他的假面。他软弱性格的形成与他的童年生活有着直接的关系。那么强大、那么跋扈的祖母的爱病态了这个敏感男孩的心灵。但如果没有这样一个古怪的祖母，很可能也没有怪异美丽、如同腐尸上开出的黑红的花朵的三岛文学，当然也就没有文坛鬼才三岛由纪夫了。三岛虽然口口声声地说到死，口口声声说他渴望鲜血、渴望杀人，并到底还是以痛苦而艰难的方式自杀，但我猜想其实他是一个很怕死的人。他把自己的生命看得很重，他夸大病情逃避兵役就是他怕死的一个例证。

我猜想三岛是一个在性问题上屡遭挫折的人。他对女人的爱恋到达了一种痴迷的程度，而且是见一个爱一个的。他绝对不是一个性倒错者，更不会去迷恋什么掏粪工人汗湿的下体。我猜想他对男人身体有强烈的反感，他绝对不具备同性恋的倾向。我感到三岛有很多关于他自己的话是骗人的，就像大多数作家的自述是骗人的一样。我并没有读三岛多少文章，但如果三岛痴迷男人的话题是他初涉文坛、三十岁前所说，如果他在四十岁之后再没说过这样的话，那我几乎可以肯定地说，所谓对男人的爱恋云云，其实是三岛标新立异、希望借此引起人们注意的邀宠行为。我猜想当时的日本，没有一个作家是同性恋者或者是没有一个作家敢于自己承认是同性恋者吧？三岛这样一闹，该有多大的魅力啊，由此会让多少读者对他的文学感兴趣啊。他心中最雄伟的男人身体就是他自己的身体。他爱恋的也是自己的身体，并幻想着用自己这样的身体去征服他喜欢的女人。他有点虐待狂的意思对待女人。三岛一生中很多特立独行，其实都是为了他的文学服务的。问题的悲剧在于，评论家和传记作家总是过分地相信了作家的话，其实作家的话是羼了很多假话的。羼假最多的当然是作家的自传性文字。作家的真面貌，应该从他的小说里发现。三岛由纪夫其实就是《金阁寺》中的沟口，当然也不完全是沟口。

我猜想三岛的软弱性格在接触女人时得到了最充分的表现。他有着超于常人的敏感，超于常人的多情。他是一个病态的多情少年，虽然长相平平，但他的灵魂高贵而娇嫩，仿佛还没蝉蜕的幼蝉，承受不了任何伤害。《春雪》中的贵族少年春显既是三岛的理想楷模也是三岛青春期心理体验的形象化表现。我猜想三岛在学习院走读时，在公共汽车上与那个少女贴邻而坐、膝盖相碰的情景，三岛因为激动一定浑身发冷，牙齿打战。这很难说是爱情，那个少女也不一定是美貌的。对三岛这样禀赋异常的人来说，爱情只能是一种病理反应。我猜想在这个时期三岛是没有性能力的，他不可能与他追求的女性完成性行为，他是病态性的精神恋爱。对这样的少年来说，能让他真正成为男儿的，也许是一个浪荡的丑妇，而不是一个美丽的少女。我猜想正由于三岛在青少年时期对女人的无能，他才把“男人汗湿的下体”祭出来，一是为了自慰，二是为了标新。三岛的“同性精神恋”，基本上可以理解为一种文学的行为。类似三岛的青少年不多，但卓越的艺术家大概都有类似的心路历程。我猜想三岛在结婚之前，已经与成熟的女人有过了成功的性经验，他的所谓的“同性精神恋”自然也就痊愈了。结婚是三岛人生的也是他的文学道路的重大转折，他与妻子的正常生活治愈了他在男女关系上的自卑，然后他就堂堂皇皇地开始描写正常的健康的男女之爱，有《潮骚》为证。

我猜想三岛自己也不愿说清楚《金阁寺》里的金阁到底象征着什么，我认为《金阁寺》简直可以当成三岛的情感自传。沟口的卑怯的心理活动应该是三岛结婚前反复体验过的。我认为如果硬说金阁是一个象征，那么我猜想金阁其实是一个出身高贵、可望而不可及的女人的象征。三岛是没有能力和这样的女人完成性爱的，就像许多文弱的少年没有能力和他心仪已久、一朝突然横陈在他的面前的美女完成性爱一样。美是残酷的，震慑着谦卑的灵魂。我猜想三岛婚前一定有这样的经历，当那美人怅恨不已地披衣而去时，那无能少年的痛苦会像大海一样深沉。他更加痴恋那美人，并一遍又一遍地幻想着与那美人痛苦淋漓地造爱的情景，就像沟口一遍又一遍地幻想着金阁在烈火中熊熊燃烧的情景一样。金阁在烈火中的颤抖和哔剥爆响，就是三岛心中的女人在情欲高潮中的抽搐和呻吟。所以当中村光夫问三岛："我以为不要写第十章烧金阁会不会更好啊？"三岛回答说："但是中断性交对身体是有害的啊！"我想这其实不是三岛开的玩笑，而是他发自内心的话。正如中村光夫所说："三岛设计烧金阁这种表现，很可能是他在此之前对人生所感到的最官能性的发情的一种形式。"三岛是将"金阁作为他的情欲的对象来描写的"。痴情少年在没得到美人之前，会想到以死来换得一晌欢爱，但一旦如愿以偿后，死去的念头便烟消云散了。所以沟口火烧金阁之后，就把为自杀准备的小刀扔到谷底，然后点燃了一支香烟，一边抽一边想："还是活下去吧。"是的，朝思暮想的美人也不过如此，还是活下去吧。

我猜想三岛写完《金阁寺》后，好评如潮，名声大振，家有美妻娇女，物质和精神都得到了满足，他已经落入了平庸生活的圈套。他的一切都已经完成了，他已经是一个功成名就、家庭圆满的完人。他的隐藏在内心深处的自卑通过完美的、符合道德标准的家庭生活和那把烧掉了金阁的熊熊烈火得到了疗治，他再也不必通过编造“迷恋挑粪工人的下体”的谎言来自欺和欺人了。但三岛是决不甘心堕入平庸的，他对文学的追求是无止境的，就像男人对美女的追求是无止境的一样。当一个文学家完成了他的代表作，形成了自己的所谓的“风格”之后，要想突破何其困难，没有风格的作家可以变换题材源源不断地写出新作，有风格的作家，大概只能试图依靠一种观念上的巨变，来变换自己的作品面貌。因此也可以说，当一个作家高呼着口号，以发表这样那样的宣言来代替创作的时候，正是这个作家的创作力已经衰退或是创作发生了危机的表现。作家如果果然萌发了一个全新的观念，那他的创作前途将是辉煌的。但要一个已经写出了自己的代表作的作家脱胎换骨谈何容易，包括三岛这样的奇才，也只能祭起武士道的旧旗，加以改造后，来和自己作斗争。他深刻地认识到了功成名就的危机，他不择手段地想从泥潭中挣扎出来，但这样做付出的代价是十分沉重的。这沉重的代价之一就是三岛从此丧失了纯真文学的宝贵品格，变成了一个具有浓厚政治色彩的文学家。代价之二就是他的强烈的理念部分地扼杀了他的文学的想象力。但此时的三岛已经别无选择。与三岛同样面临困境的作家没有比三岛选择得更好的了。写完《金阁寺》之后的漫长岁月里，三岛在日本文坛上还是热点人物，他时而当导演，时而当演员，时而做编剧，时而发表政论，时而组织社团，可谓全面出击，空前活跃，这些活动表现了三岛的多方面的才能，也维持了三岛的赫赫名声。但三岛骨子里是个小说家，他真正钟情的、真正看重的还是小说。我猜想三岛在那些纷繁的岁月里，始终处在痛苦和矛盾之中。他所极力宣扬的“新武士道”精神，并不一定是他真正信仰的东西，那不过是他移植来的一棵老树，是他自救的、漂浮在汪洋大海上的一根朽木。三岛清醒地知道，他固然已经名满天下，但还没有一部堪称经典的巨著，来奠定他的大作家的地位。他的一切引起人们的非议的行为，其实都是在为他的大长篇做的思想上的和材料上的准备。他其实把他的《丰饶之海》看得远比天皇重要。当他写完了这部长篇之后，他也必须死了。他已经骑在了老虎的背上，如果不死就会落下笑柄。

我猜想三岛是一个十分看重名利的人，他远没有中国旧文人那种超脱的淡泊的心境（绝大多数中国旧文人的淡泊心境也是无奈何的产物）。他也是一个很在意评论家说好说坏的人。写完《春雪》《奔马》后，他心中忐忑不安，直到得到了川端康成的激赏，心中的一块石头才落了地。写完《晓寺》后，评论家保持着沉默，他便愤愤不平地对国外的知音发牢骚。由此可见，三岛是一个很不自信的作家，评论家的吹捧会让他得意忘形，评论家的贬低又会使他灰心丧气，甚至恼怒。三岛并不完全相信自己的文学才华。他的自信心还不如中国当代的许多文学少年，当然那些文学少年的狂言壮语也许是夜行少年为了抵抗恐惧而发出的嚎叫——壮胆而已——底气却很虚弱。我猜想三岛并不总是文思如潮，下笔千言，他也有写不出来的时候。写不出来，他就带着一群年轻人到国民自卫队里去接受军事训练。归根结底，还是因为文学，因为小说，并不是因为他对天皇有多么的忠诚。三岛努力地想把自己扮演成一个威武的、有着远大政治理想和崇高信仰的角色，实则是想借此来吸引浅薄的评论家和好起哄的民众的目光，骨子里是想用这样的非文学的手段，为他的最后一部长篇做广告。他最后的剖腹自杀更是做了一个巨大的广告，一个极其成功、代价昂贵的大广告。从他的头颅落地那一刻起，一道血光就把他的全部的文学和他的整个的人生照亮了。从此三岛和三岛的文学就永垂不朽了。三岛的亲近政治是他的文学手段，是他的戏，但演戏久了，感情难免投入，最后就有点弄假成真的意思了。其实，如果是真的要效忠天皇，何必要等到写完《丰饶之海》再去剖腹？国家和天皇不是比一部小说要重要得多吗？但三岛的过人之处就是他把这戏演到了极致，使你无法不相信。大多数祭起口号或是旗帜的作家在目的实现之后，马上就会转向。所以三岛毕竟是了不起的。

我猜想三岛临终前是很犹豫的。从根本上说，他并不想死。他很爱这个世界，但口号喊得太响亮了，不死就无法向世人交待。所以三岛是个老实人，是个很有良心的人，其实，你不剖腹谁又能管得着你？

我猜想三岛一生中最大的遗憾是不能看到他死后的情景，他一定千百次地想象着他剖腹后举世轰动的情景，想象着死后他的文学受到世界文坛关注的情景。他也许常常会被这些情景感动得热泪盈眶，但热泪盈罢，遗憾更加沉重。这是无法子两全的事，要想实现这些目的，必须死，但死了后就无法看到这些情景。于是他在死前把一切都安排得很妥当，为妻子留下遗言，将腕上的名表赠送给追随自己的同党，如果这样为了天皇义无反顾地去献身，大概也没有闲心去思考并办理这些鸡毛蒜皮的琐事了。

三岛一生，写了那么多作品，干了那么多事情，最后又以那样极端的方式结束了自己的一生，好像非常复杂，但其实很简单。三岛是为了文学生，为了文学死。他是个彻头彻尾的文人。他的政治活动骨子里是文学的和为了文学的。研究三岛必须从文学出发，用文学的观点和文学的方法，任何非文学的方法都会曲解三岛。三岛是个具有七情六欲的人，但那最后的一刀却使他成了神。

三岛本来没有什么难解的地方，但正是那最后的一刀使他成了一个巨大的谜语。但几十年后，我们还要开会来研究他，谜底也就解开了。他要的就是这个效果。

作为一个作家，三岛是杰出的，杰出的作家并非三岛一人，但敢于往自己的肚子上捅刀子的作家就只有三岛一人了。

这样的灵魂是不能安息的。

童年读书

1996年

我童年时的确迷恋读书。那时候既没有电影更没有电视，连收音机都没有。只有在每年的春节前后，村子里的人演一些《血海深仇》、《三世仇》之类的忆苦戏。在那样的文化环境下，看“闲书”便成为我的最大乐趣。我体能不佳，胆子又小，不愿跟村里的孩子去玩上树下井的游戏，偷空就看“闲书”。父亲反对我看“闲书”，大概是怕我中了书里的流毒，变成个坏人；更怕我因看“闲书”耽误了割草放羊；我看“闲书”就只能像地下党搞秘密活动一样。后来，我的班主任家访时对我的父母说其实可以让我适当地看一些“闲书”，形势才略有好转。但我看“闲书”的样子总是不如我背诵课文或是背着草筐、牵着牛羊的样子让我父母看着顺眼。人真是怪，越是不让他看的东西、越是不让他干的事情，他看起来、干起来越有瘾，所谓偷来的果子吃着香就是这道理吧。我偷看的第一本“闲书”，是绘有许多精美插图的神魔小说《封神演义》，那是班里一个同学的传家宝，轻易不借给别人。我为他家拉了一上午磨才换来看这本书一下午的权利，而且必须在他家磨道里看并由他监督着，仿佛我把书拿出门就会去盗版一样。这本用汗水换来短暂阅读权的书留给我的印象十分深刻，那骑在老虎背上的申公豹、鼻孔里能射出白光的郑伦、能在地下行走的土行孙、眼里长手手里又长眼的杨任，等等等等，一辈子也忘不掉啊。所以前几年在电视上看了连续剧《封神演义》，替古人不平，如此名著，竟被糟蹋得不成模样。其实这种作品，是不能弄成影视的，非要弄，我想只能弄成动画片，像《大闹天宫》、《唐老鸭和米老鼠》那样。

后来又用各种方式，把周围几个村子里流传的几部经典如《三国演义》、《水浒传》、《儒林外史》之类，全弄到手看了。那时我的记忆力真好，用飞一样的速度阅读一遍，书中的人名就能记全，主要情节便能复述，描写爱情的警句甚至能成段地背诵。现在完全不行了。后来又把"文革"前那十几部著名小说读遍了。记得从一个老师手里借到《青春之歌》时已是下午，明明知道如果不去割草羊就要饿肚子，但还是挡不住书的诱惑，一头钻到草垛后，一下午就把大厚本的《青春之歌》读完了。身上被蚂蚁、蚊虫咬出了一片片的疙瘩。从草垛后晕头涨脑地钻出来，已是红日西沉。我听到羊在圈里狂叫，饿的。我心里忐忑不安，等待着一顿痛骂或是痛打。但母亲看看我那副样子，宽容地叹息一声，没骂我也没打我，只是让我赶快出去弄点草喂羊。我飞快地蹿出家院，心情好得要命，那时我真感到了幸福。

我的二哥也是个书迷，他比我大五岁，借书的路子比我要广得多，常能借到我借不到的书。但这家伙不允许我看他借来的书。他看书时，我就像被磁铁吸引的铁屑一样，悄悄地溜到他的身后，先是远远地看，脖子伸得长长，像一只喝水的鹅，看着看着就不由自主地靠了前。他知道我溜到了他的身后，就故意地将书页翻得飞快，我一目十行地阅读才能勉强跟上趟。他很快就会烦，合上书，一掌把我推到一边去。但只要他打开书页，很快我就会凑上去。他怕我趁他不在时偷看，总是把书藏到一些稀奇古怪的地方，就像革命样板戏《红灯记》里的地下党员李玉和藏密电码一样。但我比日本宪兵队长鸠山高明得多，我总是能把我二哥费尽心机藏起来的书找到；找到后自然又是不顾一切，恨不得把书一口吞到肚子里去。有一次他借到一本《破晓记》，藏到猪圈的棚子里。我去找书时，头碰了马蜂窝，嗡地一声响，几十只马蜂蜇到脸上，奇痛难忍。但顾不上痛，抓紧时间阅读，读着读着眼睛就睁不开了。头肿得像柳斗，眼睛肿成了一条缝。我二哥一回来，看到我的模样，好像吓了一跳，但他还是先把书从我手里夺出来，拿到不知什么地方藏了，才回来管教我。他一巴掌差点把我搧到猪圈里，然后说：活该！我恼恨与痛疼交加，呜呜地哭起来。他想了一会，可能是怕母亲回来骂，便说：只要你说是自己上厕所时不小心碰了马蜂窝，我就让你把《破晓记》读完。我非常愉快地同意了。但到了第二天，我脑袋消了肿，去跟他要书时，他马上就不认账了。我发誓今后借了书也决不给他看，但只要我借回了他没读过的书，他就使用暴力抢去先看。有一次我从同学那里好不容易借到一本《三家巷》，回家后一头钻到堆满麦秸草的牛棚里，正看得入迷，他悄悄地摸进来，一把将书抢走，说：这书有毒，我先看看，帮你批判批判！他把我的《三家巷》揣进怀里跑走了。我好恼怒！但追又追不上他，追上了也打不过他，只能在牛棚里跳着脚骂他。几天后，他将《三家巷》扔给我，说：赶快还了去，这书流氓极了！我当然不会听他的。

我怀着甜蜜的忧伤读《三家巷》，为书里那些小儿女的纯真爱情而痴迷陶醉。旧广州的水气市声扑面而来，在耳际鼻畔缭绕。一个个人物活灵活现，仿佛就在眼前。当我读到区桃在沙面游行被流弹打死时，趴在麦秸草上低声抽泣起来。我心中那个难过，那种悲痛，难以用语言形容。那时我大概九岁吧？六岁上学，念到三年级的时候。看完《三家巷》，好长一段时间里，我心里怅然若失，无心听课，眼前老是晃动着美丽少女区桃的影子，手不由己地在语文课本的空白处，写满了区桃。班里的干部发现了，当众羞辱我，骂我是大流氓，并且向班主任老师告发，老师批评我思想不健康，说我中了资产阶级思想的流毒。几十年后，我第一次到广州，串遍大街小巷想找区桃，可到头来连个胡杏都没碰到。我问广州的朋友，区桃哪里去了？朋友说：区桃们白天睡觉，夜里才出来活动。

读罢《三家巷》不久，我从一个很赏识我的老师那里借到了一本《钢铁是怎样炼成的》。晚上，母亲在灶前忙饭，一盏小油灯挂在门框上，被腾腾的烟雾缭绕着。我个头矮，只能站在门槛上就着如豆的灯光看书。我沉浸在书里，头发被灯火烧焦也不知道。保尔和冬妮娅，肮脏的烧锅炉小工与穿着水兵服的林务官的女儿的迷人的初恋，实在是让我梦绕魂牵，跟得了相思病差不多。多少年过去了，那些当年活现在我脑海里的情景还历历在目。保尔在水边钓鱼，冬妮娅坐在水边树杈上读书……哎，哎，咬钩了，咬钩了……鱼并没咬钩。冬妮娅为什么要逗这个衣衫褴褛、头发蓬乱、浑身煤灰的穷小子呢？冬妮娅出于一种什么样的心态？保尔发了怒，冬妮娅向保尔道歉。然后保尔继续钓鱼，冬妮娅继续读书。她读的什么书？是托尔斯泰还是屠格涅夫？她垂着光滑的小腿在树杈上读书，那条乌黑粗大的发辫，那双湛蓝清澈的眼睛……保尔这时还有心钓鱼吗？如果是我，肯定没心钓鱼了。从冬妮娅向保尔真诚道歉那一刻起，童年的小门关闭，青春的大门猛然敞开了，一个美丽的、令人遗憾的爱情故事开始了。我想，如果冬妮娅不向保尔道歉呢？如果冬妮娅摆出贵族小姐的架子痛骂穷小子呢？那《钢铁是怎样炼成的》就没有了。一个高贵的人并不意识到自己的高贵才是真正的高贵；一个高贵的人能因自己的过失向比自己低贱的人道歉是多么可贵。我与保尔一样，也是在冬妮娅道歉那一刻爱上了她。说爱还早了点，但起码是心中充满了对她的好感，阶级的壁垒在悄然地瓦解。接下来就是保尔和冬妮娅赛跑，因为恋爱忘了烧锅炉；劳动纪律总是与恋爱有矛盾，古今中外都一样。美丽的贵族小姐在前面跑，锅炉小工在后边追……最激动人心的时刻到了：冬妮娅青春焕发的身体有意无意地靠在保尔的胸膛上……看到这里，幸福的热泪从高密东北乡的傻小子眼里流了下来。接下来，保尔剪头发，买衬衣，到冬妮娅家做客……我是三十多年前读的这本书，之后再没翻过，但一切都在眼前，连一个细节都没忘记。我当兵后看过根据这部小说改编的电影，但失望得很，电影中的冬妮娅根本不是我想象中的冬妮娅。保尔和冬妮娅最终还是分道扬镳，成了两股道上跑的车，各奔了前程。当年读到这里时，我心里那种滋味难以说清。我想如果我是保尔……但可惜我不是保尔……我不是保尔也忘不了临别前那无比温馨甜蜜的一夜……冬妮娅家那条凶猛的大狗，狗毛温暖，冬妮娅皮肤凉爽……冬妮娅的母亲多么慈爱啊，散发着牛奶和面包的香气……后来在筑路工地上相见，但昔日的恋人之间竖起了黑暗的墙，阶级和阶级斗争，多么可怕。但也不能说保尔不对，冬妮娅即使嫁给了保尔，也注定不会幸福，因为这两个人之间的差别实在是太大了。保尔后来又跟那个共青团干部丽达恋爱，这是革命时期的爱情，尽管也有感人之处，但比起与冬妮娅的初恋，缺少了那种缠绵悱恻的情调。最后，倒霉透顶的保尔与那个苍白的达雅结了婚。这桩婚事连一点点浪漫情调也没有。看到此处，保尔的形象在我童年的心目中就暗淡无光了。

读完《钢铁是怎样炼成的》，文化大革命就爆发，我童年读书的故事也就完结了。

一个人的“圣经”

1996年

阿摩司·奥兹先生在《爱与黑暗的故事》中文版前言里说：“假如你一定要我用一个词来形容我书中所有的故事，我会说：家庭。要是你允许我用两个词来形容，我会说：不幸的家庭。”十年前，奥兹先生的五本著作的中文版同时推出时，他也曾经说过：“我的小说主要探讨神秘莫测的家庭生活。”是的，奥兹先生在他浩瀚的著作中，的确始终保持着对家庭生活的探索热情，的确以他深刻而敏锐的洞察力于人们司空见惯的日常生活中发现了家庭生活中触目惊心或者激动人心的奥秘。读完奥兹先生的作品尤其是读完这部《爱与黑暗的故事》后，我感到奥兹先生太谦虚了，在这部长达五百多页的巨著中，奥兹先生不仅写了他的富有传奇色彩的家庭的日常生活和百年历史，而且始终把这个家庭——犹太民族社会的细胞——置于犹太民族和以色列国家的历史与现实之中，产生了“窥一斑而知全豹”的惊人效果。这种以小见大的写法，显示了奥兹先生作为小说家的卓越才华，也为世界文学的同行们提供了可资借鉴的光辉样本。奥兹先生不仅仅是个杰出的作家，也是一个优秀的社会问题专家；尽管他并没有刻意地表现自己小说之外的才华，但这部书还是让我们看到了他在民族问题上、语言科学上、国际政治方面的学养和眼光。

《爱与黑暗的故事》带有浓厚的自传色彩，但我在阅读时，还是把它当作一部纯粹的小说。巴勒斯坦问题大概是世界上最复杂的问题，以色列与阿拉伯诸国的关系大概是世界上最复杂的关系，犹太民族与欧洲各民族和阿拉伯民族的矛盾也大概是世界上最棘手的矛盾，要用文学的方式来展示，描绘这些问题、关系和矛盾，的确是个巨大的难题。这里的确是人类灵魂的演示场，这里也的确是人的光荣和人的耻辱表现得最充分的地方，这里毫无疑问是文学的富矿，这里应该产生伟大的文学，但写作的难度之大也是罕见的。阿摩司·奥兹先生担当了这个民族、这个国家的文学代言人，用他一系列作品，尤其是这部《爱与黑暗的故事》，完成了历史赋予文学的使命。正如他在这本书中勇敢地表白的那样："你身在哪里，哪里就是世界的中心。"当然，这个世界中心是文学意义上的。全世界的文学目光，都追随着奥兹先生的笔，聚焦在小说所描写的这个犹太家庭上。周围一团漆黑，奥兹先生的笔写到哪里，哪里就闪闪发光。

作为一个身为小说作者的读者，我习惯于首先从技术层面上来解读这部作品。奥兹先生是塑造人物的高手，他娓娓道来，不动声色，用他细腻、准确的语言和无数生动的细节，将一个个性格鲜明、栩栩如生、闻其声如见其人的人物，引领到我们面前。幽默、活泼、对女人充满真正爱心的爷爷，每日进行卫生大扫除、开朗、热情的奶奶，慷慨大度的外祖父，絮絮叨叨的外祖母，学富五车的伯祖父，善良温存的伯祖母，聪明、软弱、怀才不遇的父亲，美丽冷傲、多愁善感、心如大海一样神秘莫测的母亲，像钢铁一样坚硬、武断专横的本·古里安将军……奥兹先生在这部书里写了数十个有名有姓的人物，有的人物仅仅出场一次，但奥兹先生也能以画龙点睛般的描写，赋予他生命，让他散发出生命的气息。

奥兹先生善于营造场面，他的人物总是处在运动中。他把人物的行动、人物的语言、人物的丰富感受、许多极富象征意义的细节，与一个又一个独特的场面交织在一起，构成一幅连绵不绝的生活和历史画卷。我们跟随着他的笔，跟随着他小说中的人物，穿越耶路撒冷的大街小巷，进入约瑟夫·克劳斯纳的书房；我们跟随着面孔通红的格里塔阿姨进入迷宫般的服装店，进入黑暗的储藏室，我们嗅到了樟脑球儿的气味，看到了那个脖子上挂着裁缝皮尺，和善的眼睛下有两个大眼袋的阿拉伯父亲。我们跟随着他们进入阿拉伯的富人区见到了浓密的眉毛连成一线的阿拉伯少女阿爱莎和她的弟弟，我们跟随着主人公爬上树梢，体验着他的被友爱和虚荣充溢着的少年心境以及误伤小男孩之后那种悔恨交加的心情。我们跟随着他们进入那个惊心动魄的联合国表决之夜，众多的犹太人仿佛变成了石头，黑暗的街道，灿烂的星空，颤抖的空气，危机四伏而又充满希望，然后是灾难性的喊叫；我们仿佛看到了主人公的父亲，这个能讲多种语言、温文尔雅、彬彬有礼的男人站在那里吼叫，没有词语的吼叫，“好像那时还没有发明文字”。我们看到了主人公的母亲，这个冷漠矜持的妇女，第一次与她的形同路人的丈夫相拥相抱，民族、国家的命运和个人家庭的命运如此动人地交融在一起，而在犹太人居住区外，无数的阿拉伯人，正在沉默中，准备迎接被驱逐出家园的悲惨命运，并准备着流血、战斗、牺牲——这个场面，是阿摩司·奥兹为世界文学做出的贡献，它必将成为经典，它已经成为经典。——我们跟随着主人公进入被骄阳曝晒着的基布兹，进入基布兹的鸡场与会所，嗅到集体食堂的饭菜香气，看到拖拉机颠簸奔跑时激起的烟尘，看到那位父亲面对着皮肤黑红、故做粗野状的儿子的尴尬神情。我们跟随主人公，战战兢兢地进入本·古里安将军简陋的办公室，感受到了这位铁腕人物既令人恐惧又令人亲近的独特魅力。我们跟随主人公和他的母亲去图书馆寻找父亲，领略了这对夫妻之间病态的感情和这个家庭里压抑的氛围以及在冷漠、敌视中依然存在的爱与温暖。母亲之死是全书的核心也是最后的高潮，作者以“基因和染色体”的忠实，再现了母亲那两次漫长的雨中漫步，如同一个超长的电影镜头，追随着这个因为过于美丽、过于聪明、过于敏感、过于痴情而与那片战火频仍、被鲜血浸泡过的土地格格不入的女人的一生。她从远处走来，从眼前走出，往远处走去，只留给我们一个难以言说的背影。

读奥兹先生的这部小说，可以感受到他对耶路撒冷这个光荣的、同时也是多灾多难的城市了如指掌。他熟悉这城市的每一条大街和小巷，熟悉这城市的每一座建筑物和每一颗树，当然，他更熟悉在这个城市里生活着和生活过的人。这部书兼备普鲁斯特《追忆似水年华》的微妙和乔伊斯《尤利西斯》的精确，就像根据《追忆似水年华》可以感受十九世纪法国贵族的生活、根据《尤利西斯》可以复制都柏林这个城市一样，读过《爱与黑暗的故事》，我们这些没有到过以色列的人，就仿佛是一个耶路撒冷的居民，并与小说主人公的家族是多年的朋友。

除了奥兹先生精湛的小说技艺，我更加欣赏奥兹先生在他的著作中表现出来的博大胸怀。他宽容、理智，充满爱心；他是站在全人类的高度来俯瞰这片土地和在这片土地上搏斗着、挣扎着、艰难生存的人们。他说：“在个体和民族的生存中，最为恶劣的冲突经常发生在那些受迫害者之间。受迫害者与受压迫者会联合起来，团结一致，结成铜墙铁壁，反抗无情的压迫者，不过是种多愁善感、满怀期待的神思。在现实生活中，遭到同一父亲虐待的两个儿子并不能真正组成同道会，让共同的命运把他们密切地联系在一起，他们不是把对方视为同命相连的伙伴，而是把对方视为压迫他的化身——或许，这就是近百年来的阿以冲突。”

奥兹先生是犹太人，但他的目光超越了犹太民族；奥兹先生是以色列国民，但他的胸怀包容了全人类。犹太人几千年来流离失所，希特勒屠杀他们，斯大林也屠杀他们；同样，阿拉伯人也是苦难深重。犹太人建立以色列国，希望有一块安身立命的土地，这是正当的正义要求，但阿拉伯人捍卫自己的家园也是庄严的行为，于是冤冤相报，兵连祸结，血流成河，经久不止。两个苦难深重的民族，犹如僵持在一根独木桥上的两头山羊。

奥兹先生发出的声音是清醒的、智慧的声音。他的《爱与黑暗的故事》充满忏悔精神、充满包容性。这本书中没有真正意义上的坏人，但好人带给好人的痛苦也许更加难以忍受。正如作者自述：“它并非一部黑白分明的小说，而是将悲剧与喜剧、欢乐与渴望、爱与黑暗结合在了一起。”而这些，正是伟大作品的内在本质。

我认为《爱与黑暗的故事》具有《圣经》般的宽容与诚实，这是奥兹先生一个人的“圣经”，但我希望它能成为所有善良的人们的“圣经”。因为，从这本书中，我们可以读到自己的灵魂的秘密。

读鲁迅杂感

1996年12月1日深夜

大约七八岁的时候，就开始读鲁迅了。这绝不是也绝不敢自夸早慧，也绝不是绝不敢想借此冲淡一下那些“德高望重”的革命作家涂抹在我脸上的反革命油彩，那时读鲁迅的书，实在是因为脚上生了一个毒疮无法下地行走只能困顿在炕头上，而炕头上恰好有一本我的正在念中学的大哥扔在那里的鲁迅作品选集。当时我的兴趣是阅读连环画，而这选集，除了封面上有作者一个坚硬的侧面头像之外，别无一点图画，连装饰的花边条纹都没有。墙上倒是颠倒贴着一些绘有图画的报纸，但早已看得烂熟了，于是在万般无奈之下，坐在炕上，透过后窗，望着河里汹涌的秋水，听着寂寞的浪涛声和更加寂寞的秋风扫落叶的瑟瑟声，我翻开了鲁迅的书，平生第一次。

不认识的字很多，但似乎也并不妨碍把故事的大概看明白，真正不明白的是那些故事里包含的意思。第一篇就是著名的《狂人日记》，现在回忆起那时的感受，模糊地一种恐惧感使我添了许多少年不应该有的绝望。恰好那个时代正是老百姓最饿肚子的时候，连树的皮都被剥光，关于人食人的传闻也有，初次听到有些惊心动魄，听过几次之后，就麻木不仁了。

印象最深至今难忘的传闻是说西村的庄姓哑巴——手上生着骈指，面貌既蠢且凶——将人肉掺在狗肉里卖。他是以屠狗卖肉为生的，因为是哑人，才得以享有这“资本主义”的自由。据说几个人在吃他的狗肉冻时，突然吃出了一个完整的脚趾甲，青白光滑宛如一片巨大的鱼鳞。那些食了肉的人呕而且吐了，并且立即报告给有关部门知道。据说哑巴随即就被抓了，用麻绳子五花大绑着，绑得很紧，绳子直煞进肉里去。

这些恰是我读鲁不久前的传闻，印象还深刻在脑子里，所以，读罢《狂人日记》，那些传闻，立即便栩栩如生，并且自然地成了连环的图画，在脑海里一一展开。其实，那些食了肉的人，在没发现脚趾甲前，并没尝出什么异味，甚至都还赞颂着狗肉的鲜美，只是在吃出了趾甲后，才呕而且吐了。据说哑巴的原料是丰富的，挂狗头卖人肉。狗多半是离家出走的——家里连人的嚼谷都没有，狗又不愿意陪着人吃草根咽树皮——离家出走后又多以人尸为主食。吃死人的狗大都双眼通红，见了活人也要颈毛耸立、白牙龇出、发出狼般咆哮的。所以，即便是单吃狗肉也是在间接地吃人。哑巴之所以要在狗肉里掺假，很简单的原因就是猎获一只吃死人吃红了眼的疯狗很费力气甚至还要冒一些生命的危险。狗一旦离家出走，往往就是觉悟的标志，而狗的觉悟直接就是野性的恢复，直接就是一场狗国的寻根运动，而狗国的根轻轻地一寻就进了狼群，于是那些丧家的吃人肉吃红了眼、野而且疯的狗实际上就是狼的亲兄弟，甚至比狼还要可怕。因为它们毕竟被人豢养过，深知人的弱点而又有着被人愚弄利用过的千代冤仇，这样的狗在受到人的袭击时咬起人来决不会牙软。这一切旨在说明，尽管遍野可见野狗，但哑巴依靠着原始的棍棒、绳索和弓箭要猎到一只疯狗也并不容易，但他要从路边的横倒和荒野的饿殍身上剔一些精肉则要比较简便许多。于是就像传说中的熏挂火腿，几只猪腿里必有一条狗腿一样，哑巴出卖的一盆狗肉冻里，就可能添加了相当数量的人肉。——写出这样的文字必然地又会让那些恨我入骨的正人君子们恶心、愤怒，让他们仰天长叹：“试看今日之中国，究竟是谁家之天下？”又会让他们联合起来印刷小报广为散发并往他们认为能够收拾我的部门邮寄而且逼着人家或者求着人家表态，让他们在已经由他们赏赐给我的那些写着“文化汉奸”、“民族败类”、“流氓”、“蛀虫”字样的大摞帽子上再加上一顶写着我暂时猜不出什么字样的帽子，让他们对我的旧仇上再添上一些新恨——但终究恶习难改，写着写着就写出了真话。尽管我也想到过，这样写下去，那些毒辣的先生们为了捍卫“文学的阶级性”也许就会下腰从靴筒里拔出一柄锋利的匕首从背后捅了我——如果捅了我真能纯洁了文坛真能使他们认为“不知今日之天下，究竟是谁家之天下”的天下光复了成为了他们的天下，那我甘愿成为他们的牺牲。也正如他们的一员偏将所说，“这样的文字放在反右那会儿，早就划成了右派”，是的，真要复辟了那时代，现今的文坛上，恐怕是布满了右派。如果再彻底一点，重新来一次文化大革命，按他们的革命标准，现今的中国人，只怕大半没有了活路。遗憾和滑稽的是，那些用文化大革命和“反右”的方式对付我的人，竟然也有几个自称是“反右”和“文革”的受害者，这问题我感到百思不得其解，重读鲁迅的《聪明人和傻子和奴才》后才恍然大悟。

我还是要说要写，因为文坛毕竟不是某人的家庙，而某省也不是某人的后院，时代也早已不是他们虽然在其中吃了苦头（据说）但实际上心神往之的“文革”和“反右”时代。至于我的文章让那些大人先生们舒服不舒服我就不管了。他们结帮拉伙，联络成一个小集团污蔑我、暗害我，很令我不舒服，但他们能因为我不舒服而停止对我的迫害吗？我看过这些先生控诉“反右”和“文革”的文章，甚至曾经产生过对他们的同情。但经历了他们对付我的方式，我感到满腹狐疑。他们置人于死地的凶狠和周纳罗织别人罪名的手段分明是重演着一种故技，好像是不幸被埋没的才能终于找到了一个机会表现了出来，而且是那样的淋漓尽致。如果真是为了把被不知什么人抢去的江山夺回来而拔剑跃起，这会让我为他们喝一声彩，但事实上，在漂亮的画皮下遮掩着的，往往是一些哑巴掺进狗肉里的东西，甚至连这东西也不如。

后来的事实证明哑巴挂狗头卖人肉的传闻终究是传闻。他并没有被有关部门用麻绳五花大绑了去。我的脚好之后在河堤上遇到过他，依然是蠢而且凶的样子，依然是挑着两只瓦盆卖他的狗肉，依然有许多人买他的狗肉下酒，似乎也不怕从那肉冻里吃出一片脚趾甲，传闻也就消逝。但不久哑巴却让他自己手上的骈指消失了，有说是去医院切掉了的，有说是他自己用菜刀剁去的。传闻又起，说他的骈指就掉进了狗肉汤里，与狗肉冻在了一起。一联想又是恶心，但也没让他的生意倒闭，吃狗肉的人照吃不误，似乎也不怕把那根骈指吃出来。

后来生活渐渐地好起来，饿死人的事情几乎没有了，野狗日渐少而家狗渐渐多，但卖狗肉的依然是哑巴一人。即便“文革”中横扫了一切，哑巴的狗肉买卖也照做不误。人人都知道卖狗肉收入丰厚，远远胜过在大寨田里战天斗地，但也只能眼热而已。哑巴卖狗肉，既是历史，又像是特权。他是残疾人，出身赤贫，根红苗正，即便不劳动，生产队里也得分给他粮草。他杀狗卖肉，自食其力，既为有钱的人民提供了蛋白质，又为生产队减轻了负担，正是三全其美的好事。——其实，即使是在“文革”那种万民噤口、万人谨行的时期，无论在民间还是在庙堂，还是有人可以口无遮拦、行无拘谨，这些人是傻子、光棍或者是装疯卖傻扮光棍。譬如“文革”初期，人们见面打招呼时不是像过去那样问答，“吃了吗？——吃了”，而是将一些口号断成两截，问者喊上半截，答者喊下半截。譬如问者喊：“毛主席——”答者就要喊：“万岁！”一个革命的女红卫兵遇到我们村的傻子，大声喊叫：“毛主席——”傻子恼怒地回答：“操你妈！”女红卫兵揪住傻子不放，村子里的革委会主任说：“他是个傻子！”于是就像什么也没发生一样。——我在“文革”中的一个大雪纷飞之夜，曾替一拨聚集在一起搞革命工作的人们去哑巴家里买过狗肉。天冷得很，雪白得很，路难走得很，有一只孤独的狗在遥远的地方里哀鸣着。我的心中涌起了很多怕，涌起了怕被吃掉的恐惧——这又是在玩深沉了。

就像一棵树——哪怕是一棵歪脖子树——只要不刨了它的根它就要长大——哪怕是弯弯曲曲地——一样，我这个很败的类也渐渐由少年而青年。那岁月正是鲁迅被当成敲门砖头砸得一道道山门震天价响的时候。那时的书，除了“毛选”之外，还大量地流行着白皮的、薄薄的鲁迅著作的小册子，价钱是一毛多钱一本。我买了十几本。这十几本小册子标志着我读鲁的第二个阶段。这时候识字多了些，理解能力强了些，读出来的意思自然也多了些。于是就知道了选进小学语文课本的《少年闰土》原是《故乡》的一部分，而且还知道被选进中学课本的《社戏》删去了对京戏的一些大不敬的议论。可见被断章取义连鲁迅也要承受的，我的拙作被那些刀斧手们切割成一块块地悬挂起来招蝇生蛆就没有什么理由值得愤愤不平了。

这一阶段的读鲁是幸福的、妙趣横生的，除了如《故乡》、《社戏》等篇那一唱三叹、委婉曲折的文字令我陶醉之外，更感到惊讶的是《故事新编》里那些又黑又冷的幽默。尤其是那篇《铸剑》，其瑰奇的风格和丰沛的意象，令我浮想联翩，终生受益。截止到今日，记不得读过《铸剑》多少遍，但每次重读都有新鲜感。可见好的作品的一个最重要的标志就是耐得重读。你明明知道一切，甚至可以背诵，但你还是能在阅读时得到快乐和启迪。一个作家，一辈子能写出一篇这样的作品其实就够了。

读鲁迅的第三阶段，其时我已经从军艺文学系毕业，头上已经戴上了“作家”的桂冠，因为一篇《欢乐》，受到了猛烈的抨击，心中有些苦闷且有些廉价的委屈，正好又得了一套精装的《鲁迅全集》，便用了几个月的时间通读了一遍。当然这所谓的“通读”依然是不彻底的，如他校点的古籍、翻译的作品，粗粗浏览而已，原因嘛，一是看不太懂，二是嫌不好看。这一次读鲁，小有一个果，就是摹仿着他的笔法，写了一篇《猫事荟萃》。写时认为是杂文，却被编辑当成小说发表了。现在回头读读，只是在文章的腔调上有几分像，骨头里的东西，那是永远也学不到的。鲁迅当然是个天才，但也是时代的产物。他如果活到后来，大概也没有好果子吃。

去年，因为一部《丰乳肥臀》和“十万元大奖”，使我遭到了空前猛烈的袭击。如果我胆小，早就被那些好汉们吓死了。我知道他们搞的根本不是什么文学批评，所以也就没法子进行反批评。我知道他们一个个手眼通天，其中还有那些具有丰富的“斗争经验”一辈子以整人为业的老前辈给他们出谋划策并充当他们的坚强后盾，我一个小小的写作者哪里会是他们的对手？但我读了鲁迅后感到胆量倍增。鲁迅褒扬的痛打落水狗的精神我没有资格学习，但我有资格学习落水狗的精神。我已经被你们打落水了，但可惜你们没把我打死，我就爬了上来。我的毛里全是水和泥，趁此机会就抖擞几下，借以纪念《丰乳肥臀》发表一周年。

正是：俺本落水一狂犬，遍体鳞伤爬上岸。抖抖尾巴耸耸毛，污泥浊水一大片。各位英雄快来打，打下水去也舒坦。不打俺就走狗去，写小文章赚大钱。

狗、鸟、马

1997年5月

十年前，我曾随一个作家代表团去过联邦德国。现在回想起来，在联邦德国那些美丽的城市里，随处可见被衣冠楚楚的男人或是女人牵拉着行进的狗。从德国的北头走到南头，我还没看到过一只无主的狗。德国的狗花样实在是多极了。有蠢笨如牛的，有玲珑如兔的，有长发飘飘如美女的，有皱脸裂唇如恶鬼的。几乎所有的狗的脖子上都拴着一根链条。偶尔也能见到一条摘除了链条的狗，但脖子上还拴着皮圈。那根链条就在狗身后的主人的手里提着，随时都可以挂上去的。即便是那些摘除了链条的狗，也像个好孩子似的乖乖地跟在主人脚后，主人走快它走快，主人走慢它走慢，无链条也好像有链条，看着都让人感动。

在慕尼黑，我看到一匹似狗非狗的大动物，摇摇晃晃地跟在一个美丽的金发女郎背后。那女子袒胸露背，昂首前进，那怪物在她后边，威风凛凛，狼行虎步。我心里很是恐惧，因为打死我我也想不到世界上竟会有这样的动物。它是老虎和绵羊交配生出来的杂种吧？它看到我看它，也冷冷地歪头瞅了我一眼，掩藏在绿色长毛里那眼睛凶光逼人。它的比我的拳头还要大的爪子吧哒吧哒地敲着地面，尾巴拖在身后，好像一把大扫帚。这东西如果出现在深山老林里，一定是位令百兽觳觫的大王，但它跟在一个女人的背后，脖子上还挂着一根链条，它也只能是条狗。

在高速公路旁边的一家小饭店里，我看到一对盛装的中年男女，像侍候小宝宝似的，用一个银盘子，给一匹顶多能有两斤重的小老狗喂奶。这匹狗娇喘微微，令我想起中国的古典美人。它用红红的小舌头，舔了一点牛奶，然后就摇摇头。那女人咕噜了一句外语，我虽然听不懂，但我能猜到她的意思。无非是说：宝贝，你不喝了吗？你喝这点怎么能行呢？那小老狗继续摇头。男人就从瓶子里拿出一根金黄色的香肠，递到小老狗的嘴里。我们有时吃到的香肠并不香，但是这男子拿来喂狗的香肠真是香气扑鼻。小狗闻了闻那肠，不吃。我心中感到很愤怒。十年前我们的思想还不跟现在一样，我们的生活也不能跟现在相比。我这样说的目的就是要承认那香肠的香气勾起了我的食欲。十年前我还没有勇气承认，十年后我可以坦率地承认。其实，一切就是个所谓名分，上帝生长万物，并没有标出那是狗食那是人食。那根德国小老狗不喜吃的香肠品质优良，它勾起我的食欲完全正常。如果是现在，我就跟那个德国男人要一根吃。他给不给我是他的问题。他把那根小老狗不吃的香肠用纸包了包，扔到垃圾桶里。我心里感到很痛惜。那男人用一根雪白的手帕给他的狗擦了擦小嘴巴，然后，才和他的女人坐下吃饭。

还有一次，我们坐在面包车里，在公路上奔走。一辆辆的豪华轿车，从我们车旁一越而过，一越而过，一越而过。我突然看到，在一辆刚刚超越了我们的奔驰轿车的后座上，蹲着一条笑嘻嘻的小狮子狗。这家伙，还对着我们的车叫唤，好像在笑话我们的车太慢了。我心里很气，恨不得把它揪下来踢一脚。但是它很快就随着奔驰绝尘而去。我忽然想到：这条狗如果头晕，会不会呕吐呢？如果呕吐不是把那辆豪华轿车给弄脏了吗？

又有一次，记不清是在哪座城市里了，在一座教堂的边上，躺着一个生着火红色连鬓胡须的流浪汉。他老人家身前身后依偎着五条狗，好像他的五个孩子。这五条狗一条比一条漂亮，身上不脏，毛也很顺溜，不像吃不饱的样子。而狗的主人，则是面黄肌瘦。在他和它们的面前，放着一个盘子，里边有几个硬币。每逢有人从他和它们面前走过，老流浪汉就说几句话，声音很低沉。老头说完话，那五条狗也跟着叫几声，声音也很低沉。他和它们表现出一种特别深沉、特别谦逊的态度。

我问我们的翻译："他们说什么？"

翻译说："老头说可怜可怜这五条无家可归的狗吧。"

我问："狗呢，狗说什么？"

翻译笑着说："我不懂狗语。"

我说："你不懂我懂，狗必定是说，可怜可怜这个无家可归的人吧！"

这是真正的相依为命，也是真正的互相关心、互相爱护。我们尽管很穷，但还是掏出几个硬币扔到他和它们面前的盘子里。他对我们说了一句话我敢肯定是谢谢，狗对我们一齐汪汪汪，表达的也是感谢之意。我突然想到一个问题：中国的狗是不是能听得懂德国狗的叫声？

在德国看了那么多奇形怪状的狗，于是就想到了家乡那些狗和家乡人讲过的关于狗的故事。我有一个很不好的习惯，那就是在外边无论见到了什么事，总喜欢和家乡的同类事情作比较，一比较就难免说一些不该说的话，为此得罪了许多人。今后尽量地改正吧。我们故乡的狗很少有脖子上戴链条的，因此，虽然我的故乡的狗捞不到牛奶喝也捞不到香肠吃，但它们比德国的狗自由。香肠虽好吃，自由价更高。它们白天漫游于田野，夜晚卧伏于草垛边，愿意为主人看家就叫几声，不愿看家就出去撒野。事实上也比德国狗愉快。

70年代中期，我在生产大队养猪场里当了一段警卫，每天夜里都要跟前来偷猪食的狗作斗争。我抱着一杆土枪，埋伏在土墙后。在银色的月光下，看到它们翘腿蹑脚地来了。狗眼绿莹莹的，好像鬼火一样。看看近了，就搂火。震天动地一声响，狗惨叫着跑了。不是我枪法不好，是我不敢打死它们。都是村里人家的狗，打死了不好交待。这就叫打狗也要看主人。

村里文化活动很少，碰上打“对狗”就像过年一样。往往是看到两个狗在一起转起圈子来了，我们就开始兴奋。一旦它们交配成功，我们就手持棍棒或是砖头瓦块，一拥而上，就像当年到海滩上去抓跳伞逃生的敌特一样。有一个谜语：“四个耳朵朝天，八条腿着地，中间一根转轴，两头喘气。”就是说“对狗”的。它们连结在一起，互相牵扯，行动不便，被我们打得叫苦连天。不但我们这些讨狗厌的孩子打，大人也参加这罪恶的活动。但在当时，我们也并不认为这样做不狗道。因为乡下传说，“对狗”不打不开，一天不开母狗死；两天不开公狗死。有这样的传说垫底，我们打“对狗”，就是积德行善了。后来我进城之后，才明白乡下的传说是胡说。

现在回想起来，德国的狗都不喜欢叫，即便是叫也是低声叫，好像怕惊动了别人似的。我们到德国，也算是外国人了，但那些德国狗理也不理我们。我记得我们一行十几个人到汉堡郊外一个德国姑娘家去做客，她家那只大个狼犬对其他的人一概不理，懒洋洋地连头都不抬，唯独对我狂吠。有一个人说我：连狗都知道你不是好人。我却为此得意了好久。我得意的理由是：除了我之外，那天同去的其他人，连狗都懒得理他们了。前几年，一个德国作家到我们村里去，村子里的狗一传十、十传百，全都来了，集中在我家外边的打谷场上，齐声大叫。那德国作家吓得脸色发黄，我对他说：别怕，它们是在欢迎你呢！

可能是出于偏爱，我还是觉得我们家乡的狗好。德国狗太傲慢，我们家乡的狗多么热情。德国狗是德国人的玩物，我们家乡的狗是我们的朋友。我们家乡的狗能跑能跳，狂呼乱叫，很不含蓄，没有德国狗那么好的修养，但也没有德国狗那么阴沉。当然我们家乡的狗也会向主人摇着尾巴献媚，但狗向人献媚总比人向狗献媚好。当然我们家乡的狗也不是真正的狗，真正的狗其实就是狼。

德国的狗百分之五十没有尾巴，问一问，说是动手术割了去了。我问同行："你们知道为什么要把狗尾巴割了去吗？"他们有的说不知道，有的说是为了美观。我说："你们说的都不对。我们家乡有一句歇后语，叫作'没尾巴狗跳墙——利索'，切掉狗尾巴，就是为了让它们跳墙。"

德国有一条河，名叫莱因河。当年我学习马克思的著作，就知道德国有这样一条河。这条河水在我们眼里看起来已经很清澈，但是有一些德国人还跟政府吵架，说是他们把河水污染了。就像世界上所有的大河一样，莱因河两边也有许多城。有一座城叫波恩，当时还是联邦德国的首都。城里有许多人，还有许多鸟，而且鸟不怕人。

我在河边坐着看河水，一只肥胖的野鸭子摇摇摆摆地走过来。它用漆黑的小眼睛看着我，还对我嘎嘎地叫。紧接着又有几只野鸭子走过来，都好奇地看着我。我一伸手，就摸到了它们的羽毛。当时我真想抓几只拿回去烧着吃，但又怕被人家抓住丢了中国人的脸。我曾经写过一篇小说，讲一个穷汉子打野鸭子的故事。他埋伏在一丛高粱秸里，看到夕阳西下，看到一群群的野鸭子落到面前的水汪子里。他想多打几只野鸭，就不停地往枪里填药。最后的结果当然很不好，他贪心太大，装药太多，结果炸了枪膛，野鸭子没打着，反把自己给炸死了。

最近几年，中国人的环保意识也在加强，国家也颁布了保护动物的法律。但偷猎珍稀动物的事情还是不断发生。有射杀天鹅的，还有杀死大熊猫包饺子的。看起来光有法律还不行。老百姓的肚子里如果没有油水，什么法律也拦不住那些大胆的馋鬼。吃饱了才能讲文明，吃饱了才能学文化。我就不相信，当德国人穷得连饭都吃不饱时，他们还顾得上去保护动物。能保护天鹅，也顾不上保护野鸭子。

当然也不能把一切问题都归结到吃饱吃不饱上。我在狼牙山下当兵时，部队生活很好，顿顿有油水。但机关里有一位干事，每天都提着一杆气枪去打鸟。黄鹂、杜鹃、喜鹊、乌鸦、啄木鸟……他见到什么就打什么。这人枪法很准，几乎是弹无虚发。每天都有几十只鸟死在他的手下。那时我才知道啄木鸟有好几个品种。啄木鸟死后，那舌头是吐出来的，就像吊死鬼一样。啄木鸟的舌头像一根肉锥，尖上还带着一个钩儿。他打死那么多鸟，随手就扔在窗台上，他不吃，让蚂蚁吃。为此我还劝过他，但他根本不理我。我偷偷地告了他一状，结果把他得罪了。

人其实是最复杂的动物。人是最善良的，也是最残忍的。人是最窝囊的，也是最霸道的。也许有一天，人要从地球霸主的位置上退下来。不过那时候，我的肉体可能转化成了别的物质。我也许变成了一束鲜花，也许变成了一堆狗屎。但我还是希望能变成一只鸟。变成一只在莱因河边漫步的野鸭子也行。

想不到波恩城里也有麻雀，它们的模样跟中国麻雀没有什么区别。在一家咖啡馆的招牌上，有一个堂皇的麻雀巢，很低，抬手就可摸到。据说招牌上的字母拼起来就是贝多芬，麻雀就在贝多芬的头上生儿育女，拉屎撒尿。

麻雀在中国可是遭过大难的，一声令下，枪打、网罗、敲锣打鼓吓唬，差不多灭了它们的种。一个庞大的国家、好几亿人口，联合起来对付一种小鸟，这行为既荒诞又好玩，在人类历史上都是空前绝后。我看过一个资料，写几个科学家联合起来给毛泽东写信营救麻雀的事，才知道这灭麻雀的事不简单。没有50年代的“除四害”灭麻雀，大概也就不会有60年代的“破四旧”搞文化大革命，很可能也就没有需要“粉碎”的“四人帮”。要把四个人“粉碎”了，尽管是坏人，想来也可怕。我还看过一个挺有名的作家写的一篇童话小说，写一个麻雀之家，两个老麻雀，两个小麻雀，在灭绝麻雀运动中的悲惨遭遇。两个小麻雀，一个被弹弓打死了，一个飞不动掉下来被活捉了。男老麻雀撞到高压线上碰死了，剩下女老麻雀，好不容易逃回自家的窝。夜里，它躲在窝里哭，一道强光射进来，它被一个小孩子给活活捏死了。那作家写了这小说配合运动，但他并不了解这场运动的真正意义。

马在德国跟狗在德国一样，早已由生产资料变成了玩物。马的辉煌时代在德国已经结束——其实在中国也快要结束了。这是无可奈何的事情。人类的文明史里搀杂了许多的马粪和狗屎。马曾经是人类多么重要的帮手，但现在一点也不重要了。我当时想起了《静静的顿河》，想起了肖洛霍夫对马的精彩描写。他写到阿克西妮娅临死前骑的那匹马有一个坏习惯：喜欢低头啃骑马人的膝盖。这匹马多么有性格呀。现在我又想起了《马语者》这本畅销书，一看就是个不懂马的人写的。我曾应该书责编之邀，写过一篇促销文章，里边只有一句话是满意的：其实，人类从来不敢正视马的湛蓝的眼睛。

我在德国只见过一次马，那是在斯图加特郊外一个牧场里。马的主人是个红脸膛的大汉，浑身散发着令我感到亲切的马粪气味。据说他极善马术，曾在大型的赛马会上获得过金牌。大汉有一位娇小的妻子，穿着牛仔裤，很干练，不用说也是个马上的健女。他还有一个在城里读幼儿园的儿子，还有一个像布娃娃那般大的精致女儿，还有一个忙前忙后的老母亲。这是一个幸福的家庭。

我们进了主人的马厩，看到了几匹胖得油光满臀的高头大马。还有一匹让我感到大吃一惊的小马。它比一只绵羊大不了多少，但它不是马驹。我们的翻译说这是袖珍马，长不大的。这是马吗？我真难过。这是什么人培育出来的马种呀！

主人派人进城把他的儿子接回来了，为了给我们表演马术。小男孩换上了全套的马术服，从厩里牵出了那匹袖珍小马，熟练地给它备好鞍鞯。那个刚会行走的小女孩去揪小马的尾巴，怪吓人，但她的父母不管不问。男孩把马牵到训马场上，女孩追着马哭。她的母亲把她扔到马背上，她就笑了。

说说这个女孩吧。她穿着一条带背襻的红色皮短裤，一双红色的小皮鞋，一件红格子的半袖衬衫。金色的头发梳成两条小辫子。她的皮肤细腻得像奶油一样。她的眼睛蓝得像湖水一样。她的嘴唇红得像樱桃一样。她精致得不像个真孩子。

男孩骑着小马在场上跑起来。起初跑得不快，越跑越快。它的小蹄子飞快地翻动着，让我联想到大银行里那些快速点钞的女职员的手指。跑着跑着，那小马在那小孩的驾驭下，冲向障碍，嗖地就飞过去了。小马的肚皮擦着了栏杆。我们鼓掌。又过去了，我们鼓掌。

在德国，我有个感觉：真的就像假的，假的反似真的。譬如说市场上的水果，色彩之艳丽、表皮之光洁都过了分，使人疑心是塑料或是蜡做成的。有些假物，譬如说桌上摆的假花，你忍不住要去嗅它的香味。德国的马也像假马，太干净、太光滑了，没有一点马的野气。

我又想起了故乡的马，在冰封大地之后，去原野上啃麦苗子。一轮巨大的红日初升，田野里姹紫嫣红，麦苗子上挂着粉红色的霜花。我家那匹红马满身亮汗，大口啃麦苗，轻松摇尾巴，马眼明亮，宛如蓝色水晶。我冻得双耳通红，站在大河堤上，高声呼唤我家的马：马来——咴咴咴……遥远的我家的马昂起头，晃动着红色的鬃毛，飞一般奔过来。在它的带动下，几十匹马一起狂奔，像几十匹舒卷的绸缎，像一条波浪翻卷的彩色河流。

草木虫鱼

1997年

好多文章把三年困难时期写得一团漆黑、毫无乐趣，我认为是不对的。在那个特殊的时期里，也还是有欢乐，尽管几乎所有的欢乐都与得到食物有关。那时候，我六、七、八岁，与村中的孩子们一起，四处悠荡着觅食，活似一群小精灵。我们像传说中的神农一样，几乎尝遍了田野里的百草百虫，为丰富人类的食谱作出了贡献。那时候的孩子，都挺着一个大肚子，小腿细如柴棒，脑袋大得出奇。我当然也不例外。

我们的村子外是一片相当辽阔的草甸子，地势低洼，水汪子很多，荒草没膝。那里既是我们的食库，又是我们的乐园。春天时，我们在那里挖草根剜野菜，边挖边吃，边吃边唱，部分像牛羊，部分像歌手。我们是那个年代的牛羊歌手。我们最喜欢唱的一支歌是我们自己创作的。曲调千变万化，但歌词总是那几句：“一九六零年，真是不平凡；吃着茅草饼，喝着地瓜蔓……”歌中的茅草饼，就是把茅草的白色的甜根，洗净，切成寸长的段，放到鏊子上烘干，然后放到石磨里磨成粉，再用水和成面状，做成饼，放到鏊子上烘熟。茅草饼是高级食品，并不是天天人人都能吃上。我歌唱过一千遍茅草饼，但到头来只吃过一次茅草饼，还是三十年之后，在大宴上饱餐了鸡鸭鱼肉之后，作为一种富有地方风味的小点心吃到的。地瓜蔓就是红薯的藤蔓，那时也是稀罕物，不是人人天天都能喝上。我们歌唱这两种食物，正说明我们想吃又捞不到吃，就像一个青年男子爱慕一个姑娘但是得不到，只好千遍万遍地歌唱那姑娘的名字。我们只能大口吃着随手揪来的野菜，嘴角上流着绿色的汁液。我们头大身子小，活像那种还没生出翅膀的山蚂蚱。荒年蚂蚱多，这大概也是天不绝人的表现。我什么都忘了，也忘不了那种火红色的、周身发亮的油蚂蚱。这种蚂蚱含油量忒高，放到锅里一炒滋啦滋啦响，颜色火红，香气扑鼻，撒上几粒盐，味道实在是好极了。我记得那几年的蚂蚱季节里，大人和小孩都提着葫芦头，到草地里捉蚂蚱。开始时，蚂蚱傻乎乎的，很好捉，但很快就被捉精了。开始时大家都能满葫芦头而归，到后来连半葫芦也捉不了了。只有我保持着天天满葫芦的辉煌纪录。我有一个诀窍：开始捉蚂蚱前，先用草汁把手染绿。就是这么简单。油蚂蚱被捉精了，人一伸手它就蹦。它们有两条极其发达的后腿，还有双层的翅膀，一蹦一飞，人难近它的身了。我暗中思想，它们大概能嗅到人手上的气味，用草汁一涂，就把人味给遮住了。我的诀窍连爷爷也不告诉，因为我奶奶搞的是按劳分配，谁捉到的蚂蚱多，谁分到的吃食也就多。

吃罢蚂蚱，很快就把夏天迎来了。夏天食物丰富，是我们的好时光。那三年雨水特大，一进六月，天就像漏了似的，大一阵小一阵，没完没了的淅沥。庄稼全涝死了。洼地里处处积水，成了一片汪洋。有水就有鱼。各种各样的鱼好像从天上掉下来似的，品种很多，有一些鱼连百岁的老人都没看到过。我捕到过一条奇怪又妖冶的鱼，它周身翠绿，翅羽鲜红，能贴着水面滑翔。它的脊上生着一些好像羽毛的东西，肚皮上生着鱼鳞。所以它究竟是一条鱼还是一只鸟，至今我也说不清。前面之所以说它是条鱼，不过是为了方便。这个奇异的生物也许是个新物种，也许是一个杂种，反正是够怪的，如果能养活到现在，很可能成为宝贝，但在那个时代，只能杀了吃。可是它好看不好吃，又腥又臭，连猫都不闻。其实最好吃的鱼是最不好看的土泥鳅。这些年我在北京市场上看到那些泥鳅，瘦得像铅笔杆似的，那也叫泥鳅？我想起六十年代我家乡的泥鳅，一根根，金黄色，像棒棰似的。传说有好多种吃泥鳅的奇巧方法。我听说过两种：一是把活泥鳅放到净水中养数日，让其吐尽腹中泥，然后打几个鸡蛋放到水中，饿极了泥鳅自然是鲨吃鲸吞。等它们吃完了鸡蛋，就把它们提起来扔到油锅里，炸酥后，蘸着椒盐什么的，据说其味鲜美。二是把一块豆腐和十几条活泥鳅放到一个盆里，然后把这个盆放到锅里蒸，泥鳅怕热，钻到冷豆腐里去，钻到豆腐里也难免一死。这道菜据说也有独特风味，可惜我也没吃过。泥鳅在鱼类中最谦虚、最谨慎，钻在烂泥里，轻易不敢抛头露面，人们却喜欢欺负老实鱼，不肯一刀宰了它，偏偏要让它受若干酷刑。

秋天是收获的季节。茫茫大地鱼虾尽，又有螃蟹横行来。俗话说“豆叶黄，秋风凉，蟹脚痒”。在秋风飒飒的夜晚，成群结队的螃蟹沿河下行，爷爷说它们是到东海去产卵，我认为它们更像是要去参加什么盛大的会议。螃蟹形态笨拙，但在水中运动起来，如风如影，神鬼莫测，要想擒它，决非易事。想捉螃蟹，最好夜里。身披蓑衣，头戴斗笠，耐心等待，最忌咋呼。我曾跟随本家六叔去捉过一次螃蟹，可谓新奇神秘，趣味无穷。白天，六叔就看好了地形，悄悄的不出声。傍晚，人散光了，就用高粱杆在河沟里扎上一道栅栏，留上一个口子，口子上支一货口袋网。前半夜人脚不静，螃蟹们不动。耐心等候到后半夜，夜气浓重，细雨蒙蒙，河面上升腾着一团团如烟的雾气，把身体缩在大蓑衣里，说冷不是冷，说热不是热，听着噼噼嗤嗤的神秘声响，嗅着水的气味草的气味泥土的气味，借着昏黄的马灯光芒，看到它们来了。它们来了，时候到了，它们终于来了。它们沿着高粱秆扎成的障子哧哧溜溜往上爬，极个别的英雄能爬上去，绝大多数爬不上去，爬不上去的就只好从水流疾速的口子里走，那它们就成了我和六叔的俘虏。那一夜，我和六叔捉了一麻袋螃蟹。那时已是1963年，人民的生活正在好转。我们把大部分螃蟹五分钱一只卖掉，换回十几斤麸皮。奶奶非常高兴，为了奖励我们，她老人家把剩下的螃蟹用刀劈成两半，沾上麸皮，在热锅里滴上十几滴油，煎给我们吃。满壳的蟹黄和索索落落的麸皮，那味道和感觉无法用语言形容。

秋天，除了螃蟹之外，好吃的虫儿也很多。蚂蚱、豆虫、蝈蝈、蟋蟀……深秋的蟋蟀颜色黑得发红，膀大腰圆，肚子里全是子儿，炒熟了吃，有一种独特的香气，无法类比。还有一种虫儿，现在我才知道它们的学名叫金龟子，是蛴螬的成虫，像杏核般大，颜色黑亮，趋光，往灯上扑，俗名“瞎眼闯”。这虫儿好聚群，落在树枝或是草棵上，一串一串的，像成熟的葡萄。晚上，我们摸着黑去撸“瞎眼闯”，一晚是能撸一面口袋。此虫炒熟后，滋味又与蚂蚱和蟋蟀大大的不同。还有豆虫，中秋节后下蛰。此虫下蛰后，肚子里全是白色的脂油，一粒屎也没有，全是高蛋白。

进入冬季就有点惨了。冬天草木凋零，冰冻三尺，地里有虫挖不出来，水里有鱼捞不上来，但人的智慧是无穷的，尤其是在吃的方面。我们很快便发现，上过水的洼地面上，有一层干结的青苔，像揭饼样一张张揭下来，放到水里泡一泡，再放到锅里烘干，酥如锅巴，味若鱼片。吃光了青苔，便剥树皮。剥来树皮，刀砍斧剁，再放到石头上砸，然后放到缸里泡，泡烂了就用棍子搅，一直搅成浆糊状，捞出来，一勺一勺，摊在鏊子上，像摊煎饼一样。从吃的角度来看，榆树皮是上品，柳树皮次之，槐树皮更次之。

我们吃树皮的过程跟毕升造纸的过程很相似，但我们不是毕升，我们造出来的也不是纸。

吃事三篇

一、吃的耻辱

1992年

吃人家嘴短的意思很明白，仅仅有这点意思那简直不算意思，我的意思是说吃人一棵胡萝卜所蒙受的耻辱哪怕用一棵老山参也难清洗。

我像傻瓜一样混进首都北京后，恨不得见到动物就要点头哈腰表示友善，但北京动物的凶猛程度是地球上有名的，哪怕是一条浑身污垢的野狗，也比外省的狗要神气许多。那猖狂的吠声里毫不掩饰地透露出京狗的优越感，狗尚如此，何况人乎？话说那一年，在一家又脏又破的似乎是纯种老北京人开的冷面馆子里，苍蝇横飞，老板娘粘腻，一条眼角生眵的狗伏在所谓的柜台边上，很不友好地看着我，好像我不是来吃饭，而是来抢劫。我诚惶诚恐地把一块我舍不得吃的肉片扔给它，我虽然嘴没说话，但我的心在说："狗啊，尊敬的狗，不要用这样的仇视的眼光看我，我知道北京是你们的北京，首都也是你们的首都，我知道你们十分讨厌外地人来北京混事，但这也是组织上让我们来的。给你块肉吃，借以表示我的敬意和歉意，希望您能宽容一点，我不过是暂时居留此地，随时都会回去。"狗恼怒地叫了一声，好像我扔到它面前的不是肉片而是一枚炸弹。老板娘怒冲冲地说："干什么？干什么？吃饱了撑得难受是不？丫挺的个傻×，看你那操行……"我感到满腹冤枉，心中当然也有很多想法。我想，这些北京人为什么这样横？北京这个首善之地我们国家官话的发祥地的人骂起人来怎么这样歹毒呢？北京人尽管受过八国联军的祸害但为什么像八国联军一样不讲道理？我喂他们的狗吃肉是我表示友好啊。这时，从里屋走出来一个典型的北京汉子，那口与裤裆关系十分密切的语言说得如同爆豆一样，他说这条狗是从法国买来的，是纯粹的名种，起码价值十万元。这样的狗是不能随便喂的，这样的狗吃的都是配方饲料，维他命、蛋白质，都是有数的，多一点不行，少一点也不行，你乱给它吃肉，打乱了它的内分泌，该当何罪？！我想这不是条狗吗？封建帝王也没有这般讲究嘛。我感到肚子快要气破了。我看着那条狗，心想看你这个死相也配从法国进口？我们村子里那些在草垛旮旯里玩耍的野狗也比它俊秀三十倍。于是我斗胆说："不要吓唬外乡人，别的我们没见过，狗我们还是见过的。你们这狗，不过是条土狗，身上还长了一块癞，因此是一条癞皮狗！"哎呀我的个亲娘，我这句话一出口，就像用烧红的炉钩子烫了老虎的屁股，只见那男人目露凶光逼上前来，那个女人拍打着丰厚的屁股大叫："大头，大头，给这个小子放血！"

我很是害怕，按照宰杀牲畜的一般程序，放血之后应该是烧开水屠戮毛羽，然后是卸去头脚，开膛破肚，摘出下货，然后就挂起来，一刀刀零割了卖。也许是明天早晨，也许是明天中午，在酱肉的盘子里，在油炸的丸子里，在串肉的扦子上，就有了我的身体的一部分。想到此，脊梁骨一阵冰凉，哪里还有心吃什么冷面，慌忙站起来，贴着墙边，连声道着歉，一溜烟跑了。

回到宿舍，越想越感到窝囊，于是便有两行狗尿般的泪水从眼里流出来。怨谁？怨自己。谁让你去吃什么冷面呢？躲在屋子里泡一包方便面不是很好吗？为了不让卖方便面的北京服务小姐心烦，你可以一次买上五十袋，把罪攒起来一次受完。正想着呢，一个朋友进来，说你流什么泪呢？莫斯科不相信眼泪，北京更不相信眼泪。北京是缺水的城市，眼泪虽少，但也是自来水变的，因此你随便流泪就是觉悟不高的表现。我一想有理，咱外地人来到北京，事事都要小心着，要哭就回山东哭，在北京哭也可以，不喝北京的自来水你想哭就哭。

朋友把我请去吃饭，吃了一盘胡萝卜丝，吃了一盘粉丝，还吃了一盘像橡皮一样难以嚼烂的肉。吃完了，我心感动，心中暗想，吃人一碗，要报一盆，点滴之恩，应该涌泉相报。

隔了几天，一群朋友聚会，我为了一句什么话把这位曾经请我吃过一次饭的朋友得罪了。他咬牙切齿地说："你的良心让狗吃了吗？前几天，我去香格里拉饭店买了美国加州的酱小牛肉，去长城饭店买来西班牙产的胡萝卜，去友谊商店用外汇券买了专供外国人的波罗的海鱼子酱，还有高级的奶油，吃得你小子满嘴流油，可是你一转眼就忘记了。那些小牛肉还没消化完吧？"

我感到浑身冰凉，这时悔之莫及。我恨不得把自己这张不争气的嘴巴用胶布封了。你当年吃煤块不也照样活吗？你去吃人家那点胡萝卜丝和粉丝干什么？实在馋了你自己去买一麻袋胡萝卜把自己吃成一只兔子也花不了多少钱，但你吃了人家的东西，就要听人家的，就要承受人家施加到你身上的侮辱。我这人最大的毛病就是没有记性，像狗一样，记吃不记打。当时气得咬牙切齿地发狠，但过不了几天就忘了。又有一个朋友请我去吃饭，上了一只煤球炉子，炉子上放了一口锅，锅里放了十几只虾米，一堆白菜，还有一些什么肉。吃着吃着我的凶相又原形毕露了，那朋友就说："看看莫言吧，吃的一上桌，又奋不顾身了！”

一句话把我的心彻底地凉透了，因为吃人家的东西所蒙受的耻辱一桩桩一件件涌上心头。我怎么这样下贱？我怎么这样没有出息？你实在想吃，一个人下个馆子不就行了吗？你想怎么吃就怎么吃！你想多么凶恶地吃就多么凶恶地吃。你吃光了肉把盘子也舔了也没人嘲笑你。你自己经常地忘记自己的身份，你忘了自己是一个乡巴佬，人家那些人从根本上就瞧不起你，压根儿就没把你当个人看。人家有时找你玩玩，那是无聊，那是天鹅向水鸭子表示亲近，如果水鸭子竟因此而想入非非，那水鸭子就惨了。想明白了道理后，我发誓宁愿饿死也不再吃人家的东西了，就像朱自清宁愿饿死也不吃美国面粉一样。我还发誓万不得已跟人家在一起吃饭时，一定要奋不顾身地抢先付账，我付账，那么即便我吃得多一点人家也就不会笑话我了吧？

又一次去吃烤鸭，吃到一半时我就把账结了。几个贵人都十分高雅地填饱了那些高贵的胃袋后，桌子上还剩下许多，这时，农民的卑贱心理又在我的心中发作了。多么可惜啊，这些大葱，这些大酱，这些洁白的薄饼，这些香酥的鸭片，都是好东西，浪费了不但可惜，还要遭到天谴的。于是我就吃。这时，有人说：“瞧瞧莫言吧，非把他那点钱吃回去不可。”我感到脸上火辣辣的，好像挨了一记响亮的耳光。人家还说：“你们说他的饭量怎么会这样大？他为什么能吃那样多？要是中国人都像他一样能吃，中国早就被他吃成水深火热的旧社会了。”

我这才悲哀地认识到，世界上的事情，其实早就安排好了。该着受侮辱的命，给你戴上顶皇冠也逃脱不了的。

前年春节回家探亲时，我把这些年在北京受到的委屈，一桩桩一件件地说给母亲听。母亲说：“我就不信，人活一口气，再去吃宴席，行前先喝上两大碗稀饭，然后再吃上两个大馒头，上了宴会，还能做出那副饿死鬼相吗？”

回到北京后，遵循着母亲的教导，上了宴席，果然是不猴急了。吃得温良恭俭让，像英国皇室里的厨子那样。我等待着大家的表扬，可是一个人却说：“看看莫言那个假模假样的劲儿，好像他只用门牙吃饭就能吃成贾宝玉似的。”

众人大笑，食欲大增。有个人说：“人啊，还是本色些好，林黛玉也要坐马桶的。”

“娘啊，简直是没有活路了啊……”

娘说：“儿啊，认命吧。命中该有什么，就得承受什么。”

我问：“娘啊，咱们一大家人，为什么就单单我因为吃蒙受了很多耻辱？”

娘说：“儿啊，你这算什么？娘在六零年里，偷生产队的马料吃，被人抓住了吊起来打。当时想，放下来就一头撞死算了。可等到放下来，还不是爬着回了家。你大娘去西村讨饭，讨到麻风病的家里，看到人家过堂里方桌上有半碗吃剩的面条，你大娘看看无人，扑上去就用手挖着吃了。麻风病人吃剩的面条，脏不脏？你受这点委屈算得了什么？娘分明看到你一天比一天胖了起来，不享福，如何能胖起来？儿啊，你这是享福啊，不要身在福中不知福啊！”

我仔细地思考着母亲的话，渐渐地心平气和了。是啊，所谓的自尊、面子，都是吃饱了之后的事情，对于一个饿得将死的人来说，一碗麻风病人吃剩的面条，是世间最宝贵的东西。当然也有宁愿饿死也不吃美国救济粮的朱自清先生，但人家是伟人，如我这种猪狗一样的东西，是万万不可用自尊、名誉这些狗屁玩意儿来为难自己。

二、吃相凶恶

1992年6月

在我的脑袋最需要营养的时候，也正是大多数中国人饿得半死的时候。我常对朋友们说，如果不是饥饿，我绝对会比现在聪明，当然也未必。因为生出来就吃不饱，所以最早的记忆都与食物有关。那时候我家有十几口人，每逢开饭，我就要大哭一场。我叔叔的女儿比我大四个月，当时我们都是四五岁的光景，每顿饭奶奶就分给我和这位姐姐每人一片发霉的红薯干，而我总是认为奶奶偏心，将那片大些的给了姐姐。于是就把姐姐手中的那片抢过来，把自己那片扔过去。抢过来后又发现自己那片大，于是再抢回来。这样三抢两抢姐姐就哭了，婶婶的脸也就拉长了。我当然从一上饭桌时就眼泪哗哗地流。母亲无可奈何地叹息着。奶奶自然是站在姐姐的一面，数落着我的不是。婶婶说的话更加难听。母亲向婶婶和奶奶连声赔着不是，抱怨着我的肚子大，说千不该万不该不该生了这样一个大肚子的儿子。

吃完了那片红薯干，就只有野菜团子了。那些黑色的、扎嘴的东西，吃不下去，但又必须吃。于是就边吃边哭，和着泪水往下咽。我们这茬人，倒底是依靠着什么营养长大的呢？我不知道。那时想，什么时候能够饱饱地吃上一顿红薯干子就心满意足了。

1960年春天，在人类历史上恐怕也是一个黑暗的春天。能吃的东西都吃光了，草根，树皮，房檐上的草。村子里几乎天天死人。都是饿死的。起初死了人还掩埋，亲人们还要哭哭啼啼地到村头的土地庙去“报庙”，向土地爷爷注销死者的户口，后来就没人掩埋死者，更没人哭嚎着去“报庙”了。但还是有一些人强撑着将村子里的死尸拖到村子外边去，很多吃死人吃红了眼睛的疯狗就在那里等待着，死尸一放下，狗们就扑上去，将死者吞下去。过去我对戏文里将穷人使用的是皮毛棺材的话不太理解，现在就明白了何谓皮毛棺材。后来有些书写过那时人吃人的事情，我觉得只能是十分局部的现象。据说我们村的马四曾经从自己死去的老婆的腿上割肉烧吃，但没有确证，因为他自己也很快就死了。粮食啊，粮食，粮食都哪里去了？粮食都被什么人吃了呢？村子里的人老实无能，饿死也不敢出去闯荡，都在家里死熬着。后来听说南洼里那种白色的土能吃，就去挖来吃。吃了拉不下来，憋死了一些人，于是就不再吃土。那时候我已经上了学，冬天，学校里拉来了一车煤，亮晶晶的，是好煤。有一个生痨病的同学对我们说那煤很香，越嚼越香。于是我们都去拿来吃，果然是越嚼越香。一上课，老师在黑板上写字，我们在下面吃煤，一片咯咯嘣嘣的声响。老师问我们吃什么，大家齐说吃煤。老师说煤怎么能吃呢？我们张开乌黑的嘴巴说，老师，煤好吃，煤是世界上最好吃的东西，香极了，老师吃块尝尝吧。老师是个女的，姓俞，也饿得不轻，脸色蜡黄，似乎连胡子都长出来了，饿成男人了。她狐疑地说，煤怎么能吃呢？煤怎么能吃？一个男生讨好地把一块亮晶晶的煤递给老师，说老师尝尝吧，如果不好吃，您可以吐出来。俞老师试探着咬了一小口，咯咯嘣嘣地嚼着，皱着眉头，似乎是在品尝滋味。然后大口地吃起来了。她惊喜地说：“啊，真的很好吃啊！”这事儿有点魔幻，我现在也觉得不像真事，但毫无疑问是真事。去年我探家时遇到了当年在学校当过门房的王大爷，说起了吃煤的事，王大爷说，这是千真万确的，怎么能假呢？你们的屎拍打拍打就是煤饼，放在炉子里呼呼地着呢。饿到极点时，国家发来了救急粮，豆饼，每人半斤。奶奶分给我杏核大小的一块，放在口里，嚼着，香甜无比，舍不得往下咽就没有了，仿佛在口腔里化掉了。我家西邻的孙家爷爷把分给他家的两斤豆饼在往家走的路上就吃完了，回到家后，就开始口渴，然后就喝凉水，豆饼在肚子里发开，把胃胀破，死了。十几年后痛定思痛，母亲说那时候的人，肠胃像纸一样薄，一点脂肪也没有。大人水肿，我们一般孩子都挺着一个水罐般的大肚子，肚皮都是透明的，青色的肠子在里边蠢蠢欲动。都特别地能吃，五六岁的孩子，一次能喝下去八碗野菜粥，那碗是粗磁大碗，跟革命先烈赵一曼女士用过的那个碗差不多。

后来，生活渐渐地好转了，基本上实现了糠菜半年粮。我那位在供销社工作的叔叔走后门买了一麻袋棉籽饼，放在缸里。夜里起来撒尿，我也忘不了去摸一块，放在被窝里，蒙着头吃，香极了。

村子里的牲口都饿死了，在生产队饲养室里架起大锅煮。一群群野孩子嗅着味道跑来，围绕着锅台转。有一个名字叫运输的大孩子，领导着我们高唱歌曲：

骂一声刘彪你好大的头，
你爹十五你娘十六，
一辈子没捞到饱饭吃，
唧唧咔嚓地啃了些牛羊骨头。

手持大棒的大队长把我们轰走，一转眼我们又嗅着气味来了。在大队长的心目中，我们大概比那些苍蝇还要讨厌。

趁着大队长去上茅房，我们像饿狼一样扑上去。我二哥抢了一只马蹄子，捧回家，像宝贝一样。点上火，燎去蹄上的毛，然后剁开，放在锅里煮。煮熟了就喝汤。那汤的味道实在是太精彩了，几十年后还让我难以忘却。

“文革”期间，依然吃不饱，我便到玉米田里去寻找生在秸秆上的菌瘤。掰下来，拿回家煮熟，撒上盐少许，用大蒜泥拌着吃，鲜美无比，在我的心中是人间第一美味。

后来听说，癞蛤蟆的肉味比羊肉的还要鲜美，母亲嫌脏，不许我们去捉。

生活越来越好，红薯干终于可以吃饱了。这时已经是“文革”的后期。有一年，年终结算，我家分了二百九十多元钱，这在当时可是个惊人的数字。我记得六婶把她女儿头打破了，因为她赶集时丢了一毛钱。分了那么多钱，村子里屠宰组卖便宜肉，父亲下决心割了五斤，也许更多一点，要犒劳我们。把肉切成大块，煮了，每人一碗，我一口气就把一大碗肥肉吃下去，还觉不够，母亲叹一口气，把她碗里的给了我。吃完了，嘴巴还是馋，但肚子受不了了。一股股的荤油伴着没嚼碎的肉片往上涌，喉咙像被小刀子割着，这就是吃肉的感觉了。

我的馋在村子里是有名的，只要家里有点好吃的，无论藏在什么地方，我总要变着法子偷点吃。有时吃着吃着就控制不住自己，索性将心一横，不顾后果，全部吃完，豁出去挨打挨骂。我的爷爷和奶奶住在婶婶家，要我送饭给他们吃。我总是利用送饭的机会，掀开饭盒偷点吃，为此母亲受了不少冤枉。这件事至今我还感到内疚。我为什么会那样馋呢？这恐怕不完全是因为饥饿，与我的品质有关。一个嘴馋的孩子，往往是意志薄弱、自制力很差的人，我就是。

70年代中期，去水利工地劳动，生产队用水利粮蒸大馒头，半斤面一个，我一次能吃四个，有的人能吃六个。

1976年，我当了兵，从此和饥饿道了别。从新兵连分到新单位，第一顿饭，端上来一笼雪白的小馒头，我一口气吃了八个。肚子里感到还有空隙，但不好意思吃了。炊事班长对司务长说：“坏了，来了大肚子汉了。”司务长说：“没有关系，吃上一个月就吃不动了。”果然，一个月后，还是那样的馒头，我一次只能吃两个了。而现在，一个就足够了。

尽管这些年不饿了，肚子里也有了油水，但一上宴席，总有些迫不及待，生怕捞不到吃不够似的疯抢，也不管别人是怎样看我。吃完后也感到后悔。为什么我就不能慢悠悠地吃呢？为什么我就不能少吃一点呢？让人也觉得我的出身高贵，吃相文雅，因为在文明社会里，吃得多是没有教养的表现。好多人攻击我的食量大，吃起饭来奋不顾身啦，埋头苦干啦，我感到自尊心受到了很大的伤害，便下决心下次吃饭时文雅一点，但下次那些有身份的人还是攻击我吃得多，吃得快，好像狼一样。我的自尊心更加受到了伤害。再一次吃饭时，我牢牢记着，少吃，慢吃，不要到别人的面前去夹东西吃，吃时嘴巴不要响，眼光不要恶，筷子要拿到最上端，夹菜时只夹一根菜梗或是一根豆芽，像小鸟一样，像蝴蝶一样，可人家还是攻击我吃得多吃得快，我可是气坏了。因为我努力地文雅吃相时，观察到了那些攻击我的小姐太太们吃起来就像河马一样，吃饱了后才开始文雅。于是怒火就在我的胸中燃烧，下一次吃那些不花钱的宴席，上来一盘子海参，我就端起盘子，拨一半到自己碗里，好一顿狼吞虎咽。他们说我吃相凶恶，我一怒之下，又把那半盘拨到自己碗里，挑战似的扒了下去。这次，他们却友善地笑了，说：莫言真是可爱啊。

我回想三十多年来吃的经历，感到自己跟一头猪、一条狗没有什么区别，一直哼哼着，转着圈子，找点可吃的东西，填这个无底洞。为了吃我浪费了太多的智慧，现在吃的问题解决了，脑筋也渐渐地不灵光了。

三、忘不了吃

1997年7月8日

数年前曾写过两篇有关吃的小文章，一篇题名《吃相凶恶》，一篇题名《吃的耻辱》。原本是为应付约稿随笔涂鸦，没承想发表之后，竟被几个江南才子当着我的面劈头盖脸一阵夸奖，弄得我晕头转向、不辨真假，回来就发扬“小车不倒只管推”的精神，继续吃下去，准备一直吃倒胃口为止。我也清楚这等鸡零狗碎的破事不值得写，我也很想写点高雅的东西，我也很想让自己的文章透出一点贵族气息或是进步气息，但乌鸦怎能叫出凤凰的声音？秃鹰怎能走出仙鹤的舞步？那么，请正人君子原谅，请与我同志者笑读，咱这就开吃。

“吃”字拆开，就是“口”和“乞”，这个字造得真是妙极了。我原以为“吃”是“喫”的简化，查了《辞海》，才知“喫”是“吃”的异体。口的乞求，口在乞求，一个“吃”字，馋的意思有了，饿的意思有了，下贱的意思也有了。想这造“吃”的人，必是个既穷又饿的，如果让林黛玉或是刘文彩造这个字，不会是现在这样子。因为他们一天到晚都腹涨得难受，应该是食物乞求他们的口：小姐呀，老爷呀，求求你们吃掉我们吧。由此可见，语言文字确实是有阶级性的，不仅仅是些抽象的符号。——忽然记起，某人给某报写创刊某某周年的贺词时，竟把这张报纸称为“她”，原来报纸也分公母，真是妙极了。

言归正传：话说文化大革命刚刚结束的时候，我在单位听领导传达中央文件，文件的内容是一位中央首长的讲话，讲话的主要内容是国人的吃饭问题。首长说人人都有一个口，张口就是一个洞，十亿人民齐张口，想想是个多大的洞吧，大概比天安门广场还要大，你说可怕不可怕！我们领导借题发挥道：如果说这些口都是些樱桃小口，倒进去一茶盅米汤便能灌满，问题也还不算十分严重，可这些口偏偏以鲁智深、猪八戒式居多，三大海碗米汤灌进去只是个半饱，所以呀，我们领导说，在今后很长一段时间内，对绝大多数中国人来说，吃饱，还是饥饿，就成为一个问题。

现在还是不是一个问题？

将来会不会成为一个问题？

上边所写，东拉西扯，就算是一个“帽”吧，进入正文，还是要写我的“吃”史。频频谈我，令人生厌，生厌就生厌，我也没法办，你吃白面饼，我吃山药蛋。山药蛋真是一种雅俗共赏的美好食物，皇上爱吃百姓也爱吃，烧着好吃煮着也好吃，煎着好吃熬着也好吃，山药蛋哦，你的名字叫美丽！哦，山药蛋，多少谎言假借了你的名字，如果你就是土豆的话。话分两头，抛下这土豆咱暂且不说，还是说我：截止到目前为止，我已经活了四十二岁，换言之，已经吃了四十二年。尽管我好用工笔写文章，但要我把这四十二年里塞到肚子里的东西全部罗列出来，那我就去吃耗子药拉倒，因此我只能择其要者而记之。

孔夫子说“食色性也”，应该是对成年人而言。对小孩子来说，“色”还不成为一个问题（西方人被弗罗伊德得早熟另当别论）。对我这样的人来说，二十岁以前，“色”还不是一个重要问题，因为从我有记忆力起，就一直饥肠辘辘。这样说很可能又要招致一些好汉们的痛骂，给我扣上一顶“给社会主义抹黑”的大帽子。但事实如此，饿肚子既不光荣也不美好，何必假造。但有没有炫耀“苦难”的意思呢？有，的确是有，这是我跟着你们学的。

我生于1955年，那是新中国的第一个黄金时代。据老人们说，那时还能吃饱肚皮。但好景不长，很快就大跃进了，一跃进就开始挨饿。我记得最早的一件事是跟着母亲去吃公共食堂。端着盆子提着罐，好几个村的人挤在一起排队，领一些米少菜多的稀粥，很少有干粮。我记得我家邻居的一个男孩把一罐稀粥掉在地上，罐碎粥流。男孩的母亲一边打着那男孩一边就哭了。男孩高喊着：娘哎，别打了，快喝粥吧！他忍着打趴在地上，伸出舌头，舔地上的粥吃。他说，娘，快喝，喝一点赚一点。他的母亲，听了他的话，跪在地上，学着儿子的样子，舔粥吃。在场的人，无不夸奖那男孩聪明，都预见到他的前途不可限量。果然是人眼似秤，那当年的男孩，现在已是我们村的首富。他靠养虫致富。养蝎子，养知了猴，养豆虫，高价卖给大饭店和公家的招待所。他看准了有钱的人和有权的人嘴巴越来越尖，口味越来越刁，他们拒绝大鱼和大肉，喜欢吃奇巧古怪，像可爱的小鸟。眼光就是金钱。他说下一步要训练贵人们吃棉铃虫。

公共食堂垮台后，最黑暗的日子降临了。那时不但没饭吃，连做饭吃的锅都没有了。好多人家用瓦罐煮野菜。我家还好，大炼钢铁期间我从废铁堆里拣了一个日本兵的破钢盔戴着玩，玩够了就扔到墙旮旯里。祖母就用钢盔当了锅。瓦罐不耐火，几天就炸；弄得灰飞烟灭，狼狈不堪。我家的钢盔系精钢铸造，传热快捷，坚硬无比，不怕磕碰，不怕火烧，真是一件好宝贝。祖母用它煮野菜，煮草根，煮树皮，煮了一盔又一盔，像喂小猪一样喂着我们兄弟姐妹，度过了可怕的饥馑之年。

很多文章把三年困难时期写得一团漆黑，毫无乐趣，这是不对的。起码对孩子来说还有一些欢乐。对饥饿的人来说，所有的欢乐都与食物相关。那时候，孩子们都是觅食的精灵，我们像传说中的神农一样，尝遍了百草百虫，为扩充人类的食谱做出了贡献。那时候的孩子，都挺着一个大肚子，小腿细如柴棒，脑袋大得出奇。我是其中的一员。我们成群结队，村里村外地觅食。我们的村子外是望不到边的洼地。洼地里有数不清的水汪子，有成片的荒草。那里既是我们的食库，又是我们的乐园。我们在那里挖草根挖野菜，边挖边吃，边吃边唱，部分像牛羊，部分像歌手。我们是那个时代的牛羊歌手。我难忘草地里那种周身发亮的油蚂蚱，炒熟后呈赤红色，撒上几粒盐，味道美极了，营养好极了。那年头蚂蚱真多，是天赐的美食。村里的大人小孩都提着葫芦头，在草地里捉蚂蚱。我是捉蚂蚱的冠军，一上午能捉一葫芦。我有一个诀窍：开始捉蚂蚱前，先用青草的汁液把手染绿，就是这么简单。油蚂蚱被捉精了，你一伸手它就蹦。我猜它们很可能能闻到人手上的味道，用草汁一涂，就把味道遮住了。它们的弹跳力那么好，一蹦就是几丈远。但我的用草汁染绿了的手伸出去它们不蹦。为了得到奶奶的奖赏，我的诀窍连爷爷也不告诉。奶奶那时就搞起了物质刺激，我捉得多，分给我吃的也就多。蚂蚱虽是好东西，但用来当饭吃也是不行的。现在我想起蚂蚱来还有点恶心。

吃过蚂蚱，不久就是夏天。夏天是食物最丰富的季节，是我们的好时光。60年代雨水特别多，庄稼大都涝死。洼地里处处积水，成了一片汪洋。各种鱼从天上掉下来似的，品种很多，有的鱼连百岁的老人都没见过。我捕到一条奇怪的鱼。它周身翠绿，翅尾鲜红，美丽无比。此鱼如养在现在的鱼缸里，必是上品，但吃起来味道腥臭，难以下咽。洼地里的鱼虽多，但饥饿的人比鱼还要多，那时又没有现在这么先进的捕鱼工具，所以后来要捕到几条鱼也就不容易了。捕不到鱼，也饿不死我们。我们从水面上捞浮萍，水底捞藻菜，熬成鲜汤喝。所以老人说，水边上饿不死人。

秋天是收获的季节。鱼虾不多照样有，又有螃蟹横行来。秋风凉，豆叶黄，蟹脚痒。成群结队的螃蟹沿河下行，爷爷说它们要到海里去产卵，我认为它们更像去开什么重要会议。螃蟹形态笨拙，但在水中运动起来，如风如影，神鬼莫测，要想擒它，绝非易事。要想捉螃蟹，必须夜里去。身披蓑衣，头戴斗笠，手提马灯，悄悄前行，最忌咋呼。我曾跟着六叔去捉过一次螃蟹，神秘新奇，趣味无穷。白天，六叔就看好了地形，用高粱秸在河沟里扎上一道栅栏，留上一个口子，在口子上支上一货口袋网。夜气浓重，细雨朦胧，身体缩在大蓑衣里，耳听着窸窸窣窣的声音，借着昏黄的灯光，看着螃蟹的大队沿着栅栏爬上来……这样的经历终生难忘。螃蟹好吃，但舍不得吃。将它们用细绳绑成一串，让它们吐出团团泡沫，噼咴噼咴的细响着。把它们提到集上去，三分钱一只卖给公社干部，换来钱买些霉高粱米、棉籽饼什么的，磨成粉，掺上野菜，能顶大事儿。过苦日子，决不能贪图嘴巴痛快，要有意识地给嘴巴设置障碍、制造痛苦。

秋天，草籽成熟。最好吃的草籽是水的种子。这东西很像谷子，带着壳磨碎，做成窝头蒸熟，吃到嘴里嚓嚓响，很是精彩。

秋天好吃的虫儿很多，除了形形色色的蚂蚱，还有蟋蟀。深秋的蟋蟀黑得发红，肚子里全是子儿，炒熟了吃，有一种奇异的香气。捉蟋蟀比捉蚂蚱难度大一些，这虫儿不但蹦得快，还会钻地洞。还有一种虫儿，现在我知道它们的名字叫金龟子，是蛴螬的幼虫，像杏核般大，全身黑亮，趋光，晚上往灯上扑，俗名“瞎眼撞”。这虫儿好聚群，停在枝条或是草棵上，一串一串的，像成熟的葡萄。晚上，我们摸着黑去撸“瞎眼撞”，一晚上能撸一面口袋。此虫炒熟后，那滋味又与蟋蟀和蚂蚱大大的不同。还有豆虫，中秋节后下蛰。此物下蛰后，肚子里全是白色的脂油，一粒屎也没有，全是高蛋白。

进入冬天就惨了。春夏秋三季，我们还能捣弄点草木虫鱼吃吃，冬天草木凋零，冰冻三尺，地里有虫挖不出来，水里有鱼捞不上来。但人的智慧是无穷的，尤其是在吃的方面。大家很快便发现，上过水的洼地地面上有一层干结的青苔，像揭饼一样一张张揭下来，放在水里泡一泡，再放到锅里烘干，酥如锅巴。吃光了青苔，便剥树皮。剥来树皮，用斧头剁碎、砸烂，放在缸里泡，用棍子拼命搅，搅成浆糊状，煮一煮就喝。吃树皮的前半部分的工序和毕升造纸的过程差不多，但我们造出来的不是纸。从吃的角度来说，榆树皮是上品，柳树皮次之，槐树皮更次之。很快，村里村外的树都被剥成裸体，十分可怜的样子，在寒风中颤抖着。在这危急的关头，政府不知从哪里调拨来救济粮。所谓救济粮，根本不是粮，而是一些发霉的萝卜叶子一类的东西，挤压成件。现在拿那样的东西喂猪，猪也不会吃。但在当时确是货真价实的宝贝。分配时人人都红着眼，盯着秤杆，一星一点，秤高秤低，都十分计较。这种东西也不是常有的，总是在人们饿得即将停止呼吸时，才会发放一次，可见国家也是相当的困难。发放救济粮的钟声敲响时，连躺进棺材里的人也会蹦出来。这当然是夸张。那时候，人死得太多，哪里还有什么棺材。死了，好歹拖出去，让狗吃了拉倒。那是狗的黄金岁月，吃死人吃的，都疯了，见了活人也往上扑。有人可能要说：你们为什么不去打狗吃呀？狗肉营养丰富，味道鲜美。你问得好，你这念头，我们早就想到了，可我们腿肿得如水罐，走两步就喘息不迭，根本不是狗的对手。与其说去打狗，勿宁说去给狗加餐。如果有枪，勾一下扳机的力气还是有的。但在那种情况下，老百姓手里要有了枪，什么样的坏事干不出来呢？公社书记和公安员手里倒是有枪，但他们有粮吃，不必去打狗吃。他们嫌吃死人的狗太脏，提着抢去打野兔、大雁、水鸭子什么的佐餐。

大概是六一年的春节吧，政府配给我们每人半斤豆饼，让我们过年。领取豆饼的场面真是欢欣鼓舞的场面。有的人，用衣襟兜着豆饼，一边往家走，一边往嘴里塞。我家邻居孙大爷，人没到家，就把发给他家的豆饼全都吃光了。他一到家就被老婆孩子给包围了，骂的骂，哭的哭，恨不得把他的肚皮豁开，把豆饼扒出来。可见爱在饥饿的人群里，要大打折扣。孙家大爷躺在地上，面如灰土，眼泪汪汪，一声不吭，任凭老婆孩子撕掳踢打。孙家大爷当天夜里就死了。他吃豆饼太多，口渴，喝了足有一桶水，活活给涨死了。那时我们的胃壁薄得如纸，轻轻一涨就破了。孙大爷死了，他的老婆孩子，没掉一滴眼泪。多少年后提起来，孙大奶奶还恨得牙根痒痒，骂老头子吃独食，连一点人味都没有，死不足惜。这次年关豆饼，涨死了我们村十七个人，教训很深刻。后来我在生产队饲养室里喂牛，偷食饲料豆饼时，总是十分节制，适可而止，生怕蹈了孙大爷的覆辙。

那几年里，母亲经常对我们兄弟讲述她的一个梦。她梦到自己在外祖父的坟墓外边见到了外祖父。外祖父说他并没有死去，他只是住在坟墓里而已。母亲问他吃什么，他说：吃棉衣和棉被里的棉絮。吃进去，拉出来；洗一洗，再吃进去；拉出来，再洗一洗……母亲狐疑地问我们：也许棉絮真的能吃?

度过60年代初期，往后的岁月还是苦，但比较起来就好多了。文化大革命期间，村里经常搞忆苦思甜运动，大家一忆苦，总是糊糊涂涂地忆到六零年。一忆到六零年，干部们就跳起来喊口号，一是要打倒苏修，二是要打倒刘邓，干部们说六零年的饥荒是刘邓串通了苏修卡中国人的脖子造成的。我们明知道这是胡说，但谁也不去装明白。

一直到了70年代中期，还是不能放开肚皮吃，但比较六零年那是好多了。我从小饭量大，嘴像无底洞，简直就是我们家的大灾星。我不但饭量大，而且品质不好。每次开饭，匆匆把自己那份吃完，就盯着别人的饭碗嚎啕大哭。母亲把自己那份省给我吃了，我还是哭。一边哭着，一边公然地抢夺我叔叔的女儿的那份食物。那时我们尚未分家，一家老小，有十三口之多。在这样的大家庭里，母亲是长媳，一直忍辱负重，日子本来就很难过，我的无赖，更使母亲处境艰难。夺我堂姐的食物吃，确实混账。我婶婶的脸色难看，说出的话像毒药一样，一句句都是冲着母亲来的。母亲只好骂我，向婶婶赔礼道歉。这是我一生中最坏的行为，至今我也不能原谅自己。长大后我曾向堂姐说起过此事，她淡然一笑，说不记得了。

母亲常常批评我，说我没有志气。我也曾多次暗下决心，要有志气，但只要一见了食物，就把一切的一切忘得干干净净。没有道德，没有良心，没有廉耻，真是连条狗也不如。街上有卖熟猪肉的，我伸手就去抓，被卖肉人一刀差点把手指砍断。村里干部托着一只香瓜，我上去摸了一把，被干部一脚踢倒，将瓜砸在头上，弄得满头瓜汁。那些年里，我的嘴巴把我自己搞得人见人厌，连一堆臭狗屎都不如。吃饱了时，我也想痛改前非，但一见好吃的，立刻便恢复原样。长大后从电视上看到鳄鱼一边吞食一边流泪的可恶样子，马上就联想到自己，我跟鳄鱼差不多，也是一边流泪一边吃。在家里如此，出去也如此。我去偷生产队里的马料吃，被保管员抓住，将脑袋按到沤料的缸里，差点呛死。我去偷拔人家的萝卜，被抓住，当着数百名民工的面，向毛主席的画像请罪。我去生产队的花生地里偷扒刚种下的花生吃，中了药毒，差点要了小命——花生米是用剧毒农药浸泡过的。至于偷瓜摸枣，更是常事。有时被捉住，有时捉不住。被捉住就挨顿揍，捉不住就如同打了一个大胜仗。有一次我去偷临村的西瓜，被看瓜人发现，那楞头青端起土炮就搂了火，胡通一声巨响，惊天动地，打倒了一片玉米，吓得我屁滚尿流。想跑，腿挪不动，被人家当场活捉，用土炮押送到学校去，成了轰动学校的新闻。与吃有关的恶心经历窝囊事，撇句文那真叫罄竹难书。这几年在远离家乡的地方，偶尔也敢人模狗样一下，但一回到家乡，马上就像一条挨了痛打的狗，紧紧地夹起尾巴，生怕一翘尾巴引起乡亲们的反感，把我小时候那些丑事抖搂出来。

有人硬说我对军队没有感情，这是让我不能接受的。挂在嘴上的感情多半虚假，藏在心里的才有质量。我当兵之后才真正填饱了肚子，有了一些人的尊严，就冲着这一点，也不敢对军队没有感情。当兵临走前，村里的几个复员兵来给我传授他们在部队积累的宝贵经验。他们说：如果吃面条，第一碗捞半碗，连吹带搅和，凉得快，吃得也快。吃完这半碗，再去狠狠地盛来冒尖一碗，慢慢地吃。如果第一碗就盛得很满，等你吃完再去捞时，锅里就只剩下汤水了。如碰上吃米饭，万万不可咀嚼，只要一咀嚼，南方兵就发笑。我到了部队，才发现那些复员兵纯粹是在胡说八道。新兵连生活差一些，分到新单位，简直就是上了天堂。我们那单位，只有十几个人，却种了五十多亩地，每年种两季，一季小麦，一季玉米。小麦磨成精粉（我们只吃精粉），玉米用来喂猪。你就想想我们那单位的生活吧。战友的父亲来队吃了几天，感叹不已，道：什么是共产主义？这就是了。我从新兵连下到新单位，第一顿吃了八个馒头，自觉不好意思，更怕给领导造成不良印象，影响了进步，才意犹未尽地住了嘴。就这样也把炊事班长吓了一跳，跑去向管理员汇报情况，说大事不好了！管理员说有什么大事不好了，难道是鬼子又进了村子吗？炊事班长说鬼子倒是没有进村，但是来了几个新兵，个个都是饭桶，吃得最少的那个，一顿饭还吃了八个馒头。管理员说我就怕他们不能吃，能吃的兵必能干，不能吃的也不能干，我们的粮食大大的有。明天就给我杀猪，给这几个小子油油肠子。第二天果然宰了一头大肥猪，切成拳头大的块儿，红烧了半锅。馒头是新蒸的，白得像雪花膏似的，猪肉炖得稀烂，入口就会融化。啥叫幸福？啥叫感激涕零？啥叫欣喜若狂？这就是了。这顿饭吃罢，我们几个新兵，走起路来都有些摇摇晃晃，吃猪肉吃醉了。我个人的感觉是肚腹沉重，宛若怀了一窝猪崽。这一顿真正叫过瘾。二十年来第一次，就此逝世也不冤枉。但后遗症很大，我整夜在球场上遛达，一股股的荤油像小蛇一样，沿着喉咙往上爬，嗓子眼像被小刀子割着似的。第二天还是大白馒头红烧肉，我们开始羞羞答答，挑拣瘦肉吃，吃起来也有些文质彬彬了。管理员骂道：原以为来了几条梁山好汉，却原来也是些松包软蛋。

又过了几十年，当我成了所谓的“作家”之后，在一些宴席上，又吃到了蚂蚱、蟋蟀、豆虫等昆虫，又吃到了当年吃坏了胃口的野草、野菜，满桌的鸡鸭鱼肉反而无人问津。村里的首富，竟是一个养虫的专业户。我想，怪不得哲人们说两极相通，原来饿极了和饱极了都要吃草木虫鱼，就像北极和南极都是冰天雪地一样。

马语

1997年

像一把粗大的鬃毛刷子在脸上拂过来拂过去，使我从睡梦中醒来。眼前晃动着一个巍然的大影子，宛如一堵厚重的黑墙。一股熟悉的气味令我怦然心动。我猛然惊醒，身后的现代生活背景突然退去；阳光灿烂，照耀着三十多年前那堵枯黄的土墙。墙头上枯草瑟瑟，一只毛羽灿烂的公鸡站在上边引颈高歌；墙前有一个倾颓的麦草垛，一群母鸡在散草中刨食。还有一群牛在墙前的柱子上拴着，都垂着头反刍，看样子好像是在沉思默想。弯曲的木柱子上沾满了牛毛，土墙上涂满了牛屎。我坐在草垛前，伸手就可触摸到那些鸡，稍稍一探身就可以触摸到那些牛。我没有摸鸡也没有摸牛，我仰脸望着它——亲密的朋友——那匹黑色的、沉重的、心事重重的、屁股上烙着“Z99”字样的、盲目的、据说是从野战军里退役下来的、现在为生产队驾辕的、以力大无穷、任劳任怨闻名乡里的老骒马。

“马，原来是你啊！”我从草垛边上一跃而起，双臂抱住了它粗壮的脖子。它脖子上热乎乎的温度和浓重的油腻气味让我心潮起伏、热泪滚滚，我的泪珠在它光滑的皮上滚动。它耸耸削竹般的耳朵，用饱经沧桑的口气说：“别这样，年轻人，别这样，我不喜欢这样子，没有必要这样子。好好地坐着，听我跟你说话。”它晃了一下脖子，我的身体就轻如鸿毛般地脱离了地面，然后就跌坐在麦草垛边，伸手就可触摸那些鸡，稍稍一探身就可以触摸那些牛。

我端详着这个三十多年没有见面的老朋友。它依然是当年的样子：硕大的头颅、伟岸的身躯、修长的四肢、瓦蓝的四蹄、蓬松的华尾，紧闭着的、不知道什么原因盲了的双目。于是，若干的情景就恍然如在眼前了。

我曾经多次揪它的尾毛做琴弓，它默然肃立，犹如一堵墙。我多少次坐在它宽阔平坦的背上看小人书，它一动也不动，好像一艘搁浅了的船。我多少次为它轰赶吸它鲜血的苍蝇和牛虻，它冰冷无情，连一点谢意都不表示，宛如一尊石头雕像。我多少次对着临村的小孩子炫耀着它，编造着它的光荣的历史，说它曾经驮着兵团司令冲锋陷阵，立下过赫赫战功，它一声不吭，好像一块没有温度的铁。我多少次向村子里的老人请教，想了解它的历史，尤其想知道它的眼睛是怎样瞎的——无人告诉我——我多少次猜测它瞎眼的经过，我多少次抚摸着它的脖子问它：马啊马，亲爱的马，告诉我，你的眼睛是怎么瞎的，是炮弹皮子崩瞎的吗？是害红眼病弄瞎的吗？是老鹰把你啄瞎的吗？——任我千遍万遍地问，你不回答。

"我现在回答你。"马说。马说话时柔软的嘴唇笨拙地翻动着，不时地显露出被谷草磨损了的雪白的大牙。从它的口腔里喷出来的腐草的气味熏得我昏昏欲醉。它的声音十分沉闷，仿佛通过一个曲折漫长的管道传递过来的。这样的声音令我痴迷，令我陶醉，令我惊悚，令我如闻天籁，不敢不认真听讲。马说：

"你应该知道，日本国有一个著名的关于眼睛的故事。琴女春琴被人毁容盲目后，她的徒弟、也是她的情人佐助，便自己刺瞎了眼睛。还有一个古老的故事，俄狄浦斯得知自己杀父娶母之后，悔恨交加，自毁了双目。你们村子里的马文才，舍不下新婚的媳妇，为了逃避兵役，用石灰点瞎了双目。这说明，世界上有一类盲目者，为了逃避，为了占有，为了完美，为了惩罚，是心甘情愿地自己把自己弄瞎了的。当然，我知道你对他们不感兴趣，你最想知道的，是我为什么瞎了眼睛……”马沉吟着，分明是让这个话题勾起了它的无限辛酸的往事。我期待着，我知道在这种时刻说什么都是多余的。马说：

“几十年前，我的确是一匹军马，我屁股上的烙印就是证明。用烧红的烙铁打印记时的痛苦至今还记忆犹新。我的主人是一个英武的军官。他不仅相貌出众，而且还满腹韬略。我对他一往情深，如同恋人。有一天，他竟然让一个散发着刺鼻脂粉气息的女人骑在我的背上。我心中恼怒，精力分散，穿越树林时，撞在了树上，把那个女人折了下来。军官用皮鞭抽打着我，骂我‘你这匹瞎马’！……从此，我决定再也不睁开我的眼睛……”

“原来你是装瞎！”我从麦草垛前一跃而起。

“不，我瞎了……”马说着，调转身，向着那漫漫无尽的黑暗的道路，义无反顾地走去。

毛主席老那天

1997年

一、小引

之所以选这样一件大事来写，是因为近年来看了不少跟伟大人物套近乎的文章。拉大旗作虎皮，不但有效，而且有趣，至于是否恬不知耻，何必去管。譬如邓小平去世后，我就看到了文坛上几个一辈子以整人为业、写了许多没有人味的文章的“革命”作家的自作多情的悼念文章。其中一篇文章的题目叫作《敬爱的邓政委救了我》，乍一看这题目，着实是唬人，还以为他跟邓小平有非同一般的关系，很像二野的师长旅长的口气，最次不济也是邓小平的炊事员、马夫什么的。但读了文章，才发现根本就不是那么回事。这个人其实是被刘邓大军俘虏过来的国民党兵，撕下帽子上的青天白日徽章就算参加了革命，然后就一直在革命队伍里混事。别说他没见过邓政委，只怕连肖永银、皮定均等二野的中层干部都没见过。现在，那些真正的老革命都去世了，就由着俘虏兵们信口雌黄了。反正他们知道，那些真正的老革命不会从棺材里跳出来找它们算账。这篇文章的大意是：1978年，邓政委下了一个令，给全中国的右派摘掉了帽子，他是右派，也摘掉了帽子。其实，中国那批右派里，有铁骨铮铮的好汉，有天真的知识分子，但也有卑鄙的告密者、整人的急先锋、玩弄权术的小阴谋家、聪明反被聪明误了的小可怜虫。他们当中有的人如果当了权，只怕比“四人帮”还要厉害，把他们划成右派，的确是个误会。我的天，原来邓政委就是这样救了他。其实，给右派摘帽那会儿，邓政委还没掌大权呢，那会儿还是英明领袖华主席领导我们，要感谢也应该感谢华主席。我相信，这个人当年一定也写过感谢英明领袖华主席的文章。

二、小引

油然想起，我在军队工作时，认识了中央警卫局的一个志愿兵，具体工作好像是在食堂做饭。他说跟我是老乡，我也就认了这个老乡。我这个小老乡有一个爱好，喜欢对人说中南海里的事，好像中南海是他家的责任田似的。这伙计还有一个习惯，喜欢直呼党和国家领导人的名字。譬如提到江泽民，我们总是习惯称作“江总书记”或是“江主席”，我这小老乡却一口一个“泽民同志”，还有“李鹏同志”、“瑞环同志”、“乔石同志”等等。我问他，你们这些在“海”里工作的同志，是不是能够经常见到“泽民同志”他们？他肯定地回答：当然了，经常见，泽民同志喜欢拉二胡，坐在葡萄架下拉，我们围在旁边听。李鹏同志经常到食堂来排队打馒头，我总是选个大的给他。

我不敢说我这小老乡是在造谣，因为现在的事情真假难辨。某部机关食堂里一个志愿兵就能替人办中南海的出入证，明码标价，货真价实。这是被揭露出来的事实，不是我的捏造。

三、小引

前面两段小引说明，只要你厚颜无耻，只要你胆大如匪，那么，你就可以跟无论多么大的人物挂上钩，这就为我这篇文章找到了根据。原来我想，自己不过是个草民，谁当官我也是为民，毛主席死了与我有什么关系？现在我不这样想了。现在我想，毛主席的死与我大有关系。不但与我有关系，甚至与我家的牛有关系。毛主席不死，无产阶级专政下的继续革命就不大可能改变，阶级斗争不可能取消，如果有文学，也不会是现在这样子的文学，而那样子的文学我是不会写的，如果毛主席活到现在，我肯定不会当上所谓的“作家”。毛主席不死，人民公社决不会解散，人民公社不解散，社员家就不会自己养牛。所以说，如果毛主席活着，就不可能有我家那头牛。由此联想下去，那个写了《敬爱的邓政委救了我》的“革命”作家，其实您首先应该感谢的还是毛主席，如果他老人家真像我们千遍高呼万遍歌唱的那样“万寿无疆”了，您那顶右派帽子就安稳地戴到死吧。说句不好听的大实话，毛主席不死，邓政委被第三次打倒后，大概就很难再爬起来了。

四、正文

1976年9月9日上午，我们警卫班的战士，有的坐在床上，有的坐在凳子上，在班长的主持下，讨论头天晚上看过的电影《决裂》。这部电影后来被说成是“四人帮”反党集团炮制的大毒草。这棵大毒草的故事梗概是说江西的共产主义劳动大学抵制邓小平刮起的“右倾翻案风”的事。葛优他爹葛存壮在影片里扮演了一个专讲“马尾巴的功能”的老教授，演过《平原游击队》的郭振清在本片里演了大学的党委书记。这个党委书记领着一群文化考试不及格、凭着两手老茧子上了大学的学生跟走资派斗争。斗争的结果好像就是大家都不必在课堂上听教授讲俄罗斯的黑土地和马尾巴的功能，然后大家在思想转变了的老教授的带领下，到村子里去给贫下中农阉小猪。好像还说到过有一个中农出身的学生受资本主义思想的影响，自己偷着去给人家阉小猪结果把猪给阉死了。这头小猪的死当然也要算在邓小平的账上。大家义愤填膺或者是伪装出义愤填膺的样子，狠批着邓小平妄图搞资本主义复辟，让我们贫下中农重吃二遍苦、重受二茬罪的滔天罪行。我们一个战友名叫刘甲台的，批着批着竟呜呜地哭起来了。班长问他哭什么，他说被邓小平气的。我们班长马上就号召全班向刘甲台学习，说批邓一定要带着强烈的阶级感情，否则批不出水平。

刘甲台的表演让我想起了当兵前在村子里参加忆苦大会、看忆苦戏、吃忆苦饭的事。我们村每次开忆苦大会，上台忆苦的总是方家二大娘。方家二大娘比刘甲台厉害，刘甲台讲到半截才哭，方家二大娘从台下往台上走时就用袄袖子捂着嘴嚎啕大哭，就像演员在后台就开始高腔叫板一样。方家二大娘是个很有政治头脑的忆苦专家。批刘少奇时她能把自己在地主家的磨房里养孩子的事跟刘少奇联系上，说这事全是刘少奇害的。批林彪时她又说是让林彪给害的。批邓她肯定又会说，都是邓小平给害的，让自己在地主家的磨房里生孩子。如今回头想想，那个地主是不折不扣的大善人。寒冬腊月，大雪飘飘，一个邋遢不堪、浑身虱子的叫花子倒在雪地上，要生孩子了，叫天天不应，呼地地不灵，贫下中农们也不讲阶级感情出来救她，这时，那个地主把她扶到自己家，安置在暖和和的磨房里，地下还铺上了一层金黄色的麦秆草，让她把孩子生在草上。生完了孩子，还给她喝了几碗热粥。不是大善人是什么？后来给全国的地富反坏摘了帽子，方家二大娘的口气马上就变了，她再也不骂地主心肠如毒蛇，让自己在磨房里生孩子，而是说那地主是自己的救命恩人。

闲话不说，书归正传。轮到我发言了，我也想学刘甲台，哭出一点眼泪，赢得班长的表扬。但心里没有悲和恨，挤鼻子弄眼，死活也哭不出来。其实，我特别希望能恢复高考，因为像我们这种中农子弟，永远不可能被贫下中农推荐上大学，哪怕你手背上都磨出了老茧。当时，所谓的贫下中农推荐上大学，纯属一句空话。每年就那么几个名额，还不够公社干部的子女们抢的，哪里轮得到村里人？但如果是凭考试分数，我也许还有希望。因为我的大哥就是在“文革”前考上了大学。尽管内心里对《决裂》有看法，但我还是装出一副深受了感动的样子，痛骂了资产阶级的教育路线，痛骂了邓小平妄图复辟资产阶级教育路线的狼子野心。痛骂之后就是歌颂，歌颂无产阶级文化大革命的伟大成果，文化大革命有啥成果，其实我也不知道。从这里也可以看出，中国老百姓里，除了张志新、遇罗克等人，敢于舍命坚持真理，其余的绝大多数，都跟我一样，是一些人云亦云的糊涂虫。让批刘少奇咱就跟着批刘少奇，让批邓小平咱就跟着批邓小平。有时候心里有那么点别扭的感觉，也闹不清是怎么回事。但我想，即便我像张志新一样发现了真理，也未必有勇气挺身而出。手里掌握着真理，又不敢挺身而出，这种痛苦肯定比感冒严重。所以，从这个意义上，人生就“难得糊涂”了。想当年郑板桥创作这句座右铭时，大概就是这意思。说到这里，忍不住又想瞎扯几句：孔夫子说“知之为知之，不知为不知，是知也”，我理解这话，就是要敢于承认自己觉悟低，不要像有的人那样，林彪当副统帅时，祝他“永远健康”的调子喊得比谁都高，但等到林彪一出事，马上就换了一张脸，说：我早就看出来了，跟在毛主席身后，一脸的奸臣相。

我们正批着邓小平，业务科的一个参谋满脸神秘地走进来。我们单位人少，干部战士之间的关系很随便。这个参谋是高干子弟，据他自己说他的爹跟着国家领导人多次出国访问，还把一些模模糊糊的发了黄的照片给我们看。虽说是高干子弟，但他却出奇的吝啬，好占小便宜，夜里值班时，常从窗口钻进厨房偷鸡蛋，被我们警卫班擒获过多次。因此他在我们班里一点威信也没有。他一进来我们班长就往外轰他："滚滚滚，没看到我们在批邓？"他不说话，过去拧开了班长床头柜上那台红灯牌收音机，顿时，中央人民广播电台男播音员那沉重、缓慢的声音响彻全室：各位听众请注意，各位听众请注意，中央人民广播电台将于今天下午两点播放重要新闻，请注意收听……

我们这些农村来的孩子，谁也没听过这样的广播。有什么事直接说不就行了么，为什么还要等到下午两点？我们班长毕竟是老兵，政治经验比我们丰富，他的脸顿时就严肃起来。他盯着那参谋的小瘦脸，低声问："会有什么事呢？会有什么事？"参谋把班长拉到门外，低声嘀咕着，不知说了些什么。班长进屋后，看了我们一眼，好像要对我们说什么，但最终还是没说。我们都盯着他看，他说：散会吧，各人把东西收拾收拾，给家里写封信吧。班长说完这句话就走了，他跟我们的管理员是密友，两个人经常通宵达旦地研讨马列主义，我们看到他钻进了管理员的宿舍，知道他们俩又研究国家大事去了。山中无老虎，猴子称大王，班长走了，刘甲台为了王，他说：要打仗了，肯定是要打大仗了，我估计是第三次世界大战爆发了，弟兄们，准备着上战场吧！

刘甲台的话激得我热血沸腾，打仗好啊，我太盼着打仗了。因为家庭出身不是贫下中农，政治上不受信任，见人矮三分，自卑得很，上了战场，用勇敢、用鲜血洗刷耻辱，让他们看着，中农的儿子作战勇敢，不怕牺牲，牺牲了也给爹娘挣一块烈士牌子，让他们在村子里昂起头，挺起胸，再也不必见人点头哈腰。我甚至想象到了自己英勇牺牲的情景，像董存瑞炸碉堡，像黄继光堵枪眼……我被自己感动得眼睛潮湿了……

熬到下午两点，所有的干部战士都集中到食堂里。餐桌上摆着我们班长那台刚换了四节新电池的红灯牌收音机，一拧开开关，充足的电流冲得喇叭嗡嗡地响。电池是我到村里的供销社里去替班长买的，遵班长嘱开了发票。我把电池和发票交给班长时，班长悄悄地对我说：毛主席死了。

班长的话像棍子一样把我打懵了。这怎么可能呢？毛主席怎么能死呢？谁都能死，毛主席也不能死啊！

两点还没到，收音机里就播放开了哀乐。这一年我们已经听了好几次哀乐，先是周恩来死，接着是朱德死，但他们死时，中央人民广播电台也没提前预告，看来毛主席真死了。看战友们的神情，我知道其实大家都知道毛主席死了。那个参谋双手捧着一个玻璃杯子，小脸肃穆得像纪念碑似的。我们的首长拉着长脸，一支接一支地吸烟。哀乐完，中央人民广播电台的男播音员用沉痛的声音说：……

用删节号是因为我忘了广播词儿，去查当年的报纸又太麻烦，随便编几句又显得很不严肃，所以只好用了删节号。

当广播员说到毛主席因病医治无效不幸逝世时，那个参谋手中的玻璃杯子掉在了地上，跌得粉碎。然后他就去找苕帚、撮子把碎玻璃弄了出去。当时我就感到这个杯子碎得没有道理，现在想起来更觉得没道理。他是那样吝啬的人，提前就知道毛主席死了，双手攥着杯子，怎么会掉在地上呢？这分明是表演，而且是拙劣的表演，但我们的领导还是表扬了他，说他对毛主席阶级感情深。

毛主席死了，上级立即发来命令，让我们进入一级战备状态。原来我们只有枪，没有子弹，进入一级战备，马上就发了子弹。我们用半自动步枪的，每人发一百颗子弹；用冲锋枪的，发一百五十颗子弹。一下子发了这么多子弹，子弹袋子装得满满的，心里也感到沉甸甸的。上岗时，子弹上膛，一搂扳机就能放响。领导也背着手枪查岗，好像战争随时都可能爆发。我们单位人很少，营房跟老百姓的房子紧密相连，村子里的人几乎每天都到我们院子里来，有来借工具的，有来找水喝的，还有几个姑娘，跟我们的几个干部谈恋爱，进出我们营区，就像到自己家似的。进入一级战备，领导给我们警卫班下了令，老百姓一律不准进营区。我们执行命令，把老百姓堵在门外，一般的老百姓没有意见，但那几个姑娘有意见，有意见也不让进。紧张了两天，等毛主席的追悼会开过，大家就懈怠了。尽管上级还没撤销一级战备的命令，但领导把我们的子弹收了上去，说是怕出事。交了子弹，我们就更加懈怠了。我们单位在那几天里，匆匆忙忙地去买了一台十四英寸的黑白电视机，尽管信号微弱，画面跳动、扭动，几乎没法看，但村子里的老百姓还是来了。他们围在大门口要进来，我们执行命令不放他们进来，他们就发牢骚：还还"军民团结如一人呢"，还还"军民鱼水情"呢，忘了我们给你们抬担架送军粮那会儿了！这个村抗日时期是革命根据地，三十年代入党的就有四十多人，省里、县里都有这村里的人当官，最大的一个在中央当部长，不好惹的。我们领导怕弄出矛盾来，就让我们把电视搬到院子里，然后开大门放人。我们一开大门，老百姓就像潮水一样涌了进来。

毛主席死了！这句话、这个事实，像巨雷一样惊得我们目瞪口呆，连我这样的草民百姓，都为国家的命运担忧，都认为中国的日子过不下去了。但后来的事情发展变化得有点天翻地覆的意思，毛主席死了，天并没有塌下来，老百姓也并没有因为他死了而活不下去，从某种意义上说还活得不赖。现在，连老百姓也知道毛主席生前犯了许多错误，但许多人、起码是我，并没有感到当年把毛主席当成神是可笑的，许多人、起码是我，想起毛主席，还是肃然生出若干的敬意。毛主席之后，在中国，再也不会有谁能像他那样，以一个人的死去或是活着，影响千万人的命运。

厨房里的看客

1997年

多年来我脑子里没有厨房的概念。当兵前在农村，做饭是母亲的事，与小孩子无关；即便是农村的大男人，几乎也没有下厨房做饭的，如果大男人下厨房做饭，会让人瞧不起。严格说起来农村也没有厨房，一进门就是堂屋，屋里垒着两个大灶，安着两口巨大的铁锅，完全可以把小孩子放进去洗澡。为什么要用这样的大锅？那是因为锅里不但要煮人吃的饭，还要煮猪吃的食，而且农村人的饭量比较城里人要大得多，食物又粗糙，锅小了是不行的。除了这两口大锅，堂屋里还要安一张桌子，安不起桌子就用砖头垒一个台子，台子的洞里放着碟子碗筷之类，台面上就是安放祖先牌位的地方，侮辱了这地方，就跟侮辱了祖先是一样的。我的邻居家女人和人打架，实在打不过，就跑到人家的堂屋里，爬上那个供奉祖先牌位的地方，脱下裤子。她这一手非常厉害，村子里几乎没有不怕的。堂屋的一角，是堆放柴草的地方，我们管那里叫草旮旯，天气寒冷时，猪就钻到那里睡觉。在我当兵以前，母亲要往锅里贴饼子时，经常让我帮她烧火，烟熏火燎，灰土飞扬，农村的厨房可不是个好玩的地方。我不愿帮母亲烧火，但很愿看母亲收拾鱼。吃鱼的机会很少，一年也就是那么三两次。每逢母亲收拾鱼，我就蹲在旁边看，一边看，一边问，还忍不住伸手，母亲就训斥我：“腥乎乎的，动什么？”

当兵之后，连队里有大伙房，里边安的锅更大，不但小孩子可以进去洗澡，大人进去洗也没有问题。我很想当炊事员，因为炊事员进步比较快，立功受奖的机会多，可惜领导不让我当。星期天，我经常到伙房里去帮厨，体验大锅里炒菜的滋味。那把炒菜的锅铲差不多就是一把挖地的铁锹，打起仗来完全可以当作武器。用那样的大锅铲翻动着满锅的大白菜，那感觉真是妙极了。大锅里炒出来的菜，味道格外的好，无论多么高明的厨师也难做出军队里的大锅菜的味道。我吃了将近二十年这样的大锅菜，感觉着已经吃得很烦，但脱离军队几年之后，又有些怀念。

我四十岁的时候，终于有了自家的厨房。厨房是妻子的地盘，我轻易不进去，进去反而添乱。但只要是她收拾鱼的时候，无论多么忙，我也要进去看看。当然是她收拾海鱼时，收拾淡水鱼我是不看的，淡水鱼太腥，而且多半活着。海里的鱼能让我想起少年时期，想起许多的往事。青鱼来了时，应该是残冬初春时节，母亲说，看青鱼鲜不鲜，主要看它们的眼睛，如果它们的眼睛红得沁血，说明很新鲜，如果眼睛不红了，就说明不新鲜了。前面我说过，我们一年里吃不到几次鱼，我每次看母亲收拾鱼就听母亲给我讲关于鱼的知识。她说的也是她的童年记忆。那时好像鱼很多。四月里，新鲜带鱼上市，母亲说，你姥姥家门前那条大街上一片银白，全是鱼，那些带鱼又宽又厚，放到锅里一煎，滋滋地冒油。现在，这些带鱼，瘦得像高粱叶子，母亲忿忿不平地说，它们也配叫带鱼？还有什么大黄花鱼、小黄花鱼、偏口鱼、披毛鱼，那时的鱼真多啊，价钱也便宜，现在，鱼都到哪里去了呢？母亲说。

现在我到厨房里看妻子收拾鱼，其实是借这个类似的场景回忆童年，回忆母亲的回忆，这就如同打通了一条时间的隧道，我一下子就回到了母亲的童年时代甚至更早，那时侯，高密东北乡的鱼市上，一片银光闪烁，那是新鲜的海鱼在闪光。

俄罗斯散记

1997年

一、草原

1993年7月，我在边城满州里采访时，曾化名王家宝，跟随一个旅游团，进入俄罗斯境内待了二十四小时。

我对俄罗斯的城市不感兴趣，更不想进去采购什么东西；跟随旅游团进入俄境的主要目的就是想看一看俄罗斯的草原。我们这边也有草原，但这边的草原与我想象中的草原大不一样。我想象中的草原应是辽阔无边的，应该是草浪追逐、牛羊隐没其间的，应该有无数的鲜花点缀在青草丛中，应该是上有百鸟鸣啭、下有清清的河流蜿蜒的。可是我看到的草原颜色枯黄，草棵低矮，还有一块块的“斑秃”，好像瘌痢头似的。没有风吹草低，牛羊却很多，一群连着一群。贫瘠的草原瘦弱的草，它们如何能吃饱呢？也没有我想象中的五色的、大的比拳头还大、小的比米粒还小、点缀在绿草间、伸展到天边去的花朵。有河流，但河里多半没有水，有点水也是浑浊如泥汤。有鸟，但数量很少，它们显然很寂寞，有的在路边独步，有的在天上悲鸣。尤其糟糕的是一条宽阔的柏油马路把本来就不甚辽阔的草原劈成了两半，路边上竟然也有一些插着酒旗的店，有的店前，散乱地扔着三五颗血肉模糊的羊头，招引得苍蝇嗡嗡飞舞。到哪里去寻找我梦中的草原呢？满州里的朋友说：到那边去看看吧，那边的草原也许能让你满意。

越过国境线，汽车沿着颠颠簸簸的土路，直插进俄罗斯。我看到土路两边牧草没膝，野花烂漫；一望无际的草原上，看不到一只牲畜，更看不到一个人。夜里好像刚下过雨，路面上的坑坑洼洼里，积存着淡黄色的雨水；路边的沟里，积水很深，无色而透明。而我们那边，夜里并没有下雨，干旱的草原上几乎要飞扬尘土。只隔着一条国境线，无论天还是地，竟有如此大的差别，这让我感到惊讶。我问同车的满州里朋友：这是怎么回事呢？朋友道：我们那边的草原载畜量过多，远远超过了“负荷”；我们的草原是疲惫的草原。而这边的草原载畜量过小，草都长疯了。我问：我们为什么不把载畜量弄得小一点呢？朋友道：难道这个问题还需要我来回答吗？是的，这个问题的确不需要回答了。

车越往里深入，人烟似乎越稀薄。野草狂妄地长到了路上；路的轮廓越来越模糊。草原茫茫，望不到尽头；天底下只有我们的汽车在笨拙地爬行。不时有肥胖的野兔和老鼠横穿道路，它们的态度很从容，一点也不显惊恐。在我们头上，那些鸟儿，在灿烂的阳光里，有的盘旋、有的上窜、有的降落，都热烈地鸣叫着，好像刚下课的小学生。远处有线条浑圆的山岭，与草原一色，这说明山岭上也生长着茂盛的青草。横躺的山脉像丰腴的女人，突兀的山包像硕大的苹果。俄罗斯草原沉重缓慢的呼吸我已经感觉到了，托尔斯泰、屠格涅夫、契珂夫、果戈里、肖洛霍夫等俄罗斯伟大作家的身影也依稀可辨了。因为我读过他们的书，曾被他们书中描写过的草原感动，所以我的心中有一种特殊的感觉。尽管他们笔下的草原未必是我脚下的草原，但我宁愿这草原是那草原。是的，这草原就应该是他们的草原，而他们的草原就是全人类的草原。

时近正午，车停。我们弯着腰下了车，男女分开，到路的两边去，为俄罗斯的草原施肥。然后伸着懒腰，呼吸着让人薰薰欲醉的空气，心情舒畅，感慨万千。眼睛贪婪地往近处看；往远处看；低头看草；抬头望天；真好，大自然；真遗憾，这里不是祖国；这里不是家乡。遥想到荒凉的月球、火星、金星、木星……茫茫宇宙中，有这样一个小小的地球，绿得像宝石，上边有这样美丽的局部，作为一个人，我，原本也是一堆互不相干的元素，金、银、铜、铁、锡……极其偶然地组合成一个能呼吸、能思想的生命，真是幸运，无怪乎人们感叹：活着真好，生命可贵；草是奇迹，木是奇迹，花是奇迹，鸟是奇迹，我是奇迹中的奇迹。如此一想，遗憾不成遗憾，感慨不算感慨，如果大家都如是我想，国将不国，民将不民，君将不君，臣将不臣，那样的日子与马克思想的共产主义相差不会太远……旅游团的领队喊：喂！上车了！

但司机却发动不起来汽车了。他将鸭舌帽砸在车座上，骂骂咧咧地跳下车。咄！他说，跑累了，不想动了？那也不能在这里歇呀！司机掀开车盖板，探进头去，不知捣鼓什么。大家等了几分钟，都不着急。又等了几分钟，有人着急，开始嘟哝。领队下去，趴在司机身边，问一些外行话，表示关切；司机也不甚搭理。半个小时过去，人们焦虑起来，嗡嗡地议论，有些话很难听。司机满脸是汗，腮上抹两道油污，瞪着大眼，脾气大发：这是怎么个说话法？谁愿意它坏？老爷车，早该退休，老干部似的，赖着不退；也不是它不想退，是我们局长不让它退，我们局长谷糠里榨油，你们有能耐的回去抽他去，跟我说啥也没用。又有人说难听的，司机道：愿等就等，不愿等就自己走！说完还用拳头猛砸了一下车盖板，咚！吓了众人一大跳。四顾草原茫茫，前不见俄人，后不见同胞；这是真正的前不着村、后不着店，况且还在别人的国土上。人们考虑到这个现实，都乖乖地闭了嘴，心急如焚，却装出悠闲的模样，等着。有人吹起无聊的口哨；有人把头往后一仰，闭上眼；有人递给司机一支烟，讨好地说：师傅，慢慢修，我们等着，不着急。有人下了车。我在下车的行列中。

起初我们还不敢走远，生怕被那牢骚满腹的司机给甩掉。但到了下午三点，车还没修好。领队跟司机大吵了一架，气得小脸煞白。司机也怒容满面，扣上车盖板，踹一脚轮胎，骂一句脏话，坐到草地上抽起烟来。我大着胆子上前问：师傅，啥时能走？他瞪着眼说：你问我，我问谁去？

于是我就放心大胆地到草原深处漫游去了。

我的裤子被柔软的草叶摩擦得窸窸窣窣做响，我的手指不时地抓一抓那些紫色的拳大的花朵。它们传达到我手上的感觉是那样的肉感：软软的，柔柔的，凉凉的……令我这个思想不健康的人浮想联翩。我想到了娜塔莎，想到了阿克西妮娅……想到了那个令人难忘的割草的夜晚，葛里高利和阿克西妮娅割草的夜晚。我隐约感觉到，今夜可能要在这草原上过夜了。因为天高气爽，阳光便格外强烈。地上的湿气袅袅上升。湿气中混合着青草的气味，花朵的气味，泥土的气味，还有文学的气味。下午的草原像一个巨大的蒸笼，幸亏有一缕缕的清风从远山那边吹来，才使人不至于太难过。风过之处，草梢便美妙无比地起伏着，花朵便风情万种地颤动着，让人的心莫名其妙地伤感着，甜蜜的惆怅，淡淡的忧伤，说不清是幸福还是痛苦。就这样站定了，很久不动，眼睛望着远处，但其实什么也没看见，眼睛在心里，看着俄罗斯这个伟大民族的悲凉而不悲伤、狂放但不疯狂的性格。

傍晚时分，巨大的红日落在了柔软的草梢上，草原上的景色宛若印象派的油画，色彩凝重得化不开。小鸟们纷纷降落到草棵间，苍鹰的身影像黑色的闪电，掠着草梢滑过。此时的草原，温暖中略带点寒意。这本来是能让人身心舒畅的好氛围，但由于汽车抛锚，将人们困在这荒无人烟的草原上，前途茫茫，吉凶未卜，再好的氛围，也难被注意。几个人包围着旅游团领队，让他想办法。领队摇头苦笑，看着司机。司机说：甭看我，看我也没用。这破车，得了“心肌梗塞”，别说我修不好，上帝也修不好。你们都瞪着我干啥？想合伙吃了我？难道我不愿早早地开到红石市？灌上一瓶啤酒，往铺了雪白床单的床上一躺，那是个啥滋味？我的朋友打断他的话：伙计，你少说废话吧，总要想个法子。司机道：我说了，最好的法子就是耐心等待，等着过路的车，把我们拖回去。朋友说：总不能让我们在草原上过夜吧？司机说：在草原上过夜怎么啦？多浪漫呀！一个老姑娘模样的女人问：师傅，有狼吗？司机道：放心吧，有狼也不要紧，草原上野兔子成群，狼都撑得窜稀，你就是把自己送到它们嘴边去，它们也懒得张口。人们咧咧嘴，哭笑不得。那老姑娘一走，司机低声道：就您那肉，狼能咬动吗？我的朋友对我说：伙计，委屈你了。我说：挺好，的确很好，能在俄罗斯的草原上过夜，这机会千载难逢。朋友道：但愿你说的是真话。

太阳落下去了，月亮随即放出了光辉。起初这光辉还有些混浊，很快便清澈起来；银光闪闪，如水银泻地。草梢肃然不动，安静了一刻，四周便响彻了虫鸣。夜的草原并没有休息，而是更蓬勃地表现着生命的运动。有浪漫情怀的人捡来一些枯草，点起一堆篝火。在明月的逼视下，火苗显得软弱，像没有热度的、褪色的红绸。成群的飞虫往火里扑，烧得翅羽啪啪响。但篝火很快便熄灭了，只余下一堆暗红的灰烬。草原上潮气浓重，干草难弄，人们其实没有心思，浪漫情怀不能持久。草原一望无际，只要有车来，几十里外就能看到。大家四处看看，只见月水流动，只有草色朦胧，没有车影，这时候了，不可能再有车来。人们绝望了，嘟哝着，咒骂着，钻进车，睡去，或是迷糊着，熬这漫漫长夜。

我拉着朋友，往草原深处走去。我们分拨开茂草，简直就是拨开月光。我感到身在月光水里游。我伸出手去，抓一把，撩一下，分明感到月光的阻力，恍然听到月光水的泼刺之声。就这样走啊走，起先是清清楚楚，继而是昏昏沉沉，沉浸在幸福的麻木状态中。但我的朋友受不了了。他说：哥们，别走了，再走就到了莫斯科了。我不理他，继续前行。我知道他会厌烦，这种月下的草原漫步，腿被露水打湿，脸被蚊虫叮咬，同伴是粗鲁的男人，不是多情的少女，他理应厌烦。一切都是重复的，同样的草在摩擦我们，同样的虫鸣在喧闹我们，同样的月光在照耀我们，但我的兴趣就在这重复之中，我的幸福也在这重复之中。

我们终于在一个突起的山包上停住了。转着圈子往四处看，看到了极远处有一簇闪烁的灯火。朋友说：那就是红石市了，可望不可及。我说：老兄，老兄，我已经十分满足，感谢那司机，那破车。朋友道：我认识一个作家，为了证明自己与常人的区别，别人说臭的，他一定要说香；别人说香的，他一定要说臭。我说那就是我。他哈哈大笑。山包上比较干燥，我们坐下来，抽了一支烟，然后躺下。小虫子钻进我的裤腿，我不理睬它们。我仰望着星空，从没见过的如此灿烂的星空。在漫野的虫鸣声造出的特殊的寂静里，我倾听着星斗的声音。星斗灼灼，摇摇欲坠。流星如火，划破天穹。中国的老人们对自己的后代说：地上死一个人，天上坠一颗星。俄罗斯的老人对自己的后代说：天上坠一颗星，地上死一个人。我们头顶着同一个星空。我们仰望星空时，国界便模糊不清了。但我们到底不能永远仰着头，更多的时候我们必须低下头。我们低下头时，便面对着严酷的现实。中国的国土上人满为患，而俄罗斯的国土上人烟稀少。我们的草原载畜量过大，草原已经疲惫不堪；我们的森林在逐年萎缩；我们的耕地面积在逐年减少……尽管如此，我们还是市场繁荣、物价稳定；俄罗斯呢？你有如此辽阔的草原，你有汪洋大海般的森林，你有浩瀚的土地……可你怎么会这样穷？俄罗斯的人民要想小康实际上并不困难。社会主义在前苏联的试验是比较彻底地失败了。俄罗斯的经济现在还处在休克后的短暂昏迷中。但俄罗斯的自然条件实在是太优越了，国土如此辽阔，资源如此丰富，人口如此稀少，俄罗斯人要想富起来比起我们中国人的致富肯定要容易许多。当时我就想到：他们不会永远穷下去的。我们想用俄罗斯的暂时贫穷来证明资本主义不如社会主义是很幼稚的；同理，如果几年后俄罗斯人民富裕起来，我们也不会把这当成资本主义胜过社会主义的证明。无论什么社会制度下的人民，都是勤劳勇敢、最富有创造力的群体。只要稍稍放松扼着他们脖子的手，让他们能够呼吸；只要稍稍延长他们手铐脚镣间的链条，让他们能够劳动；他们便能创造出璀璨的文化和巨大的财富。否则，过去的世界就不可理喻；现在的世界也无法解释。

第二天上午，一辆满州里市的旅游车在我们车后停下来。人们拥上去，好像见到了久别重逢的亲人。这车上的司机与我们车的司机很熟，他问他：伙计，怎么啦？他回答：伙计，别提了，一言难尽！有绳子吗？拖上我们。他说：这怎能拖得动？我来看看，哪里坏了。他上了他的车，三扳两踹，轰的一声，发动机嗡嗡地运转起来。这不是好好的嘛？你他妈的捣什么乱？他说。我们的司机纳闷地自言自语：见鬼，见鬼，活见了鬼！我们车上的旅客顿时疯了，难听的话语像雨点一样砸在司机的头上。他咧了咧嘴，满面通红，终于低下了傲慢的头。

因为我们办的是“二日游”集体护照，所以，只好调头返回祖国。

二、边城

第二年夏天，我二到满州里，依然化名王家宝，跟随着一个旅游团，进入俄罗斯境内。还是那种二日游，还是去那离中国最近的红石市。这一次开车的是一个动作干练、走路像跳舞、说话像唱歌、名叫老龙的女司机。她看起来有二十岁出头年纪，皮肤很白，眉毛很黑，嘴唇很红，眼睛很大，略微翘起的唇上生着一层很浓的茸毛，如果不客气，说是胡子也可以。依然是那位朋友陪我去。他跟那个老龙很熟，当着全车人的面他们公然调情。老龙嘴巴锋利，妙语连珠，使我们的车里充满了欢声笑语。我们上午七点出发，中午一点便到了红石市。

汽车停在一个小旅馆前边，旅游团的领队上楼去办理住宿手续，我们便坐在楼前的石头上等候。旅馆前面的草地上坐着两个俄罗斯姑娘，一个留着长长的金发，另一个剃着小平头，头发的颜色是那种所谓的亚麻色。她们看着我们，面带着友好的笑容，不说话，静静地抽烟。我也掏出烟来，递给朋友一支，自己点了一支。女司机瞟了我一眼，凭感觉我知道她也会吸烟，赶忙递给她。她摇摇头，说：“改邪归正了。”朋友道：“装什么呀，抽吧，王家宝老师也不是外人。”她说：“不是王家宝老师的问题，是我老公的问题，他嫌我嘴里有烟味，最近一个时期，拒绝与我接吻。”朋友道：“老龙，大事不好了！”老龙道：“怎么啦？”朋友道：“根据我的经验，一个男人，绝不会因为女人嘴里有烟味而不跟她接吻，这是他即将叛变的预兆！”老龙道：“叛去吧，我巴不得呢！”我说：“连男人叛变都不怕，难道还怕一支香烟吗？”她说：“王家宝说得对，我们就照王家宝说的办！”她接过香烟，我的朋友帮她点上。她很老练地抽了一口，憋了一会，才把两道白烟，从鼻孔里喷出来。

领队办好了手续，招呼我们进了楼。房间大小不一，很不规范，但有一点相同，那就是最充分地利用了空间，把能安床的地方全都安上了床。房间尽管狭窄，但我还是感到很满意，因为那床单是雪白的，被套是雪白的，枕头巨大、雪白、而且蓬松，它们全都散发着一股好闻的肥皂气味。尤其是那枕头，立即就让我联想起娜塔莎、安娜·卡列尼娜等人。她们的床头上一定也放着这样的枕头，枕头里塞着鹅毛。我们安顿下来，洗了一把脸，刚要躺到床上享受一下，领队就要我们集合去吃饭。我们的肚子这时才感到有一点饿了，便呼啦啦地跟着领队下了楼。

走出去大约有三里地，才到了一家饭馆。有人嫌远，发起牢骚来，领队说：“全城也就十几家饭馆，这是最近的了。临行时我就告诉过你们，要你们最好带足干粮，你们不信，责任就不在我了。”

我们进了那家饭馆，很大的铺面里，竟然只有我们一拨客人。一个红脸膛的男人懒洋洋地走过来，很不友好地扫了我们一眼，然后咕咕哝哝地跟领队不知说了些什么。女司机懂一点俄语，她对我们说，这家伙嫌我们来人太多，不愿意接待。我感到很纳闷，哪有开饭店嫌客人多的道理呢？这也许是个国营饭店吧？女司机道：他懒，俄罗斯人都懒。我对女司机的解释不以为然。那红脸男人甩给领队一份菜单。领队对我们说：没有什么好点的，只有红菜汤、泥肠、黑面包。大家说：就是这了，让他快点。领队笑道：每人一份，一千卢布。想快是不太可能的，希望大家耐心等待。于是我们就坐等。等了足有一个小时，厨房里连一点动静也没有，那个红脸汉子连面也不露。我们望着窗外，看到宽广的马路上，车辆很少，只有一些青年人骑着摩托车呼啸而过。有的旅客等烦了，让领队去催。领队苦笑着说：催也没用。但她还是起身到厨房里去了。一转眼领队就出来了，对我们说：鬼影都没有一个。于是众人都愤愤不平地走进厨房。果然没有人，只见苍蝇飞舞的案板上放着几个西红柿，墙角上还有一堆洋葱头。女司机抄起菜刀，剁得案板啪啪响。她大喊着："瓦西里，瓦西里，你滚到哪里去了！？"那个红脸汉子从一扇小门里应声而出，身后跟着一个胖大的女人。女司机挥舞着菜刀，用半生不熟的俄语咆哮着。那男人的目光随着老龙同志的刀刃转动，嘴里咕噜着，好像是在解释。我们问领队：他说什么？领队苦笑道："他说把我们要吃饭这事给忘了。"

我们只好出去坐等。我问老龙怎么知道那男子名叫瓦西里，她说："我叫他瓦西里了吗？"过了大概半小时，红菜汤上来了。每人一钵子，颜色不红不黑，温度不凉不热，滋味不咸不淡，胡乱喝了两勺，便推到一边去。又等了半小时，主食终于上来了。每人一根灰白的肠子，两片灰色的面包。肠子是腥的，面包是粘的。爱吃不吃。我感到十分失望。我原以为能在俄罗斯吃到煮得烫手的土豆、烤得酥焦的面包、焖得稀烂的小牛肉之类美食，没想到竟然吃了些这个。读了那么多苏联和俄国小说，屡屡被书中描写的那些美食吸引得馋涎欲滴，希望太大，失望便愈深。我对一个国家或地区的印象好坏，多半是建立在该地的食物的好坏上，俄罗斯吃得太差，我对它的印象也就糟透了。

吃完这顿窝心饭走到大街上，已是半下午的光景。领队说可以自由活动了。我们便三五成群地散开了。我和我的朋友跟那个女司机在一起活动。女司机原本是要回去睡觉的，她说她已经把这个小城市的边边角角都转遍了。我的朋友说："老龙，王家宝老师是远道来的客人，你不陪一陪简直不像话、简直不够意思。"女司机看看我，说："我看王老师是个老实人，就陪一陪他吧，如果是你一个人，我决不敢冒这个险。"朋友道："你以为自己还是个黄花大闺女？你也不睁开眼睛看看，满大街都是美貌的俄罗斯少女，我要调戏也去调戏她们。"女司机道："就你那痨病鬼的身板，还敢跟俄罗斯老娘们叫板？那才是站着进去，爬着出来呢！"大街上确实有不少俄罗斯姑娘，她们穿着时髦，体态优美，目光流盼生辉，开口一笑，都露出雪白的牙齿。我问女司机："老龙，这些姑娘在家里吃什么东西呢？是不是也跟我们方才在饭店里吃的一样？"女司机说："王老师，您这个问题可把我给问住了。我也不知道她们在家里吃什么东西，要不要上去问问？"我说："那样不好，人家会说我们中国人不讲文明礼貌。"

我们遛遛达达地来到了市中心的广场。就这个小城而言，这个广场可真够大的。广场上一半铺了八角水泥块，另外的地方却生着茂盛的野草，好像还没来得及整理似的。广场正中放着一辆坦克。坦克后边竖着一块纪念碑。女司机说，俄罗斯的每个城市都在广场上放着一辆坦克，可能是进行传统教育吧。广场上有几个小男孩在踢足球，还有一些小女孩在唱歌。有一个相貌十分美好的少妇推着一辆很豪华的婴儿车在悠闲地漫步。少妇的衣裙飘飘，一看就是上等的料子。那个小家伙躺在车里，嘴里叼着一个乳胶奶头。我说，这个少妇，如果不是本市权贵的儿媳妇，就是大款的小蜜。朋友说：“这你就不懂了，俄罗斯女人刚生完孩子都是这个样子。”女司机说：“你们俩打个赌吧。”朋友说：“赌什么？”我说：“你说赌什么咱就赌什么！”朋友说：“那就赌一条红中华吧，回去买。”我说好。女司机真的走上前去，用结结巴巴的俄语，与那少妇搭上了腔。她们说的什么，我们一点也不知道。女司机说：“王家宝老师您赢了。这个女子，名叫塔莉娅，是红石市长的女儿。”

正对着广场是一幢很有气派的大楼，楼的颜色灰秃秃的，这个城市的所有建筑都是灰秃秃的。女司机说：“这是他们的大会堂。”我们走到楼前，看到大门前的廊柱上贴着海报。女司机看了看，说：“好像晚上有演出。”我问演什么，女司机说：“好像是歌剧。”我说，我们买票吧，在这里看一场歌剧，很有纪念意义，不枉来了一趟俄罗斯。女司机说：“我也拿不准是不是歌剧。”我说管它是什么呢，先买了票再说。于是女司机就上前去买了三张票。然后我们继续闲逛，逛到时间，走进剧场，看到粗糙的舞台上挂上了一块不大的银幕，才知道，演出的根本不是什么歌剧，而是一场电影。我说电影也好，能在俄罗斯看场电影将来回国也可以吹一吹。没想到观众还挺多，男男女女，以年轻人居多，都叠着脖子搂着腰。灯光暗下，电影开演。片名一出，我们不禁笑起来。原来放映的是中国影片《地道战》。我想不明白俄罗斯的一个小城里为什么会放这种影片。我的朋友说，今年是世界反法西斯战争胜利五十周年，中国的抗日战争，也是世界反法西斯战争的一个组成部分。

这天夜里，躺在舒服的床上，本想睡一个好觉，但刚刚朦胧入睡，就听到窗外响起了歌声。睁开眼，看到一缕明亮的月光从麻布的窗帘缝隙里射进来。仔细一听，唱歌的是几个男子，歌词听不懂，但曲调很熟悉，是《俄罗斯郊外的晚上》、《喀秋莎》之类。唱完一曲，又接上一曲。我走到窗口，拉开窗帘，看到窗外月光皎皎，银辉遍地，树影婆娑。几个小伙子，背靠树干，对着一扇窗户放歌。那窗口自然不是我们的窗口，是女司机她们住的房间的窗口。我问朋友，难道我们这个团里有跟俄罗斯青年谈恋爱的女人吗？朋友说，在这个世界上，什么事情都是可能的。我问，你猜是哪个姑娘吸引了俄国青年来唱小夜曲呢？不会是老龙吧？朋友说，也许正是老龙。老龙开旅游车跑这条线有好几年了，钩上几个俄国小青年完全有可能。我说，老龙不是结婚了吗？朋友说，你不是从大都市来的？结婚算什么？结婚也不妨碍恋爱嘛。我们正闲扯着呢，就看到那扇窗户猛地推开了。一个女子，探出半截身体，突然放开了歌喉。我惊喜地说：老龙，果然是老龙！老龙的嗓音浑厚柔软，好像上等的呢绒。女声男声重叠在一起，浑然一体，没有缝隙，和谐而圆满，深深地感动了我的心。一曲完毕，老龙关上窗户，再也没露头。那几个小青年又唱了几曲，就摇摇摆摆地走了。突然的安静降临，好像刚才发生的一切是个梦境。月光如水，夜色优美。正是睡觉的好时辰，但我一点也没了睡意。

第二天上午，我们跟随众人，先去参观市政府大楼。我们去时，人家还没上班。我们在外边转圈，看到那大楼的墙砌得歪歪扭扭，很多砖头还砌成了直缝。这在中国是绝对不允许的，连乡村的建筑队也干不出这样的糙活，可这就是市政府大楼。大楼的门更是粗糙，木头没上油漆，铁件生着红锈。木板之间的缝隙能插进去一根手指。我心中暗想，俄罗斯的飞船是怎么样造出来的又是怎样飞上天的呢？

参观罢政府大楼，我们去商店采购。商店里除了笨重的工具还可以看看，别的无甚可看。我们又去逛自由市场。自由市场上的货物大多数是中国货，也无甚可买。于是我们就蹲在墙角抽烟。这时，一个衣衫不整的老头走上来，用一口虽然怪腔怪调，但是很流畅的汉语跟我们谈生意。朋友问他有什么货，他说："什么都有，你们要什么？"朋友道："你说吧，有什么货。"他就给我们报货名："钢材要吗？"不要。"木材要吗？"不要。"化肥要吗？"不要。"铀235要吗？"我吃了一惊，问："你说啥？"他说："铀235呀！"难道就是那种能造原子弹的铀235？"对，就是造原子弹的铀235，核原料。"朋友问："你有多少？"他说："不多，也就是一吨。"朋友说："我们想要，但是运不回去。"他说："如果你们真要，运输问题我负责。"我说："铀235我们就不要了，不过，如果您有原子弹，我们想买一个。"他兴奋地说："真的吗？我可以帮你们搞到，不过，你们得先付百分之三十的定金。"一直不开口的女司机说："走吧你，别在这里蒙人了！"他摇摇头，说："你们没有诚意，没有诚意……"他很失望地走了。

我们没吃午饭，就上车往祖国方向急驶，沿途上看到俄罗斯草原还像去年那样郁郁葱葱，有几只肚子上生着大白花的奶牛在草地上悠闲地吃草，一个提着挤奶桶的俄罗斯少女向奶牛走去。我的心中平平淡淡，既没有满足也没有失望。一切都与我想象得不一样，一切都与我想象得一样。

虚伪的教育

1997年

不久前，由北京的几家报刊牵头，发起了一场对现行语文教育的声讨。说“声讨”似乎激烈了点，那就改成“讨论”吧。这场讨论，激起了很大的反响。很多可以说是义愤填膺的文章纷纷见诸报端，而且，据说这些文章已经引起了有关部门的注意。

我是一个没有受过完整的学校教育的人。文化大革命时，因为家庭出身中农，也由于我敢于跟那些当了红卫兵头子的老师对抗，所以，小学还没毕业就被赶出了校门。后来到了部队，发表了一些文学作品后，才考进一所部队艺术院校学习。我没有进过一天中学课堂，对现在的中学语文教育，基本上不了解。我有一个正在读中学的女儿，她经常来问我一些语文方面的问题。她可能以为当了作家的父亲解答几个中学语文方面的问题不成问题，但面对着她的问题，我从来没给过她一个肯定的回答。我总是含含糊糊地谈谈我的看法，然后要她去问老师并且一定要以老师的说法为准。我的不自信是因为我没按部就班地念中学，骨子里深藏着自卑。但读了那些受过完整教育、甚至正在教语文的人写的文章，才知道他们的境遇与我差不多，心里多多少少地得了一点安慰。

认真地读了那些讨论文章，又粗粗地翻看了女儿的语文课本，我感到，我们现在的语文教育，从教材的选定到教学的目的，已经形成了一个相当完整、自满自足的体系，要彻底改变是不可能的。有的文章，对我们几十年基本不变的教材提出批评，其实，教材仅仅是教育目的的产物，也就是说，有什么样的教育目的，就有什么样的教材。文化大革命前，我们的教育目的是要培养“又红又专的无产阶级革命事业的接班人”，文化大革命后，随着政治形式的变化和发展，换了一些提法，但骨子里还是老一套。而教育目的，不是几个编审教材的书生能够决定的。我看到了那个编教材的人吞吞吐吐地发言，知道他们有难言之隐。正因为国家的教育目的带有如此强烈的政治色彩，所以，也就只能编出这样的教材。就是这样的教材，在文化大革命期间还给彻底地否定了，因为它还不够“红”，还不够“无产阶级”，那就只学《毛主席语录》。我在小学学习五年，有两年就是把一本大开本的《毛主席语录》当了语文教材。文化大革命结束后，又把文化大革命前的教材当成了好东西，几乎全盘恢复。其实，文化大革命并不是突然发生的，而是建国以来共产党所犯错误长期积累后的必然爆发。共产党“文革”前所犯的错误，在我们的语文教材中得到了充分的体现。“文革”后，共产党在不断地纠正“文革”前的错误，但我们的语文教材却没有跟着变化。于是也就出现了被许多人猛烈抨击的现象：在不提阶级斗争多少年后，我们的语文教材中还有那么多“革命”文章。文学界早就对统治了中国散文界几十年的那种类型化散文提出了强烈的批评，这些虚假成性的文章早就没人要读，但我们的教材还把它们当成光辉的范文，硬逼着老师升虚火，强抒“无产阶级”之情，硬逼着90年代的学生，去摹仿他们那种假大空的文体。也许，这些文章的作者，在写这些文章时，抒发的确是他们当时的真实感情，但这些人现在活着的也不写这样的文章了，他们批评起共产党的错误来，比我们这些所谓的“有问题”的作家还要刻薄。他们自己也未必承认，那些被选进了教材，教育了几代中国人的文章，就是他们最好的文章。他们未必不对当年自己在“左”的思想指导下的创作进行反思。他们现在的创作也是充满了“人情味”、充满了“不健康的情调”的呀！这些最“革命”的作家早已变成了美丽的蝴蝶满世界飞翔着传播爱心，但我们还在强逼着孩子们学习他们那些咬牙切齿的文章。

长期以来，在我们国家里，“人道主义”“人性”，都被打上了“资产阶级”或是“小资产阶级”的标签，进一步发展就是谈情色变，经常被引用的就是鲁迅那句话，“贾府的焦大不会爱上林妹妹”，其实鲁迅也不是焦大，他也不敢肯定地说焦大不会爱上林妹妹。共产党进城以后，多少“焦大”改造了家庭，娶了成千上万的“林妹妹”做老婆。但人们不敢面对现实，尤其不敢面对自己的内心。鲁迅先生通过阿Q揭示了部分“国民性”，鲁迅先生还用他那些匕首般的杂文，揭示了中国人的虚伪。这是更为普遍的“国民性”。因为虚伪，我们口是心非；因为虚伪，我们亦人亦鬼；因为虚伪，我们明明爱美人，却把美人说成是洪水猛兽。更为可怕的是，长期的虚伪，形成了习惯，使我们把虚伪当成了诚实。我们明明满口谎言，却并不因为说谎而产生一点羞赧之心。这就来了，明明我的儿女公费留学后全都不回来了，我还是理直气壮地批评那些不回来的留学生；明明我的儿女在国外过着好日子，我却义正辞严地批判资本主义社会的腐朽性。明明我们知道教材里许多文章是假话空话，连文章的作者自己也不相信，但我们还是逼着孩子们当成真理来学习。明明我们每个人都有那种“病态”的“资产阶级”感情，但我们却硬要消灭学生头脑中的这种感情。我们教材中的有些文章作者明明是表达了自己的“资产阶级”感情，我们却硬要给人家进行“无产阶级”的解释。

问题还是回到我们的教育目的上来吧，我们的语文教育最终要达到的目的，并不是要学生能够用独具特色的语言来抒发自己的思想感情（允许摹仿着教材上的光辉样板抒发“无产阶级”感情）；我们要培养的是思想“健康”的接班人，并不需要感情细腻的“小资产阶级”；我们恨不得让后代都像一个模子里做出来的乖孩子，决不希望培养出在思想上敢于标新立异的“异类”。国家鼓励人们在自然科学领域标新立异、发明创造，但似乎并不鼓励人们在意识形态领域里标新立异，更不希望你发明创造。尽管国家有宗教政策，允许人们不相信马克思主义而相信基督教、伊斯兰教或是佛教，但在我们的学校里则决不允许有任何非马克思主义思想的存在。由此决定了我们的教材必然具有强烈的政治色彩；由此决定了我们要通过语文教育达到政治教育的目的。于是，语文就变成了政治的工具。于是，我们的孩子们的作文，也就必然的成为鹦鹉学舌，千篇一律，抒发着同样的“感情”，编造着同样的故事。我读过我女儿的从小学到高中的应试作文，几乎看不出什么变化。倒是她遵照她的中学老师的嘱咐写的那些对她的考试毫无用处的随笔和日记，才多少显示出了一些文学的才华与作为一个青春少女的真实感情。可见孩子们也知道，写给党和国家看的文章，必须说假话，抒假情，否则你就别想上大学。如果我们的这种教育方法真能把我们的后代培养成除了相信马克思主义之外什么都不相信的“红色接班人”，那就这样搞下去吧！但事实恰恰相反，孩子们在上学期间就看出了教育的虚伪，就被训练出了不说“人话”的本领，更不必说离开学校进入复杂的社会之后。

仔细一想，我们的孩子用两种笔调写文章的现象，在某种意义上是继承了传统。在漫长的封建社会里，那些学子们，用一种笔调写应试的八股文，用另一种笔调填词赋诗写小说。作八股文是正业，关系到个人前程；填词赋诗写小说是副业，是野狐禅。《儒林外史》中鲁编修家的小姐，发现自己的新婚夫婿只会写诗根本不会写八股文，气得当场昏厥，可见不会写八股文连漂亮的小姐也不爱。那时的文人，在文学方面有所成就的，大概有两种情况：一是屡试不第，绝了科举的望，于是就通过文学的方式来抒发心中的愤懑，譬如蒲松龄。二是科场得意后，官场上不得意，被贬到天涯海角，但饭还能吃饱，闲来无事，就写诗填词，发泄感情，打发岁月，如苏轼等人。当然流芳百世的是他们的诗词小说，而不是让他们金榜题了名的八股文章。当然，考中了举人进士的人成千上万，但大都在历史的长河中湮灭了名字，蒲松龄的名字却永垂不朽。我们的孩子，一旦考上大学之后，大概再也不会用那种笔调写那种应试文章，就像用一块砖头敲门，门敲开了，砖头肯定要扔掉。九十年代的语文教育，实在不应该为了帮学生雕琢一块砖头费这样大的力气。这就让人想起了高考。

即便有朝一日高考与中考进行了革命性的改革，语文教材也编定得让人满意，我们的孩子是不是就必然地提高了文学素养、并由此进而提高了人的素质了呢？我想也未必。这未必的原因就是虽然我们有了好的教材、有了好的考试方法，但我们未必有那么多好的、起码是合格的语文老师。好的老师，能通过自己的言传身教，让学生学到许多课本上没有的东西。好的老师哪里来？当然主要是通过师范学校的培养。城市的情况我不甚了解，仅就我所接触的农村而言，其实真正优秀的学生是不报师范的。即便是师范毕业的优秀学生，也并不一定去当老师。必须承认在我们的社会中，最上等的职业还是当官，当官的工资尽管不比教师高，但人们都知道，大多数当官的并不靠工资吃饭。他们合法地享受着最好的东西，他们即便不贪污不受贿也可以活得比老百姓好得多。无论什么人下了岗，当官的也不会下岗。常常听说某地拖欠教师的工资，可从来没听说过什么地方拖欠了书记或是县长的工资。一个中学教师被任命为哪怕是穷乡的乡长，都要摆酒宴庆贺；但如果让一个乡长去当中学教师，他很可能要上吊。当然，真正优秀的人也未必当得上官。在这样的现实面前，就很难保证教师队伍的质量。有了好的教材，没有好的老师，恐怕也无济于事。所以，我想我们的语文教育改革，实际上牵扯到方方面面。什么时候当官的都想当教师了，别说语文教育中存在的这点问题，再大的问题也会迎刃而解。

我认为，语文水平的提高，大量阅读非常重要。在目前教育经费普遍不足的情况下，让学校拿出大量的钱来购买图书很不现实，我们为什么不能像“文革”前那样，把语文教材分成《汉语》和《文学》两本教材呢？我幼时失学在家，反复阅读家兄用过的《文学》课本，感到受益很大。我最初的文学兴趣和文学素养，就是那几本《文学》课本培养起来的。另外，我觉得，我们没必要让中学生掌握那么多语法和逻辑之类的知识，这些知识完全可以放到大学中文系里学。我感到，一个人如果不能在青少年时期获得一种对语言的感觉，只怕一辈子都很难写出漂亮的文章。至于语法逻辑之类，八十岁也可以学得会，而且很可能因为有了多年的使用语言的实践，学起来会事半功倍。让孩子们像拌黄瓜菜一样去学那些枯燥的逻辑、语法，毫无疑问是一桩苦差事，我们完全可以把语文课教学搞得妙趣盎然。实际上，绝大多数的人，一辈子也用不到自己的母语的语法，一个基本上不懂语法的人，完全可以正确地使用母语说话和写作。既然我们提倡学以致用，何必花那么多的时间去学那些对大多数人无用的东西呢？如果我们的中学语文教育能进行这样的改革，我们的大学中文系就多了一条存在的理由。大学中文系培养的就是精通汉语语法和逻辑的专门家，他们研究汉语的发展与历史，他们毕业后可以教中国人学汉语，也可以教外国人学汉语。那就不会像现在这样，一篇文章，小学生在学，中学生也学，大学生也在学。我想，如果把语文比喻成一台钢琴，那么，的确需要一些人学设计、学修理，而绝大多数的人，只要学会演奏就行了。肖邦未必能修理钢琴，沈从文未必能写出一本语法方面的书，而写了很多语法书的吕叔湘，好像也没能写出一部很好的小说。

说说福克纳老头

1998年

今年是福克纳诞生一百周年，我想我应该写几句话来纪念他。

十几年前，我买了一本《喧哗与骚动》，认识了这个叼着烟斗的美国老头。

我首先读了该书译者李文俊先生长达两万字的前言。读完了前言，我感到读不读《喧哗和骚动》已经无所谓了。李先生在前言里说，福克纳不断地写他家乡那块邮票般大小的地方，终于创造出一块自己的天地。我立刻感到受了巨大的鼓舞，跳起来，在房子里转圈，跃跃欲试，恨不得立即也去创造一块属于我自己的新天地。

为了尊重福克纳，我还是翻开了他的书，读到第四页的最末两行："我已经一点也不觉到铁门冷了，不过我还能闻到耀眼的冷的气味。"看到这里，我把书合上了，好像福克纳老头拍着我的肩膀说：行了，小伙子，不用再读了！

我立即明白了我应该高举起"高密东北乡"这面大旗，把那里的土地、河流、树木、庄稼、花鸟虫鱼、痴男浪女、地痞流氓、刁民泼妇、英雄好汉……统统写进我的小说，创建一个文学的共和国。当然我就是这个共和国开国的皇帝，这里的一切都由我来主宰。创建这样的文学共和国当然是用笔，用语言，用超人的智慧，当然还要靠运气。好运气甚至比天才更重要。

福克纳让他小说中的人物闻到了“耀眼的冷的气味”，冷不但有了气味而且还耀眼，一种对世界的奇妙感觉方式诞生了。然而仔细一想，又感到世界原本如此，我在多年前，在那些路上结满了白冰的早晨，不是也闻到过耀眼的冰的气味吗？未读福克纳之前，我已经写出了《透明的红萝卜》，其中有一个小男孩，能听到头发落地的声音。我正为这种打破常规的描写而忐忑不安时，仿佛听到福克纳鼓励我：小伙子，就这样干。把旧世界打个落花流水，让鲜红的太阳照遍全球！

从此后，我忙于“建国”的工作，把福克纳暂时冷落了。但我与这个美国老头建立了一种相当亲密的私人关系。我经常在夜深人静时想起他。我还用见到他的书就买这种方式来表示我对他的敬意。

每隔上一段时间，我就翻翻福克纳的书。他在书里写了些什么对我来说已经不重要了。至今我也没把他老人家的哪一本书从头到尾读完过。我看他的书时，就像跟我们村子里的一个老大爷聊天一样，东一句西一句，天南地北，漫无边际。但我总是能从与他的交流中得到教益。

当我一度被眼前那些走红小说闹得眼花缭乱时，福克纳对我说：伙计，要永远定出比你的能力更高的目标，不要只是为想超越你的同时代人或是前人而伤脑筋，要尽力超越你自己。

当我看到别人的成功发财心中酸溜溜时，福克纳对我说：伙计，好的作家从来也不去申请什么创作基金之类东西，他忙于写作，无暇顾及。如果他不是一流作家，那他就说没有时间或经济自由，以此来自欺欺人。其实，好的艺术可以来自小偷、私酒贩子或者马夫。仅是发现他们能够承受多少艰辛和贫困，就实在令人惧怕。我告诉你，什么也不能毁灭好的作家，唯一能够毁灭好的作家的事情就是死亡。好的作家没有时间去为成功和发财操心。

与福克纳老头相交日久，我也发现了他一些可爱的小毛病。譬如说话没准，喜欢吹牛。明明没当上空军，却到处说自己开着飞机上天打过空战，脑袋里还留下一块弹片。而且他还公开宣称，从不为自己说过的话负责，譬如他曾经说过的一个作家为了创作，可以去抢劫自己的母亲。他跟海明威的关系也像两个小男孩似的，打起来很热闹，但没有什么质量。尽管如此，我还是越来越喜欢他。也许是因为他有这些缺点我才能历久不衰地喜欢他。

前几年，我曾去北京大学参加了一个福克纳国际讨论会，结识了来自福克纳故乡大学的两位教授。他们回国后寄给我一本有关福克纳生活的画册，其中有一幅福克纳穿着破胶鞋、披着破外套、蓬乱着头发、手拄着铁锹、站在一个牛栏前的照片。我多次注视着这幅照片，感到自己与福克纳息息相通。

杂感十二篇

1998年

一、戏说潇洒

据《辞海》说，潇洒就是“洒脱，毫无拘束”。但实际生活中，我们对潇洒的理解要比《辞海》的解释宽泛得多。台湾电视连续剧《京城四少》的主题歌《何不潇洒走一回》唱遍了大江南北以后，潇洒更成为人们嘴边上挂着的话。尤其是那些发了一点小财的，混上了一个小官的，泡上了一个小妞的，更是说也潇洒，唱也潇洒，醒也潇洒，醉也潇洒。一时间大家都潇洒得很严重，好像感冒流行一样。但流行的东西总是来去匆匆，这几年人们就把潇洒渐渐忘却，沉重的表情笼罩着更多的脸，可见原先的潇洒并不是真潇洒。

我想潇洒其实是一种心态，一种对待生活的态度，一种减轻压力的方式，在某种意义上也可以说是一种阿Q精神。骨子里的潇洒也许有，但是不会很多。经过训练，或是摹仿，用一种拿得起放得下的方式处理自己的物质生活和感情生活，这也算潇洒，尽管未必出于本性，但还是大有利于个人和社会。因此我觉得即便是伪装潇洒也还是一件好事，值得提倡。当然这里也有误区，即便是伪装潇洒也还是需要一定的文化层次，也还是需要一定的精神境界。不是有了钱就必定潇洒、有了钱想潇洒就能潇洒的。有一些穷得不名一文的人，也许是潇洒的大师。

我曾在一个朋友的引导下，去见过号称京城最潇洒的人。这人的最辉煌的潇洒业迹就是在某高级饭店和老外比赛摔进口的高级名酒——自然是每瓶数千元的——走一步摔一瓶，从一楼摔到三楼——真正是一步千金——据说那老外摔到二楼就败下阵去——这也可算作民族的胜利——但我见了这个著名的潇洒人物后，只觉得他那副暴发户的嘴脸可恶可厌。他浊气逼人，俗不可耐；连伪潇洒都不是，是小人得志。但他身边那几个小蜜嗲嗲地对我说：莫作家，好好写写我们老总吧，他是天下最潇洒的男人。

真正的潇洒人物有没有呢？现代很少有；古代有，但也潇洒得不甚彻底。试举几例为证：三国时东吴的大都督周瑜，其潇洒是出了名的，你看他在群英会上设计骗那蒋干时，真是谈笑风生，挥洒自如，纵酒放歌，绝对潇洒。周瑜的潇洒得之于他的资质风流。仪容秀丽，能文能武，还精通音律，“曲有误，周郎顾”。他是潇洒人的经典类型。但他为了一个荆州，气得吐血，就不够潇洒。周有一个憨厚的朋友鲁肃，为人慷慨大度。周向他借粮，他家只有两囤米，但是他毫不犹豫地指着其中一囤说：这一囤归你了。鲁肃的潇洒是一种大智若愚的潇洒，一种傻乎乎的潇洒，这也是一般人学不了的。但鲁肃也是三番五次去讨要荆州，可怜巴巴的，被诸葛亮当猴耍，也就不潇洒了。诸葛亮头戴纶巾、手摇羽扇，动不动还要抚上一会瑶琴，好像也很潇洒，但他的潇洒太表面，表演的成份太多，显得很假。其实他是最不潇洒的，没出山时就天天研究天下大势，为出山做准备。让刘玄德三顾茅庐，显得有点过戏。出山后殚精竭虑，鞠躬尽瘁，事无巨细，亲自动手，别人做他不放心，最后活活累死。一个潇洒的人是不会、也不必这样的。

连周瑜、鲁肃、诸葛亮这样的著名人物都潇洒得不够彻底，那还有什么人潇洒呢？且看下回分解。

二、再说潇洒

怎么样才算真潇洒？上次未能说明白，这次接着说。大概而言，真潇洒就是要看破世情，明白地球很小、宇宙很大；要明白人生短暂，像早晨挂在草尖上的露珠；眼所见、耳所闻、身所历的一切，都是比过眼云烟还要短暂的东西。当然真要做到这一步，那也很可怕。那样的话，历史就不能发展，社会就不能进步，人生就没有目标，大家一齐出家去做和尚。都做了和尚也不彻底，因为和尚也还是要吃饭。如果都是和尚尼姑，那必然的还要让他们和她们结婚，否则就断了人种，而断了人种，还潇洒个什么劲。所以即便是我说的真潇洒，也还是相对而言、比较而言。

要做到相对潇洒也很难，但也不是难于上青天。在榜样的表率下，我们还是有可能向潇洒状态进步。

我要说的潇洒榜样有两个，一个是唐代大诗人李白，一个是晋代大文人阮籍。

李白的故事大家都能说出几个，就像他的诗大家都能背出几句一样。他起初是一点也不潇洒的。他年轻时醉心仕途，说难听点就是个官迷。而人一旦迷上了当官，就绝对潇洒不起来了。想当官的人必须不要脸不要皮，必须丢掉自尊和人格，必须像李白说的那样“低眉弯腰事权贵，使我不得开心颜”，你想开颜，就别想当官，这个问题一点也没得商量。李白低眉弯腰事过权贵，写“云想衣裳花想容”这样的肉麻诗词拍皇帝小老婆的马屁，想借此捞个官做。可惜皇帝不买他的账，只赐他个翰林供奉，无职无权，闲人一个。这与李先生的胸襟抱负相去太远，使他不得开心颜。于是他满怀着牢骚，沉浸到酒乡里去了。这既是借酒浇愁，又是装疯卖傻。从此沾染上喝酒的坏毛病，成了不折不扣的酒鬼。起初是半真半假，到后来弄假成真，酒瘾养成，一天没有酒也不行了。醉着的时候渐渐地比清醒的时候多了，由此也就进入了潇洒状态。那些伟大的诗篇也就写出来了。当然也没醉到不省人事的程度。杜甫说他“天子呼来不上船，自言臣是酒中仙”，还是诗人的夸张，其实李白不敢这样狂。真是天子呼他，他不敢不上船，除非他醉得丧失了意识。吃不到葡萄就说葡萄酸，稍稍升华一点，就成了潇洒的低级状态。李白比这要高许多，因为他是天才。

阮籍在喝酒装疯方面是李白的老师。因为魏晋之际政治比盛唐时要黑暗许多，所以阮籍酒精中毒的程度也比李白要深许多。鲁迅先生在他的名著《魏晋风度与文章及药与酒的关系》里对阮先生的行状有精彩的描绘，譬如一醉三月不醒，譬如死了母亲面无悲凄之色，照样喝酒吃肉，而当吊唁的人走了，却大哭数声，吐血一斗。当然他三月不醒其实是很清醒；面无悲色其实心中很悲痛。他的潇洒的确是装出来的，不如此随时都可能脑袋搬家。在这种情况下，保命变成第一要事，所以他不会追求虚荣，也不会贪图名利。从这个意义上讲，潇洒也是逼出来的。

我记得小时候曾听说一个大年夜接穷神的故事。那时刻所有的人家都是接财神的，唯有一个叫花子接穷神回家过年。他想，我已经穷到沿街乞讨了，“穷到要饭不再穷”，大家都去接财神，留下穷神多孤单，我就把它接回来过年吧。于是他公然接穷神，令众人刮目相看，进入潇洒境界。所以，也可以说，一个人的生活状况到了某种极端状态，也就虱子多了不痒，离潇洒半步之遥了。

有没有自觉自愿的潇洒呢？且看下回分解。

三、还说潇洒

第一篇开宗明义我即说过：潇洒是一种精神状态，是一种对于人生和自然的觉悟。第二篇我想说明的是：有些潇洒是逼出来的，潇洒也是一种无奈。我们可以举出很多的例子，从古到今。但有没有天生具有的潇洒呢？有。

在民国初年，我们村子里就出了一个这样的潇洒人物。他还是我们家的远房亲戚呢。这个人出身农民家庭，大字不识一个，但是他先天生成一种宁静的心态和超越时空的智慧。我爷爷很认识他，我所知道的有关他的潇洒传说都来自我爷爷之口。爷爷说：王大化那人不是人，不是人是什么？是神。爷爷说有一次王大化去赶集，买了一个大盆，背在背上。走到离家不远的桥头上，有一个淘气小子，一头撞在那盆上，咣当一声响，把个大盆碰得稀碎，瓦片哗啦啦地掉在桥石上。爷爷说大家都为王大化鸣不平，齐声喊打，把个小淘气吓得小脸蜡黄。可人家王大化先生笔直地往前走，连头也不回，好像背后什么事情也没发生一样。爷爷说有人喊：王大化，你的盆破了！王大化依然不回头。爷爷说，事后有人问王大化知不知背上的盆破了，大化说知道。那人纳闷道：知道为什么不回头？大化道：既然已经破了，回头有什么用？

还有一个潇洒人物，也是民国初年的人，姓王名锡范，字叫剑三。时人称其为剑三先生。这人与我们家也有点瓜蔓子亲戚，我爷爷要称呼他表叔。我爷爷的哥哥十几岁时曾在他家当过小听差，耳闻目睹了许多有关剑三先生的潇洒事迹，这些事迹通过大爷爷的口进入我的耳、进入我的脑，成为我的精神财富。我曾以剑三先生为模特写过一篇题名《神嫖》的小说，最初发表在台湾的《联合文学》上。

说那年春节，一向不近女色的剑三先生莫名其妙地动了凡心，吩咐下人们去找烟花女子。下人们问找几个，剑三先生说把全城的都给我拉来。下人们看着剑三先生瘦弱的身体，偷笑不止。于是都兴奋得不行，扑向烟花巷，把小城里的妓女一共二十八名全部装上车拉回剑三先生的家。当城里人家烧香摆供祭祀祖宗时，剑三先生家的大客厅里，却点上了数十根比胳膊还要粗的大红蜡烛，照耀得满厅通明，如同白日。客厅的方砖地上，铺上了猩红地毯；客厅四角上，安上了四个大炭盆，炭火熊熊，烘烤得房间里温暖如春。婊子们吃饱喝足后，就漱口刷牙，重整粉面，等着侍候剑三先生。那些下人们，更是抓耳挠腮，等待着看剑三先生行乐。他们心里都在猜测，剑三先生要用什么样的方式来消受这二十八个美女呢？剑三先生在书房里喝酒念诗，好像忘了这码事。看看夜色渐深，城里过年的鞭炮响成了片。婊子们打起哈欠，下人们也有了倦意。有一个下人去问剑三先生婊子们如何处理，剑三先生说，让她们脱了衣服等着。婊子们嘻嘻哈哈地乐着，把身上的绫罗绸缎脱下来，赤裸裸的二十八条身子，四仰八叉躺了满厅。这时，剑三先生端着一个大酒杯晃晃荡荡地来了。他甩掉鞋子，赤着脚，一边喝着酒，一边踩着女人们的肚皮走了一圈。然后他说：给她们每人十块大洋，送她们回去。

这是典型的对待女人的中国方式，潇洒出了仙风道骨，但也可以作别样的理解。

四、穿得潇洒

粗粗地一想，潇洒其实是一个男性专用词。夸奖女子的首选词应该是：美丽、性感等等。再一想，潇洒与衣着有着密切的关系。一个泡在澡堂里的汉子，无论他是如何不得了，也很难说他潇洒。又一想，潇洒好像和西装革履没有什么关系。西装笔挺，革履鲜明，只能给人以严肃、板正的印象，跟潇洒沾不上边。潇洒和飘逸的联系很密切，和宽松的联系也很密切。潇洒可以是柳树但决不可以是松树。飘逸和宽松又和长袍的联系很密切。于是我马上就想起了“五四”时期的郁达夫、戴望舒等人，尽管这些人也穿过西装革履。另外潇洒好像和高挑的身材与清瘦的面容联系很密切，一个大腹便便的男子无法用潇洒来形容。现代社会中潇洒的男人越来越少，会不会与服装的演变有关系呢?

满清一朝，潇洒的人物比较少。你看他们的官服，不宽松的袍子外边再套上一件紧身的马褂，袖口又弄成个紧巴巴的马蹄状，脑袋上再扣上一顶痰盂似的帽子，帽子上还要插上两根野鸡毛翘翘着，典型的一副小丑打扮。在这样的包装下，无论多么洒脱的灵魂也被禁锢得没了生气。穿上这样的服装人只能弯腰驼背做出奴才相，连林则徐也潇洒不起来。

明朝的服装比清朝宽松，潇洒人物就多一些。第一潇洒的自然是开国皇帝朱元璋。他作的诗打破常规，无拘无束，堪称天下第一：一片两片三四片，五片六片七八片，天地茫茫一大片，风雪梅花俱不见。他还在开国的大典上跟大臣们说：伙计们，咱原本是趁火打劫，没承想弄假成真。他随口诌出一首诗就把诗的严肃性给消解了；他随便一句话就把皇帝的神圣性给否定了。明朝的第二个潇洒人物也许是唐伯虎。他喜欢画美人，他画的美人都很丰满，这是盛唐的审美观。他躲在桃花坞里画美人，根本没去点什么秋香。他如果点过秋香，就变成了凡夫俗子。

历史上最潇洒的时代当数魏晋，那时候的衣服最为宽大。人们只披着一件大袍子，里边不穿任何内衣。睡觉时也不脱。按鲁迅先生的说法，他们喜穿肥大衣服是因为吃那种热量很大的神仙药，令皮肤燥热发痒，衣服瘦了搔痒不方便。又因为长期不换衣服，招了虱子，于是就有了扪虱而谈的潇洒形状。当然魏晋时文人的潇洒与黑暗的政治有关，但也不能说与宽大的服装无关。

春秋战国时最潇洒的是楚人，你看那出土帛画上的楚国男子形象，那真是宽衣博带，衣袖犹如鼓荡起来的风帆。穿上这样衣服的男儿真是飘飘欲仙，随时都可能化为大鸟，飞升到云头上落脚。屈原认为这样的衣服还不够潇洒，他认为最潇洒的衣服应该是“制支荷以为衣兮，集芙蓉以为裳”，不但宽松，而且滑爽；不但清凉，而且芬芳。穿上这样的神仙八卦衣，你不想潇洒也得潇洒。

潇洒当然要有内在的气质，让一个原本鸡肠小肚的人穿上道袍，他还是潇洒不起来。但我想总会比他穿着紧身衣时潇洒一些。我发现凡有潇洒气质的人没有喜欢穿紧身马甲的，他们都喜欢宽衣大袖。他们伟大的肉体一如他们伟大的灵魂，是不愿意受到任何束缚的。如爱因斯坦穿着睡衣逛大街，毛泽东穿着肥大的棉衣，一边拉开裤腰捉虱子，一边与美国记者纵谈天下大势。

五、睡得潇洒

人的一生中，半数的时间是在睡眠中度过。有的人睡得还要多一些；有的人可能睡得少一些。总之，睡觉与吃饭一样是人生的重要内容也是重要问题。能睡得潇洒是人生一大幸福，失眠是人生一大痛苦。所谓睡得潇洒就是睡得香、睡得甜、睡得沉，打雷放炮也惊不醒。

人要想睡得潇洒，第一是要头脑简单。你看那些初生婴儿吃了就睡，睡醒了再吃，吃饱了再睡，为什么能这样呢？因为他脑子里没有那些乱七八糟的事。我们小时都这样，都经历过睡得潇洒的幸福岁月。但长大后，如果再像婴儿那样啥也不想，那我们就成了弱智或是白痴。不想事是不可能的，为了睡得潇洒一点，我们要尽量少想一点事。

要想睡得潇洒，第二是不做或尽量少做亏心事。俗话说得好：心中无闲事，不怕鬼叫门。这所谓的闲事，就是亏心事。这一条对职业强盗、职业流氓、职业奸商等等职业性的坏蛋是不起作用的，他们是上帝派下来专干坏事、借以点缀社会、与好人形成反差的，就像《水浒传》里那个天煞星李逵，是上帝专门派下来杀人的一样。他们如果失了眠，决不会是因为干了一件坏事，而很可能是干了一件好事。毛泽东有一段著名的语录："一个人做点好事并不难，难得是一辈子只做好事、不做坏事。"把这话反过来说好像也有道理：一个人做点坏事并不难，难得是一辈子只做坏事、不做好事。好人偶尔做了一件坏事，只要不是故意的，只要是存心改过，也就不必念念在心放不下，影响潇洒的睡眠。

要想潇洒地睡眠，第三是要出大力流大汗。很少听说拉人力车的失眠，很少听说挖煤的工人失眠，也很少听说白日挥汗如雨的农夫睡不着觉。我没在城里拉过洋车，但在村里当过多年的农夫，深知在田里苦做了一天之后，晚上摸不着炕头的滋味。什么睡前洗脚、刷牙呀，在农夫的词典里没有这些词。什么蚊子、跳蚤，全不在乎。扔下饭碗，一头栽到炕上，立马就进入黑甜之乡，连个梦也顾不上做。现在的城里人尽管很少有出大力流大汗的机会，但多做些体力运动对睡觉有好处。

第四条呢，就是要有点阿Q精神，或者说是要向阿Q学习。阿Q他老人家每当在外边受了什么委屈，回到土谷祠里翻来覆去睡不着时，就扇自个两个耳光。如果挨了别人的打，就说被儿子打了；如果受了富人的侮辱，就说我们先前比你们富得多；然后就获得了精神上的胜利，香甜地睡过去了。这阿Q精神对达官贵人没有什么用处，但对于我们小小老百姓，却是须臾不可离开的法宝。

除了上述四条之外，肯定还有许多催人入眠的方式和方法。政治家大多是靠安眠药，有的文人依靠美酒。据说有些孤独的女人靠自慰……在我的心目中，最佳的睡眠环境应该是：夜深人静，潇潇的秋雨或者霏霏的春雨落在窗前的花叶上。近处是窸窣的雨打花叶声；远处传来狗的蒙胧叫声。床上是新晒过的、散发着阳光香气的被褥。桌上一支红烛高烧，照耀着一本打开的线装书。看书到倦时，有体态轻盈、吐气如兰的小狐狸精送来一壶滚烫的绍兴黄酒，外加一碟花生米，再加一碟豆腐干。然后欣赏着小狐狸精的明眸皓齿，不知不觉中把酒喝尽。微醺中，与小狐狸精相扶上床，在薄寒中宽衣解带，然后颠鸾倒凤，耕云播雨。再然后，便相拥相抱，沉沉睡去。

这种情景只在《聊斋志异》里读到过，生活中或能一遇，此生无憾矣！

六、笑得潇洒

人生一世，谁也不能不笑。即便是个傻子，也要傻笑；即便是个蠢驴，也要蠢笑；即便是个奸贼，也要奸笑；即便是个娼妓，也要浪笑……还有多种多样的笑：大笑、微笑、苦笑、佯笑、冷笑、淫笑、皮笑肉不笑……一笑千金。笑一笑十年少。笑面虎。笑里藏刀。哄堂大笑。弥勒佛笑口常开。大英雄笑傲江湖。大文豪嬉笑怒骂皆成文章……没有笑就没有生活，没有笑也就没有文学。

小时候看《说唐》，知道了程咬金大笑三声而死的趣事。

看《三国演义》，曹操兵败赤壁，率残兵败将，逃到乌林地方，见树木丛杂，山川险峻，乃仰天大笑，众将不知何故，操说："吾不笑别人，单笑周瑜无谋，诸葛亮少智。若是我用兵之时，预先在这里伏下一军，如之奈何？"一语未了，就听到一声炮响，斜刺里杀出一彪人马，正是常山赵子龙也。好一阵掩杀，曹操仓惶逃得性命。又往前走了一段，曹操又仰天大笑。众人道：曹丞相您又笑什么？曹操曰："吾笑诸葛亮、周瑜毕竟智谋不足。若是我用兵，就在这里伏上一支兵马，以逸待劳，我等纵然脱得性命，也不免重伤矣！彼见不到此，我是以笑之。"话未毕，早见四下里狼烟突起，一彪人马拦住去路，当先一员大将，正是燕人张翼德。自然又是一阵好杀。曹操狼狈逃窜。逃到华容道上，他又一次仰天大笑，众人说您就别笑了吧，曹操说："若是让我用兵，在这里埋伏上一支兵马，就没有活路了！"一声炮响，关云长来了。

曹操这三笑，是真正的英雄的笑。他把战争当成了艺术。他虽然输了，但是还在为对手的作品的不尽完美处感到遗憾。直到三笑笑出了三支兵马，才消除了他的遗憾。尽管他一败涂地，但他还能为敌人的完美杰作而喝彩，非大英雄难有如此潇洒的表现。

70年代后期，大陆文化开禁，引进了香港电影《三笑》，演义的唐伯虎点秋香的故事，真令我如醉如痴，连看了三遍，连其中的唱词都能背诵。秋香那三笑，真是巧笑倩兮，美目盼兮，迷死人兮。她的笑容在我的心中留下了深刻的烙印，至今没有磨灭。女人的笑原来是这般的迷人，是这般的美妙，是这般的具有勾魂摄魄的魔力。

接下来该是清朝人蒲松龄老先生的《婴宁》了。这个小妖精爱笑成癖，动不动就笑得低头弯腰，不可自制。她笑得毫无来由，毫不做作。一片清纯，无比天真。音容笑貌，宛若在眼前。她到底笑什么？笑世间可笑之事，笑世间可笑之人。

毛泽东说："人世难逢开口笑，上疆场彼此弯弓月，流遍了，郊原血！"

李白说："仰天大笑出门去，我辈岂是蓬蒿人。"

谈笑风生，是古人的风度。进入现代社会后，人们每日为生活奔忙，会笑的人越来越少，发自性情的笑、天真无邪的笑、潇洒风流的笑，渐被做作矫饰的笑、虚伪阴险的笑、苦涩拘谨的笑所代替。男人要不苟言笑，女人要笑不露齿。而且笑有了价钱可以买卖。金钱把笑都给腐蚀了。而今我说：不要那么多钱财，不要那么多斗争，不要那么多规矩，不要那么多科学，不要那么多文明，让人们恢复笑声和笑容，让人们尽情地笑，开心地笑，毫无顾忌地笑，真诚地笑，潇洒地笑，这世界会因此而变得比现在更美好。

七、吃得潇洒

吃是人类最低级、最重要的本能之一。为了吃人们才辛勤劳动、努力工作；也是为了吃，奴隶才甘于忍受皮鞭和枷索。在为了延续生命这个低级层次上，吃与潇洒是没有什么联系的。要想吃得潇洒，前提是肚子基本上不饿——英雄除外。现代的人们，尤其是发达社会里比较富裕的人们，他们的吃，往往不是因为肚子饿，而是因为习惯和交往的需要，醉翁之意不在酒，吃饭之意不在饭。所以他们或是她们的吃，都带上了浓厚的表演色彩和商业色彩。

有两种潇洒的吃。一曰武吃；一曰文吃。武吃武潇洒；文吃文潇洒。

先说武吃。西汉人司马迁先生在他的名著《史记》中写着：项羽设下鸿门宴，想借机杀了刘邦。正在危急之时，樊哙带剑拥盾闯入军门。一进大帐即瞪着眼逼视项羽，“头发上指，目眦尽裂”，项羽按着剑跪直了身子惊问：你是干什么的？张良说：他是沛公的参乘樊哙。项羽说：壮士！赐之卮酒！项羽的手下人搬给樊哙一大斗酒，想借机整治他。樊哙弯腰谢罢项羽，只手接过斗酒，一仰脖子，咕嘟咕嘟就喝了下去。项羽说：赐给他猪腿！手下的人故意找了一条半生不熟的猪腿搬到他的面前。樊哙把手中的盾扣在地上，接过猪腿放在盾上，拔剑砍着猪肉，一阵狼吞虎咽，将偌大一条猪腿吃得只剩下骨头。樊哙看起来是在吃肉，实则是借吃示威。刘邦能从鸿门宴上逃脱了性命，与樊哙这顿大吃不无关系。

《水浒传》中的好汉武松，在上景阳岗打虎之前，吃了三斤牛肉，喝了十八碗“透瓶香”，如果没有这一顿大吃大喝，只怕他要被老虎吃掉。武松同一阵营的弟兄，如鲁智深、李逵等人，也都是武吃的模范。鲁智深大闹山门，一个人吃了半条狗。李逵更野，一次烧吃了假李逵两条腿。他们吃相凶恶，豺狼饕餮，不讲文明，不讲礼貌，动不动还要掀桌子打人。但为什么我们不厌恶他们反而欣赏他们呢？答案很简单：因为他们是英雄。胡吃海塞是他们英雄行为的重要组成部分，没有这一部分，英雄就不是英雄。常人贪吃是下贱，英雄贪吃是潇洒。

再说文吃。文吃的行为一般发生在大家小姐身上。如《红楼梦》里的林黛玉，每顿饭只吃一条蟹子腿，再多吃一根豆芽菜就说吃撑了。当然林黛玉是小说中人物，不是真人实事。但我们相信生活中确有林黛玉式的娇小姐。再比如中国一个有名的作家，自言每天只吃几粒松子、喝几口泉水，像小鸟一样生活。林黛玉是女性文吃的代表；这作家是男性文吃的代表。公子王孙这种吃法是潇洒；暴发户或破落户子弟这种吃法就是做作。

要想吃相文雅，前提是肚子不饿；如果饥肠辘辘，面对着热气腾腾、香气扑鼻的山珍海味，即便能管住拿筷子的手，也无法管住眼睛，你没法子不让你的眼睛放出贪婪之光。我初进城市时，屡屡在宴会上出丑，遭到文明人的嘲笑，弄得我很恼火。母亲教我一个办法，让我每次出去赴宴前，先在家里吃上俩馒头，没有馒头就煮上一斤挂面条，总之要吃得饱饱的，吃得见了食物就想吐，这样到了宴会上，自然就吃相文雅了，自然就吃得潇洒了。

还有一种半文半武的潇洒吃法。譬如晋朝的大书法家王羲之，他的兄弟们为了能被当朝宰相选中作女婿，都打扮得衣冠楚楚，有的看书，有的写字，唯有他躺在东边的床上吃烙饼。宰相慧眼识英杰，一眼就把他看中了。

八、骂得潇洒

人为什么要骂人？这个看起来不成问题的问题真要完全正确地回答实际上也不容易。但要粗略地回答一下也还是能够的。我想人之所以要骂人，无非是心中愤怒，或是胸有积怨，不吐不快。骂是一种发泄，是一种机体自我保护的方式，是一种减轻压力的调节阀门。骂人几乎是一种本能。小孩子学说话，正经话教他半天也学不会，唯有骂人的话，没人教也会，好像无师自通一样。骂人不是好事，但人生一世，无论是圣贤还是豪杰，从没骂过一个人、从没吐过一个脏字的人大概还没有吧？孔夫子骂没骂过人我们已无法考查，但从他的学生记载下来的有关他的言行的书中，我们知道老先生脾气挺大，经常对不争气或是办事说话不如他意的学生大发脾气，一发脾气难免就要带出脏字，所以我猜想圣贤如孔夫子，也是骂过人的。古人骂人是怎么个骂法，我们也不得而知了。孔夫子痛斥他的一个学生是“朽木不可雕也，粪土之墙不可圬也”，用的还是写诗的方法，比，或是兴，不涉及到生殖器与性活动。司马迁先生在他的《史记》里也没记下几句今天意义上的骂人话，范增被项羽气得发昏，也不过骂了句“竖子不足与谋！”，“竖子”，据权威的解释就是“小子”之意，这在今天看来，实在算不上骂人，甚至还有几分亲切。可根据范增的口气来看，这在当时应是一句骂人很狠的话。而在今日的中国，骂人最狠的话，必是与生殖或生殖器有密切关连的，所以我怀疑这“竖子”或许还有另外的解释。——突然想起，乡下女人骂儿子，“你这横生竖养的东西”，大概可以理解为，一个人出生时胎位不正，先伸出一只手，或者是先伸出一只脚。这样的出生方式，在旧时代，多半会要了母亲的命。这样的儿子，不是妖孽也是畜生。——所以我认为“竖子”者，是出生时先伸出一只脚的家伙。

三国时的人，骂起人来也还是文质彬彬。祢正平裸衣骂曹，洋洋千言，把曹操骂得汗流浃背，也没有涉及生殖器和性活动。最恶的话，也不过说曹操的部下是“饭囊、酒桶、肉袋”，这也不是真正意义上的骂人。诸葛亮骂死王朗，基本上是政治攻击。这绝对是小说家言，不是历史。想那诸葛亮和王朗都是政治家，在当时那种混乱的社会环境中，不会不明白“成则王侯败则贼”的道理，你汉家的天下，不也是从人家手里抢来的吗？用那么一通废话，怎么可能把王朗给骂死？如果历史上真有这么档子事，我猜想要么是王朗该死，该死不骂也死；要么是诸葛亮用了今天的骂法，日妈日祖宗的一顿胡日，但儒雅风流的诸葛亮决不会如此下作，所以这事是罗贯中编造的。但不管真假吧，《三国演义》毕竟给我们提供了潇洒骂人的古典样板。其实，祢正平和诸葛亮这两场著名的大骂，十分像我们今天电视台组织的大学生辩论会，双方都在强词夺理，心里边并不一定真的同意自己捍卫的观点。

单从书上看，骂人骂的与今天相似的时代，应该是产生《金瓶梅》的时代。骂人的状元当数潘金莲。她老人家可不跟你遮遮掩掩，一张口就直奔主题，离不开裆中物和它们的行状。这些话尽管不是好话，但没有这些话也就显不出潘金莲那个泼劲。当然潘金莲也不是顶峰。我在乡下务农时，最喜欢看邻居的老娘们打架。所谓打架，并不是真动手。基本上是文打，也就是对骂。那时我们那儿家家都有几间晒粮食的平房，就跟高高的舞台一样。打架的老娘们在傍晚的夕阳照耀下，站在自家的平台上，开始对骂。骂的内容当然是围绕着生殖器。她们的天才就在于连续骂上一小时，也不会重复一句话，如果谁重复了，谁就等于失败了。那时候我才明白，原来汉语中有那么多词汇可以用来修饰生殖器和形容性交行为。

后来我来到了北京。原以为京华乃文明首府，居民当如古人，不会骂人。但我很快就明白，北京人张嘴就是“操”、“丫”，真要骂起来，还是那几句，没有文采，更没有风度。甭说比不上我家乡那些泼大嫂，连潘金莲都不如。

习惯成自然，听惯了北京人的脏口，也就觉不到脏；就像他们自己也觉不到他们张口就是那个一样。

把与某人的女长辈性交当成对某人的最大侮辱，据说这是中国的特色；外国人是不是完全不在乎呢？我不知道。这也是一个看似简单其实相当复杂的问题。这问题涉及道德也涉及文化；涉及历史也涉及现实；涉及心理也涉及生理。我想，什么时候人们不把性活动当成侮辱人的最极端手段了，社会就应该有了巨大的进步。

九、饮美酒如悦美人

前几年，为了写作长篇小说《酒国》，我钻研了大量的有关酿酒与饮酒的著作，方知看似简单的酒，其实是一门深奥的大学问。一个人即使倾毕生精力，也不一定把其中的知识穷尽。

在没写《酒国》之前，我的饮酒，就像土匪也似，大杯小盏，只管往嘴里倒，追求的是那种虚假的痛快淋漓、一醉方休的豪气。自从研究了酒类学著作后，才知道这种饮法是被古代的雅人们鄙称为“醉猪”的，的确也如醉猪没有多少区别。真正的饮酒大师，首先要选酒具，其次要选环境，然后要选酒友，当然更要选酒。我们是俗人，不大可能像古人那样饮出文化和潇洒，只能是喝得尽量文雅一点、潇洒一点、好看一点。我们不能也不必太讲究。酒具嘛，有玛瑙杯最好，没有玛瑙杯用青花瓷杯也可以将就了。关键当然还是酒，这是最重要的，否则就像巧妇难为无米之炊。好酒有了，好杯也有了，接下来的事情就是开喝了。当然如果要追求完美，最好有一个文心绣口的美貌佳人，坐在你的身旁，露出一双玉腕，腕上悬着沉甸甸的玉镯，口中喷吐着兰麝之气，替你或是替我把盏。席上像《红楼梦》里的薛蟠公子那样的人也不可少，少了这样的宝贝就没有意思了。当然我们不是贾宝玉也不是柳湘莲，人家都是大雅人，可不敢随便冒充，随便冒充要遭人家耻笑的。好了，现在真正是万事俱备，就等开喝了。这般雅兴，行令是不可少的。不过最好的酒令已被宝二爷行了；最调皮的话如“洞房钻出个大马猴”、“一根鸡巴往里戳”之类也被薛大爷说了。万般无奈，我们只好从日本引进卡拉ok，喝到五迷三道之际，抢过话筒、咧开喉咙吼几句，全不管像鬼哭还是像狼嚎。要不就把酒场上流传的顺口溜儿念上一段，温柔地揭露一下腐败也轻松地嘲弄一下自己。现在的官家酒场大概也就如此了。

而真正懂酒的人，是从不与人共饮的，就与美人不可分享的道理相似。当然上溯些年头，把心爱的女人当作礼物送给朋友的例子也很多，好像李白就送给杜甫一个歌女。杜甫因生活困难又把歌女给卖了。李白是喝豪酒的典范，杜甫是喝穷酒的代表。他俩都是大诗人，但在喝酒方面却算不上高手。真正的大师级品酒高手，品酒时眼里根本就没有酒。在他们的眼睛里，酒就是女人，美酒就是美人。没开瓶时大师观赏酒的颜色，如同抚摸美人润滑的肌肤；开瓶后大师细嗅美酒的气味，如同亲近了美人的芳泽。第一滴美酒入口，就如同亲吻了美人的芳唇。然后渐入佳境，所谓酒不醉人人自醉，如沐春风，如坐春雨。达到这种境界后，饮酒的过程就变成了与美人交流的过程。有精神的交流也有肉体的交流，当然更重要的是精神的交流。

我有一个尊敬的老朋友，是某大学酿造系教授，三十年代即获美国加利福尼亚大学酿酒学博士。他就是一个以酒为妻、以酒为友的大师。在他的眼里、亦或说在他的心里，任何一瓶酒，都是一个活的生命。他对我说：每一滴酒都有自己的尊严。你只可尊重她，不可侮慢她；你只能欣赏她，不能亵渎她。当你在灯光照耀下，举起盛满嫣红酒浆的高脚玻璃杯，当酒浆在杯中闪烁着宝石般的光芒，事实上就等于甚至胜于一个盛装美女款款而来，这时候你的心应该像天空一样澄澈，你的灵魂应该像圣子一样虔诚，你应该感谢上帝，我应该感谢上帝，是他赐给了我们这高贵的液体，就如同把女人赐给男人一样。

十、美人不是人

什么样的人算美人？每个时代有每个时代的标准，每个民族有每个民族的标准。“情人眼里出西施”，这说明每个人也有每个人的标准。《诗·卫风·硕人》：“手如柔荑，肤若凝脂，领如蝤蛴，齿若瓠犀，螓首蛾眉。”手指如初生的茅草一样纤细白嫩，皮肤像凝冻的脂肪一样洁白柔滑，脖子如天牛的幼虫一样白嫩颀长，牙齿如瓠瓜的种籽一样洁白整齐，额头宽广光滑如同蝉的脑袋，眉毛修长好似蛾子的触须。接下来还有两句：“巧笑倩兮，美目盼兮。”仪态生动，神韵飞扬。这大概是最经典的美人描写，每一个比喻都形象卓越，合起来一个美貌佳人便栩栩如生。一开始便登峰造极，令后人望而却步。所以宋玉虽然才高八斗，说起他家东邻那个美人来，也只能是“增一分太长，减一分太短；施朱则太赤，著粉则太白”。含糊其词，那美人是个什么样子，谁也不知道。乐府民歌描写美人罗敷也学了宋玉这种偷巧的办法："行者见罗敷，下担捋髭须。耕者忘其犁，锄者忘其锄。"罗敷到底是个什么模样？不知道，你自己去想象吧。旧小说里写美人动不动就是"沉鱼落雁之貌，闭月羞花之容"，极尽夸张之能事，但美人还是一个抽象的幻影。到了《金瓶梅》、《红楼梦》的时代，才有一些比较具体的女性肖像描写，使我们知道林黛玉很瘦、薛宝钗较胖。自从有了照相术，有了电影、电视，我们才可以把天南地北的美女尽收眼底，才可能对她们有了点感性的认识。

什么样的女人才算美丽的女人呢？虽然人各有其标准，但大概的同一性还是存在的。美丽的女人身材可以有高有矮，体态可以有胖有瘦，但都应该比较匀称。当然汤加国的女人以肥为美，是一种特殊的情况；非洲某些部落里那些纹身、钻鼻的女人也当别论。美丽的女人脸型可以圆也可以尖，眼睛可以大也可以小，鼻子可以高也可以低，嘴巴可以阔可以窄，头发可以黄也可以黑，但总之要和谐，所谓和谐，也就是要看着顺眼，起码是看着比较顺眼。

看着顺眼是美丽女人的最低标准，这样的女人是成群结队的。尤其是现代物质生活的丰富，现代化妆术的进步，大多数的女人都能把自己收拾得让人看着顺眼。如果要从这成群的美女中选出几个超级美人，也就是国色天香，选择的标准就不仅仅是和谐或是顺眼了。恰恰相反，从美人群里选美的标准也许是不和谐。确切点说，就是要选择有鲜明特点的女人作美人。这特点当然不是生理缺陷。大家可以想想巩俐曾经有过的虎牙，索菲亚·罗兰那张大嘴和那副厚唇。燕瘦环肥，都是令人难忘的特点。宋玉《登徒子好色赋》中所描画的那个一切都恰到好处的女人，其实算不上什么美人，起码不是现代意义上的美人。

因为职业的关系，我也算看了不少文学作品，让我难忘的女性形象，不是貂蝉也不是西施，而是我们山东老乡蒲松龄先生笔下的那些狐狸精。她们有的爱笑，有的爱闹，个个个性鲜明，超凡脱俗，不虚伪，不做作，不受繁文缛节束缚，不食人间烟火，有一股妖精气在飘洒洋溢。你想想那几个世界级名模吧，她们那冷艳的眼神，像人吗？不像，像什么？像狐狸，像妖精。所以我说真正的美人，全世界也没有多少，她们不能下厨房，也不能缝衣服。我认为跳孔雀舞的杨丽萍算一个可以与蒲松龄笔下的狐狸精媲美的小妖精，她在舞台上跳舞时，周身洋溢着妖气、仙气，唯独没有人气，所以她是无法摹仿、无法超越的。

十一、世上什么气味最美好？

从科学的角度讲，气味也是一种物质。气味是物质的分子——也许比分子还小——散布在空气里，被吸入人的鼻腔，刺激了嗅觉细胞，然后通过末梢神经传达到脑神经，再由大脑中负责分辨气味的那部分，把嗅到的气味分门别类，让我们得知嗅到的是香是臭或是其它。这个极其复杂的过程其实是在极其短暂的时间内完成的。味觉的记忆对于某些作家来说，比视觉的记忆、听觉的记忆、触觉的记忆还要重要。法国大文豪普鲁斯特的不朽巨著《追忆似水流年》就是从对一种小薄饼的气味的回忆开始的。当那种特殊的薄饼的气味和味道在他的口腔和鼻腔内弥漫开来时，逝去的往昔生活画面便在他的脑海里展现开来。

80年代初，德国作家聚斯金德写了一部著名的小说《香水》，在西方引起过很大的轰动。他在书中写了一个嗅觉极其发达、对气味特别敏感的制造香水的天才。无论多么高贵的香水、无论它是用多少种香精配合而成，只要在他的鼻尖下一放，他就能马上把各种成分以及含量给条分缕析出来。他十分钟内做的工作，可能要耗费掉一个高级香水调制师终生的精力。他有一句名言：在这个世界上，谁掌握了气味，谁就掌握了人的心；谁控制了人类的嗅觉，谁就控制了整个世界。他精心研究了并改进了当时法国香水制造业从百花和动物油脂中淬取香精的工艺，制造出了许多种轰动一时的名贵香水，与他制造出的香水相比，当时法国同行业制造出的香水，变得一文不值。他为雇用他的香水制造商创造了大量的财富，但他也要了他的雇主的性命。后来，他躲到一个深山洞里，不吃不喝，像一具僵尸，待了七年。后来，仿佛是在神的感召下，他出了山。有一天晚上，他突然被一阵若有若无的高贵而美好的气味吸引了。他的心激动的几乎要停止跳动。梦寐以求的东西就在眼前。彷佛是在魔鬼的引导下，他闭着眼睛，循味而去，好像一条追逐气味的狗。他穿过大街和小巷，在不知不觉中，进入了伯爵的花园。在那里，他终于找到了发出香味的源头：伯爵的十三岁的女儿。他的鼻孔大张着，他的眼睛依然闭着，他一步步地逼近了他的猎物。当他站在少女的床前时，他的鱼样的眼泡里，竟然满含着眼泪。后来，他又用了两年的时间，精心钻研用动物油脂萃取人体气味的技术，然后利用了他自己没有气味的便利，将这个最高贵的少女打死，将她身上所有的气味占为己有。在这之前，他已经杀死了二十四个少女并萃取了她们的气味。他用二十五个少女的气味制成了世间最奇异的香水，无论什么人，只要一嗅到这香水的气味，爱心便会像大海一样泛滥成灾……

以上所说，尽管是小说家言，但还是有他的道理。据科学家们说，自然界中大概有四十万种气味，好闻的和不好闻的各占一半，而在这二十万种好闻的气味中，最高贵的、最难合成的，就是妙龄少女的气味。这是一种鲜嫩如花的气味，这是一种朝气蓬勃的气味，这是一种生命青春的气味，这是一种象征着世界未来的气味。随着化学和物理学的发展，人类已经可以合成几乎所有的气味，但人类大概永远合成不了少女的气味。少女犹如含苞待放的花朵，她一旦长大成人，就如鲜花盛开，而盛开的鲜花总是在放出浓香的同时也放出衰败的气息。

十二、洗脚的快乐

在著名的影片《大红灯笼高高挂》中，导演张艺谋在巩俐的脚上大做了文章。观众也许还没忘记，剧中每个有幸即将陪着老爷睡觉的女人，都要享受捶脚、捏脚的待遇。这围绕着脚所做的一切，无疑是为即将与老爷进行的性活动做准备。在这部影片里，脚被赋予了强烈的性象征。

在古典名著《水浒传》中，押解林冲去沧州的差人董超和薛霸因为受了林冲仇家的贿赂，沿途变着法儿折磨林冲，其中最恶的一招，就是用滚水给林冲洗脚。烫得林冲叫苦连天，满脚鼓起燎泡。第二天早晨，又故意给林冲一双新草鞋穿，把那些燎泡全部磨破，让林冲的脚血流不止。这里的洗脚，是苦难的象征。

著名文学家鲁迅先生的日记中，有午休时“洗脚”，或是“夜，洗脚”等等和洗脚有关的记载。那些研究鲁迅的专家们，谁也没从这里读出疑问来，在他们心目中，洗脚就是洗脚，没有别的意思。有一个细心的文学批评家李庆西却从这里发现了蹊跷。鲁迅先生的日记并不是流水账，比洗脚重要得多的事情他都不记，为什么却要把洗脚这样的琐事记进去呢？即便是要记，那也应该天天记，为什么每隔十天半月才记一次呢？难道先生半个月才洗一次脚？为什么午休起来还要洗脚？李氏研究了鲁迅先生记日记时的身体状况，得出了一个有趣的结论：先生日记中记载的“洗脚”，实际上是性交的隐语。

前不久，我去长春参加全国书市，会场人多嘈杂，吵得我头痛欲裂，吃了好几片去痛片也止不住，趴在床上苦熬着，连晚饭也没吃。

晚饭后，一个朋友道：“去洗脚吧，洗洗脚，你的头就不痛了，我敢担保！”

我们一行四个人，搭上一辆出租车，告诉司机说去能洗脚的地方。司机诡秘地笑笑，说：“老板放心！”

司机的态度引起了我许多幻想。像我这种没见过世面的雏儿，总是喜欢想入非非，但一旦要动真格的又没有那个胆量。司机拉着我们串胡同，天上下着毛毛细雨，地上积着一汪汪的污水，车轮把积水溅得斜飞。这个城市的出租车司机都特别野，把车开得像瞎耗子似的，东一头西一头地乱闯，开车的不怕，坐车的倒是心惊胆战。在这样的夜晚，在这样的胡同里，坐着这样的出租车，怎能不让人想入非非呢？

在一家灯光昏暗的发廊前，司机停了车，说：“到了，这家是最好的了。”

我们提心吊胆地走进发廊，立即就有一个又胖又黑的女孩子从黑影里跳出来，宛若一头黑豹。她说：“哥呀，可把你们给盼来了！”

这是明显的虚情假意，但我们听了好像也没有什么反感。然后就问我们要什么样的服务，我们说洗脚。黑小姐把我们带进格子间，让我们躺在床上，然后进来几个或胖或瘦的女子，每人一个，手把着吊栏踩我们，踩完了，还问舒服不舒服。我说不舒服，这是女权主义运动，把男人打翻在地，再踏上一只脚嘛！踩完了，便让我们坐起来，把我们的脚放到一盆水里，水是酱色的，小姐说水里有十几种名贵中药。泡了十几分钟，小姐说好了。然后就让我们躺下，她们替我们擦干了脚，然后就在我们的脚上又搓又揉又拉又捏。说不上是痛是酸还是麻。出门时，我们走得扭扭捏捏，好像古代的千金小姐。

我的头更痛了。

你是一条鱼

1998年

在东京的一个晚上，北京同乡会的战戈先生召集了几十个同乡，在一家中国餐馆为我举行了一个晚餐会，按照比较洋派的说法，那应该叫做PARTY。在这个PARTY上，老乡们让我说几句话，我本来不是个会说话、也是个极不愿说话的人，但吃了人家的嘴长，另外也的确是盛情难却，于是就发了一通“鱼虾”歪论。

我的鱼虾歪论的要点是：在日本生活着成千上万的中国人，他们大都能讲一口比较流利的日语，也都有了安身立命的职业。他们开日本车，跑日本路，吃日本饭，住日本楼，基本上已经混同于日本人。但跟他们一接触，就感到他们内心深处有一种情绪，或者说是一种牢骚，一种对于日本人的不满。这情绪这牢骚这不满往积极的方面说是爱国，但似乎又不太像，因为他们对中国同样的有情绪同样的有牢骚同样的有不满。如果日本人是一群鱼，那我们这些兄弟姐妹就像鱼群里的一些虾。虾也可以在水里游泳、觅食，但与鱼总是格格不入。我说大家既然来到了人家的国土，而且也根本没打算回去报效祖国，那就应该把日本人当成兄弟姐妹看待，这样说会让人联想到许多事情，弄不好还会被人说成是“汉奸”，但我认为这种态度没有大错。战争从来就是政治家发动的，与老百姓关系不大；战争的责任当然也应该由政治家承担，与老百姓关系不大。当然，如果老百姓要反思自己在战争中的所作所为，那是觉悟高的表现，应该鼓励。我承认日本人里有刁钻奸猾之徒，就像中国人里也不乏刁钻奸猾之徒一样。你不能碰到一个不好的日本人就把日本民族全盘否定，你更不能像小孩子一样，跟朋友一翻脸就扒旧账本子：你爷爷还欠我爷爷一块大洋钱呢。一个日本人坑了你一次，你应该把这看成是你俩个人之间的事，没有必要上升到国家与国家之间的矛盾；同样，一个日本人对你很好，你也应该把这看成是你们之间的私事，同样没有必要把它说成是中日两国友谊的象征。我想吃饭的问题解决之后，我们的同胞们能否在异国他乡生活得舒心，关键是要把自己的心态调整到一个比较合适的位置。没有人把你从中国撵到日本去，也没有日本人求你到日本来，去是咱自家要去，来是咱自家想来，既然如此，那就应该尽快由虾变成鱼，与鱼游在一起。我说希望大家尽快地变成鱼，变成鲸鱼，变成金枪鱼，变成黄花鱼，但最好不要变成鲨鱼，更不要变成比目鱼、墨斗鱼……

那天晚上的话题于是就围绕着鱼虾展开，有的人谦虚地说自己还是一只虾，有的人说自己一半是鱼一半是虾。我说你们是鱼是虾我不知道，但是我知道陪同我在日本已经很自如地游动了十几天的毛丹青君已经变成了一条鱼，很油很滑，很流畅，但不是泥鳅，许多日本鱼钻不到的地方他都带着我钻到了。

几年来，毛丹青穿着花褂子红裤子背着他的笔记本电脑和数码相机在中国和日本之间穿梭往来，有时做点生意，但他的兴趣似乎不在生意上。他的兴趣在文化交流上。他带着一群群的日本学生到中国来听作家谈小说看摇滚歌手唱歌。他为我的《丰乳肥臀》在日本翻译出版牵线搭桥，出了不少力。他还与《丰乳肥臀》的日译者吉田富夫教授到我的老家高密去了一趟，用他的数码相机拍了许多我家老屋的照片，并且马上就输入到他的电脑里，展示给我的家乡人看，先进的技术让我的故乡人啧啧称奇。他的嘴里经常地蹦出一些流行在北京的年轻人嘴里的词儿，譬如“大了”、“猛扎”之类。这时我还没感到他像一条鱼，这时我感到他像一只飞来飞去的花蝴蝶，有那么点轻轻飘飘、咋咋呼呼的才子气。

去年的十月，为了《丰乳肥臀》日文版的出版发行，他带着我飞到了日本，参加完有关活动后，他就开着他的跑车型本田，载着我开始了神秘浪漫之旅。在河一样的高速公路上，在鱼群一样的车流里，他的黑色本田，鬼鬼祟祟地，真像一条狡黠而聪颖的黑鱼。在日本小女孩羽多田甜美抒情的歌声里，我迷迷糊糊地进入半梦半醒的状态，我感到自己也变成了一条鱼，在黑色但是透明的海水中、在友好的鱼群中，轻松自如地游泳。当然，驾车的毛丹青始终是清醒的。

我们游到了一个叫做津的城市，穿街过巷，钻到了一个虽然还保留着中国国籍但是已经不会说汉语的华侨后裔蔡先生的家。蔡先生开着一家当铺，还开着一家电脑公司，事业十分成功。他性格豪放，行为洒脱，妙语连珠。他最精彩的一句话就是：什么是文学？文学就是性！他的夫人则是一个沉默寡言、不停地工作着的贤妻良母。但蔡夫人清晨接答的一个业务电话使我大吃了一惊，我原先以为她除了做家务之外对外边的事情一概不知道呢。她接答电话时，毛丹青在旁边小声地翻译给我听，原来老太太对某种型号的电脑售出时附送给用户几张磁盘都一清二楚。当我们与老蔡夫妇从深夜的酒吧里走出来，津市大街上寂然无声，路边的树木纹丝不动，远处传来大海的梦呓。老蔡说，根据他的感觉，明天海上会起大风浪。我们去神岛追寻三岛由纪夫足迹的计划可能要落空。我们相信老蔡的感觉，改变了计划。第二天，在风雨中，我们更加感到老蔡的了不起，地上的事儿他门门清，天上的事他竟然也知道。人多智则近妖，老蔡就智慧得有点妖气了。老蔡身上不但有妖气，而且还有猴气，妖气加上猴气，那就是齐天大圣孙悟空了。当然我深深地感觉到了，老蔡修炼到这种火候是多么的不容易。

跑车在风雨中行进，鱼的感觉更加强烈。我们游进了知立市的称念寺，大和尚伊势德已经站在山门前迎候我们了。从车里钻出来，我们回到了人的状态。尽管我接触过的和尚不多，但是我敢说大和尚伊势德是地球上最独特的和尚，他彻底地改变了我对和尚的印象。我原先以为毛丹青是精通电脑的专家，但在大和尚面前，毛丹青还是个学徒。大和尚个头不高，但走路飞快——看起来走得并不快，但实际上非常快。和尚脸上有很多黑痣，好象满天星斗。和尚不但精通佛理，对文学的见解竟然也十分地精辟。他对《丰乳肥臀》的解读，比许多文学评论家的见解都要独到和深刻，我认为。当然，和尚对佛教和人世的理解，更使我有醍醐灌顶、茅塞顿开之感。和尚让我感悟到：作家只有贴近生活，文学才能打动读者；和尚只有身在红尘，佛教才能深入人心。关于和尚，将来我会专为他写一篇文章。现在还是写毛丹青这条鱼。

去年的日本之行，如果没有毛丹青的引领，我绝对不会认识像老蔡这样的趣人，更不可能认识大和尚伊势德这样的高人。老蔡是入世的；和尚是既入世又出世的。老蔡是经济学；和尚是哲学。与这些高人和趣人结识，真是愉快的事情。他们对文学的理解，与书生们对文学的理解比较起来，更显出蓬勃的生机和天然的野趣。

在日本的十几天里，还有许多的趣事，也许我很快就会把这些事写出来，也许永远我也写不出来，但日本之行的许多美好而神秘的印象，会经常地出现在我的梦境里。在我的关于日本的梦境里，一定会有毛丹青这条鱼在游动。他穿着花褂子红裤子，就像一条艳丽的热带鱼，在日本海里游动着，他的泳姿甚至比许多的日本鱼还要花哨。我想用不了多久，他的花样游泳就会引起注意——在比喻的境界里引起鱼的注意，在现实的世界里引起人的注意。游吧游吧游吧，鱼毛丹青，毛丹青鱼。

我的中学时代

1998年

文化大革命初起时，我正读到小学五年级。家庭出身很好的老师们闻风而动，一夜之间就成立了红卫兵组织，第二天用红布缝了袖标，袖标上用硬纸板漏上了毛体的黄漆字，第三天制造了红布的大旗，旗上也用黄漆描上了毛体的大字。紧接着老师们让家庭出身不是地富反坏右的学生们每人回家要了八毛钱，收了钱后就发给了我们每人一个红袖标。几天工夫满学校都是大大小小的红卫兵了。当我们这些穷孩子把红袖标套到破衣袖上时，那种得意和光荣的感觉真是难以言表。我戴着红袖标走到大街上，见到行人，就故意地将胳膊抬起来，如果行人对我的胳膊注目，我感到荣耀得了不得，有很多类似于趾高气扬、得意忘形的愚蠢表现。如果街上没有行人只有一条狗，我就把红袖标炫耀给狗看，狗见了红色，兴奋得不得了，追着我的屁股咬。记得我第一次戴着红袖标回家，我爷爷问我："孙子，你们是闹'长毛'吧？"我感到爷爷的话有点反动，就赶紧去学校向老师汇报，想当个大义灭亲的典型，老师皱着眉头想了一会儿，说："你爷爷说得基本正确，'长毛'造反，我们也是造反，回去告诉你爷爷，'长毛'是封建地主阶级对革命群众的污蔑性称呼，应该叫太平天国。"

红卫兵这玩意在村子里稀罕了也就是十来天，因为十来天后，村子里的贫下中农们也都成了红卫兵。我姐姐她们的红袖标是用红绸子缝的，三个毛体大字是用黄丝线手工绣上去的，比我们学生的袖标高级许多倍，价钱却只有五毛钱，这样我们才知道那些红卫兵老师贪污了我们的钱，家长们戴着袖标到学校找老师们理论，老师们蛮不讲理，硬说发给学生的袖标是从北京的红卫兵总部批发来的，是经过了中央文革检验的，价格自然要贵，接着老师们就嘲笑家长们戴的袖标是假冒伪劣产品，是杂牌军，把家长们唬得目瞪口呆。我们知道老师们是睁着眼说谎话，我们也就知道了闹红卫兵的事并不神圣，那几个成了红卫兵头头的老师每天晚上都在办公室里用火炉子炒花生吃，吃得满校园都是扑鼻的香气，他们买花生的钱就是从我们买袖标的钱里剋扣出来的。他们贪污点小钱吃点喝点也就算了，学生给老师进点贡也是理所当然的事，但他们不但在办公室里吃花生，他们还在办公室里耍流氓，这是我和同学张立新亲眼见到的。那时候我们学校的校长已经被打倒，他老婆也被打倒，两口子被关在一间小厢房里，老师让我们轮流值班，趴在小厢房窗外监听。寒冬腊月，滴水成冰，我们趴在窗外，冻得半死半活，满心里盼望着校长和他老婆能说点反动话，我们好去汇报立功，但是校长两口子一声不吭，弄得我们失望极了。我们感到无趣，就嗅着花生的香气，摸到了老师办公室窗外，从窗户纸的破洞里看到，担任着学校红卫兵头头的老师，正往代课老师郑红英的裤腰里塞花生，郑红英咯咯地笑个不停。这比校长两口子一声不吭还让我们失望，岂止是失望，简直就是绝望，我们的革命热情受到了很大的伤害，第二天我们就把办公室里发生的事情对村子里的人说了，张立新还用粉笔在大队部的白粉墙上画了一幅图画，画面比我们见到的情景还要流氓，吸引了许多人围观。这下子我和张立新算是把老师得罪到骨髓里去了。一年后，村子里成立了一所农业联合中学，我们的同学除了地富反坏右的子弟之外，都成了联中的学生，张立新虽然也得罪了当上了管理学校的贫农代表的郑红英，但他家是烈属，郑红英不敢不让他上联中，我家成份是中农，原本就是团结对象，郑红英一歪小嘴就把我上中学的权利剥夺了。我姐姐自以为与郑红英关系不错，去找她说情，希望她能开恩让我进联中念书，郑红英却说："上边有指示，从今之后，地富反坏右的孩子一律不准读书，中农的孩子最多只许读到小学，要不无产阶级的江山就会改变颜色。"就这样，我辍学成了一个人民公社的小社员。

新成立的联合中学只有两排瓦房，每排四间。前面四间是办公室和老师的宿舍，后边四间是两个教室。教室紧靠着大街，离我家只有五十米，我每天牵着牛、背着草筐从田野里回来或者从家里去田野，都要从教室的窗外经过，教室的玻璃很快就让学生们砸得一块也不剩，喧闹之声毫无遮拦地传到大街上，传到田野里。每当我从教室窗外经过时，心里就浮起一种难言的滋味，我感到自卑，感到比那些在教室里瞎胡闹的孩子矮了半截。我好多次在梦里进入了那四间教室，成了一个农业中学的学生。我渴望上学的心情我父亲也许知道，也许不知道，我只能把自己的渴望深藏在心底，生怕一流露出来就会遭到父亲的痛骂，因为我得罪了郑红英，不但断送了我自己的前程，也给父亲带来了很多麻烦。姐姐知道我心里想什么，她宽慰我说："这个联合中学，上不上都一样，老师也不教，教了学生也不学，天天在那里打闹，还不如自己在家里自学呢！"话是这样说，但我心中的痛苦一点也没减轻。

我上小学时，成绩一直很好，作文尤其好。三年级时我写了一篇《抗旱速写》，曾经被公社中学的老师拿去给中学生朗诵，如果不是文化大革命，我考上中学应该不成问题，文化大革命粉碎了我的中学梦。当时的农村，吃不饱穿不暖，在那样的艰苦条件下，要想自学成才，几乎是痴人说梦。但我还是在夜晚的油灯下和下雨天不能出工的时候，读了一些闲书。1973年，托我叔叔的面子，我进了县棉花加工厂当了合同工。进厂登记时，我虚荣地谎报了学历，说自己是初中一年级。但很快就有一个曾经在我们村的联中上过学的临村小伙子揭穿了我，弄得我见了人抬不起头来。后来听说厂里的合同工大部分都往高里填学历，有的人明明是文盲，硬填上高中毕业，我把自己的学历填成初一，其实是很谦虚的。因为我叔叔在这家工厂当主管会计，所以就安排我当了司磅员，与笔和算盘打交道，在不知底细的人心目中，我也算个小知识分子了。当时工厂里经常组织批林批孔的会，厂里管这事的人以为我有文化，就让我重点发言，我就把报纸上现成的稿子抄到纸上，上去慷慨激昂地念一通，竟然唬住了不少人。厂子里曾经莫名其妙地掀起过一个学文化运动，让我讲语文，我没有办法，就去书店买了一本关于写作的小册子，上去胡说一通，一课下来，竟然有人说我讲得好，还有人以为我在中学教过书。

1976年，我终于当了兵，填表时，我大着胆子，把学历填成了初中二年级。到了部队后，发现很多“高中毕业”的战友连封家信都不能写，于是，在填写入团志愿书时，我就把自己的学历提升到了高中一年级。以后的所有表格，都是这样填了。虽然再也没人揭穿我，但我的心里始终七上八下，每逢首长或是战友问到我的学历时，我的心就嘭嘭乱跳，然后含含糊糊地说：“高一……”直到我从解放军艺术学院文学系毕业，得了大专学历，才解决了这个尴尬问题。

我与译文

1998年

上海译文出版社约我写一篇文章，庆祝该社成立五十周年。我推辞数次，终究没推掉。推辞的一个重要理由是我以为从没看过该社出版的书，但一览书架，才发现架上竟有几十本，其中几本还是我非常喜欢、受益匪浅的。

我是个迷迷糊糊的读者，看书或买书从不看版本，作者的名字除了那几个著名的之外，其他的一概记不住；至于书中人物的名字更是过眼就忘。翻译家的名字则是触目不读，这实在是罪过。

我不懂外文，深感矮人半截。八十年代末，心血来潮，进了一个“研究生班”，想学点英语装装门面，但背到二百个单词时，便丧失了信心。虽然最后也通过了毕业考试，但那完全是靠了同学从后边递过来的小条子和监考老师的宽容才勉强过关。有过这样的学外语经历后，更加清楚地认识到，语言这东西果真不是可以随便学会的。马尔克斯说一个作家过了三十岁就像老鹦鹉一样是学不会语言的。他指的可能是文学语言，但我更愿他指是学外语。这样便可把我不通外语的原因推到“四人帮”头上，因为他们搞文化大革命，使我错过了学会外语的年龄。

因为我学不会外语，所以我对通晓外语的人满怀着敬仰之情，深感到能说一口流畅外语的人都是天才，尽管通晓外语的人并不这样认为。我在比较年轻的时候，偶尔也曾犯犯狂妄的毛病，鄙薄一下过去的作家，但有了学外语的惨败经历后，想到那些曾被我瞧不起的作家留过西洋或是东洋，不但能创作，而且能翻译，高手甚至能用外语写作，立即就把他们敬佩得要命，立即就自卑得要死，立即就感到自己实在是文坛的滥竽。

九十年代初我曾去北大英语系参加过一个关于福克纳的国际研讨会，认识了好几个慕名已久的翻译家，如李文俊先生、陶洁先生等。在那次会上，除了我之外，与会的人都能操一口流利的英语。我听到他们的英语说得比那几个美国教授还要悦耳，唧唧啾啾，简直就是一群画眉鸟儿。我真是惊讶极了，他们的舌头怎么会那么灵活呢？他们的嘴巴怎么能发出那么曲折婉转的声音呢？当时我油然想起我爷爷说过的一件事：德国人占领青岛时，曾抓去一批小孩子，用尖刀修理了他们的舌头，让他们学说德国话，不修舌头是学不会德国话的。我曾把这个故事讲给歌德学院北京分院的阿克曼先生听，他一本正经地说：对，必须先修舌头！在那次会上，我自卑的深度有好几千米，尽管人们并没有因为我不懂外语而瞧不起我。在那次会上，我作了一个歪评福克纳的发言，竟然博得了好评，与会的美国南方一所大学的两个教授，还让人把我的发言翻成英语，拿到美国的一家研究福克纳的专门刊物上发表了。后来，那所大学来函邀我去“讲学”，讲福克纳，并要授给我一个“荣誉称号”，我哪里敢去？我清楚地知道，我的发言，就像在一片画眉鸟的叫声里，突然插进一声乌鸦的叫声一样，虽然不悦耳，但显得很刺激，如此而已，并不是我研究福克纳研究出了高水平。后来我还参加过三岛由纪夫的国际讨论会、法国文学的讨论会，还是胡言乱语，依然效果良好。

我想，翻译家们邀我去参加这种会议，主要是想听听作家对他们的翻译和他们研究的外国作家的看法，可惜他们找错了人，因为我是一个没有理论素养的人，也不是一个能认真读书的读者。坦白地说，至今我也没有从头至尾读完一本福克纳或马尔克斯的书，别的外国作家更是如此。这样说并不是要否定外国作家对我的影响。我的案头上其实经常摆着几本我喜欢的外国作家的小说（当然是经过我们的翻译家翻成汉语的），写累了就随手拖过一本，随意翻开一页，随便看上一段。所以有的书的某些章节可能看过了许多遍，而某些章节可能至今还没读过。我不知道英语的福克纳或西班牙语的马尔克斯是什么感觉，我只知道翻译成汉语的福克纳和马尔克斯是什么感觉，所以从某种意义上说，我受到的其实是翻译家的影响。

回顾中国近、现代文学的发展，外国文学的影响无时不在，大家如鲁迅等，小家如我等，谁也脱不过。前辈们通外文，受得更直接；我辈不通外文，受得间接些。没受过影响的作家，大概只有罗贯中、曹雪芹那些人吧，也很难说，那时候大概也有通晓外文的人。粉碎“四人帮”后，冒出了好多茬作家，这些人大多数跟我一样不通外文，我们吃的全都是翻译家嚼过的馍。翻译家是个香嘴巴，我们就跟着香；翻译家是个臭嘴巴，我们只能跟着臭。但不管是香还是臭，营养还是有的，我们的小说就是汲取着这或许带着病毒的营养发育成长起来。提到新时期文学，决不能忘记翻译家们的丰功伟绩，而翻译家们翻过来的书只有出版了才可能被作家们阅读、学习，所以，上海译文出版社对于新时期文学也有丰功伟绩。

我最早读过的外国文学是前苏联的《钢铁是怎样炼成的》，那时候我还是一个比较纯洁的少年，对于书中描写的保尔和冬妮娅的爱情非常的神往，但又生怕别人知道我神往。那时我就感觉到外国小说与我们中国小说不一样，至于哪里不一样我也说不清楚，反正不一样就是不一样。后来就再也没有读外国小说的机会了。1984年我考入解放军艺术学院文学系，在老师们的鼓噪和同学们的带动下，才开始比较系统地接触外国文学。那时候好像是文学的黄金时代，仿佛每天都有新作品，每月都有新作家，新出版的翻译作品更是层出不穷。翻过书架后我才知道，那些激动过我们的外国文学新书，竟然大多数是上海译文出版社的产品，不写篇文章鸣谢，实在是不够意思。

第一本在我们班里引起轰动的书就是上海译文出版社出版的《劳伦斯短篇小说集》。与我同室的一个同学特别善于复述外国小说，那真叫添油加醋、绘声绘色、口吐莲花、二度创作。他一说完我们就往书店跑，跑到书店就买，买回来却不一定马上就看。买回的书太多了，实在是看不过来。那同学给我们讲述的是集子中的《普鲁士军官》和《骑马出走的女人》，买回书来就只读这两篇，虽然不如他讲述的精彩，但确实是不错。后来很长一段时间里，这本书就摆在我的案头上。

第二本书是阿斯塔菲耶夫的《鱼王》。我只读了其中的《鱼王》和《鲍加尼耶村的鱼汤》。我认为新时期好多小说是跟《鱼王》学的，其中不乏“名篇”。我也写过一个人与狗对峙的细节，应该承认是受了《鱼王》的影响。后来读了那篇受到列宁称赞的、杰克·伦敦的《热爱生命》，不由地又怀疑杰克·伦敦是阿斯塔菲耶夫的老师。由此可见，文学创作中有许多现象是说不清楚的，究竟谁受了谁的影响只有作者自己清楚，但谁又会老老实实地承认是受了谁的影响呢?

第三本书是马尔克斯的《百年孤独》，这本书简直就是新时期文学的经典。我读了一页便激动得站起来像只野兽一样在房子里转来转去，心里满是遗憾，恨不早生二十年。马尔克斯让我激动的倒不是那些魔幻的故事，而是他那种不把人当人的高超态度。这确实是了不起的一招，一招鲜，吃遍天，后来者只能望洋兴叹。

第四本书当然是福克纳的《喧哗与骚动》了，这本书我并不喜欢，我喜欢的是福克纳这个人。我是通过读李文俊先生写在福克纳书前的序言了解福克纳的。没有福克纳，我也会写我的高密东北乡，这是必然的归属，福克纳更坚定了我的信念。

我已经罗列了四本对我的创作产生过重大影响的书，这几本都是被内行认为译得非常好的，所谓好，我想大概是指内容较准确、文字较传神，让我们模糊地感受到了原著的风貌。我想，好的译者，应该是原著者和读者之间的一道桥梁，读者和著者在桥上约会，造桥的人悄悄地站在一边，只有在某些特殊情况下，人们才会记起造桥人的名字。这应该是译者的幸福。

好的翻译家，也是熟练使用汉语的高级技师，他们为了准确传达原著的语言神韵挖空心思在汉语的宝库里所进行的艰难飞翔，是创造性的劳动。翻译家在翻译外国文学的过程中，对汉语的丰富和发展也做出了贡献。好的作家应该是有特色的，好的翻译家应该是有特色的，好的出版社也应该是有特色的，上海译文出版社就是一家具有鲜明特色的出版社。

从照相说起

1999年6月13日，2002年12月9日补记

这是我二十岁之前唯一的一次照相，时间大约在1962年春天，读者可以看到，照片上的我上穿破棉袄，下穿单裤，头顶上似乎还戴着一顶帽子。棉袄上的扣子缺了两个，胸前闪闪发光的，是积累了一冬天的鼻涕和污垢。裤腿一长一短，不是裤子的问题，是不能熟练地扎腰所致。照片上，我旁边那个看起来满精神的女孩，是我叔叔的女儿，比我早四个月出生。她已于十几年前离开人世，似乎也没有什么大病，肚子痛，用小车往医院推，走到半道上，脖子一歪就老了。照相的事，尽管过去了将近四十年，但当时的情景还历历在目。那时我正读小学二年级，课间休息时，就听到有同学喊叫：照相的来了！大家就一窝蜂地蹿出教室，看到教室的山墙上挂着一块绘着风景的布，布前支起了一架照相机，机器上蒙着一块红表黑里的布。那个从县里下来的照相师傅，穿着一身蓝衣裳，下巴青白，眼睛乌黑，面孔严肃，抽着烟卷，站在机器旁，冷漠地等待着。先是那个教我们唱歌的年轻女老师手里攥着一卷白纸照了一张，然后是校长的老婆与校长的女儿合照了一张。照相时，师傅将脑袋钻到布罩里，从里边发出许多瓮声瓮气的神秘指令，然后他就高高地举起一只手，手里攥着一个红色的橡胶球儿，高呼一声：往这里看，别眨眼，笑一笑！好！橡胶球儿咕唧一声，照相完毕。真是神奇极了，真是好看极了！我们围绕着

照相师傅，都看迷了。在无人照相的空间，与我们同样围着看热闹的老师们，相互撺掇着，张老师让李老师照，李老师让王老师照，都想照，看样子也是怕花钱。这时我堂姐走到照相师傅面前，从口袋里摸出三角钱，说：我要照相。围观的学生和老师都感到很惊讶。照相师傅问：小同学，你家大人知道吗？堂姐说：俺婶婶（她称呼我的母亲为“娘”，称呼自己的母亲却叫“婶婶”）让我来照的。马上有人在旁边说：她父亲在供销社工作，每月一次发工资呢！于是大家都长出了一口气。那天我堂姐穿得很板整，读者朋友可以从照片上看出来。别忘了那是1962年，绝大多数农村孩子都穿不上一件囫囵衣裳，能穿得像我堂姐那样的很少。我堂姐是个非常干净整洁的女孩，同样的新衣裳，我穿上两天就没了模样，但她穿一个月也不脏。

我堂姐昂着神气的小头，端端正正地站在照相机前，等待着照相师傅发号施令。这时，好像是有人从后边推了一把似的，我一个箭步蹿到照相机前，与堂姐站在一起。照相师傅的头从黑红布里钻出来，说：怎么了？怎么了？老师和同学们都呆呆地看着我，没人说话。我骄傲地对照相师傅说：我们是一家的！照相师傅大概不相信这样一个小怪物跟这样一个小姑娘会是一家的，就转回头去看老师。我的班主任老师说：没错，他们是一家的。我堂姐也没提出反对，这件事至今让我感动。照相师傅的头在黑红布里说：往前看，笑一笑，好！他的手捏了一下橡胶球儿，说：好了！

过了好久，我把照相的事忘得干干净净时，一个晚上，我们全家围着一张桌子，唏溜唏溜地喝着菜汤，就听到大门外边有人在喊叫我的大号：管谟业！管谟业！家里人都看着我，他们听到有人喊我的大号，肯定都觉得怪怪的。我扔下饭碗跑出去，一看，原来是我的班主任老师。她将一个白纸包递给我，说：你们的照片出来了。我拿着照片跑回家，竟然忘了请老师到家里坐坐，也忘记了说声谢谢。就在饭桌上把纸包剥开，现出了三张照片和一张底版。照片在众人的手里传递着。母亲叹息一声，说：看你这副邋遢样子，照的什么相？把你姐姐都带赖丑了。

那时我们还没有分家，是村子里最大的家庭。全家十三口人，上有老下有小，最苦的就是母亲。我因为长得丑，饭量大，干活又不麻利，爷爷奶奶也不喜欢我，为此母亲经常叹息。今天反省起来，他们不喜欢我，固然有他们的原因，但主要的还是我自己不赚人喜。我又丑又懒又馋，还经常出去干点坏事，给家里带来不少麻烦，这样的坏孩子，怎么讨人喜？

我爷爷是个很保守的人，对人民公社心怀抵触。我父亲却非常积极，带头入社，吃苦耐劳，虽然是中农，比贫农还积极。父亲一积极，爷爷就生气。爷爷没在人民公社干一天活。他是村子里有名的庄稼汉，心灵手巧，力大无比，如果死心塌地地到社里去干活，必然会得到嘉奖，但他发誓不到社里去干活，干部上门来动员，软硬兼施，他软硬不吃，有点顽固不化的意思。他扬言人民公社是兔子尾巴长不了。吓得我父亲恨不得给他下跪，求他老人家不要乱说。中苏友好时，我爷爷说不是个正经好法，就像村子里那些酒肉朋友似的，好成个什么样子，就会坏成个什么样子。爷爷的这两个预言后来都应了验，我们不得不佩服他的先见之明。爷爷不到生产队干活，但他也不闲着。我们那里荒地很多，爷爷去开荒种地。他开出的荒地粮食亩产比生产队里的熟地都高。但这种事在当时是大逆不道的，人民公社没收了爷爷的地，还要拉他去游街，我叔叔在公社里找人说了情才免了这一难。不许开荒，爷爷就自己制造了一辆木轮小车，推着去割草。割草晒干，卖给马场，换回一些地瓜干，帮家里度过荒年。爷爷其实是个很有生活情趣的人，他会结网，会捕鸟，会拿鱼，还会耍枪打野兔。他心情好时，是个很好的老头，心情不好时，那张脸就像生铁铸的，谁见了谁怕。

还是说说我母亲吧，她老人家去世已经五年，我好多次想写篇文章纪念她，但拿起笔来就感到千头万绪，不知该从哪里写起。母亲这辈子承受了太多的苦难，想起来就让我心中难过。母亲生于1922年，四岁时外祖母去世，她跟着一个姑姑长大成人。母亲的姑姑——我们的姑姥姥，是个铁金刚一样的小老太婆，非常的能干，非常的好强，虽是小脚，但走起路来风快，男人能干的活她都能干。母亲在她的姑姑的调教下，四岁时就开始裹脚，受的苦无法言说，但最终裹出了一双精巧的小脚，母亲还是很感谢她的姑姑。母亲十六岁时嫁到我家，从此就开始了漫漫的苦难历程。精神上受到的封建压迫就不必说了，许多深重的痛苦，因为觉悟不到，也就算不上痛苦。就说说母亲生过的病吧，嗨，从我有记忆力开始，就看到母亲被这样那样的疾病折磨着。先是“心口痛”，每年春天都犯，犯了就痛好多天，去卫生所买两片止痛片吃上，不管用，想请医生来看但是没有钱，只好干靠着，去寻一些不花钱的偏方来治。姐姐带着我到刚生过小孩子的人家去捡鸡蛋皮，捡回来用锅烘焦，再用蒜臼子捣碎，然后让母亲冲着喝。还有一个偏方是摊一个鸡蛋饼，里边包上四两生姜，一次吃下去。我记得母亲吃了那个生姜鸡蛋饼后，痛得在炕上打滚儿，汗水把衣裳和头发都湿透了。那时以为凡是肚子痛就是凉，生姜大热，能治，不知道母亲患的是严重的胃溃疡出血，吃上四两生姜，无疑是火上浇油。母亲心疼的是那个鸡蛋，那是她的姑姑偷偷地送来的。到了夏天，就头痛，脸赤红，干活回来，忙完了饭，别人吃饭，她就跑到外边去呕吐，翻肠绞胃地吐，我和姐姐站在旁边，姐姐哭着给她捶背，我哭。秋天还要犯“心口痛”，好不容易熬过去，到了冬天，哮喘又来了，说是得了痨病，痨病方，一大筐，不是鸡蛋就是香油，我们到哪里去弄？只能用一些成本不高的偏方治。用尿罐里的碱煮萝卜吃，用柳树枝烧水喝，怎么可能管用？还有妇女病，脱肛，据说治脱肛最好的方子是用猪的大肠装了大米炖着吃，吃不起，那时候我们连大米是什么样子都没见过。母亲自己发明了一个偏方，晚饭后，找一块半头砖，放到灶火里烧着，刷完了锅碗，干完了活，将热砖掏出来，垫到肛门下坐着，自己说很舒服。后来又生过一个碗口大的毒疮，在腰上，一直挺着干活，实在不行了才躺倒，痛疼难忍，咬紧牙关不呻吟，生怕让公婆妯娌听到心烦，瘦得只剩下一把骨头。我跟姐姐在她身边哭，她叫着我的乳名，说：我不行了，你们姐弟怎么活呀？幸亏县里的医疗队下来巡诊，义务看病，不要钱。记得是个中午，来了一群医生，都穿着白大褂，脖子上挂着听诊器，还拿着刀子剪子什么的，说是给母亲动手术，不让我们进去看。听到母亲在屋里哭叫，肯定是痛得受不了了才哭叫。一会儿工夫，一个医生端出来一大盆脓血，一会儿又端出一盆。渐渐地好起来，能扶着墙下地了，又开始了干活，十几个人的饭一人操持。那时的饭，一半是糠菜，要先把野菜放到石头上捶烂，将绿水攥出来，再搀上糠和那点珍贵的红薯面儿。做这样的饭劳动量很大，母亲累急了，就抓一把野菜塞进嘴里。

母亲病好之后，腰上落下了一个很大的疤，天要下雨就发痒，比县里的气象预报还准。后来还被毛驴伤过脚，还得过带状疱疹……母亲晚年，我们的条件有了好转，但她的病日渐沉重，终于不治。母亲这辈子，没享过一天福，吃过的苦是现在的人难以想象的。晚上要生孩子了，中午还在打麦场上干活，刚生完孩子，半夜三更，天降暴雨，麦子还在场上，扯一条毛巾包住头，就到场里帮着抢场，动作稍微慢一点，还要受到呵斥。至于吃的，几十年来，大家都吃不饱，她更吃不饱，上有老，下有小，好吃的根本就进不了她的口。有时侯咽到嘴里也得吐出来给我吃。我是她最小的儿子，相貌奇丑不说，还有一个特大的饭量，分给自己那份，几口吞下去，然后就看着别人的饭碗哭，馋急了还从堂姐的碗里抢着吃。我一抢，堂姐也哭，这就乱了套了。最后必是母亲给婶婶赔不是，并且把她碗里那点省给我吃了。母亲的痨病其实是饿出来的，饿，还得给生产队里推磨，推磨的驴都饿死了，只好把女人当驴。六十年代，我们一家没一个饿死的，全仗着我那位在供销社工作的叔叔。我婶婶脾气不太好，但我叔叔很好。他送给我一管博士牌钢笔，还给我买过鞋子。当我们的生活最困难的时候，叔叔从供销社里弄回来一麻袋棉籽饼，那玩意儿现在连猪都不吃，但在当时，连草根树皮都吃光了的时候，无疑是人间最美的食品，岂止是食品，简直就是救命的灵丹妙药。我们吃着棉籽饼度过了最艰难的岁月。这样的文章，没有什么意义，就此打住吧。

婶婶已经于2001年5月去世，这一代人实在是命运多舛，思之令人怆然。婶婶一辈子其实也没享到什么福，尤其是到了晚年，堂姐去世，撇下两个孤儿，实在是凄惶。然后又是小儿子胡闹，办什么旅游品加工厂，拉下一屁股债务，逼得她七十多岁的人还要给人家去打短工。想起她和村子里的老人们冒着严寒去给人家摘辣椒，每天只挣两元钱，我心中就酸溜溜的。如果不是遭遇这些事情，她活过八十岁是没有问题的。

为了偿还堂弟做下的债务和堂姐撇下的两个孤儿，我们拿出来一些钱，为此，婶婶见到我们时那种恨不得把心扒出来给我们吃了的情形，让我心中实在难过。多年前的芥蒂，早已荡然无存。上边的文章，我写到的其实是当时农村的家庭状况，并无特别的褒贬之意。妯娌之间，打得头破血流者比比皆是，我母亲和婶婶的关系，还是好的。我母亲去世之后，三日圆坟，婶婶教我们弟兄三个每人左手抓着一把谷子，右手抓着一把高粱，围着母亲的新坟转圈走，左转三圈，右转三圈，一边转一边默念：

“一把高粱一把谷，打发先人去享福……”

如今，婶婶和母亲都去那边享福了吧！

故地重游

1999年9月

1999年9月15日上午9时，我从汽车里钻出来，迫不及待地蹿进了丁家大院。

丁家大院坐落在原黄县县城（现为龙口市黄城区）西北角，是一座在胶东半岛赫赫有名的豪宅，据说可与丁家的儿女亲家牟平县的大地主牟二黑子家的豪宅媲美。1976年2月16日下午，我背着背包，跟随着新兵队伍，晕头胀脑地进了这所大院。我记得一进大院就是一座高大的影壁，影壁上刻着“紫气东来”四个大字。我们数十个新兵站在影壁前听一个干部点名，然后分班，然后就由各班班长把新兵带回去，然后跟着班长进了一栋雕梁画栋的大房子。班长命令我们把背包放在稻草地铺上，我的军人生涯就这样开始了。

我蹿进丁家大院就发现那座刻着“紫气东来”的影壁不见了，替代那影壁的是一座新建的既像影壁又像牌坊的东西，这东西的正反两面都刻着字，通过阅读这些文字，我知道这里已经变成了龙口市的博物馆。很快就找到了二十三年零八个月前我安放铺盖的那个地方，稻草自然是没有了，我当年刻过字的那块水磨方砖也没有了。我问一个管理人员，这里的地面是不是换过，那人回答说，换过了，三十四团迫击炮营把炮拖到屋子里，把旧方砖都压破了。我想，如果不是炮营的弟兄们把豪宅当炮库，那块在我的枕头下压了二十天的方砖上刻的字很可能还在。那天上午我发烧，班长让我在家搞内务，我掀起枕头，扒开稻草，用一根生锈的铁钉子，在方砖上刻下了豪言壮语。

那时新兵训练时间只有一个月，而我只在新兵连训了二十天就分配到了一个干部战士加起来还不到二十人的小单位。在这个小单位里，我待了将近四年。

从丁家大院出来，驱车直奔那个我离开了二十年零一个月的地方。我们那个小单位在我走后不久就撤了，所以我可以说出它的名字而不存在泄密问题。它叫唐家泊，原属于黄县北马公社，现在属于哪里不知道。道路宽广，路边鲜花盛开。我记得二十年前从县城到唐家泊骑自行车需要一个上午，现在坐车只用了十几分钟。村子里的民居几乎都变成了红砖红瓦的新房，但村子的整体布局变化不大。我准确地指挥着司机将车开到了废弃的营房前，然后，跳下车，不顾同行者，就像一头耕了一天地急于回家饮水的牛，直奔我住过的那个房间。我看到房间里搭了一个铺，铺上躺着一个男人，身上盖着一床红花大被，一群苍蝇在房间里飞舞。那个男人被我吓了一跳，折起身来，问我是干什么的。我理直气壮地说二十年前我曾经在这里当过兵，这个房间是我住过的房间。那个男人的脸色马上就缓和了。接下来进了当年我在里边复习功课准备考军校的储藏室，里边住着一个女子和一个咿呀学语的小孩子，墙角上安着一个煤气灶。女人正在炒菜，油烟熏人。我看到，在被油烟熏黑的墙上，二十多年前我用刀子刻上的数学公式还清晰可辨。

从唐家泊出来，我们去了大名鼎鼎的南山集团，到了那里我才知道，这集团就是二十年前的前宋家村。当时这个村比唐家泊村还要穷，晚上，村子里的年轻人不远数十里到我们营房里来看电视。那时，我们这个小单位拥有一台闻名遐迩的十四英寸黑白电视机，在毛泽东逝世后那些日子里，为了让人民群众看到毛的遗容，每天晚上，我们在球场上安上桌子，桌子上摞上椅子，椅子上搁上方凳，方凳上放上电视机，供乡亲们观看，真有点人山人海、万头攒动的意思。可现在，这里比城市还要城市。家家小楼、户户电话早已是司空见惯之事。进入他们的地场，满目青山碧水、绿树黄花，环境之幽雅不让欧美。他们拥有世界上设施最先进的康乐宫，建筑的样式很酷，据说里边什么好玩的都有。这些伙计还在山坡上建了一个高等级的高尔夫球场，世界上很多大款都来这里打球、度假。我们在那里大饱眼福时，正碰上英国驻华大使与他的随员在那里转圈，一个将黑头发染成了黄头发的南山小妞率领着他们，就像一个幼儿园阿姨带着一群小乖乖。南山的伙计们正在建造一座据说是亚洲最大的铜铸坐佛，佛后的山头上已经建起了许多仿古建筑，其中自然少不了庙宇。到下个世纪时，这里一定是香火鼎盛之地，仿古的建筑渐渐地也就成了真正的古迹。

二十年了，我刻在墙上的数学公式竟然还清晰可辨；二十年前，连做梦也想不到的许多东西今天成了现实。二十年前，我还是一个青年；现在我已经是一个双鬓斑白的中年人。再过二十年，如果我还健在，我知道我会变成一个头上无毛的老头，但社会会变成个什么样子，就像二十年前做梦也想不到今天的现实一样，今天做梦也想不到。如果非要让我想象二十年后或者说“展望”21世纪是个什么样子，那么就让我引用前苏联的作家阿斯塔菲耶夫的《鱼王》结尾作为这篇小文的结尾，不过要把其中的那些“这是”改成“那是”：

这是诞生的时代，也是死亡的时代；

这是播种的时代，也是挖出播种物的时代；

这是杀伤的时代，也是医治的时代；

这是毁坏的时代，也是建设的时代；
这是哭泣的时代，也是欢笑的时代；
这是呻吟的时代，也是振奋的时代；
这是胡乱抛掷的时代，也是精心收集的时代；
这是拥抱的时代，也是回避拥抱的时代；
这是寻获的时代，也是丧失的时代；
这是珍藏的时代，也是挥霍的时代；
这是撕毁的时代，也是缝合的时代；
这是沉默的时代，也是呼喊的时代；
这是爱的时代，也是恨的时代；
这是战争的时代，也是和平的时代。

人一上网就变得厚颜无耻

1999年5月

网络是个被文人雅士吹嘘得神乎其神的地方，也是个被同样的文人雅士贬斥得一文不值的地方。至于我个人，对于自己不懂或是不太懂的事物，总是出言谨慎，不敢轻易臧否。去年被人强拉去给网上文学做了一次评委，结果惹得网上精英们很不高兴，说既不上网又不在网上发表文章的人如何能有资格当网上文学的评委？精英们的批评让我感到口服心服，既不上网又不能在网上发表文章的人的确没有资格当网上文学的评委，就像既不欣赏音乐又不能创作音乐的人没有资格去给音乐比赛当评委一样。

自我检讨之后，一种强烈的自卑感油然而生。“九十年代不上网，就像七十年代不入党。”这比喻听起来很顺耳，但并不贴切。七十年代要入党，除了自己表现积极、服从领导、团结同志之外，关键还要家庭出身好，家庭出身不好，表现得再积极也是白搭，弄不好还会给你戴上一顶“伪装进步”的大帽子。而九十年代的上网，只要家里有台电脑、有根电话线，随时都可以上，一不要写申请，二不要什么人批准，更不须积极表现。但我为什么迟迟不上网呢？因为我对涉及到机械、电子之类的东西心怀恐惧，总认为这些东西高深无比，非有天才学不会。后来我坐出租车，与司机闲谈起来。司机说，上网比上床还要容易，上床前你还要洗脚刷牙脱衣服，上网前什么都不需要。他还说，开车比上网还要容易。我问他像我这样的人用一个月的工夫能不能学会开车？他说：别说是您，把一头猪绑在驾驶盘前一个月，它也会了。

在这个司机的鼓励下，我终于上了网。上网之后发现，所谓网上文学跟网下的文学其实也没有什么根本的区别。如果硬要找出一些区别，那就是：网上的文学比较网下的文学，更加随意、更加大胆，换言之，就是更加可以胡说八道。一个能在纸上写作的人，只要不吝惜电话费和网络费，完全可以在网上写作。唱歌跳舞你不会，胡说八道难道还不会吗？渐渐地我也知道，大多数的网上文学，都是在网下写了然后贴上去的。因为写作时就知道了要往网上贴，所以这在网下创作的东西，也就具有了网上文学胡说八道——也可以叫作“语不惊人死不休”——的素质。有了这些经验之后，当网站让我开一个专栏时，我稍微犹豫了一下就答应了。今后，我也可以大言不惭地说：我也是个网络写作者，我已经取得了给网络文学当评委的资格了。

为了证明网下的写作与网上的写作差不多，现在我就把我几年前为自己的散文随笔集《会唱歌的墙》写的序贴上来：

> 这是我的第一本散文、随笔集，但我更愿意说这是一盘羊杂碎。
>
> 我拿不准收集在一起的这些文章究竟是散文是杂文是随笔还是别的什么鸟玩意。想不到这十几年来，除了小说和剧本之外，我还写了这么多胡言乱语。前几年散文、随笔热门时，前后大约有十几家出版社动员我编一本集子，我心里虚得很，不敢应承。因为我想一个人写小说时总是要装模作样或是装神弄鬼，读者不大容易从小说中看到作者的真面貌。

但这种或者叫散文或者叫随笔或者叫杂文的鸡零狗碎的小文章，作者写作时往往忘了掩饰，所以就更容易暴露了作者的真面孔。如果是貌比潘安，暴露了正是一件幸事；如果是貌比莫言，暴露了岂不麻烦？人贵有自知之明，我有自知之明。据说写散文、随笔要有思想，我没有思想，有的只是一些粗俗的胡思乱想；据说写散文、随笔要有学问，我没有学问，有的只是一些道听途说的野语村言；据说写散文要有高尚的情操和美好的理想，这两样东西我都没有，有的只是草民的念头和生理性的感受，所以我轻易不敢把这些东西集中起来示众。那么为什么又把它们收集了起来呢？第一个原因当然是因为版税，第二个原因嘛，我想既然说百花齐放那就应该让狗尾巴花也放，既然要百家争鸣就允许让乌鸦也鸣。就像我的存在使一直嘲笑我相貌丑陋的那些貌比潘安的男作家更潘安一样，我的散文、随笔集的出版，也会使中国的散文随笔集们深刻的显得更深刻，渊博的显得更渊博，高尚的显得更高尚，美好的显得更美好。

——这不过是我的梦想而已，其实在这个年代里，多一本书或是少一本书，就像菜市上多一棵白菜还是少一棵白菜一样，甚至还不如。

写完这自序之后，我就开始修正文中的观点。一个人在写小说时装模作样、装神弄鬼，写散文、随笔时何尝不是装模做样、装神弄鬼呢？

小说是虚构的作品，开宗明义就告诉读者：这是编的。

散文、随笔是虚伪的作品，开宗明义告诉读者：这是我的亲身经历！这是真实的历史！这是真实的感情！——其实也是编的。

一个爱好嫖娼的男人，偏偏喜欢写一些赞美妻子的文章。

一个在海外混得很惨的人，可以大写自己在美国的辉煌经历，可以写自家的游泳池和后花园，可以写自己被克林顿请到白宫里去喝葡萄酒，希拉里还送给他一件花边内衣。

一个连邓小平骑的哪匹骡子都没见过的人，在邓小平去世之后，就可以堂而皇之地写回忆文章，回忆在大别山的一条河沟里，自己与敬爱的邓政委在一起洗澡的情景。

一个自己的爹明明只是一个团副的人，在散文、随笔里，就可以把自己的爹不断地提升，一直提升到兵团副司令的高位。吹吧，反正不会有人去查你爹的档案。

一个在成为作家之前明明只是个医院勤杂工的人，在成了作家之后，在散文、随笔里，就先把自己提拔成护士长，然后提拔成主治医生，最近已经把自己提拔成了给叶利钦总统做过心脏造桥手术的主刀大夫了。下一篇散文就可以写写你给毛泽东主席做白内障手术的事了。你想让读者知道，你当作家是在客串，是很不情愿的，你的最大的才能是表现在医学方面。受你的启发，我准备写一篇回忆文章，回忆我少年时参加全地球锄地比赛的情景，那是1960年，我五岁，比赛的地点在北大荒，评委有王震将军，有朝鲜的金日成首相，还有越南的胡志明伯伯。比赛开始前，胡伯伯摸着俺的头说：好孩子，好好锄，得了冠军奖给你一个大豆包！

一个明明连《三国志》都读不通的人，照样可以引经据典地写“学术性”的历史文化散文，资料不够，大胆编造就是，越是没影的事儿越是安全。你说苏东坡中过状元那是不行的，但你说苏东坡在海南岛嫖娼谁也挑不出你的毛病。你说托尔斯泰来过你的老家是不行的，但如果你说，你的老爷爷曾经到过俄罗斯，在一个小酒馆里跟托爷爷碰过酒盅子那是可以的。你点名道姓地说一个上海的著名评论家把你誉为比鲁迅还要深刻、比徐志摩还要浪漫、比钱钟书还要博学的伟大文学家那是不行的，但是你说毛里求斯的一个著名的评论家这样评价你是可以的。

前几年有人还批评人家台湾的三毛，说她的那些关于大沙漠的散文是胡编的。我觉得这些人真是迂腐，谁告诉你散文、随笔都是真的？你回头看看几十年来咱们那些著名的散文、随笔，有几篇是真的？大家伙儿都心照不宣地胡编了几十年了，为什么不许人家三毛胡编？

咱家也坦率地承认，咱家那些散文、随笔基本上也是编的。咱家从来没去过什么俄罗斯，但咱家硬写了两篇长达万言的俄罗斯散记，咱家写俄罗斯草原，写俄罗斯边城，写俄罗斯少女，写俄罗斯奶牛，写俄罗斯电影院里放映中国的《地道战》，写俄罗斯小贩在自由市场上倒卖微型原子弹。咱家的经验是，越是没影的事，越是容易写得绘声绘色。写时你千万别心虚，你要想到，越是那些所谓的散文、随笔大师的作品，越是他娘的胡扯大胆，天下的巧事儿怎么可能都让他碰到了呢？如果你经常翻翻那本十分畅销的《读者文摘》，你就会明白，那些感人至深的写“亲身经历”的文章，其实都是克隆文。

还有那些“访谈录”、“自传”、“传记”、“日记”，我劝大家都把它们当成三流小说来读，谁如果拿它们当了真，谁就上了作者的当。

短短的上网经验使我体会到，人一上网，马上就变得厚颜无耻，马上就变得胆大包天。我之所以答应在网上开专栏，就是要借助网络厚颜无耻地吹捧自己，就是要借助网络胆大包天地批评别人。当然我也知道，下了网后，这些吹捧和批评就会像屁一样消散——连屁都不如。当然我也知道，上网的人里边确实也有很多品德高尚、思想健康、表里一致的人，但“歪船野马偏激文章”，如果此文伤害了谁，就请放开喉咙骂一声：呸，这算什么狗屁文章！

茂腔与戏迷

1999年

茂腔是一个不登大雅之堂的小剧种，流传的范围局限在我的故乡高密一带。它唱腔简单，无论是男腔女腔，听起来都是哭悲悲的调子。公道地说，茂腔实在是不好听。但就是这样一个不好听的剧种，曾经让我们高密人废寝忘食，魂绕梦牵，个中的道理，比较难以说清。比如说我，离开故乡快三十年了，在京都繁华之地，各种堂皇的大戏，已经把我的耳朵养贵了，但有一次回故乡，一出火车站，就听到一家小饭店里传出了茂腔那缓慢凄切的调子，我的心中顿时百感交集，眼泪盈满了眼眶。茂腔这个不好听的小戏为什么能迷住人？这个问题放下暂且不表，各位看官，不才小子今天就给诸位讲两个关于茂腔的故事。

我们村的人几乎都爱听戏，但喜欢到入迷程度的，大概只有三五家，孙驴头算一家。孙驴头的老婆、儿子都是戏迷，娶来家一个儿媳妇更是一个超级戏迷，这叫做“不是一家人，不进一家门”。有一天傍晚，孙驴头在灶前烧火，儿媳妇站在锅前和面，准备往锅沿上贴饼子。这时，忽听到旷野里传来一阵胡琴声，拉的是茂腔的过门。公公和媳妇都把耳朵竖了起来。媳妇说：“爹，您听。”

孙驴头说：“听到了，今晚谭家村有戏。”

媳妇说：“爹，加大火，吃了饭好去听戏。”

孙驴头捏起儿媳妇的脚就要往灶里填，儿媳妇怒道："爹，老不出息，您想干什么？"

孙驴头想看看儿媳妇穿着红绣鞋的小脚，不好意思说，只好和着旷野里传来的胡琴调门唱道："叫声儿媳莫错怪，误把金莲当火炭儿——"

锅热了，儿媳挖起一团面，放在手里颠吧颠吧，巴唧一下子就贴到了孙驴头的额头上。孙驴头大叫道："媳妇，你干什么？"

儿媳妇看看公公的狼狈相，和着胡琴的腔调唱道："叫一声公爹莫错怪，误把额头当锅沿儿——"

这个故事过分夸饰，属于民间笑话一类，其真实性值得怀疑。下面讲一个真实的故事。

"文革"后期，我们村来了一支工作队，队员二十多人，全是县茂腔剧团的演员。我们村情况比较复杂，在县里都挂了号，工作队下来，是要帮我们揭开阶级斗争的盖子。自从工作队进村之后，村子里欢天喜地，好像过年一样。因为这些队员里，几乎包括了县茂腔剧团的全部名角。譬如青衣宋丽花、花旦邓桂秀、老旦焦闺英、老生高人滋、小生薛尔名、武生张金龙……都是如雷贯耳的人物，平日里可望而不可及，如今就在我们眼前，与我们同吃同住同劳动，我们的幸福和兴奋，无法子用语言形容。工作队自己不开伙，吃派饭，一般是三人一个小组，挨家轮户地吃。那时生活十分困难，每人每年只分二百多斤粮食，麦子只有二十来斤，也就是够过年包饺子的。但为了让工作队的同志们吃好，家家户户都把过年的麦子拿出来磨了。这是完全彻底地自发自愿，甚至带有比赛的色彩，家家都想做出新花样来，让工作队的同志们吃得高兴。原以为这支工作队与过去那些工作队一样，顶多住十天半月就会撤走，但没想到他们住了一个月还不走。家家那点白面已经消耗得差不多了，想给同志们换成糙饭，一是面子上过不去，二是心里舍不得，因为那些做饭的女人们不管是不是戏迷，都喜欢这些演员。我们生产队会计的老婆是一个麻子，相貌差点，但心肠特热，见到那些演员同志们，尤其是见到男演员同志们，她的眼睛里水汪汪的，感情充沛得要命。为了在没有白面的情况下让同志们吃饱吃好，她充分地发挥了粗粮细作的天才，把家里的绿豆、豇豆泡涨轧碎，羼上蔬菜，用棉籽油炸成焦黄的颜色，让同志们吃。同志们吃了都赞不绝口。这种做法很快普及开来，每到做饭的时候，村子里就洋溢着炸丸子的气味。几十年过去了，这种食品还在我们村子里流传，并且有了一个美丽的名字：茂腔丸子。

给工作队做饭的家庭，必须是贫下中农，表现好的中农也可以。这是一种政治待遇，也是一种荣耀。那些捞不到给工作队做饭的五类分子家的女人们，心中的痛苦是十分深沉的。富农王金的女儿王美，人物标致，嗓子也好，是村子里唱戏时的主角。自从工作队一进村，她的眼睛里就始终饱含着泪水。她将自己家里的麦子磨成面粉送到麻子家，让她做了给同志们吃，麻子不领情，还向大队里揭发了她，说她想拉拢腐蚀革命干部。村里想游她的街，但遭到了工作队的反对。她送面不成，就把面粉做成火烧、大饼等精美食品，偷偷地送到工作队同志们的窗前。她曾经对麻子女人说：婶啊婶，我恨不得把心扒出来给同志们吃了。麻子女人当然不会替她保密，很快就宣传得全村皆知，工作队的同志们当然也听说了。那个小武生张金龙感慨地说：她如果不是富农的女儿该有多好！

小武生短小精悍，目光炯炯有神，走起路来脚下像踩着弹簧。他不但能翻空心筋斗，嗓子也不错，村子里的女人们都喜欢他。尽管他感叹王美的出身不好，但他还是跟王美好了，就在打谷场边的草垛里，被人当场捉了双。小武生立场不稳，中了糖衣炮弹，犯了路线错误，被提前打发回去。有人提议将王美判刑，报到县里，县里说交给村子里批斗。挨批斗时，王美始终面带笑容，看那样子丝毫没有悔意。她的态度激起了以麻子为首的女人们的反感，她们扑上去，一边撕咬一边骂：撕了你这个浪货！咬死你这个骚狐狸！

第二年夏天，村子里的女人们在一个月内生了十几个孩子——麻子最能干，一胎生了两个。这些孩子长大后，有的像薛，有的像高，其中有八个都像小武生。他们目光炯炯，走起路来脚步轻捷，脚下仿佛踩着弹簧，天然地会翻空心筋斗。

我与税

1999年

在很长一段时间里，“税”这个字眼，在我的心目中，似乎只跟旧社会和资本主义有联系。最流行的说法是“国民党的税多，共产党的会多”，会多当然比税多浪漫。在我小的时候，每逢生产队里要往上缴公粮时，总有一些觉悟不高的人发牢骚。队长就语重心长地说：“皇粮国税，谁敢抗？”听老人们说，历朝历代，抗皇粮国税都是要砍头的。我当然知道我们缴的公粮与队长和老人们所说的皇粮国税不是一码事。我们缴的是爱国粮，有一个阶段也叫“忠”字粮。缴爱国粮时我们很不情愿，因为这些粮食是给城里的人吃的，我们对城里的人本来就有意见，都是社会主义国家的人，都受毛主席领导，凭什么我们辛辛苦苦打出来的粮食要给他们吃？而且爱国粮只收麦子，不收粗粮，我们每年打的麦子，缴完公粮后，就所剩无几了。当时可以放的为数不多的几部电影里，有一部《列宁在十月》，其中有一个穿得破破烂烂的富农跟列宁叫板——事情过去了这么多年，准确的台词忘记了，那富农的话的大意是：没有洋布我们穿土布，没有皮靴我们穿草鞋，我们的生活与你们城里人没有关系，凭什么要我们的粮食？我当时的觉悟很低，感到这个俄罗斯富农的话简直就是代替我们说的，替我们这些最被人瞧不起的农民出了一口气。是啊，你们工人有什么了不起？你们干部有什么了不起？你们城里人有什么了不起？没有你们我们照样活，但没有我们你们吃什么？但列宁同志却斩钉截铁地说——因年代久远，列宁同志的话也记不清了，大意是工人阶级和农村里的贫农是阶级兄弟，和你们富农是敌人，你们富农如果胆敢不把粮食缴出来，就要消灭你们。我知道列宁的话肯定是没错的，但心里总是有点别扭。当时，我们农民与税没有任何关系，那时似乎也有农业税一说，但也就是在生产队会计的账本上出现几个数字，跟农民无关。当时没有个体工商业者，国营的工商业是不是缴税，我身在农村，不知道。

最早知道有缴税这码事，是在六十年代初期。我的爷爷是个很好的木匠，他从自家的树上砍下一些树杈，做成小凳子拿到集市上卖。我经常跟着爷爷去赶集，去时帮爷爷背着凳子。如果生意好，爷爷就会买一毛钱的炒花生或是两个炉包给我吃。卖了很多次，一直没人过问。有一天，来了一个夹着皮包的人，让爷爷缴税。爷爷与那人争吵起来，那人提起我们的小凳子，说没收了。爷爷大怒，与那人争吵起来，吸引了半个集的人围上来看热闹。后来我父亲赶来，向那个夹皮包的人缴了税，还说了许多好话，才把我们那些小凳子要回来。爷爷心中不服，回家发了很久的牢骚。

后来我去赶集买猪饲料，又碰上一件与征税有关的事。一个衣衫褴褛的女人，在集上卖馒头。馒头不多，也就是十几个，用一个小筦斗盛着。好像还没开张，那个夹皮包的人来了，上去就要那个女人缴税。女人哭哭啼啼地哀求，说家里有病人，看病要用钱，只好将仅有的一点白面蒸成馒头来换钱。夹皮包的人不听，抢过女人的筦斗，把馒头没收了。众人围着看，心中都有些不平，但没人敢说话。这时，从后边挤上来一个黑眉虎眼的军官，一把将筦斗从税官手里夺过来，还给那个女人。税官看看军官的怒容，低声嘟哝着就走了。

后来改革开放了，人民公社散了伙，农民们分了田单干，过去是光缴粮食不缴钱，现在是又缴粮食又缴钱，但还是不叫税，叫做“提留”。国家尽管白纸黑字地规定了农民应缴提留的数目，但下边的干部根本不按照上边规定的数字征收，当然他们有许多对付上边的办法，下去查也不一定查出来。不久前听说农村也要费改税，农民们齐声欢呼，但干部们叫苦连天，最近听说又不改了，可见干部们的叫苦还是比农民们的欢呼管用。与六十年代相比，现在农村收税的人也多了。六十年代一个集上只有一个收税人，现在一个集上很多收税人。过去农民赶集卖菜不收税，现在工商所来收管理费，税务所来收商品交易税；过去自家杀猪不收税，现在要收屠宰税；过去自家栽种几棵果树不要钱，现在乡里要收林果税……总而言之，跟税断绝关系几十年之后的农民重新与税建立起了亲密的联系，但这时我已经离开农村进了城市。

我个人与税打交道是成为作家之后的事。国家规定，稿费和版税应缴的个人所得税由出版社和杂志社代扣，所以尽管我已经缴了二十年的税，但个人并没有直接与税务人员打过交道。我希望这条规定最好不要改变，如果每收到一笔稿费或是版税都要自己去税务所缴纳，那该有多么麻烦。

挣钱是件让人高兴的事，但缴税让人高兴不起来。这是人之常情，中国人如此，外国人也如此。但开征个人所得税，毕竟是一个巨大的进步。作为一个公民，挣了钱纳税，是天经地义的事，公民应该有纳税的意识，这是常识，大家都很明白。但我觉得在培养公民的纳税意识时，还应该唤醒公民的纳税人意识。也就是说，要让大家明白，政府本身没有钱，党除了党员缴纳的党费之外，本身也没有钱，而那点党费要维持如此庞大的一个党的开支，无异于九牛一毛。明白了政府的钱和党的钱都来自纳税人，那许多问题的提法似乎都要改变。比如说政府在某处修建了一个公共厕所，报纸上就会说这是政府为人民办的第N件好事。这说法乍一听很有道理，但深究起来就有点勉强。只能说是政府办了一件应该办的事，而不是政府对人民的恩赐。因为这建厕所的钱和决定建厕所的人的工资以及他们享受的一切待遇，都是纳税人的钱。市长、书记，其实都是纳税人的雇员，用咱们习惯的说法就是“勤务员”或者“公仆”。公仆为主人干了一件事，难道还要大张旗鼓地宣传吗？现在许多地方，人民见了当官的害怕，其实就是还没把谁是主人谁是公仆的关系弄明白。当然，即便人民明白了自己是主人，但公仆们不买主人的账，主人也没有办法。

现在大家都知道依法纳税是公民应尽的义务，但有收税的人，就有逃税的人。这一方面是公民的觉悟问题，另一方面也涉及到腐败问题。当那些贪官把纳税人的血汗钱中饱私囊或挥霍浪费的丑闻一件件被揭露时，纳税人的心中自然很不平衡。腐败不除，偷税漏税的现象就不会停止。就拿作家这个行当来说，尽管稿费和版税应缴的税款由出版社代扣，但作家的心中也不平衡。那就是，国家有关部门对差不多是公开化了的盗版现象几乎是不管不问或是无能为力，那些盗版的书商除了偷漏了应给作家的版税，同时也偷漏了应缴给国家的税款。出版社和作家去向有关部门举报，还不如站在大街上骂一阵娘出出恶气，因为你举报了也没人负责。甚至往更坏里想，某些盗版者，也许就是某些有权处罚盗版者的摇钱树。一个小偷偷一头牛就可以判刑，但一个书商盗版牟取暴利却无人过问。去查查那些身家千万甚至亿万的书商吧，看看他们的财产有几成是合法的收入。当然我也知道，没有人会去查。

1998年初，我与两个作家朋友从巴黎坐火车去威尼斯，途径瑞士时正是深夜，列车停在一个小站，上来了两个体壮如牛的瑞士警察，把我们从睡梦中唤醒。其中一个警察对着我们喊："Tax!Tax!"我们当中那个在美国待了好几年、自认为精通英语的朋友瞪着眼说："我们坐火车，不坐Taxi！"但那两个瑞士警察还是一个劲地喊："Tax!Tax!"一边喊着，一边掏出一个小本在上边写出一道算术题：72×3=216。我那位精通英语的朋友恍然大悟道："他们不是让我们坐出租车，而是他们自己要坐出租车回家。"我说他们坐出租车回家，凭什么让我们出钱？眼见着火车就要开了，那两个警察急得抓耳挠腮，我说："深更半夜的，他们也不容易，算了，就给他们吧。"于是我们就每人给了他们72法郎，警察在我们的护照上盖了一个章，连声道着谢跳下车去。他们走了，我们骂了一阵，各自睡去。第二天，那位精通英语的朋友说："我明白了，瑞士警察跟我们要的不是搭出租车的钱，而是过境税。"他拿出快译通，一边按着一边说："Tax是税，Taxi才是出租车呢！我怎么这样笨呢？"我安慰他说："不是你笨，是那两个瑞士警察的英语发音不标准。"

第一次去青岛

1999年

第一次去青岛之前，实际上我已经对青岛很熟悉。距今三十年前，正是人民公社的鼎盛时期。全村人分成了几个小队，集中在一起劳动，虽然穷，但的确很欢乐。其中一个女的，名字叫做方兰花，其夫在青岛当兵，开小吉普，据说是海军陆战队的，穿灰色的军装，很是神气。青岛离我们家不远，这个当兵的经常开着小吉普回来，把方兰花拉去住。方兰花回来，与我们一起干活时，就把她在青岛见到的好光景、吃到的好东西说给我们听。什么栈桥啦，鲁迅公园啦，海水浴场啦，动物园啦，水族馆啦……什么油焖大虾啦，红烧里脊啦，雪白的馒头随便吃啦……通过她眉飞色舞、绘声绘色的描述，尽管我没去过青岛，但已经对青岛的风景和饮食很熟悉了，闭上眼睛，那些风景仿佛就出现在我的眼前。方兰花除了说青岛的风景和饮食，还说青岛人的"流氓"。她说——起初是压低了嗓门，轻悄悄地："那些青岛人，真是流氓成性……"然后就突然抬高了嗓门，仿佛要让全世界都听到似的喊，"他们大白天就在前海崖上吧唧吧唧地亲啊……"这样的事情比风景和饮食更能引起我们这些小青年的兴趣，所以在方兰花的腚后总是追随着一帮子小青年，哼哼唧唧地央告着："嫂子，嫂子，再说说那些事吧……再说说嘛……"她低头看看我们，说："瞧瞧，都像磅一样了，还敢说给你们听？"

生产队里有一个早些年去青岛贩卖过虾酱和鹦鹉的人，姓张名生，左眼里有颗宝石花，歪脖子，有点历史问题，整日闷着不吭气。看方兰花昂扬，气不愤儿，终于憋不住，说：“方兰花，你天天吹青岛，但你是坐着你男人的小吉普去的，你坐过火车去青岛吗？你知道从高密坐火车去青岛要经过哪些车站吗？”方兰花直着眼答不上来。于是张生就得意地歪着脑袋，如数家珍地把从高密到青岛的站名一一报了出来。他坐的肯定是慢车，因为站名达几十个之多。我现在只记得出了高密是姚哥庄，过了姚哥庄是芝兰庄，过了芝兰庄是胶西，过了胶西是胶县，过了胶县是兰村，然后是城阳、四方什么的，最后一站是老站。但在当时，我也像那张生一样，可以把从青岛到高密沿途经过的车站，一个哏都不打地背下来，而且也像张生那样，可以倒背如流。所以，在我真正去青岛之前，我已经在想象中多少次坐着火车，按照张生报的站名，一站一站地到了青岛，然后按照方兰花描画出来的观光路线，把青岛的好山好水逛了无数遍，而且也梦想着吃了无数的山珍海味。梦想着坐火车、逛风景是美好的，但梦想着吃好东西是不美好的，是很难过的，嘴里全是口水，肚子咕噜噜地叫唤。梦想着看看那些风流人物在海边上恋爱也是不美好的。

等到1973年春节过后，我背着二十斤绿豆、二十斤花生米、二十斤年糕，送我大哥和他的儿子去青岛坐船返回上海时，感觉不是去一个陌生的城市，而仿佛是踏上了回故乡之路。但一到青岛我就彻底地迷失了方向。从我舅舅家那两间坐落在广州路口、紧靠着一家木材厂的低矮破旧的小板房里钻出来上了一次厕所，竟然就找不到回去的道路了。我在那一堆堆的板材和一垛垛的原木之间转来转去，从中午一直转到黄昏，几次绝望得想哭，汗水把棉袄都湿透了。终于，我在木头垛后听到了大哥说话的声音，一转弯，发现舅舅的家门就在眼前。

等我回到了家乡，在劳动的间隙里，乡亲们问起我对青岛的印象时，我感慨万端地说："青岛的木头真多啊，青岛人大都住在木头堆里。"

我知道现在的青岛已经是一座美丽的、整洁得有点吓人的城市，要想找我舅舅家当年住过的那样的小板房，要想找那么多的木头，是不太可能了。

过去的年

1999年

退回去几十年，在我们乡下，是不把阳历年当年的。那时，在我们的心目中，只有春节才是年。这一是与物质生活的贫困有关，因为多一个节日就多一次奢侈的机会；当然更重要的还是观念问题。

春节是一个与农业生产关系密切的节日，春节一过，意味着严冬即将结束，春天即将来临。而春天的来临，也就是新的一轮农业生产的开始。农业生产基本上是大人的事，对小孩子来说，春节就是一个可以吃好饭、穿新衣、痛痛快快玩几天的节日，当然还有许多的热闹和神秘。

我小的时候特别盼望过年，往往是一过了腊月涯，就开始掰着指头数日子，好像春节是一个遥远的、很难到达的目的地。对于我们这种焦急的心态，大人们总是发出深沉的感叹，好像他们不但不喜欢过年，而且还惧怕过年。他们的态度令当时的我感到失望和困惑，现在我完全能够理解了。我想我的长辈们之所以对过年感慨良多，一是因为过年意味着一笔开支，而拮据的生活预算里往往没有这笔开支；二是飞速流逝的时间对他们构成的巨大压力。小孩子可以兴奋地说：过了年，我又长大了一岁；但老人们则叹息：嗨，又老了一岁。过年意味着小孩子正在向自己生命过程中的辉煌时期进步，而对于大人，则意味着正向衰朽的残年滑落。

熬到腊月初八，是盼年的第一站。这天的早晨要熬一锅粥，粥里要有八样粮食——其实只需七样，不可缺少的大枣算一样。据说在解放前的腊月初八凌晨，庙里或是慈善的大户都会在街上支起大锅施粥，叫花子和穷人们都可以免费喝。我曾经十分向往这种施粥的盛典，想想那些巨大无比的锅，支设在露天里，成麻袋的米豆倒进去，粘稠的粥在锅里翻滚着，鼓起无数的气泡，浓浓的香气弥漫在凌晨清冷的空气里。一群手捧着大碗的孩子们排着队焦急地等待着，他们的脸冻得通红，鼻尖上挂着清鼻涕。为了抵抗寒冷，他们不停地蹦跳着，喊叫着。我经常幻想我就在等待着领粥的队伍里，虽然饥饿，虽然寒冷，但心中充满了欢乐。后来我在作品中，数次描写了我想象中的施粥场面，但写出来的远不如想象中的辉煌。

过了腊八再熬半月，就到了辞灶日。我们那里也把辞灶日叫做小年，过得比较认真。早饭和午饭还是平日里的糙食，晚饭就是一顿饺子。为了等待这顿饺子，我早饭和午饭吃得很少。那时候我的饭量大得实在是惊人，能吃多少个饺子就不说出来吓人了。辞灶是有仪式的，那就是在饺子出锅时，先盛出两碗供在灶台上，然后烧半刀黄裱纸，把那张灶马也一起焚烧。焚烧完毕，将饺子汤淋一点在纸灰上，然后磕一个头，就算祭灶完毕。这是最简单的。比较富庶的人家，则要买来些关东糖供在灶前，其意大概是让即将上天汇报工作的灶王爷尝点甜头，在上帝面前多说好话。也有人说是用关东糖粘住灶王爷的嘴。这种说法不近情理——你粘住了他的嘴，坏话固然是不能说了，但好话不也说不了了嘛!

祭完了灶，就把那张从灶马上裁下来的灶马头儿贴到炕头上，所谓灶马头，其实就是一张农历的年历表，一般都是拙劣的木版印制，印在最廉价的白纸上。最上边印着一个小方脸、生着三绺胡须的人，他的两边是两个圆脸的女人，一猜就知道是他的两个太太。当年我就感到灶王爷这个神祇的很多矛盾之处，其一就是他整年累月地趴在锅灶里受着烟熏火燎，肯定是个黑脸的汉子——乡下人说某人脸黑：看你像个灶王爷似的——但灶马头上的灶王爷脸很白。灶马头上都印着来年几龙治水的字样。一龙治水的年头主涝，多龙治水的年头主旱，“人多乱，龙多旱”这句俗语就是从这里来的，其原因与“三个和尚没水吃”是一样的。

过了辞灶日，春节就迫在眉睫了。但在孩子的感觉里，这段时间还是很漫长。终于熬到了年除夕，这天下午，女人们带着女孩子在家包饺子，男人们带着男孩子去给祖先上坟。而这上坟，其实就是去邀请祖先回家过年。上坟回来，家里的堂屋墙上，已经挂起了家堂轴子，轴子上画着一些冠冕堂皇的古人，还有几个像我们在忆苦戏里见到过的那些财主家的带着瓜皮小帽的小崽子模样的孩子，正在那里放鞭炮。轴子上还用墨线起好了许多的格子，里边填写着祖宗的名讳。轴子前摆着香炉和蜡烛，还有几样供品。无非是几颗糖果，几片饼干。讲究的人家还做几个碗，碗底是白菜，白菜上面摆着几片焦黄的油炸豆腐之类。不可缺少的是要供上一把斧头，取其谐音“福”字。这时候如果有人来借斧头，那是要遭极大的反感的。院子里已经撒满了干草，大门口放一根棍子，据说是拦门棍，拦住祖宗的骡马不要跑出去。

那时候不但没有电视，连电都没有，吃过晚饭后还是先睡觉。睡到三星正晌时被母亲悄悄地叫起来。起来穿上新衣，感觉特别神秘、特别寒冷，牙齿嘚嘚地打着战。家堂轴子前的蜡烛已经点燃，火苗颤抖不止，照耀得轴子上的古人面孔闪闪发光，好像活了一样。院子里黑得伸手不见五指，仿佛有许多的高头大马在黑暗中咀嚼谷草——如此黑暗的夜再也见不到了，现在的夜不如过去黑了。这是真正地开始过年了。这时候绝对不许高声说话，即便是平日里脾气不好的家长，此时也是柔声细语。至于孩子，头天晚上母亲已经反复地叮嘱过了，过年时最好不说话，非得说时，也得斟酌词语，千万不能说出不吉利的话，因为过年的这一刻，关系到一家人来年的运道。做年夜饭不能拉风箱——呼啦呼啦的风箱声会破坏神秘感——因此要烧最好的草、棉花柴或者豆秸。我母亲说，年夜里烧棉花柴，出刀才，烧豆秸，出秀才。秀才嘛，是知识分子，有学问的人，但刀才是什么，母亲也解说不清。大概也是个很好的职业，譬如武将什么的，反正不会是屠户或者是刽子手。因为草好，灶堂里火光熊熊，把半个院子都照亮了。锅里的蒸汽从门里汹涌地扑出来。白白胖胖的饺子下到锅里去了。每逢此时我就油然地想起那个并不贴切的谜语：从南来了一群鹅，扑棱扑棱下了河。饺子熟了，父亲端起盘子，盘子上盛了两碗饺子，往大门外走去。男孩子举着早就绑好了鞭炮的杆子紧紧地跟随着。父亲在大门外的空地上放下盘子，点燃了烧纸后，就跪下向四面八方磕头。男孩子把鞭炮点燃，高高地举起来。在震耳欲聋的鞭炮声中，父亲完成了他的祭祀天地神灵的工作。回到屋子里，母亲、祖母们已经欢声笑语了。神秘的仪式已经结束，接下来就是活人们的庆典了。在吃饺子之前，晚辈们要给长辈磕头，而长辈们早已坐在炕上等待着了。我们在家堂轴子前一边磕头一边大声地报告着被磕者：给爷爷磕头，给奶奶磕头，给爹磕头，给娘磕头……长辈们在炕上响亮地说着：不用磕了，上炕吃饺子吧！晚辈们磕了头，长辈们照例要给一点磕头钱，一毛或是两毛，这已经让我们兴奋得雀跃了。年夜里的饺子是包进了钱的，我家原来一直包清朝时的铜钱，但包了铜钱的饺子有一股浓烈的铜锈气，无法下咽，等于浪费了一个珍贵的饺子，后来就改用硬币了。现在想起来，那硬币也脏得厉害，但当时我们根本想不到这样奢侈的问题。我们盼望着能从饺子里吃出一个硬币，这是归自己所有的财产啊，至于吃到带钱饺子的吉利，孩子们并不在意。有一些孝顺儿媳白天包饺子时就在饺子皮上做了记号，夜里盛饺子时，就给公公婆婆的碗里盛上了带钱的，借以博得老人的欢喜。有一年我为了吃到带钱的饺子，一口气吃了三碗，钱没吃到，结果把胃撑坏了，差点要了小命。

过年时还有一件趣事不能不提，那就是装财神和接财神。往往是你一家人刚刚围桌吃饺子时，大门外就起了响亮的歌唱声：财神到，财神到，过新年，放鞭炮。快答复，快答复，你家年年盖瓦屋。快点拿，快点拿，金子银子往家爬……听到门外财神的歌唱声，母亲就盛上半碗饺子，让男孩送出去。扮财神的，都是叫花子。他们有的提着瓦罐，有的提着竹篮，站在寒风里，等待着人们的施舍。这是叫花子们的黄金时刻，无论多么吝啬的人家，这时候也不会舍不出那半碗饺子。那时侯我很想扮一次财神，但家长不同意。我母亲说过一个叫花子扮财神的故事，说一个叫花子，大年夜里提着一个瓦罐去挨家讨要，讨了饺子就往瓦罐里放，感觉已经要了很多，想回家将百家饺子热热，自己也过个好年，待到回家一看，小瓦罐的底儿不知何时冻掉了，只有一个饺子冻在了瓦罐的边缘上。叫花子不由地长叹一声，感叹自己的命运实在是糟糕，连以瓦罐装饺子都担不上。

现在，如果愿意，饺子可以天天吃，没有了吃的吸引，过年的兴趣就去了大半。人到中年，更感到时光的难留，每过一次年，就好像敲响了一次警钟。没有美食的诱惑，没有神秘的气氛，没有纯洁的童心，就没有过年的乐趣，但这年还是得过下去，为了孩子。我们所怀念的那种过年，现在的孩子不感兴趣，他们自有他们的欢乐的年。

时光实在是令人感到恐慌，日子像流水一样一天天滑了过去。

我的大学

1998年

上大学的梦想，从六十年代初期我的大哥考入华东师范大学时就开始萌发。当时，在我们乡下，别说是大学生本人，就是大学生的家人，也受到格外的尊敬，当然也不乏嫉恨。我在自家的院子里，常常听到胡同里有人议论："别看这家房子破，可是出过大学生的！"偶尔还听到有人压低了嗓门议论："这家是老中农，竟然出了一个大学生！"有一年寒假，大哥回家探亲，趁他睡着时，我把他的校徽偷偷地摘下来，戴在自己胸前，跑到街上，向小伙伴们炫耀。小伙伴们讽刺我："是你哥上大学，又不是你上，烧包什么？"那时我就暗下决心，长大了一定要考上大学，做一个大学生。但随着阶级斗争的呼声越来越高，唯出身论搞得越来越凶，我的大学梦也越来越渺茫。到了文化大革命爆发，大学停止了招生，我的大学梦就彻底地破灭了。不但大学梦破灭，连上中学的权利也因为家庭出身中农而被剥夺了。按照当时的政策，中农的孩子是可以念中学的，但实际上并不是这样。制定这套教育政策的人用心十分良苦，他们知道，剥夺阶级敌人的后代受教育的权利，是巩固红色江山的一个最有力的措施，一群文盲，即便造反，也难成大事。

"文革"后期，大学开始招收工农兵学员，按照政策来说，农村青年，家庭出身只要不是地、富、反、坏、右，具备了中学的同等学力、劳动积极，就可以接受贫下中农的推荐，免试进入大学。但实际上根本不是这样。那时大学招收的学生少，每年的招生名额，到不了村这一级就被瓜分光了，所谓的贫下中农推荐其实是一句美丽的谎言。后来出了个张铁生，靠着一封信上了大学。现在提起他来，人们大都嗤之以鼻，但在当时，我却十分崇拜他。张铁生的成功唤醒了我的大学梦，使我在绝望中看到了一线希望。虽然我没有读过中学，但在家看过我大哥留下的全部中学课本，尽管数理化不行，但语文的实际水平比那些读过中学的贫下中农子弟要高许多。于是我就给当时任教育部长的周荣鑫写信，向他表示我想上大学的强烈愿望。信发出去不久的一个傍晚，我劳动回来，坐在灶前帮母亲烧火做饭，看到父亲像喝醉了似地摇摇晃晃地走进家门。他的手里，攥着一封信。我本能地感到这封信与我有关。父亲站在灶前，浑身打着哆嗦。他注视着我，脸在灶火的映照下放着红光。他对我说："你想什么呢？"然后他就把手里的信给了我。那是一个棕色的牛皮纸公用信封，已经被撕开，我从里边抽出一张印有红字抬头的公用信笺，借着灶火，看到信笺上用圆珠笔写了几行歪歪扭扭的字，大意是信已收到，想上大学的愿望是好的，希望在农村安心劳动，好好表现，等待贫下中农的推荐。我虽然知道这是官腔套话，但还是受到了很大的感动，这毕竟是国家教育部的复信，我一个农村孩子，能折腾得国家教育部回信，已经创造了奇迹。我听到父亲和母亲低声说了一夜的话，知道他们的心情很复杂。接下来的半年里，我给省、地、县、公社的招生领导小组写了许多信，向他们诉说我的大学梦想，但再也没有回音。村子里的人知道了我在做大学梦，都用异样的眼神看我，好像看一个神经有毛病的人。生产队里的贫农代表当着许多人的面对我说："你这样的能上了大学，连圈里的猪也能上！"他的话虽然难听，但在当时的情况下，确是到了家的实话。其实，即便队里的猪上了大学，我也上不了。

当时的农村青年，要想脱离农村，除了上大学之外，还有一条路就是去当兵。当兵时如果好好表现，就可能被推荐上大学，也有可能被直接提拔成军官。这是一条金光大道，但对一个中农的儿子来说，当兵在某种意义上比被推荐上大学还要难。从十七岁那年开始，我每年都报名应征，但到了中途就被刷了下来。不是身体不合格，是家庭出身不合格。家庭出身在理论上也合格，但既然有那么多的贫下中农子弟都想当兵，怎么可能让一个老中农的儿子去呢？正所谓天无绝人之路，机会终于来了。1976年征兵时节，村子里的干部和几乎所有的社员都到昌邑县挖胶莱河，适龄青年在工地上参加体检。我那时在棉花加工厂当临时工，没去挖河，在公社驻地与社直机关的青年一起参加了体检。正好公社武装部长的儿子也在棉花加工厂当临时工，我知道他父亲手中的权力对我多么重要，平时就注意团结他，征兵开始，我就给他父亲写了一封信，让他送了去。再加上许多好人帮忙，就这样混进了革命队伍。

到了队伍里第二年，高考恢复，我们的领导以为我是高中毕业生，就给了我一次复习功课准备来年参加高考的机会。报考的学校是解放军的工程技术学院，专业是计算机终端维修。领导把这个决定告诉我时，我真是百感交集，连续三天吃不下饭。我知道自己肚子里没有墨水，除了能写作文外，数理化几乎是一窍不通，二分之一加三分之二我以为等于五分之三。而距离高考只有半年的时间，怎么办？考还是不考？最后还是决定考，让家里把大哥的那些书全部寄来，开始了艰难的自学。学到来年六月，总算入了点门，感到考试不至于得零分时，领导告诉我，考试的名额没有了。这又是一个让我感到悲喜交集的消息，悲的是半年的苦熬白费了，喜的是不必考不中出丑。后来，我知道，那年参加考试的人，多半是一些军干子弟，他们的水平比我高不了多少，但还是照顾入了学，如果我参加了那次考试，没准也能被录取；如果被录取，我就很可能成为了一个无线电技师，而不会成为一个写小说的。

就在我的大学梦彻底破灭时，大学却突然对我敞开了大门。那时我已经参加了党政干部基础课的学习，半年内很轻松地通过了四门，再有一年就可以得到大专文凭，这时，解放军艺术学院文学系恢复招生的消息传到了我的耳朵。我带着已经发表的几篇作品跑到军艺时，报名工作已经结束。我的恩师、时任文学系主任的徐怀中先生看了我的作品，兴奋地对当时在系里担任业务干事的刘毅然说："这个学生，即便文化考试不及格，我们也要了。"参加文化考试时，政治和语文我很有把握，没有把握的是地理，但机缘凑巧，考试时，在我面前的墙上，挂着一张世界地图，还有一张中国地图，有一道题是让回答围绕着我国边境的国家，我准确无误地答了这道题，还有一道关于等高线的题我凭着直觉也答对了。这样，我就以作品最高分、文化考试第二名的优秀成绩进入了解放军艺术学院文学系，成了一名年近三十的大专生。

那一届进入军艺文学系学习的学生，有几位已经大名鼎鼎，最有名的如济南军区的李存葆、李荃，沈阳军区的宋学武，南京军区的钱刚，都得过国家级的文学奖，其余的同学也都发表过很多作品。当时我们是白天听课，晚上写作。四个人住一间宿舍，为了互不干扰，许多宿舍里都拉起了帷幔，进去后能使人迷路。我们宿舍里的人懒，还保持着一览无余的朴素面貌。那时天比现在冷，暖气不热，房间里可以结冰。写到半夜，饿了，就用"热得快"烧水煮方便面吃。听说方便面要涨价，便一次买回八十包。深夜两点了，文学系里还是灯火通明。有人就敲着铁碗在楼道里喊："收工了，收工了！"有人把我们宿舍叫做"造币车间"，我是头号"造币机"。我们系是干部专修班，没有几个老师，大部分的课要外请老师来讲。北大的老师、社科院的老师，凡是跟文学沾边的，几乎被我们请了一个遍，还请来了许多社会名流。这样的方式，虽然不系统，但信息量很大，狂轰滥炸，八面来风，对迅速地改变我们头脑里固有的文学观念发挥了很好的作用。请来的老师大多数都有真才实学，也有个别的妖蛾子。譬如我们的一个女同学就把一个据说对存在主义深有研究的人请来。这人留着披肩长发，据说是男性。这伙计一进教室就蹦到讲台上坐着，开始讲存在主义。他讲了半天也没讲明白什么是存在主义，讲到后半截身体就在讲台上扭来扭去。我知道这伙计累了，坐在讲台上，毕竟不如坐在椅子上舒服，但要从桌子上跳下来又很丢面子。我们还请来过一个据说对气功有研究的人，这人说他只要发起气功来，能在钢琴上即兴弹奏出天国的音乐。他果然就弹了一曲，但我们的一个对音乐有研究的同学说，他弹的是一首最初级的钢琴练习曲。我们还请来著名的音乐指挥李德伦给我们讲交响乐。李大师从三皇五帝讲起，一直讲到该吃午饭了才进入正题，用录音机放曲子给我们听。我向李大师提了一个要求，希望他能对着录音机比划比划。大师冷笑道：我只会指挥乐队，不会指挥录音机。下课后，同学们有的骂我，有的嘲笑我，当时我还不服气，嫌人家李德伦架子大。现在想起来，真是愚蠢，我怎么可以让人家那么大的一个指挥家指挥录音机呢？

从军艺毕业后，过了两年，我又混进北京师范大学和鲁迅文学院合办的作家研究生班，当时是想去学点英语，学点理论，争取做一个学者型的作家，但到了那里之后，才发现学英语和学理论都不容易，正好赶上了学生运动，就心安理得地不去上课了。现在想起来，当然又很后悔，尤其是出了国门，听到那些美丽的小洋妞叽叽咕咕地讲话而我一句也听不明白的时候。

现在，我有正儿八经的硕士学位证书，填表时也无耻地填上研究生学历，但我自己心里清楚，其实并没有真正地上过大学。真正地上大学，就应该像我的大哥那样，从小学到中学，一步步地考上去。我虽然拥有国家承认的研究生学历，毕竟还是野狐禅。

杂谈读书

1998年

关于读书的方法，实在是个看似平常但却很难说好的大题目。这原因大抵有二：一是在人类社会中，从古到今，但凡认识了一些文字的人都读过书，这种行为与吃饭穿衣一样，渐渐地成为了一种本能，就像一般不必教导别人如何吃饭穿衣一样，读书也是无须教的；二是古往今来的读书人，尤其是那些饱学之士，大都留下了一些关于读书的理论，其中不乏真知灼见，但更多的是人云亦云——这丝毫没有贬低的意思，读书尽管人各有法，但万变不离其宗。所以，时至今日，实在没有必要由我等半路出家的野文人就这个话题来说三道四，尤其是更不应该写成文章发表在指导中学生阅读的刊物上。

我的女儿也是一个中学生，她学的数、理、化、外，我早就不敢插嘴，对她学的语文，我也不敢贸然地进行“指导”，因为我说的不一定对，万一错了，影响了高考的成绩，那就了不得！所以我女儿有时候碰到语文方面的问题向我请教，我只敢含含糊糊地谈一些我的看法供她参考，然后还是希望她能去问老师，并要她一定以老师的说法为准。

大概想了一下，人类的阅读活动，大概可以分为两类。一类是为了愉悦，如少年读连环画，成年人读言情、武侠，原本就没想从这阅读中获取什么知识，但知识自然地也被获取着，情感自然地也被教育着，这就是所谓的“寓教于乐”吧。二是功利性很强的学以致用，如读技术方面的书籍。文学批评家和作家读文学方面的书籍，基本上也是一种实用的目的，批评家是为了写批评文章，作家是为了写自己的书。

自然科学方面的知识我懂得很少，所以不知道自然科学家读自己的专业书籍时的心态，他们的读，是否最终也是为了写？但搞文学的，读书破万卷，最终是为了下笔如有神，目的性很强。所以读书的方法也就显得很重要。因为有史以来，即使是专业性很强的书籍也已是汗牛充栋，一个人从有阅读能力开始，即便天天读书，读到老死，怕也难把那些已经写出来的书读完。我每次去图书馆查阅资料或去书店买书，就感到有一种狗咬泰山无处下嘴的感觉，就常常感到自己的写作毫无意义。人类的知识积累，从某种意义上说，几乎是一种灾难，它给我们带来的压力实在是太大了。你不可能什么都知道，但你有时那么迫切地想什么都知道。人生有限，学海无涯，这就使处在这无法解决的矛盾中的人类永远潇洒不起来。我甚至幻想，将来有一天，人类能够把历代积累的知识编成一种程序密码之类的东西，通过生物工程，使孩子一生下来就遗传在脑子里。当然这是不可能的，但又好像不是不可能的。电子计算机已经大大地改变了人们的阅读和写作方式，随着科学的进步，人脑的秘密终究会被揭开，那时侯，学习的问题很可能变成一个化学的或者是物理的问题。即便是现在，很多入了电脑网络的人，他们的阅读方式已经跟捧着大厚书本的读者不一样了。他们做学问的方法，已经有了革命性的变化。再下去几百年呢？真是想也不敢想。

像我这样的人，此生大概很难在网上潇洒了，也不大可能去变换职业，因此也就只好沿袭着几十年来养成的习惯读着写着，等待着被淘汰。我没读完小学就回家劳动，但因为认识了一些字，具有了阅读的能力，便想方设法把村里人家的藏书借来看。村里藏书有限，没有选择的余地，只能是借到什么读什么。又因为是借来的，读起来也就快。这时期的阅读没有什么方法好讲，就像对一个饥汉没有必要讲究食品的色香味美一样。后来有了一些条件，书多了，读不过来，这才需要讲点读书的方法。这些方法也早经前人讲过，无非一是翻来覆去地精读，二是走马观花地浏览。对我来说，精读的大多是语言有特色之作，浏览的是语言无特色，但故事很精彩的。前者是为了寻找语感，后者是为了了解别人曾经讲过什么样的故事，扩展一点就是别人曾经用什么样的方法讲述过什么样子的故事。当然，有时候，为了掌握一些必须的材料，那就要带着很强的目的性和方向性去读。这样的方法，与查字典没有太大的区别。

总之，对中学生朋友来说，除了老师的话，谁的话也不要太当真，哪怕他是什么样子的学者、权威。

郁达夫的遗骨

2000年6月

去年夏天，千龙网站（www.21dnn.com)与在中国现代文学史上占有一席之地的浙江籍作家郁达夫先生故里的一所中学联合发起了一个寻找郁达夫遗骨的活动，一时间网上万帖飞动，许多文章竟然把寻找二战期间在东南亚被日本宪兵杀害的郁达夫先生的遗骨与东芝笔记本电脑的索赔问题联系在一起，明显地表现出一种缺乏理智的情绪，俨然要掀起一场仇日运动。莫言应邀写了这篇文章，表明了自己的态度。文章在网上发表后，立即遭到了乱帖轰击。那些狂热的网友认为，写这篇文章的人是个汉奸，这篇文章自然也就是汉奸文章。

郁达夫先生最为人知的作品当属他的小说《沉沦》和《迟桂花》，因为这两部作品总是被各种选本选中。很多人都说他的旧体诗写得好，包括郭沫若，包括李敖。但我知道的只有“曾因酒醉鞭名马，更怕情多累美人”这差不多成了经典的两句。

从上述的作品看，达夫先生是个有几分颓废、有几分伤感、有几分肉欲甚至还有几分堕落的人。他在当时敢冒着天下的大不韪，把自家精神的痛苦、性的苦闷都暴露出来，这需要非凡的勇气和敢于向整个社会挑战的力量。文章一发，自然在文坛乃至社会上引起了强烈的轰动，连许多号称新潮的作家都对他侧目而视。当然，他的那些以暴露闻名的小说放在今天来看实在是太温柔了，他也不过是含含糊糊地写了男子的自渎，今天的小说可是把生活中有的和生活中未有的有关性的事情都操练了，社会乃至文学的进步于此可见一斑。达夫先生因为写了那样的小说，在当时是被正人君子们骂为“堕落分子”的，当然用今天的眼光看他不但不堕落，而且还十分地健康进步。

其实，达夫先生不仅能写那种青春小说和艳情诗，他还能写华美流利、气韵生动的散文，他通晓日、德、英文，当然也能翻译外国的小说。他在追悼鲁迅的文章里这样写：“没有伟大的人物出现的民族，是世界上最可怜的生物之群；有了伟大的人物，而不知拥护、爱戴、崇仰的国家，是没有希望的奴隶之邦。”他在怀念徐志摩的文章中写道：“文人之中，有两种人最可以羡慕。一种是像高尔基一样，活到六七十岁，而能写许多有声有色回忆文的老寿星，其他的一种是如叶赛宁一样的光芒还没有吐尽的天才夭折者。前者可以写许多文学史上所不载的文坛起伏的经历，他个人就是一部纵的文学史。后者则可以要求每个同时代的人都写一篇吊他哀他或评他骂他的文字，而成为一部横的放大的文苑传。”多么睿智，多么深刻，都可以成为警句流传，哪里去寻找一丝颓唐、堕落的气息？

回顾二三十年代的文坛，几乎可以说是浙江人的天下（现今的文坛也一半是浙江人的天下了）。周氏兄弟、徐志摩、茅盾、郁达夫、李叔同、丰子凯……现代文学史上最革命的作家、最反动的作家、最颓废的作家、最超脱的作家、最风流的作家、最浪漫的作家，当然也有最无耻的作家，都是浙江人。而且他们几乎都是留日的，即使没在日本留过学，也是在日本待过的。在日本大举侵略中国之前，他们对日本都是很有感情的。鲁迅有他的藤野严九郎，周作人有他的羽田信子，连徐志摩这个留西洋的，在日本过了一趟，也留下了“最是一低头的温柔，好似一朵睡莲花不胜凉风的娇羞”这样的多情诗篇。无法知道郁达夫在日本有没有好友，但我相信在日本发动侵华战争之前，他在日本喝着清酒的时候，未必就对日本人乃至日本民族没有好感。但他最终还是被日本宪兵用手扼住喉咙窒息而死。

其实早在鲁迅、郁达夫等人留学日本之前，日本就是中国旧民主主义革命的干部训练基地。孙中山他们那一拨就不用说了，更早的还有康有为和梁启超，也都是看事不好，拔腿就跑。往哪里跑？往日本跑。后来的徐锡麟、秋瑾、邹容、陈天华、黄兴……这些打黑枪的、扔炸弹的、跳大海的、剪小辫的……总之是几乎所有的跟大清朝做对头的，几乎都是在日本洗了脑筋受了训练，包括后来的蒋介石、汪精卫、周恩来这些人，也都在日本学到了各自需要的东西，回到中国后成了历史舞台上的风云人物。再后来的郭沫若、茅盾等人，也是一遭通缉或是一有失意就东渡扶桑，而且总是能在那边弄出点浪漫故事来。那么，起码是在这些时候，日本人里还是有许多的好人，日本这个国家还是有许多可爱的地方。但很快，日本人就打到中国来了。我相信，日本侵略中国，日本军队在中国烧杀奸淫，会让上述那些在日本留过学或是居住过的中国人心中百感交集，包括郁达夫。

近年来我结识了不少日本朋友，去年也曾经去日本住了十几天。面对着彬彬有礼的日本男人，面对着“最是那一低头的温柔”的日本女人，我总觉得那些在中国无恶不作的日本兵不是从这个岛国上出去的。但事实上他们就是我们今天见到的那些彬彬有礼的日本男人和温柔的日本女人的父辈，亦或那个在大街上踽踽独行的面孔慈祥的老人就是一个当年的军曹。怎么会是这样呢？想来想去，我的结论是，当年那批日本士兵，是战争这个特殊环境的产物。特殊的环境需要特殊的人物也造就出特殊的人物，特殊的环境能把人变成野兽，在一个吃人的环境里，如果你不参加吃人的活动，很可能就要被人吃掉，甚至是被自己的同志吃掉。这不是民族的问题，更不是人种的问题。这是政治家的问题，不是老百姓的问题。士兵在成为士兵之前，都是善良的老百姓。就是这些在战争的环境中丧失了人性、成为了宪兵的日本老百姓，用手扼住了郁达夫的咽喉，使他窒息而死。

现在，达夫先生的子女们回忆父亲惨遭杀害的情景，表达了对日本侵略者的深仇大恨，这是正义的感情；达夫先生故里的中学生通过千龙网发起了一个在全球范围内寻找达夫先生遗骨的运动，这毫无疑义是一个充满了爱国主义色彩的教育运动，同时也是一个表达对家乡伟人景仰之情的、充满了乡土自豪感的爱乡教育运动。但窃以为不能借这件事煽动一种偏狭的民族主义情绪，似乎过去的、现在的、所有的日本人没有一个好东西，这样就丧失了这件事情的意义，甚至会走向事物的反面。我承认日本人里有坏人，但我并不认为日本人里边的坏人就比中国人里边的坏人多。是的，他们的宪兵扼死了我们的作家郁达夫；但是，在我们的文化大革命时期，我们的公安不是也用利刃切断了张志新的喉管然后才执行枪毙吗？我们湖南、广西等地的部分地区的“革命群众”不是也疯狂地杀戮甚至煮食了所谓的“阶级敌人”，更甚至连吃奶的孩童也不放过吗？我不知道那个用手扼死郁达夫的日本宪兵和那位用刀切断张志新喉管的中国公安哪个更好一点，我也不知道那些在战争时期残杀中国人的日本士兵和那些在“文革”时期残杀自己同乡的中国“革命群众”哪些更坏一些。我认为我们应该痛恨的是战争和发动战争的人，以及至今还不承认有过这样一场侵略战争的人。寻找遗骨就是寻找遗骨，与日本的善良百姓无关，更与东芝笔记本的索赔无关。

陪考一日

2000年8月

7月6日晚，带着书、衣服、药品、食物等诸多在这三天里有可能用得着的东西，搭出租车去赶考。我们很运气，女儿的考场排在本校，而且提前在校内培训中心定了一个有空调的房间，这样既是熟悉的环境，又免除了来回奔波之苦。信佛的妻子说：这是佛祖的保佑啊！我也说，是的，这是佛祖的保佑。坐在出租车上，看到车牌照上的号码尾数是575，心中暗喜，也许就能考575分，那样上个重点大学就没有问题了。车在路口等灯时，侧目一看旁边的车，车牌的尾数是268，心里顿时沉重起来。如果考268分那就糟透了。赶快看后边的车牌尾数，是629，心中大喜，但转念一想，女儿极不喜欢理科而学了理科，二模只模了540分，怎么可能考629？能考575就是天大的喜事了。

车过了三环路，看到一些学生和家长背包提篮地向几家为高考学生开了特价房间的大饭店拥去。虽说是特价，但每天还是要400元，而我们租的房间只要120元。在这样的时刻，钱是小事，关键的是这些大饭店距考场还有一段搭车不值、步行又嫌远的尴尬距离，而我们的房间距考场只有一百米！我心中满是感动，为了这好运气。

安顿好行李后，女儿马上伏案复习语文，说是“临阵磨枪，不快也光”。我劝她看看电视，或者到校园里转转，她不肯，一直复习到深夜十一点，在我的反复劝说下，才熄灯上床。上了床也睡不着，一会儿说忘了《墙头马上》是谁的作品，一会儿又问高尔基到底是俄国作家还是苏联作家。我索性装睡不搭她的话，心中暗暗盘算，要不要给她吃安定片。不给她吃怕折腾一夜不睡，给她吃又怕影响了脑子。终于听到她打起了轻微的鼾，不敢开灯看表，估计已是零点多了。

凌晨，窗外的杨树上，成群的麻雀齐声噪叫，然后便是喜鹊喳喳地大叫。我生怕鸟叫声把她吵醒，但她已经醒了。看看表，才四点多钟。这孩子平时特别贪睡，别说几声鸟叫，就是在她耳边放鞭炮也惊不醒，常常是她妈搬着她的脖子把她搬起来，一松手，她随即躺下又睡过去了，但现在几声鸟叫就把她惊醒了。拉开窗帘，看到外边天已大亮，麻雀不叫了，喜鹊还在叫。我心中欢喜，因为喜鹊叫是个好兆头。女儿洗了一把脸又开始复习，我知道劝也没用，干脆就不说什么了。离考试还有四个半小时，我很担心到上考场时她已经很疲倦了，心中十分着急。

早饭就在学校食堂里吃，这个平时胃口很好的孩子此时一点胃口也没有。饭后，劝她在校园里转转，刚转了几分钟，她说还有许多问题没有搞清楚，然后又匆匆上楼去复习。从七点开始，她就一趟趟地跑卫生间。我想起了我的奶奶。当年闹日本的时候，一听说日本鬼子来了，我奶奶就往厕所跑。解放后许多年了，我们恶作剧，大喊一声“鬼子来了！”我奶奶马上就脸色苍白，把提着裤子往厕所跑去。唉，这高考竟然像日本鬼子一样可怕了。

终于熬到了八点二十分，学校里的大喇叭开始广播考生须知。我送女儿去考场，看到从培训中心到考场的路上拉起了一条红线，家长只许送到线外。女儿过了线，去向她学校的带队老师报到。

八点三十分，考生开始入场。我远远地看到穿着红裙子的女儿随着成群的考生拥进大楼，终于消失了。距离正式开考还有一段时间，但方才还熙熙攘攘的校园内已经安静了下来，杨树上的蝉鸣变得格外刺耳。一位穿着黄军裤的家长仰脸望望，说：北京啥时候有了这玩意儿？另一位戴眼镜的家长说：应该让学校把它们赶走。又有人说：没那么玄乎，考起来他们什么也听不到的。正说着蝉的事，看到一个手提着考试袋的小胖子大摇大摆地走了过来。人们几乎是一起看表，发现离开考还有不到十分钟了。几个带队的老师迎着那小胖子跑过来，好像是责怪他来得太晚了。但那小胖子抬腕看看表，依然是不慌不忙地、大摇大摆地向考场走。家长们都被这个小子从容不迫的气度所折服。有的说，这孩子，如果不是个最好的学生，就是个最坏的学生。穿黄裤子的家长说，不管是好学生还是坏学生，他的心理素质绝对好，这样的孩子长大了可以当军队的指挥官。大家正议论着，就听到从学校大门外传来一阵低声的喧哗，于是都把身体探过红线，歪头往大门口望去，只见两个汉子架着一个身体瘦弱的男生，急急忙忙地跑了进来。那男生的腿就像没了骨头似地在地上拖拉着，脖子歪到一边，似乎支撑不了脑袋的重量。一个中年妇女——显然是母亲——紧跟在男孩的身后，手里拿着考试袋，还有毛巾药品之类的东西，一边小跑着，一边抬起胳膊擦着脸上的汗水与泪水。一群老师从考试大楼里跑出来，把男孩从那两个男人手里接应过去，那位母亲也被拦挡在考试大楼之外。红线外的我们，一个个都很感慨很同情的样子，有的叹气，有的低声咕哝着什么。我的觉悟不高，心中有对这个带病参加考试的男生的同情，但更多的是暗自庆幸，不管怎么说，我的女儿已经平平安安地坐在考场里，现在已经拿起笔来开始答题了吧。

考试正式地开始了，蝉声使校园里显得格外安静。我们这些住在培训中心的幸运家长，站在树荫里，看到那些聚集在大门外强烈阳光里的家长们，心中又是一番感慨。因为我们事先知道了培训中心对外营业的消息，因为我们花了每天120元钱，我们就可以站在树荫里看着那些站在烈日下的与我们身份一样的人，可见世界上的事情，绝对的公平是不存在的。譬如这高考，本身也存在着很多不公平，但它比当年的推荐工农兵大学生是公平的多了。对广大的老百姓的孩子来说，高考是最好的的方式，任何不经过考试的方式，譬如保送，譬如推荐，譬如各种加分，都存在着暗箱操作的可能性。

有的家长回房间里去了，但大多数的家长还站在那里说话，话题飘忽不定，一会儿说天气，说北京成了非洲了，成了印度了，一会儿又说当年的高考是如何的随便，不像现在的如临大敌。学校的保安过来干涉，让家长们不要在校园内说话，家长们很顺从地散开了。

将近十一点半时，家长们都把着红线，眼巴巴地望着考试大楼。大喇叭响起来，说时间到了，请考生们立即停止书写，把卷子整理好放在桌子上。女儿的年级主任跑过来，兴奋地对我说：莫先生，有一道18分的题与我们海淀区二模卷子上的题几乎一样！家长们也随着兴奋起来。一位不知是哪个学校的带队老师说：行了，明年海淀区的教参书又要大卖了。

学生们从大楼里拥出来。我发现了女儿，远远地看到她走得很昂扬，心中感到有了一点底。看清了她脸上的笑意，心中更加欣慰。迎住她，听她说：感觉好极了，一进考场就感到心中十分宁静，作文写得很好，题目是“天上一轮绿月亮”。

下午考化学，散场时，大多数孩子都是喜笑颜开，都说今年的化学题出得比较容易，女儿自觉考得也不错。第一天大获全胜，赶快打电话往家报告喜讯。晚饭后，女儿开始复习数学，直至十一点。临睡前，她突然说：爸爸，下午的化学考卷上，有一道题，说“原未溶解……”我审题时，以为卷子印错，在“原未”的“未”字上用铅笔写了一个“来”字，忘记擦去了。我说这有什么关系？她突然紧张起来，说监考老师说，不许在卷子上做任何记号，做了记号的就当作弊卷处理，得零分。我说你这算什么记号？如果这也算记号，那作文题目是不是也算记号？另外，即便算记号，你知道谁来判你的卷子？她听不进我的话，心情越来越坏，说，我完了，化学要得零分了。我说，我说了你不信，你可以打电话问问你的老师，听听她怎么说。她给老师打通了电话，一边诉说一边哭。老师也说没有事。但她还是不放心。无奈，我又给山东老家在中学当校长的大哥打电话，让他劝说。总算是不哭了，但心中还是放不下，说我们是在安慰她。我说：退一万步说，他们把我们的卷子当成了作弊卷，给了零分，我们一定要上诉，跟他们打官司。爸爸认识不少报社的人，可以借助媒体的力量，把官司打赢……

凌晨一点钟，女儿心事重重地睡着了。我躺在床上，暗暗地祷告着：佛祖保佑，让孩子一觉睡到八点，但愿她把化学卷子的事忘记，全身心地投入到明天的考试中去。明天上午考数学，下午物理，这两项都是她的弱项……

上下五千年

2000年

从现在倒回去一千年，公元1000年，是宋真宗赵恒的咸平三年，干支纪元庚子。当时，欧洲人应该正在大张旗鼓地庆祝他们的第一个千禧年；但这隆重的盛典，与中国人没有什么关系。宋真宗的时代，大宋朝开国还不到四十年，前有太祖、太宗两任皇帝的励精图治，国势正是强盛时，腐败现象肯定存在，但还没有到达透顶的程度，北方游牧民族的骚扰不时发生，但还没有成为心腹大患。这时的国都开封，虽不及大约百年之后张择端描绘的《清明上河图》中那般繁华，但估计已经相当不错。这一年是真宗皇帝即位第三年，他大概还想勤政廉政，努力工作，当一个圣明天子。这一年开封城里的老百姓和天下的老百姓怎样生活，我不得而知，也懒得去考证。当时的仁人智士会不会考虑时间问题呢？我也不知道。但我们从唐人张若虚的《春江花月夜》中已经知道，一千多年前的知识分子对时间问题已经思考得很深很玄，宋真宗时的知识分子对这个问题的思考起码不会比唐人浅。但我估计这一年在大宋百姓心目中，并没有什么特殊的意义，因为耶酥基督诞生一千年与他们的生活实在是风马牛。只是由于我们也采用了基督教的公元纪年，才把这2000年闹得热火朝天，好像这是全人类的盛大庆典。如果我们不采用这个西方的纪年法，那么今年也就与去年一样，区别就在于今年生的小孩子属龙，而去年生的小孩子属兔。

再倒回去一千年，也就是耶酥诞生前一年，正是大汉朝的哀帝元寿二年——这里涉及到又一个时间问题，公元的第三个千年到底应该从2000年算起呢，还是应该从2001年算起——岁在庚申。这年的四月里发生了日食，人心惶惶，朝中的大臣们借着日食说事，其实是吓唬皇帝，说日食是上天示警，其原因就是皇帝大搞同性恋。哀帝刘欣，当了不到六年皇帝，除了搞了一场轰轰烈烈的同性恋，几乎没干别的事情。这年正月里匈奴单于朝见，哀帝设宴款待，群臣在殿前作陪，群臣之首就是位列三公的大司马、卫将军董贤。董年方二十二岁就位极人臣，匈奴单于感到不可思议。刘欣就为他解释，说别看大司马年轻，但功劳却是大大的。董贤的大功劳就是让皇上开心。他自然是个美貌少年，哀帝爱他爱到了无以复加的程度，甚至当着群臣的面要把天下禅让给董贤，中常侍王闳跳起来反对，这才罢休。同性恋历史上有名的“断袖”典，就是哀帝与董贤的创造。这年的六月，哀帝可能是得了爱滋病，在未央宫驾崩。他一驾崩，小董贤就倒了霉，自杀后下了葬，还让王莽先生派人把尸体扒出来示众。这时候天下已经让这场同性恋闹得乱七八糟——由此可见皇帝跟什么人睡觉的问题首先是政治问题然后才是生理问题——老百姓在死亡线上挣扎，当然也不会有人知道，再过一年，就是公元的元年。这年九月，九岁的刘衎即皇帝位，是为汉平帝，第二年，他改元“元始”，这个年号，从字面上可以解释为公元纪年的开始，这如果不是巧合，就是上帝的安排。

再倒回去一千年，究竟是周的哪个大王当朝，已经无典可查，当时的政治经济情况，史官们也说不清楚。再往前退一千年呢？基本上就是一笔糊涂账了。历史事实与神话传说混杂在一起，“大禹治水”，应该就是那时候发生的事情吧？再往前退一千年，就只能根据从地下挖出来的坛坛罐罐上猜想了。

中国号称有五千年的文明史，在全世界也引为自豪。五千年，相对于一个人的生命，真是够漫长的，但相对于生物进化的历史，相对于地球的形成，相对于宇宙的变迁，只不过是一瞬间。想到此就让人感到心灰意冷。想到人生的短暂，想到人生的不可重复，想到连地球也要灭亡、太阳也要失去光辉，顿时感到一片迷茫。公元一千年值得庆祝吗？公元两千年又有什么特别的意义？你贵为帝王又怎样？你家财万贯又如何？你流芳千古又如何？你遗臭万年又怎样？这些问题实际上早就存在，为了让人们不自杀和不造反，西方和东方，创造了各自的天堂和地狱。有了天堂和地狱，就有了轮回和报应，人的一生就不是一次性的行为，也就是说你可以变幻不同的方式来占有时间，你就不但有今生，而且你还有来世，而来世的好与坏，是与你今生的行为密切相关的。现代科学正在摧毁地狱与天堂，进步固然是进步，但也带来了很多问题，最要命的问题就是让人认识到了人生不可重复，把人生的意义何在这个古老的问题放大在人的面前。

我想人生的意义就在于你是人，就在于你是一个按照奇特的配方用各种无生命的普通物质生产出来的有生命而且有思想并且可以认识自己和周围的环境的个体。相对于那些没构成人的元素，我们真是庆幸，我们真应该狂欢。那就让我们张开双臂拥抱扑面而来的下一个千年吧，尽管想到3000年时，我们还是要长叹一声，心中涌起无边的惆怅。

我与话剧

2000年

你也许不相信，我的真正的“处女作”不是小说，而是一部名为《离婚》的六幕话剧。那还是1978年，我在黄县当兵的时候。当时，宗福先的话剧《于无声处》红遍全国，随后不久又有《丹心谱》、《陈毅出山》等一批话剧上演，一时蔚成大观。看多了自然就跃跃欲试，于是就托战友的朋友从县图书馆里借来了曹禺、郭沫若的剧本集，一通狂读，然后就生吞活剥地写出了《离婚》。写完后让我的教导员看，他看了说好，并且还给我画了插图。稿子寄到《解放军文艺》后，就开始了满怀希望的等待。等了三个月，《解放军文艺》把稿子退了回来，并且回了一封不是铅印的信。信上没有说我的话剧不好，只是说刊物版面有限，难以发表大型作品，希望投到演出单位看看。我感到很沮丧，教导员却表扬我说：“行啊，小伙子，折腾得连解放军文艺都不敢发表了！”于是我又往省市的话剧团投，结果可想而知。这部手稿一直保存到1982年，有一天我把它从箱子底下翻出来一看，不由得面红耳赤，一狠心点上火烧了，就像销毁了一段不光彩的历史。从此之后就与话剧告别，别说是不写，连看的机会也很少。

一直到了1996年秋，时在广州军区话剧团任编剧的王树增动员我与他合作给空军话剧团的导演王向明写一个有关楚汉战争的剧本，我力辞不却，只好抱着试试看的态度答应下来。然后我们三个就开始“侃”剧本，前后“侃”了有五天或者六天。我们一次次地由兴奋到沮丧，又由沮丧到兴奋。如果不是因为王向明澎湃激情的感染和他为话剧献身的精神的感召，我肯定要打退堂鼓。把基本的思路确定下来之后，就开始动笔写作。前后五易其稿，耗时无算，终于使剧本达到了让导演大体认可的程度。接下来，为了将剧本搬上舞台，王向明究竟付出了多少劳动，我就不知详情了，但我凭猜想也基本上能知道其中的艰辛。王向明身上比较集中地体现了话剧人勇于探索、不屈不挠甚至是知其不可为而为之的精神。

该剧最初的题目叫《钢琴伴奏·霸王别姬》，从这个题目也可以看出我们试图用一种现代的方式讲述一个几乎是家喻户晓的历史故事的野心。最初的定稿分成了古今对照的两个部分，古代部分自然是讲述项羽、虞姬、刘邦、吕雉这四个在秦汉之间那段短暂的历史里光彩夺目的人物之间的恩爱情仇；现代部分则讲述了一对下乡知青和一个因为历史的原因成为了女知青丈夫的农村青年之间的感情纠葛。后来我们意识到，话剧的现代性，并不完全由事件的当代性和外在的文明因素（譬如钢琴伴奏）决定，许多历久常新的经典，其中的故事已经陈旧，但陈旧故事中所包含的多样性的意义和人类至今难以解决的普遍性矛盾，又使得古老的经典能够不断地放射出灿烂的光辉。这是思想的光辉而不是故事的光辉，这是矛盾重重的思辩的光辉而不是善恶分明的说教的光辉。于是我们决定，舍弃故事的现代部分，钢琴自然也就搬走。

小仲马说：“所谓历史事件，只不过是我挂小说的钉子。”我们也可以说：“历史事件上，悬挂的是剧作家的思想。”但仅有思想构不成戏剧，思想还是要通过人物的言行表现出来。我们在创作的过程中，认真地研究了司马迁的《史记》。我们发现，在相当大的程度上，《史记》如其说是历史还不如说是小说，这就为我们在遵循着被大家所公认的历史事实的前提下大胆地、合理地虚构提供了根据。我们设计了许多在历史上完全可能发生但史书上没有记载的情节，来表现我们对这些历史人物的理解。理解就是阐释，阐释就是创造，而创造的最重要的标志就是我们写出了我们的项羽、我们的虞姬、我们的刘邦、我们的吕雉。

毫无疑问，没有一个从事历史题材的艺术家不考虑借古讽今、借古影今、借古鉴今的问题，尤其是话剧这种直接地跟观众交流的艺术，台上的演出如果不能激起台下观众丰富的联想、会意的微笑，那这场演出就是失败。当然，我们不会笨拙地去影射攻击什么，我们希望提供给观众的是我们也无法解决的矛盾，这些矛盾存在了几千年，现在依然存在着，将来也会存在着。我们无法做出谁是谁非的判断，我们不做判断，我们请观众判断，观众也可以无法做出判断。其实我们并不盼望观众随着剧中人物的喜怒哀乐而喜怒哀乐，我们希望观众帮助我们思索。

话剧搬上舞台，其实就变成了商品，商品需要广告，我们的广告是：

这是一部与现代生活息息相关的历史剧；

这是一部让女人思索自己该做一个什么样子的女人的历史剧；

这是一部让男人思索自己该做一个什么样子的男人的历史剧；

这是一部让历史融入现代的历史剧；

也是一部让现代照亮历史的历史剧。

其实所有的戏剧都是历史剧。

在即将到来的初冬里，在声名赫赫的首都剧场小剧场里，我们的话剧《霸王别姬》（暂名）即将上演，作为编剧之一，我感到喜悦，又感到担忧；喜悦的原因不必说，担忧的原因也不必说。

北京秋天下午的我

2001年8月25日下午

据说北京的秋天最像秋天，但秋天的北京对于我却只是一大堆凌乱的印象。因为我很少出门，出门也多半是在居家周围的邮局、集市活动，或寄书，或买菜，目的明确，直奔目标而去，完成了或得手了就匆匆还家，沿途躲避着凶猛的车辆和各样的行人，几乎从来没有仰起头来，像满怀哲思的屈原或悠闲自在的陶潜一样望一望头上的天。

据说秋季的北京的天是最蓝的，蓝得好似澄澈的海，如果天上有几朵白云，白云就像海上的白帆。如果再有一群白鸽在天上盘旋，鸽哨声声，欢快中蕴涵着几丝悲凉，天也就更像传说中的北京秋天的天了。但我在北京生活这些年里，几乎没有感受到上个世纪里那些文人笔下的北京的秋天里美好的天。那样的秋天是依附着低矮的房舍和开阔的眼界而存在的，那样的秋天是与蚂蚁般的车辆和高入云霄的摩天大厦为敌的，那样的天亲近寂寞和悠闲，那样的天被畸形的繁华和病态的喧嚣扼杀了。没有了那样的天，北京的秋天就仅仅是一个表现在日历牌上的季节，使生活在用空调制造出来的暧昧温度里、很少出门的人忘记了它。

从日历牌上我知道立秋的节气已过，但秋后还有一伏，气温依然是灼热逼人，家家的空调机还在轰鸣着，如果是中午上街，街上的水泥路面上，依然泛着耀眼的白光，多半是红色的车辆，咬着尾巴，缓慢地移动，像一团团移动的火炭，连缀成一条灼热的、扭曲的火龙，人在路边走，身上汗湿粘腻，不是愉快的事。在无事的情况下，我不会在这个时刻出门。我在这个时刻，多半是在床上午睡。我可以整夜地不睡觉，但中午不可以不睡觉。如果中午不睡觉，下午我就要头痛。在中午的梦里，我也许会梦到清华园里被朱自清描写过的荷塘。虽说荷花的盛季是夏天，但初秋的北京，从电视的画面上和报刊的文字里，我知道荷花照样开放得狂。等荷塘里满是高挑的莲蓬与苍黄的荷叶构成风景时，大概已是中秋佳节了。

我的午休时间很长，十二点上床，起床最早也要三点，有时甚至到了四点。等我迷迷瞪瞪地起来，用凉水洗了脸，下午的阳光已经把窗上的玻璃照耀得一片金黄了。起床之后，我首先是要泡上一杯浓茶，然后坐在书桌前。如果老婆不在眼前，就赶紧点上一支烟，喝着浓茶抽着香烟，那感觉十分美妙，不可以对外人言也。

喝着茶抽着烟我开始翻书，乱翻书，因为我下午不写作。我从来也没养成认真读书的习惯，拿起一本书，有时候竟然从后边往前看，感到有趣，再从头往后看。从过了四十岁后，我再也没有耐心把一本书从头看到尾了，无论是多么精彩的书。这是一个很不好的习惯，我知道，但要改正也难了。看一会儿书，我就站起来，心中感到有些烦，也可以叫无聊，就在屋里里转圈，像一头关在笼子里的懦弱的野兽。有时就打开那台使用了十几年的日立牌电视机，21英寸的，当时是最好的，是用了我第一次出国的指标在出国人员免税店买的。日本货的质量，虽然近年来也频频出问题，但我家这台电视机的质量实在是好得有点惹人烦。十几年了，天天用，画面依然清晰，声音依然立体，使你没有理由把它扔了。电视里如果有戏曲节目，我就会兴奋得浑身哆嗦。和着戏曲音乐的节拍浑身哆嗦，是我锻炼身体的一种方法。我一手捻着一个羽毛球拍子使它们快速地旋转着，身体也在屋子里旋转，和着音乐的节奏，心无杂念，忘乎所以，美妙的感受不可以对外人言也。

使我停止旋转的从来不是因为累而是因为电视机里的戏曲终了；戏曲终了，我心郁郁。解决郁闷的方法是拉开冰箱找食物吃。冰箱是东芝牌的，也是日本货，与电视机一样是用德国马克在出国人员免税店买的。前不久坏过一次，后来被我老婆敲了一棍子又好了。一般情况下我总能从冰箱里找到吃的，实在找不到了，我老婆就会动员我去离家不远的菜市场采买。我知道她其实是想把我撵出去活动活动。

在北京的秋天的下午，我偶尔去菜市场采菜。以前，北京的四季，不但可以从天空的颜色和植物的生态上分辨出来，而且还可以从市场上的蔬菜和水果上分辨出来。中秋节前后，应时的水果是梨子、苹果、葡萄，也是各种甜瓜的季节，但现在的北京，由于交通的便捷和流通渠道的畅通，天南海北的水果一夜之间就可以跨洋越海地出现在市上。尤其是农业科技的进步，使季节对水果的生长失去了制约。比如从前，中秋节时西瓜已经很稀罕，而围着火炉吃西瓜更是一个梦想，但现在，即便是大雪飘飘的天气里，菜市场上，照样有西瓜卖。大冬天卖海南岛生产的西瓜不算稀奇，大冬天卖京郊农村塑料大棚里生产的西瓜也不算稀奇了。市上的水果蔬菜实在是丰富得让人眼花缭乱无所适从，东西多了，就没有好东西了。

如果是去菜市场回来，我就在门口的收发室把晚报拿回家。从订阅《北京晚报》开始，我有了一点北京人的感觉。《北京晚报》是一份发行数百万份的报纸，版面一扩再扩，广告也日渐增多。报纸的头版多半没有什么好看的，就像电视台的《新闻联播》的前十分钟一样。其它的版面上有一些有趣的东西，我看过马上就忘了。看完晚报，差不多就该吃晚饭了。吃完了晚饭的事情，不属于本文的范围，我只写从中午到晚饭前这段时间里我所干的事情。

有时候下午也有记者来家采访我，有时候下午我在家里要见一些人，有朋友，也有不熟悉的探访者。媒体采访是一件很烦人的事，但也不能不接受，于是就说一些千篇一律的废话。朋友来家，自然比接受采访愉快，我们喝着茶，抽着烟，说一些杂七拉八的话，有时候难免要议论同行，从前我口无遮拦，得罪了不少人，现在年纪大了，多了些狡猾和世故，一般情况下不臧否人物，能说好话就尽量地说好话，不愿说好话就保持沉默，或者今天天气哈哈哈……

按说北京是个四季分明的地方，秋天有三个月。中秋应该是北京最好的季节，其实，中秋无论在哪里，都是最美好的季节。我小时候在山东老家，对中秋节就很感兴趣，因为中秋节除了天上有一轮圆月，地上还有月饼。苏东坡的千古名句“明月几时有，把酒问青天”就是在我的故乡做知州时写的，可见那时的月亮是何等的明亮。那时还没有吃月饼的习俗，如果有，苏东坡不会不写的。月饼之所以有馅，是因为元朝末期，汉族人要造蒙古人的反，在月饼里夹上了造反的纸条，借送礼之名，行联络之实。我少时听一个去内蒙古贩卖过牲口的人说，八月十五夜里，蒙古人要到草里去藏一夜。此说不知真耶假耶。沧海桑田，现在都成了自家兄弟了。现在的月饼里除了纸条不夹，几乎什么都夹。我总是感到中秋节是北京人发明的的一个节日，因为北京曾是元朝的大都。元大都的城墙遗迹，就在我曾经住过的小西天附近，那上边有很多树，如果在秋天的下午，站在元大都城墙上的树林子里，也许会更多地感受到一些北京秋天的美丽吧。也许我应该去一次，为了这篇文章。

现在，距离中秋节还有一个月，月饼大战就拉开了序幕。月饼花样繁多得令人无所适从，看起来都很精美，但味道一般。我知道我也像鲁迅先生笔下那个九斤老太一样，不能对现在的食物给予公正的评价。其实，现在的月饼使用的材料绝对比过去的材料高级，味道也应该好于以往，感到不好吃，不是月饼的问题。其实，最精美还不是月饼，而是包装月饼的盒子，那真是金碧辉煌，好似一座座宫殿。我实在不明白为什么要用如此精美的盒子包装吃的东西。我每年都要为如何处理空月饼盒子发愁。人类真是自找麻烦的动物，科学越发展，人类面临的麻烦就越多。

北京的秋天最为著名的地方就是香山，而香山的名气多半是因为那每到深秋就红遍了山坡的树叶。长红叶的树木多半是枫树。我猜想，当年曹雪芹曾经爬上过香山观赏过红叶，纳兰性德也上去过，许多达官贵人、社会名流也上去过。周作人在那附近的庙里住过很长时间，写出的文章里秋气弥漫，还有一股子树叶的苦涩味道。我在北京生活了近二十年，始终没去过香山。但似乎对那个地方并不陌生，那漫山遍野的红叶在我的脑海里存在着。如果真去了，肯定失望。我知道看红叶的人比红叶还要多，美景必须静观，热闹处无美景。

现在是北京秋天的一个下午，我打破下午不写作的习惯，坐在书桌前，回忆着古人关于秋天的诗句来结束这篇文章：“八月秋高风怒号，卷我屋上三重茅”，“秋风忽洒西园泪，满目山阳笛里人”，“枫叶纷纷落叶多，洞庭秋水晚来波”……古人有“悲秋”之说，大概是因为秋天的景象里昭示着繁华将逝，秋天的气候又暗示着寒冷将至，所以诗中的秋天总是有那么几分无可奈何的凄凉感，但也有唱反调的。李白就说：“我觉秋兴逸，谁云秋兴悲。”刘禹锡说：“自古逢秋悲寂寥，我言秋日胜春朝。冲天一鹤排云上，便引诗情到碧霄。”杜甫说：“无边落木萧萧下，不尽长江滚滚来。”黄巢说：

“待到秋来九月八，我花开后百花杀。”毛泽东说：“万木霜天红烂漫，天兵怒气冲霄汉。”但即便是反调文章，也没有把悲变为喜，只不过是把悲凉化为悲壮而已。

国外演讲与名牌内裤

2001年

中国作家在国外的所谓演讲，其实多半是自欺欺人。一是外国人对中国文学根本就没有那么大的兴趣，能来三五十人听讲（其中多半还是自己的同胞），已经很不错，有时候来上三五人，你如果还想拿出事先写好的讲稿读一遍，那离神经病也就不远了。最好的办法就是赶快进饭馆，喝着吃着，该说点什么就说点什么。二是中国作家中，就我所熟悉的范围内，给他一个题目立即就能出口成章、言之成理的很少，多半是满嘴拌蒜，把那些说了多少遍的陈词滥调再重复一遍而已。真正的演讲，绝对不能捧着稿子念，应该像列宁那样，把双手解放出来，把头抬起来，用眼睛和脸上丰富的表情和大庭里的广众进行交流。要挥手，叉腰，身体往前探出去，然后再仰起来，要不时地在台上走动，要仿佛是表演，但又没有半点的表演痕迹；要让你的语言像水一样流出来，像火焰一样喷出来，而不是像牙膏一样挤出来。不能有病句，不能啰嗦，更不能为了哗众取宠而胡言乱语。要让你语言的内在逻辑力量像万能的触角把听众牢牢地钳住，又不陷入空洞的三段论陷阱。但世界上只有一个列宁，他生了一个硕大的脑袋，脑浆也比常人重几十克。他有钢铁般的意志，有惊人的记忆力，有丰富的学识和天然的逻辑，他往台子上一站，听众（也是观众）立即就被催眠了。列宁，请想想他那模样吧，那是真正的奇人异相，是真正的天才。想学他，怎么可能？公鸡想学老鹰，尽管也能勉强地飞起来，翅膀单薄，屁股下沉，那个狼狈劲儿，还不如说是挣命。我辈在国外的所谓演讲，就像公鸡学飞，飞起来也是一景，但实在是惨不忍睹。通过这事我想到，许多事情是学不会也不能学的。风流不能学，“是大才子自风流”；不是风流种子学风流，那是自取灭亡。贵族姿态不能学，袁世凯的二公子袁克定在败家之后，家中只余一个老家人侍候，每天早晨还是要胸挂洁白的餐巾，正襟危坐，左手执叉，右手执刀，切割着桌子上的窝头和咸菜，往嘴里填。暴发户爱镶金牙，土包子好炫名牌。一个作家外边穿了一条名牌裤子，里边穿了一条名牌裤衩，生怕人家看不到，心中难过，眉头一皱，计上心来，将一块白布缝在屁股上，上边写着：内穿名牌裤衩一条，价值三百余元。使用金叉银杯，吃真正的西餐，桌子上摆着鲜花，但还是不像，还是一副小人得志的嘴脸。仅有几个钱，距离贵族还很遥远。要慢慢来，熬过三代之后，到了孙子辈上，贵族气大概就有一点了。那个往屁股上缝帖子的老兄实在是笨，你把名牌裤衩穿在名牌裤子外边不就行了吗？内衣外穿，真正的时髦，领导服装新潮流。要不就把裤腰截短，前露肚脐，后露腚沟，显出名牌裤衩的蕾丝花边——我不知道什么叫蕾丝花边，从许多新潮作家的书里看到，凡名牌必有蕾丝花边。

早年在农村，我一个叔叔当生产队的队长，早晨要早起敲钟，派活，晚上要给那么多社员定工分，鸡一口鸭一口，爹一份娘一份，少有差池，立马就吵翻了天。但我的叔叔一言九鼎，无论多么难缠的角色都能摆平，真是不容易，真是不得了，把我佩服得不行，当时我就立志：做事要做这样的事，做人要做这样的人。但当我把我的志向向他表白后，他用不屑的目光打量着我说：“就你？三脚踢不出一个屁来还想当队长？知道不？当官首先要有好口才！”反过来说就是“好口才带着三分官”。我叔叔一下子就把我的自信心给瓦解了。后来，为了有朝一日能当个官，我也曾站在树林子里练习演讲，姿态难看，声音难听，连树都羞惭得浑身发抖，叶子哗啦啦响。

我叔叔是土天才，经常在夏夜的打麦场上对着社员发表演讲。天南海北，驴头扯到马腚上，但听起来趣味盎然，不亚于单口相声。一边说还一边把光脊梁拍得啪啪响，估计是拍蚊子。他的口才为什么那样好？他肚子里怎么会有那样多要说的话？他怎么能把话说得滔滔不绝，好像话是从他的嘴里流出来的而不是用脑子想出来的？

因为叔叔的榜样，我从小就对口才好的人十分敬重。我觉得能够滔滔不绝地发表演讲的人都是大人物或者是未来的大人物。当年在农村无书可读，偶然得到了一本共产国际领导人季米特洛夫在德国法西斯的法庭上为自己也是为共产国际所作的陈述和辩护，那犀利的语言锋芒，排山倒海般的语言气势，令我热血澎湃，心驰神往，他的演讲甚至影响了我的小说语言。《三国演义》里夸奖英才时经常使用“辩才无碍”这个词，譬如诸葛亮，譬如秦宓，譬如张松，无一不是雄辩家。“道可道，非常道；名可名，非常名”，“白马非马”。到了近代，如果想当官、尤其是想当大官，不把嘴皮子练好是不行的。也有例外，几十年前，在大陆的南部边境，发生过一次战争，我看过一个送敢死队上前线的录像，敢死队员们穿着迷彩服，全副武装，个个神色肃穆，远处的小山上枪声不断，硝烟滚滚，这时候，一个军政委，走到队伍前，左手拿着一张稿纸，右手端着一杯酒，念着慷慨激昂的话。我心里想，一个政委，靠耍嘴皮子吃饭的人，在这样的关头，三分钟的讲话，还要念稿，如此之笨，不知道他是怎样混到了这样高的位置上——但话又说回来，好口才是天生的，不是练出来的。当年我躲在小树林里背诵着季米特洛夫的词儿练习演说，对着树时，好像也能眉飞色舞抑扬顿挫，但一到了人前，就喉咙发紧，额头冒汗，手足无措，事先想好的词儿忘得干干净净，脑子里一片空白。让一个口才好的人佩服另一个口才好的人不太容易，但像我这样一个笨嘴拙舌而又满心想练好口才当大官的人，见到“辩才无碍”的人没法不佩服。可惜在作家队伍里很少见到这样的人，这样的人哪里去了呢？有人说是当官去了。可我们在电视上看到的那些官的口才也实在是一般般，他们讲的话都是一个调调，毫无幽默感，更没有个人的语言风格。说话流畅不是我心目中的好口才，更不是演说家。真正的演说，每次都是创造，每次都不重复，每次都能说出自己的话，而不是背诵别人的话或是把别人的话改头换面。只能这样说：真正的演说家是天才，而天才不可多得，据说五百年才出一个。让我们等候着大演说家的诞生，也许等得到，多半是等不到。

还是回到国外演说这个话题上来，用自己宽容自己的态度。既然受邀出去，总是要说点什么。既然没有即席演讲的才能，事先写好稿子，出去照着念念，也是可以原谅的，总比装哑巴好吧。有人说作家出去代表国家说话，那是瞎扯，那是不知道天高地厚，当然有人要这样想也不是不可以。十几年前，我的一个朋友，刚加入了省作家协会，心中兴奋，坐在火车上，将作协会员证摆在小桌子上，夏天，开着窗，一阵风来，把那东西刮出去了。他急了，想跳窗，被大家拉住。我的朋友，哇哇地哭起来。男儿有泪不轻弹，只因未到伤心处。引得众人前来观看，还以为钱包刮出去了呢。后来有人说：别哭了，回去补一个不就行了嘛。我的朋友说，回去当然可以补一个，但这次人家怎么知道我是一个作家呢？一个白发苍苍的老太太撇着嘴说：年轻人，别哭了。当年托尔斯泰把作协会员证丢了，就在胸前写上“我是作家”四个大字，你也可以照此办理。我明显听出来老太太的讥讽之意，从此出门再也不带作协会员证了。这个老太太给我上了一课，让我明白了许多道理。所以我知道了，有的作家出国可能代表祖国，但我只代表我自己，有时候连自己也代表不了，因为我的话需要翻译给听众，翻译能否把我的话翻译得符合我的本意，只有天知道。既然是在国外说话，适度地自我吹嘘一点也是可以理解的，因为国外的作家都有这嗜好，所以我的这些“演讲”里有些话，大家也不必当真。话是那样说的，但自己能吃几碗米饭还是知道的。一个写小说的，按说不应该写除了小说之外的其他文字，但迫于人情世故，我也不能免俗。将“演讲”、“对谈”之类文字结集出版，是不但庸俗而且肉麻的事情，比内裤外穿好不到哪里去。从这个意义上说，那个在屁股上贴布条炫耀名牌内裤的作家虽然不是我，但也可以算是我。

天堂里的房子

2003年

我不懂建筑，但就像不懂音乐的人也可以听听音乐一样，就让我这个不懂音乐也不懂建筑的人，在江南的丝竹声中，写这篇关于建筑的文章。如果让我写北方农村的建筑，茅屋草舍，牛棚马厩，那没有问题——别说是写，让我动手盖也能盖起来——但要让我写江南的建筑，尤其是杭州的建筑，真是有点心怯手软。杭州是什么地方？是天堂啊，天堂里的建筑，天堂里的风景，想一想就眼花缭乱，何况写！

去过几次杭州，印象自然是十分美好，生活在这里的人民，都是有福之人。外边来的人，流连在湖光山色、亭台楼阁之中，除了感慨与赞叹，大概也没有什么比风景更好的话可说。有人说杭州的美全在西湖，如同说美人的美全在眼睛，并不全面。如果杭州仅有一个西湖，没有那些多姿多彩的房子，西湖也就不美了。西湖因为有房子而美，房子因为有西湖而雅。我知道西湖边上的房子，有些是无价的，即便是仅能在房中看到西湖的房子，也是高价的。没有办法，天下只有一个西湖。世界上许多大城市，房价都是惊人的贵，贵到一定程度，就酿成了泡沫经济，但杭州的房子虽贵，却是物有所值。即便是那些看不到西湖的房子，也被西湖的水气滋润着，因此也应该贵。其实杭州除了西湖，还有一条钱塘江，能在房中看到江，也是了不得的美景，这样的房子也应该贵。即便是看不到湖，看不到江，杭州还有许多绿树葱茏的山，能在房中看到这样的山，也是好房子，也应该贵。即便是看不到湖，看不到江，也看不到山，也总能看到那些能看到山看到江看到湖的房子，这样的房子也应该比别处贵一些。所以，杭州的房地产开发商也是有福的人。

我们的前领袖毛泽东主席，最喜欢的城市就是杭州。他在西湖边住着，经常去爬山，爬山回来就写诗，“三上北高峰，杭州一望空”，“热来寻扇子，冷去向美人”，居高临下，伟人视角，团扇美人，诗人情怀。其中含义，不得而知。但盖房子的人，可以从这些诗句的字面上得一些启发。房子要有开阔的视野，要有情调，古典的，或是现代的，都要有，这样才与杭州相配。

杭州的房子，要尽量地养眼，充分地利用那山那江那湖，还有那些与浪漫故事连结着的塔。要让人在房子中，面对着窗户时，能看到点赏心悦目的东西。

杭州的房子，应该有那个卞之琳的诗的意境：“你站在桥上看风景，看风景的人在楼上看你。明月装饰了你的窗户，你装饰了别人的梦。”你在看别的房子，别的房子也在看你，互相成为对方的风景。这就要求，杭州的房子造型应该别致，色彩应该明快，至于里边的结构，那是另外的问题。

前不久我应《每日商报·闲周刊》之邀，去杭州参加了一个题为“浮生半日闲”的活动，期间曾填歪词一首：一杯新茶一支烟，浮生难得半日闲，消闲乐看闲周刊。静坐常思马蹄急，飞奔犹觉脚步缓，字里行间都是慢。”闲和慢，是我认为的杭州城市风格。杭州的建筑，应该体现出一个“闲”字，一个“慢”字。悠悠闲闲，休闲，消闲，端着茶杯叼着烟，明窗净几，品味生活。至于盖房子，慢慢盖，不要着急，把活做细，追求个千年百年，不要匆忙，盖起来又后悔。

世界上许多名城，都是慢慢建好，几百年无大的变化。所谓日新月异，并不是什么好事。杭州应该是贵家小姐的风格，淡雅而温馨，不应该是交际花，浓妆重彩，俗气逼人。

一座城市的房子，应该有自己的风格，但也不必完全统一，有时候，搞一点奇奇怪怪的东西，反而会成为风景，时间长了，也就成了名胜，譬如悉尼的歌剧院、巴黎卢浮宫广场上的玻璃金字塔、罗马的“打字机”楼。有人批评新建雷峰塔太洋化，我看挺好，时间长了，这塔就会融入风景，慢慢地让你习惯。

房子是让人住的，但更是让人看的，尤其是杭州这样的观光城市，每一座房子，都不能马虎。

地皮是有限的，有些无特色的楼，可以慢慢地拆掉，换成有特色的新建筑。但千万不要搞什么大广场，大广场不太适合杭州。

杭州还应该更多地栽树，尽管树已经不少了。杭州的灵气，得之于湖、山、江，也得之于树。看不到湖、山、江，让他满眼绿树，也是好景。某城有一个有心计的人，买到旧房子，就在门前栽树，然后出卖，房子增值多多。

其实，杭州的房地产开发商，远比我聪明，他们什么都想到了。

能在杭州有一套房子的人，是上天特别眷顾的人。有两套房子的人，是有些造孽的人。

我许多次从飞机上往下看杭州，心中总是百感交集，为什么呢？恨不生为杭州人吗？也许。

北海道的人

2004年12月

2004年12月26日，在旅日作家毛丹青和北海道首府札幌市驻北京经济交流室室长高田英基先生的精心策划下，我随中国作家、记者采风团一行，踏上了神往已久的北海道土地。旅途十二天，行程三千里。其间见过无数奇景，吃过许多美食，体验过“露天风吕”之类的独特感受，见识过“库里奥乃”之类的神奇生物。这些，都在辑录于本书中的同行记者们的美文和照片中得到了展示，自知笔拙，不敢重复。但关系此书体例，必须有我一篇文章，只好就诸位先生女士没写到的，敷衍成文，滥竽充数。

窃以为世间旅游观光圣地，吸引游客的，除了美景美食之外，还有美人。这里的美人，并不仅指美丽的女人，也并不仅指人的美好外貌，能够久远地慰藉旅人之心的，还是当地人民表现出来的淳朴、善良、敬业等诸多美德。

整理思绪，犹如翻看数码相机里储存的照片。最先浮现出来的，是札幌市大通公园的石川啄木。这是个死去的诗人，与我合影的，是他的青铜塑像。因为他的俳句“秋天的夜晚，街上洋溢着烤玉米的香气”，我感到他与我心心相印。那宁静幽暗的秋夜，那街角的烤玉米的炉子，那明亮的灯光，那缭绕的烟雾，那清香的气味，那孤独的夜行人和寂寞的烤玉米的人，都凝固在简单的诗句里，在想象中，马上就可以还原，就像那神奇的绿球藻，哪怕干燥一百年，泡到水中，即可复活。因为诗歌，他事实上获得了永生。

然后是大苍山滑雪场的那个芳名小浅星子的女大学生，身穿着红色的滑雪服，涂了睫毛油的长睫毛上结着白色的霜花，红彤彤的脸，宛如雪中的红梅，洋溢着健康向上的精神。我与她谈话，摄影机在后边拍摄，记者们绕着圈拍照。她有些羞涩，真是个好姑娘。她说自己是北海道大学二年级的学生，专业是物理，来这里滑雪，不为功名，是因为兴趣，是希望冒险，是为了锻炼自己的勇气。我们在山下和山上都看到了她凌空飞下的矫健身影。我问她，在凌空飞跃的瞬间，有没有像鹰一样展翅翱翔的感觉，她笑而不答，笑容纯真而稚拙。

接着出现的，是笑容可掬的绿球藻茶屋的老板娘高田郁子，一个羸弱的中年女子。她的茶屋，场面狭窄，一圈桌子，包围着工作台。房顶因多年的烟熏火燎，像涂了釉彩一样漆黑发亮。这样小的地方竟然挤下了我们十八个食客。围着她，看着她操作，等着她把美食分给我们吃。她既是老板娘，又是主厨，又是招待。当时的场景让我想起了一个母亲和他的围桌而坐的孩子，也想起了一个鸟巢，巢中有抻着脖子的小鸟，等待着母鸟前来喂食。这联想与我们的身份和年龄都不相符，似乎有些矫情，但这联想，直至今日，依然让我感动。日本女人的勤劳和谦恭，日本买卖人对客人那种发自内心的热情和感激，都让我难以忘怀。那天晚上，我们品尝了许多可以拍案叫绝的美味，美味终会遗忘，但老板娘那张笼罩在烟雾中的疲惫的笑脸，会让我们铭记终生。

日高地区肯塔基牧场的养马人石田勇先生，此时仿佛站在了我的面前。高大魁梧的身体，能够驯服烈马的人那种特有的豪迈神情。寒风凛冽，雪原茫茫，纯种英国马在马场上奔驰。这是一个懂马语的人，也是一个雄心勃勃的企业家。他在北京通州区，也有一个马场，并且计划在中国的西北地区，再建几个马场。他相信不久的将来，中国大陆地区，也将会有许多场所，需要像天鹅一样优雅的骏马。在他的温暖如春的海边别墅里，我们喝着滚烫的咖啡，与他谈马。他对世界上的各种名马如数家珍，对中国各地的马场了如指掌。这是一个真正懂马的人、爱马的人，连他的许多表情，都跟马相似。他为我们提供了一份马的食谱：燕麦、苜蓿、葵花子、蜂蜜、大蒜、大酱……吃得真好啊，这些幸福的马。从他家出来，我们登上了牧场的瞭望台，看到几个骑手，正在为几匹刚刚运动过的马淋浴。在他家房后，太平洋的灰色浪花冲击着礁石，发出懒洋洋的轰鸣。

与养马人接踵而至的，是阿寒町草笛牧场的养牛人佐久间贯一。他穿着高腰防滑胶鞋，单薄的工作服，紫红的脸膛和脖子，粗大的手指，开裂的皮肤，身上散发着饲草与牛粪混合的气味。我们穿着厚重的衣服，还感到瑟瑟发抖，但他神情坦然，似乎感觉不到寒冷。他带着我们，看了奶牛，看了饲料场，看了挤奶车间与牛奶储藏罐。这是一个质朴的人，让我联想到家乡的那些大哥大叔。这是个对社会有用的人，他为人民提供牛奶。据说，因为政府提倡孩子喝牛奶，三十年来，日本的儿童平均身高提高了两厘米。其实，这个人的年龄未必有我大；其实，如果我不是当兵离开故乡并干上文学创作这一行，也许就是我故乡的一个养牛专业户。人民群众更需要能向他们提供牛奶的人，至于小说家，多一个少一个都无关紧要。养牛人佐久间贯一和他的牛，唤起了我对土地对牛的深厚感情。其实，我骨子里还是一个农民。

在冒着咝咝作响、散发着浓烈气味的灼热气体的硫磺山下，有一对卖硫磺蛋的老夫妇。风口里，燃着一堆篝火，支起一个小小的帐篷。穿着破旧肮脏的衣服，满手满脸的灰土，在那里，平静地等待着游客，来购买他们放在硫磺蒸气孔边烤熟的鸡蛋。艰苦的环境，沉重孤寂的工作，微薄的利润，他们干了几十年。这一对相依为命的老夫妇，已经构成了硫磺山风景的一部分。许多人买他们的蛋，未必是真想吃，倒像是履行一个仪式。这样的人，是真正的下层百姓。生活艰辛，但他们脸上没有多少凄苦之色，而是一种乐天知命的平静。这平静，使我深深感动。如果每个人，都想出人头地，都想轰轰烈烈，都不想做平凡的工作，那这个世界，也就不得安宁了。

比卖硫磺蛋的老夫妇更老的人，是当别町的老猎户、88岁的袴田清治先生。他已经缠绵病床多日，听说我要来访，特意坐了起来。其实他不是为我坐了起来，而是为我那位在北海道过了十三年野人生活的非凡老乡刘连仁坐了起来。据他的家人说，他的记忆力已经严重衰退，但提起四十多年前发现并参加救助刘连仁的事情，他黯淡的目光突然放出了光彩，记忆被激活，含混的口齿也变得清晰起来。这是一个相貌平常的小个子男人，如果不是偶然发现刘连仁栖身的山洞，中国人大概很难知道他的名字。但现在，他的名字和刘连仁的名字紧紧地捆绑在一起，在我的故乡，他差不多是个家喻户晓的人物。战争就像巨浪拨弄两粒沙子一样，让这两个互不相干的人，碰撞在一起，成为传奇。当别町为刘连仁建立了纪念碑和雕塑，并成立了一个宣讲刘连仁事迹委员会，许多热心人也在义务地干着这些工作。纪念碑和雕塑都用黑色的石头制成，虽不高大，但在皑皑白雪的映衬下，显得庄严而沉重。车要出发时，老人的脸贴在窗玻璃上看着我们。我下车过去，隔着玻璃喊：撒哟纳拉，撒哟纳拉……话是这么说，但我知道，我再也看不到这个老人了。

只要一上车，札幌市观光文化局的职员引地志保小姐，就不厌其烦地对我们讲话，讲行程安排，讲饮食起居，讲地方掌故。有几次，因为过分疲劳，我们对她的讲解，感到了厌烦。我甚至说她是“话痨”，但很快我就后悔了。引地小姐全程陪同我们十二天，事事操心，每天早起晚睡，十分辛苦。我们去滑雪场那天，她竟然早起上山，为我们踏雪探路。一个小女子，如此地敬业，如此地能吃苦，真是可敬可佩。临别晚宴，引地小姐任务即将完成，终于放松了，多喝了一杯啤酒，小脸通红，欢声笑语，方现出女儿本色。

纷至沓来的人物，还有用潇洒吓退严寒的札幌市观光文化局课长荒井功先生、系长浅村晋彦先生，还有为我们开车的两个师傅，还有美沙小姐，还有神情很像狸猫、能歌善舞的东海林早穗理小姐，还有当年救助过刘连仁的木屋路喜一郎先生，还有为刘连仁生还纪念碑题写碑文的泉亭俊彦町长和当别町的乡亲们，还有许许多多为我们服务过的北海道的人们，他们的笑脸，他们的热情，与北海道的自然风光融为一体，存入我们的脑海。我们与他们中的大多数，都是萍水相逢，今生多半难得再见，但他们留给我们的印象和我们对他们的感激，将会伴随我们一生。

谈过年

2004年12月31日下午5：00

札幌王子酒店28层会议室

腊八粥、灶马与“打尖”——小时候的年

元旦前夕，在日本北海道首府札幌，我们一起来谈论过年，很有意思。大家知道，对我们中国人来说，西历新年，不太隆重。鲁迅先生说过，还是旧历的新年更像新年。所以让我来谈过年，我谈的肯定是春节。提起过年，说来话长。小时候天天盼过年，但年仿佛是一个路途遥远的地方，要经过长途跋涉才能到达。小学课本里有一篇课文描述说，秋天来了，柿子红了，一群大雁往南飞。然后又紧接着说，冬天到了，大雪覆盖土地，麦苗儿盖上了厚厚的被子。夏天时学这篇课文，眼前就出现了过年的情景，沉浸在幻想中，下课铃响，才知道距离年还很遥远。现在呢，好像做梦似的，一转眼就是一年，时光流逝得特别快，仿佛地球转动的速度发生了变化。

小时盼年，其实与食物有关。那时候生活困难，过年可以吃得好一些。农村最好的食物就是饺子，再就是年糕，这些食物，只有在过年时才可以吃到。春节期间吃的是素馅饺子，豆腐粉条菠菜白菜。为什么要吃素馅饺子呢？老人说是因为神不能吃荤，实际上是肉贵且很难买到，而豆腐粉条之类比较便宜而且也容易买到。一进腊月，节日

就比较多了。首先是腊八，要喝腊八粥，凑够七种粮食加上大枣。这个粥非常稠，要熬很长时间，要一边熬一边搅动，否则就糊了锅底。大枣是珍贵的东西，锅里放进几颗枣，母亲是有数的。我们兄弟们眼巴巴地看着母亲手中的勺子，母亲就说：不用看，勺子有眼。

过了腊八之后就盼望辞灶，腊月二十三。辞灶也叫过小年，比较隆重，晚上吃一次饺子。关于辞灶，有很多说法，大意是灶王爷要上天，向玉皇大帝汇报一年的工作。每家要焚烧一张“灶马”，所谓“灶马”就是一张木板印刷的画，上边画着一个三绺胡须的男人，他的两边各有一个圆脸的女人。我们知道那个男人就是灶王爷，那两个女人，自然是灶王奶奶。焚烧“灶马”时要念叨着：上天言好事，下界保平安。焚烧“灶马”前要在锅台上摆供，供品很简单，就是几样糖果、点心。糖果就是那种“关东糖”，吃着粘牙，有人说是要用这种糖粘住灶王爷的嘴巴，不让他在玉皇大帝面前说坏话。这些说法矛盾重重，如果粘住了灶王爷的嘴巴，坏话自然是不能说了，但好话不也说不成了吗？另外我还有一个巨大的疑问：难道说每个家庭都有一个灶王爷吗？如果是神的话，应该是一个灶王爷管了天下所有人家厨房里的事。每家都有一个灶王爷，那假如有的家里分家，是不是要重新再配给他一个灶王爷呢？拿这问题去问爷爷奶奶，他们也不回答，只说小孩子不要问那么多，知道那么多事干什么？闭嘴。

过了腊月二十三，再有七天，有时候是六天，就是除夕。那就一天一天数着，盼望着。到了腊月二十七八的时候，已经开始准备做过年的馒头。把最好的面放在大盆里和起来。面和得特别硬，加水很少。这个时候家里的男人会帮女人揉一揉面。我小时候，很喜欢帮母亲揉面。一边揉着，一边想到“百炼钢化为绕指柔”这样的句子。母亲夸我揉得好，我就更加来劲。馒头的中间揉上栗子和大枣，图个吉利。馒头蒸好了，就开始蒸年糕，蒸年糕用的是北方的黍子米，不是南方那种糯米也不是东北那种高粱米。要用石碾子把它轧碎，拉着石碾子来回转，一边碾一边要用箩不断地筛。这是可怕的体力劳动。1999年我去东京吃荞麦面，看到他们那复杂而认真的操作过程，就想到我们老家做年糕的情景。后来有了机器磨，人们就用机器磨把黍子米粉碎，但这样的面黏度会变小，因为粉碎的过程中高温让它失去了粘性，还是用石碾子轧出来的好，蒸出年糕特别粘。做出年糕来就用一块笼布把它抬出来平摊在高粱秆做的锅盖上。拍得平平的，按照图案插上大枣，冷却凝固后切成方尖碑的形状，供到“阁板”上。所谓“阁板”，就在一进堂屋的正北面那个地方，摆着一张桌子。就像日本的榻榻米里面摆花瓶的地方，很神圣。祖先的牌位都要供在这个“阁板”上。农村有的妇女打架耍无赖的时候就跳到人家“阁板”上坐着，对这家来说是奇耻大辱。农村最怕的就是两件事，一个是女人跟邻居打架，这女人耍起无赖来，扑通一下跳到人家井里，赶快救人不说，还要把井水淘干好多次，才能饮用；再就是有的女人一下子就蹦到人家“阁板”上去坐着，那是安置老祖宗牌位的地方。

除夕下午，要把“轴子”挂起来。所谓“轴子”实际上就是祖先的牌位。是一张很大的扑灰年画——高密特有的一种年画——上面画着一些穿袍戴帽的官员，象征着官宦人家，巨大的门口有小孩儿放鞭炮，还有青松、仙鹤、麒麟。画面的上方印着很多格子，格子里填写着祖先的名讳。这张“轴子”只有过年时才挂起来，过完年后，就卷起来收藏。我猜想，之所以叫“轴子”，大概就是画轴之意。我2004年发表了一篇题目叫做“挂像”的小说，讲述的就是与春节时挂“轴子”有关的事。当然，也有人认为不应该写成“轴子”，而应该写成“祝子”，意思说这是祝祷时用的。我认为还是“轴子”比较符合我们那个地方老百姓的语言习惯。“轴子”悬挂在“阁板”后边的墙上，下边摆上供品。文化大革命期间，上边下令，让各家都把“轴子”烧了，过年时，每家发了一张毛主席像当“轴子”。我那篇小说《挂像》说的就是这事。后来有人就说，我们往常过年，供的都是死人，毛主席可是大活人啊，你们把毛主席让各家各户当死人供着，这是什么意思？我估计上边下这命令的人被吓坏了，所以第二年过年时就不强迫各家把毛主席当祖先供着了。

“阁板”上铺着红色的或者黄色的纸，桌子腿上还挂着围裙，围裙上描龙绣凤。总之是“轴子”一挂，供品一摆，就很有年的气氛了。除夕下午，男孩子就去祖先的坟墓前烧纸磕头放鞭炮，意思就是要请祖先回家过年。女孩大半在家帮着母亲包年夜吃的饺子。我们家去祖先坟墓前烧纸磕头的任务每年都是我来完成的，我很愿意去。跑到田野里去放鞭炮，然后在祖先的坟头前烧张纸，磕个头，在麦田里追追野兔子，找片野草茂盛的地方放一把野火，大呼小叫，十分欢乐。回到家就是傍晚，该吃晚饭了。晚饭时多半有酒，家族里的男人们会利用这个机会聚聚，谈一些重要的事情。小孩子没有资格参加这个集会，胡乱给你一点东西吃，然后就让你睡觉，说快睡觉，睡到半夜起来过年。以前没有钟表，母亲一般不睡觉，整晚上忙活，把房间里还有灶房周围收拾干净。夜里要烧的柴火，下午就拿回家了。大年夜里最好烧豆秸。豆秸烧起来噼啪乱响，一些残余的豆粒在烧的过程中发出爆裂的声音，散出一股香气。实在没有豆秸烧，就烧棉花柴。说是“烧豆秸出秀才，烧花柴出刀才”。出秀才我明白，就是出有文化的人。但刀才是什么？难道是刽子手吗？我母亲说好像也不是，谁家愿意出个刽子手呢？后来我想，大概在衙门口里干事儿、手里握有生杀大权的人就是刀才。

半夜时分，母亲就把孩子们都叫起来了，起来后都悄悄的不敢大声说话，因为在我们的意识里，这时候祖先们都回来了。然后就看见在被子上面放着母亲给我们准备好的新衣服。午夜时分，正是最冷的时候，农村的房子里没有暖气，房子都是破破烂烂的，到处漏风，每个人都打颤，牙齿打战，嘚嘚地响。天特别的黑，那时农村没有电，平常的日子，每家就点一盏小油灯。大年夜里点着蜡烛，蜡烛插在“阁板”上，火苗抖动，辉映着“轴子”上的人物，闪闪烁烁，神气活显。我注视着“轴子”上的人物，感觉到他们眉眼活动，仿佛要跟我说话。我想这些老祖宗一定都认识我，因为是我下午从坟地里把他们请回来的。母亲在那里忙忙碌碌，豆秸烧得噼啪响，炉膛里的火很明亮，从来没觉得小房子里有这么亮过。蜡烛的光和炉膛里火苗使烟熏火燎多年的黑色墙壁像上了釉一样闪闪发光。这时候我们都悄悄地等待着，一直等到母亲把煮好的饺子从锅里捞出来放在碗里。父亲就用托盘端着饺子，带着我们，走到街上去接财神。这时村子里突然之间就像战争爆发一样，家家放鞭炮，此伏彼起，连成一片。放过鞭炮后，父亲就带着孩子，对着东西南北四个方向磕头。磕完头就回家，回家之后这神圣的过年过程就基本上结束了。

然后就上炕吃饺子。炕中央放一张矮腿炕桌，全家人围桌而坐。这时候小孩子有一个任务就是给大人磕头，给爷爷、奶奶、父亲、母亲、哥哥、姐姐磕头，反正最小的就磕一圈，一边磕头还一边喊“给爹磕头，给娘磕头”。磕完头就要分磕头钱，就是压岁钱。有的小孩儿想钱想得太心切，该说“给爹磕头”都说成了“给爹磕钱”。磕完头，拿到压岁钱，就该吃饺子了。饺子里是包着钱的，谁在饺子里吃出一枚铜钱来，就预示他一年有钱花。早些年饺子里包的是铜钱，吃到这个饺子时满口铜臭。后来铜钱越来越少，就开始包硬币。小时候也不觉得硬币脏，长大之后觉得挺脏的。到小姑家去，看到她拿一个小碗倒上半碗酒，把那些要包进饺子里的硬币放在酒里面泡，完了之后点火烧，消毒。我回家后也照此办理。母亲说你祸害那些酒干什么？我已经用碱水洗了好多遍了。从饺子里吃出的钱归自己所有，所以孩子们都希望吃到硬币。有一年我吃了两碗饺子没有吃到硬币，不肯罢休，非要吃到，很执著。我母亲怕我撑坏了，悄悄地把一个硬币塞到饺子里，放在我碗里，我一咬，咯噔一下子，好了，终于就吃到钱了。吃完了饺子后，再到自己的叔叔家、大爷家，本族本姓的各家里去磕头，磕完头就回家睡觉。

大年初一、初二的时候，村子里的年轻人玩一种叫“打尖”的游戏，上点年纪的人，都站在一个避风的墙根下，双手插到袖筒里面，晒着太阳看热闹。所谓“打尖”，就是把一根细木棍的两端，用刀子削成尖儿，用一根粗木棍打细木棍的尖儿，打得远就赢了，输了的要受惩罚。惩罚的方式是“摸糊”，具体方法是先约定摸村子里某个地方，或是某棵大树，拿帽子将输者的头眼蒙住，然后就是“蹲三蹲、抡三抡、十二晃荡八大锤”，就是把这个要“摸糊”的人，抬起来抡着转三圈，再往地上蹲三蹲，前后推十二下，每个赢者再打他八拳头。输者此时已经懵头转向，在赢者监督之下去摸那个预先约定的目标。这时候几乎全村的人都跟着看热闹。“摸糊”者经常是与既定目标背道而驰，有时还会掉到猪圈里。

我们小孩子自己玩的游戏叫做“挤出大儿讨饭吃”。以前农村人家儿子多，大儿子结婚后，多半会被父母从大家庭里分出去，让他们组建自己的小家庭。大儿被分出去，一般不会给他们什么家产，所以有“挤出大儿讨饭吃”说法。具体玩法是，一群孩子，顺墙排开，脊梁紧贴着墙，从两端拼命往中间挤，中间的小孩谁被挤出去了，就成了出去讨饭吃的大儿。这个活动如果被家长看见了，肯定是拖出来给上两拳头，然后拧着耳朵拖回家。因为这游戏特费衣裳，玩上两三次，棉袄就开了花了。

初三、初四就开始走亲戚。初三走姑姑家，初四去姥爷家，新姑爷也是这一天去岳父家。有的村子里有折腾新姑爷的习惯，一拨人把新姑爷灌得烂醉如泥，洋相百出。初五再走一些不太要紧的亲戚，初六、初七就要开始干活了。有时候在正月十五以前要演戏，各个村轮换着演。我们村是三县交界的地方，外县的剧团到我们村来演，我们也到外县的村子里去演，演吕剧、猫腔、柳腔。因为是相互娱乐，也是一种炫技，不存在报酬的问题，演完了后，分派到各家去吃饭。那些嗓子好、扮相美的姑娘、小伙子，总是受到特别的欢迎，被人家抢了去，隆重招待。我们这些跑龙套的鼻涕孩子，饭量又大，没人愿意要，最后随便塞到一户人家，一顿粗茶淡饭就给打发了。"文革"前还有一些新编的现代戏，"文革"期间演的都是样板戏，把样板戏比如《红灯记》、《智取威虎山》移植成猫腔或者吕剧。用地方小戏的调子唱样板戏，古怪而滑稽，我想江青要是看到了肯定会气个半死。春节期间演戏，也是青年男女谈恋爱找对象的大好时机，一方面是到外县去演戏能认识一些外面的人，扩大寻找的范围，另一方面，本村的男女在演戏的过程中也可能产生感情。农村找对象是有季节性的，农忙时间，都是顶着星星出去披着月亮回来，没时间恋爱。到了春节前后，吃得也好，时间上有一点空余，各个村又能串着看戏演戏，大部分年轻人都是在这个时候找到配偶的。

到了正月十五，基本就是总结性质的，过年期间留下一些肉、豆腐，拿出来包顿饺子吃，然后漫长的一年又开始了。

看《卖花姑娘》

2005年6月23日

为法国《世界报》撰写

从过去的50年岁月中，选择一件亲身经历、难以忘却并且与当时的社会政治生活和新闻有一定关联的事件，我马上想到的就是看《卖花姑娘》。

那是1973年的初夏，正是小麦将熟、槐花盛开的季节。在此之前，关于朝鲜电影《卖花姑娘》的传说，就已经在我们的村庄里流传开来。我们村子里有一个年轻女人，丈夫在青岛当兵，她去青岛探亲时看过了这部电影。这是个有文化的女人，说起话来眉飞色舞。从她的描述中，我们知道了这部电影的基本故事情节，而且还知道了这是一部催人泪下的电影。她说如果看了这部电影不哭，那就不是人了。她还说有一个连亲爹亲娘死去都没有流过一滴眼泪的士兵，看《卖花姑娘》时哭得昏死过去，被救护车拉到了医院。对她的夸张描述，村子里的很多人都不以为然。这个女人每次从青岛探亲回来，总是要对我们这些从来没有进过城市的人卖弄见闻。对她的话，我们抱着半信半疑的态度。经过了50年代的“大跃进”，60年代的大饥饿，紧接着是文化大革命，中国老百姓，几乎每个人都吃过苦头，难道还会有一部电影比我们的生活更凄凉？难道还会有一部电影能让我们这些饱经苦难的人哭出来吗？

过了不久，村子里的高音喇叭播放了《卖花姑娘》在县城开始放映的消息，而且还播放了好几篇关于这部电影的评论。当时我们不知道电视为何物，也没有资格看到报纸，所谓新闻，就是挂在村中高杆上、每天三次播音的高音喇叭。给《卖花姑娘》写评论的人，用比我们村子里那个军人妻子还要夸张的语言，绘声绘色地描述着这部电影的内容和观众的反应。我似乎看到，观众的眼泪汇成了小河，从电影院里流淌出来。那年我18岁，正是精力旺盛的时候。那时候农村实行的是准军事化管理，如果没有充足的理由，是不允许旷工外出的。如果我们向队长请假说要去县城看电影，我估计队长会把我们当成神经病。但对《卖花姑娘》的渴望，已经变得不可遏制。我和村子里两个和我年龄差不多的小伙子，永乐和元智，向队长请求了一项艰巨的劳动任务：挖生产队饲养棚前的大圈肥。这个大圈里积攒着15头牛、两匹马一个春天排泄的粪便，数量有几十立方之多，平常情况下要五个壮劳动力用整整一天才能挖完。这活儿又脏又累，没人愿干。队长看到我们三个平日里调皮捣蛋的家伙主动请求干这脏活，好像看到太阳从西边升起一样奇怪。

我们黎明即起，挥汗如雨，只用了一个上午就把那一大圈肥挖了出来，赢得了一个下午的宝贵时间。匆匆吃了一点午饭，便向县城进发。村子距离县城有50里路，没有公共汽车，有公共汽车我们也坐不起。村子里只有两辆自行车，拥有自行车的人，都是村子里的干部。他们的自行车，给我们骑，我们也不敢骑；万一骑坏了，只怕是砸锅卖铁也难以偿还。我们只有用脚来完成这段旅途。我们悄悄地出了村庄，没让任何人看到。出村之后，一直小跑前进。尽管上午出了大力气，但《卖花姑娘》吸引着我们，也没有感到有多累。赶到县城时，已经是傍晚时分。我们急忙跑到电影院售票处，想买晚上七点的票。但售票处挂出的小黑板上写着，晚上七点的票已经卖完，不但七点的票卖完了，连九点那场的票也卖完了。而此时，电影院里正在放映着《卖花姑娘》，那幽怨优美的音乐从高音喇叭里传出来，让我们的心境无比凄凉。我们在电影院前面的广场上沮丧地转悠着。不时有人来问我们有没有多余的票；只有一个油头滑脑的人悄悄地问我们要不要票。我们很兴奋。当时的电影票价是每张两毛五分钱，但这个人跟我们每张要一元。我们三个人身上的钱凑起来也不够买一张。我们劳动一上午，奔波一下午，非常疲倦，非常饥饿。我们原来计划着，买上电影票后，就到饭店里，每人花三毛钱、四两粮票，买两碗肉丝面条，犒赏一下自己。电影票买不到，我们连吃肉丝面的心都没有了。

正在我们转来转去、无计可施之时，永乐用手掌一拍额头，说：“有了，我有办法啦！”永乐的干爹，在县供销社土产公司工作，而土产公司，就在电影院后边那条小街上。

我们找到了永乐的干爹，他正在梧桐树下摇着蒲扇喝水。这是个很好的人，至今让我难忘。在当时的社会环境下，吃公家饭的人和农民之间的差距之大，现在的人难以想象。听我们讲明来意后，他上下打量着风尘仆仆的我们，感叹道：“就为了看一场电影？”他紧接着说，“不过这部电影的确值得看。”他安顿我们喝茶，然后出去给我们弄票。我们喝着茶，肚子咕噜噜地响着，满怀希望地等待着。过了一会儿，他回来了，抱歉地对我们说：“没弄到七点的，弄到三张九点的。晚是晚了点，不过你们专为看这电影而来，再晚也要看是不是？”“是的，再晚也要看，别说是九点的，就是后半夜两点的我们也要看。”我们异口同声地说。这个人，真是个慷慨大度的好人，他不但为我们搞到了票，还买来了六个烧饼，一包烧肉。他说：“你们将就着吃点，垫垫肚子吧。”

迎着出场观众哭肿的眼睛，我们进场成了观众。影片一开始，当那个美丽的卖花姑娘抱着鲜花、唱着那首响遍中国大地的卖花谣出现在银幕上时，我的眼睛就潮湿了。几分钟后，当卖花姑娘的妹妹被地主老婆烫瞎眼睛时，我的眼泪便奔涌而出，一直到终场，我的眼泪再也没有干过。剧场中一片抽泣，有的观众嚎啕大哭，有的晕厥过去。演到坏人肆虐时，观众发出愤怒的吼声。演到坏人受到惩罚时，剧院里一片掌声。电影看完，灯光亮起。周遭的人都是满脸泪痕。元智家庭出身地主，按说这种不但煽阶级情而且煽阶级恨的片子对他不会起作用，但他哭得似乎比我们还要凄惨。他胸前的衣裳被泪水打湿，脸上泪痕斑斑，好像一个被风雨吹打得破烂不堪的纸灯笼。

看完电影后，我们没好意思再去惊动永乐的干爹，尽管他让我们看完了电影后再到他那里去吃点东西。我们摸着黑走上回家之路。田野里寂静异常，广大的高密县的地盘上，好像只有我们三个人在夜行。道路两边的麦田里，即将成熟的小麦散发清香，河流中的青蛙发出郁闷的叫声。我们非常累也非常困，但心中却有一种空空荡荡的满足感。

回到村子后，我们三个成了传奇人物，好像我们不是去县城看了一场电影，而是去干了一件惊天动地的大事。小学校里有一个喜欢往报社投稿的青年教师，专门对我们进行了采访。他把我们看《卖花姑娘》的事添油加醋地写成了一篇稿子，投到了省报。省报竟然给他发表了。不但省报发表了他的稿子，县广播站也广播了他的稿子。我们听到广播里播放与自己有关的新闻，感到既兴奋又恐慌。在很长的一段时间里，村子里人们看我们的眼神都有点异样。而小学校里那个青年教师，因为这篇稿子，很快就被调到县委宣传部当了干事，从此走上了官场，一直当到了副省级的高干。

为了写这篇文章，我去音像店买回来《卖花姑娘》的影碟，重看了一遍。我不但重看了《卖花姑娘》，还上网搜索了与这部影片有关的信息。从这些信息中，我才知道，该剧的原创者，竟然是朝鲜的前领袖金日成，而将该剧搬上银幕的具体组织者，竟然是金日成的儿子、当今朝鲜领袖金正日。据网上的有关文章说，正是因为成功地组织了《卖花姑娘》等影片的拍摄和几部歌剧的排演，使金正日赢得了金日成和老一辈朝鲜革命家的信任，奠定了他的接班人的地位，并最终顺利而牢固地掌握了最高权力。至此我才明白，三十多年前，中国共产党为什么要花那么大的气力，来宣传推广这部电影。

重看《卖花姑娘》，我深深地感到了这部影片的公式化、概念化、简单化，但就是这样一部影片，竟然让几亿中国人哭得昏天黑地。有人戏说，如果把中国人看《卖花姑娘》时流淌的眼泪收集起来，会有几吨之重。据网上说，当时的朝鲜劳动党宣传部门对《卖花姑娘》在中国引起的巨大反响也感到不可思议，并专门要去了中国的翻译本研究。

为什么这样一部用今天的眼光看起来很一般的影片会产生那么强烈的催泪效果呢？难道那个时代的中国人泪腺特别发达吗？我认真地思考了这个问题，感到事情还是有它的特定的原因的。因为那个时候，文化大革命爆发已经七年，在很长的一段时间里，人们不但失去了人身自由，而且失去了情感自由。加上头一年林彪事件的发生，使中国人沉浸在一种失望、绝望、悲伤、压抑的情绪中。而国内的艺术，只有那八部空洞说教、不食人间烟火、毫无感情色彩的样板戏。《卖花姑娘》幽怨优美的音乐，在当时来说是非常绚丽的画面，美丽的姑娘，凄惨的命运，温暖的情感，大团圆的结局，显然比中国的八个样板戏高明许多。《卖花姑娘》填补了中国人的感情空白，唤起了他们对正常情感的向往，成为了他们情感宣泄的渠道。所以，我想，我们当时，并不是为了卖花姑娘的凄惨命运哭泣，我们是为自己哭泣。往大里说，我们是为民族和国家的命运哭泣。通过这次全民性的集体大哭，中国社会悄悄地发生了转机。《卖花姑娘》在中国的放映，不仅仅是一次文化交流活动，还是一次重大的政治事件。它是文化大革命彻底失败的一个标志。眼泪洗清了人民的眼睛，痛定思痛，人民希望能过上正常生活，当然，我们当时所希望的正常生活，也不过就是文化大革命前的那种生活，并没有想到像今天这样。

重看《卖花姑娘》，距离上次看已经过去三十二年。尽管我看出了这部影片的公式化、简单化和情节的虚假，但到了那些催泪的关节点，依然是热泪盈眶。金日成和金正日都深谙催泪艺术，他们对人类的情感反应有精到的把握，他们知道用什么样的情节，可以让观众流出眼泪——拼命地折磨一个美丽善良的小女孩，烫瞎她的眼睛，让她饱受委屈，把她扔到冰天雪地里冻着，看你们哭不哭。

卖白菜

2005年

1967年冬天，我12岁那年，临近春节的一个早晨，母亲苦着脸，心事重重地在屋子里走来走去，时而揭开炕席的一角，掀动几下铺炕的麦草，时而拉开那张老桌子的抽屉，扒拉几下破布头烂线团。母亲叹息着，并不时把目光抬高，瞥一眼那三棵吊在墙上的白菜。最后，母亲的目光锁定在白菜上，端详着，终于下了决心似的，叫着我的乳名，说：

“社斗，去找个篓子来吧……”

“娘，”我悲伤地问：“您要把它们……”

“今天是大集。”母亲沉重地说。

“可是，您答应过的，这是我们留着过年的……”话没说完，我的眼泪就涌了出来。

母亲的眼睛湿漉漉的，但她没有哭，她有些恼怒地说：“这么大的汉子了，动不动就抹眼泪，像什么样子？！”

“我们种了104棵白菜，卖了101棵，只剩下这3棵了……说好了留着过年的，说好了留着过年包饺子的……”我哽咽着说。

母亲靠近我，掀起衣襟，擦去了我脸上的泪水。我把脸伏在母亲的胸前，委屈地抽噎着。我感到母亲用粗糙的大手抚摸着我的头，我嗅到了她衣襟上那股揉烂了的白菜叶子的气味。从夏到秋、从秋到冬，在一年的三个季节里，我和母亲把这104棵白菜从娇嫩的芽苗，侍弄成饱满的大白菜，我们撒种、间苗、除草、捉虫、施肥、浇水、收获、晾晒……每一片叶子上都留下了我们的手印……但母亲却把它们一棵棵地卖掉了……我不由地大哭起来，一边哭着，还一边表示着对母亲的不满。母亲猛地把我从她胸前推开，声音昂扬起来，眼睛里闪烁着恼怒的光芒，说："我还没死呢，哭什么？"然后她掀起衣襟，擦擦自己的眼睛，大声地说："还不快去！"

看到母亲动了怒，我心中的委屈顿时消失，急忙跑到院子里，将那个结满了霜花的蜡条篓子拿进来，赌气地扔在母亲面前。母亲提高了嗓门，声音凛冽地说："你这是扔谁？！"

我感到一阵更大的委屈涌上心头，但我咬紧了嘴唇，没让哭声冲出喉咙。

透过朦胧的泪眼，我看到母亲把那棵最大的白菜从墙上钉着的木橛子上摘了下来。母亲又把那棵第二大的摘下来。最后，那棵最小的、形状圆圆像个和尚头的也脱离了木橛子，挤进了篓子里。我熟悉这棵白菜，就像熟悉自己的一根手指。因为它生长在最靠近路边那一行的拐角的位置上，小时被牛犊或是被孩子踩了一脚，所以它一直长得不旺，当别的白菜长到脸盆大时，它才有碗口大。发现了它的小和可怜，我们在浇水施肥时就对它格外照顾。我曾经背着母亲将一大把化肥撒在它的周围，但第二天它就打了蔫。母亲知道了真相后，赶紧地将它周围的土换了，才使它死里逃生。后来，它尽管还是小，但卷得十分饱满，收获时母亲拍打着它感慨地对我说："你看看它，你看看它……"在那一瞬间，母亲的脸上洋溢着珍贵的欣喜表情，仿佛拍打着一个历经磨难终于长大成人的孩子。

集市在邻村，距离我们家有三里远。母亲让我帮她把白菜送去。

我心中不快，嘟哝着，说：“我还要去上学呢。”母亲抬头看看太阳，说：“晚不了。”我还想啰嗦，看到母亲脸色不好，便闭了嘴，不情愿地背起那只盛了三棵白菜、上边盖了一张破羊皮的篓子，沿着河堤南边那条小路，向着集市，踽踽而行。寒风凛冽，有太阳，很弱，仿佛随时都要熄灭的样子。不时有赶集的人从我们身边超过去。我的手很快就冻麻了，以至于当篓子跌落在地时我竟然不知道。篓子落地时发出了清脆的响声，篓底有几根蜡条跌断了，那棵最小的白菜从篓子里跳出来，滚到路边结着白冰的水沟里。母亲在我头上打了一巴掌，骂道：“穷种啊！”然后她就颠着小脚，乍着两只胳膊，小心翼翼但又十分匆忙地下到沟底，将那棵白菜抱了上来。我看到那棵白菜的根折断了，但还没有断利索，有几绺筋皮联络着。我知道闯了大祸，站在篓边，哭着说：“我不是故意的，我真的不是故意的……”母亲将那棵白菜放进篓子，原本是十分生气的样子，但也许是看到我哭得真诚，也许是看到了我黑黢黢的手背上那些已经溃烂的冻疮，母亲的脸色缓和了，没有打我也没有再骂我，只是用一种让我感到温暖的腔调说：“不中用，把饭吃到哪里去了？”然后母亲就蹲下身，将背篓的木棍搭上肩头，我在后边帮扶着，让她站直了身体。但母亲的身体是永远也不能再站直了，过度的劳动和艰难的生活早早地就压弯了她的腰。我跟随在母亲身后，听着她的喘息声，一步步向前挪。在临近集市时，我想帮母亲背一会儿，但母亲说：“算了吧，就要到了。”

终于挪到了集上。我们穿越了草鞋市。草鞋市两边站着几十个卖草鞋的人，每个人面前都摆着一堆草鞋。他们都用冷漠的目光看着我们。我们穿越了年货市，两边地上摆着写好的对联，还有五颜六色的过门钱。在年货市的边角上有两个卖鞭炮的，各自在吹嘘着自己的货，在看热闹人们的撺掇下，悬起来，你一串我一串地赛着放，乒乒乓乓的爆炸声此起彼伏，空气里弥漫着硝烟气味，这气味让我们感到，年已经近在眼前了。我们穿越了粮食市，到达了菜市。市上只有十几个卖菜的，有几个卖青萝卜的，有几个卖红萝卜的，还有一个卖菠菜的，一个卖芹菜的，因为经常跟着母亲来卖白菜，这些人多半都认识。母亲将篓子放在那个卖青萝卜的高个子老头菜篓子旁边，直起腰与老头打招呼。听母亲说老头子是我的姥娘家那村里的人，同族同姓，母亲让我称呼他为七姥爷。七姥爷脸色赤红，头上戴一顶破旧的单帽，耳朵上挂着两个兔皮缝成的护耳，支棱着两圈白毛，看上去很是有趣。他将两只手交叉着插在袖筒里，看样子有点高傲。母亲让我走，去上学，我也想走，但我看到一个老太太朝着我们的白菜走了过来。风迎着她吹，使她的身体摇摆，仿佛那风略微大一些就会把她刮起来，让她像一片枯叶，飘到天上去。她也是像母亲一样的小脚，甚至比母亲的脚还要小。她用肥大的棉袄袖子捂着嘴巴，为了遮挡寒冷的风。她走到我们的篓子前，看起来是想站住，但风使她动摇不定。她将袄袖子从嘴巴上移开，显出了那张瘪瘪的嘴巴。我认识这个老太太，知道她是个孤寡老人，经常能在集市上看到她。她用细而沙哑的嗓音问白菜的价钱。母亲回答了她。她摇摇头，看样子是嫌贵。但是她没有走，而是蹲下，揭开那张破羊皮，翻动着我们的三棵白菜。她把那棵最小的白菜上那半截欲断未断的根拽了下来。然后她又逐棵地戳着我们的白菜，用弯曲的、枯柴一样的手指。她撇着嘴，说我们的白菜卷得不紧。母亲用忧伤的声音说："大婶子啊，这样的白菜您还嫌卷得不紧，那您就到市上去看看吧，看看哪里还能找到卷得更紧的吧。"

我对这个老太太充满了恶感，你拽断了我们的白菜根也就罢了，可你不该昧着良心说我们的白菜卷得不紧。我忍不住冒出了一句话：“再紧就成了石头蛋子了！”

老太太抬起头，惊讶地看着我，问母亲：“这是谁？是你的儿子吗？”

“是老小，”母亲回答了老太太的问话，转回头批评我，“小小孩儿，说话没大没小的！”

老太太将她胳膊上挎着的柳条篼斗放在地上，腾出手，撕扯着那棵最小的白菜上那层已经干枯的菜帮子。我十分恼火，便刺她：“别撕了，你撕了让我们怎么卖？！”

“你这个小孩子，说话怎么就像吃了枪药一样呢？”老太太嘟哝着，但撕扯菜帮子的手却并不停止。

“大婶子，别撕了，放到这时候的白菜，老帮子脱了五六层，成了核了。”母亲劝说着她。

她终于还是将那层干菜帮子全部撕光，露出了鲜嫩的、洁白的菜帮。在清冽的寒风中，我们的白菜散发出甜丝丝的气味。这样的白菜，包成饺子，味道该有多么鲜美啊！老太太搬着白菜站起来，让母亲给她过称。母亲用秤钩子挂住白菜根，将白菜提起来。老太太把她的脸几乎贴到秤杆上，仔细地打量着上面的秤星。我看着那棵被剥成了核的白菜，眼前出现了它在生长的各个阶段的模样，心中感到阵阵忧伤。

终于核准了重量，老太太说：“俺可是不会算账。”

母亲因为偏头痛，算了一会也没算清，对我说：“社斗，你算。”

我找了一根草棒，用我刚刚学过的乘法，在地上划算着。

我报出了一个数字，母亲重复了我报出的数字。

“没算错吧？”老太太用不信任的目光盯着我说。

“你自己算就是了。”我说。

“这孩子，说话真是暴躁。”老太太低声嘟哝着，从腰里摸出一个肮脏的手绢，层层地揭开，露出一叠纸票，然后将手指伸进嘴里，沾了唾沫，一张张地数着。她终于将数好的钱交到母亲的手里。母亲也一张张地点数着。我看到七姥爷的尖锐的目光在我的脸上戳了一下，然后就移开了。一块破旧的报纸在我们面前停留了一下，然后打着滚走了。

等我放了学回家后，一进屋就看到母亲正坐在灶前发呆。那个蜡条篓子摆在她的身边，三棵白菜都在篓子里，那棵最小的因为被老太太剥去了干帮子，已经受了严重的冻伤。我的心猛地往下一沉，知道最坏的事情已经发生了。母亲抬起头，眼睛红红地看着我，过了许久，用一种让我终生难忘的声音说：

“孩子，你怎么能这样呢？你怎么能多算人家一毛钱呢？”

“娘，”我哭着说，“我……”

“你今天让娘丢了脸……”母亲说着，两行眼泪就挂在了腮上。

这是我看到坚强的母亲第一次流泪，至今想起，心中依然沉痛。

说说俺们山东人

2005年12月

为法国南特市刊物《303》山东特刊作

我生在山东，长在山东，二十一岁时才借着当兵的机会离开家乡。当兵的头三年也没离开山东的地盘。可以说我是地地道道的山东人。

山东人在中国人中口碑很好。正直、勇敢、豪爽，个头高大，体魄强健，是山东人留给中国其他省份人民的形象。山东人之所以给国人留下这样的印象，我猜想大概与中国历史上一部著名的小说《水浒传》有关。这部小说描写了一百零八个因为受到官府和恶霸压迫而造反的英雄好汉，他们聚集在山东境内一个叫做梁山泊的地方，替天行道，劫富济贫，大碗喝酒，大块吃肉，风风火火，名震天下。中国人大多读过这部书，大概就自然地把这些梁山泊好汉们与山东人联系在一起了。

山东人的性格，较之南方各省的人，的确要豪爽刚烈一些。山东人好饮烈酒，在全中国也是大大有名的。山东人的身材的平均值，比其他省份的人大概也要高一些。但这都是大概而言，因为在山东人中，有高大魁梧的，也有小巧玲珑的。山东人有豪侠仗义的，也有工于心计的。山东人有尚武的习惯，历朝历代，出了无数的英雄好汉。但山东人更崇文。影响了中国社会数千年，至今还在发挥着重大影响的儒家学说的创始人孔丘和孟轲就是山东人。在过去几千年的历史中，山东人在政治、经济、军事、文学、艺术等各个方面，都有杰出的代表人物。

当然，绝大多数山东人，都是普普通通的平民百姓，与其他省份的人，并无明显的区别。我在这篇文章里要向法国读者介绍的，也是这些普通人的生活状况和他们的精神面貌。

我出生于1955年，伴随着我生活过的，有我的祖父祖母那一代人，有我的父亲母亲那一代人，有我的兄弟姐妹这一代人，有我的儿子女儿这一代人以及这一代人的那些正在童年或襁褓中的儿女们。这样，我可以大概地知道五代山东人的生活状况，时间跨度约有百年。尽管我无法亲历我的祖父祖母们的少年时光，但通过他们的讲述和我的想象，可以大概地知道他们那时的生活状况。那是上个世纪初叶，德国人在山东修建了胶济铁路，在济南和青岛之间来回奔驰的钢铁怪物，让我爷爷我奶奶他们那一代山东人胆战心惊，他们眼望着火车喷吐着浓烟飞驰而过，眼睛里闪烁着惊恐和迷惑的光芒。他们误以为火车是吃草的动物，曾经在铁路边上挖掘了一个巨大的陷阱，上边置放青草，妄图将火车引诱到陷阱里去。那是一个愚昧的时代，但文明的曙光伴随着血与火开始照耀山东大地。那时候山东人以农民为主，从事商业和工业的人为数极少。那时候女人都裹着小脚，步履艰难，男人都穿着裤裆肥大的土布衣服，起初还留着辫子，后来都剃成了光头，偶有一个留分头的，那他的身份如果不是知识分子就应该是政府官员。这一代人经历了长期的战乱，先是中国人自己打，然后是中国人与日本人打。我的小说《红高粱》中描写了“我爷爷”“我奶奶”这些与日本侵略者英勇斗争的英雄，但我真正的爷爷、奶奶都是胆小怕事的农民，他们听到日本人要来扫荡的消息便牵着毛驴、抱着母鸡落荒而逃。我祖父、祖母都在上个世纪70年代去世。他们这一代山东人，是苦难深重的一代。

我父母他们这一代山东人，是在饥饿、战乱中长大成人。他们参加了共产党领导的人民公社，参加了带着荒诞色彩的政治运动。他们经历了上世纪60年代初的饥饿，许多人被饿死。到了上个世纪80年代，山东农村与中国其他省份的农村一样进行了改革，把土地承包给农民。从此之后，这一代人才获得精神和肉体的双重解放。他们的物质生活，也有了巨大的改善。

我们这一代山东人，儿童时期，与我们的父母一样，生活在一个狂热的政治社会中。我们亲历了60年代的饥饿，亲历了文化大革命的疯狂，亲历了80年代的变革。在饥饿的年代里，我们吃野草和树皮，吃光了野草和树皮后，我们曾经在学校里吃过煤块。法国的儿童大概无法想象一群孩子在老师的带领下吃煤块的情景吧？我们这一代人的一个共同的心愿就是要逃离农村，逃离土地，到城里去，跻身到另外的阶层去。因为中国存在着巨大的城乡差别、工农差别。农民是社会最底层的阶级，生活贫困，没有任何社会福利可以享受。进入90年代后，大量的工人下岗失业，缓解了农民想逃离土地的愿望。过去那些被认为是端着国家发给的“铁饭碗”的人的失业，使农民心理上得到了部分平衡。

我们的儿女们这一代人，大部分都受到了比较完整的教育。有许多人通过高考进入大学，然后被分配到全国各地的各行各业。由于耕地面积的日益减少，农业机械化生产程度的提高，大量的农村剩余劳动力涌入了城市，从上个世纪80年代至今，中国的城市快速膨胀，到处都在盖高楼大厦，到处都在修高速公路，这些建筑工地上的劳动者，绝大多数都是农村青年。他们旺盛的劳动力和低廉的工资，是中国经济快速发展的基础，也是投资者巨大利润的源头。

现在那些正在小学和幼儿园里学习着的孩子们，那些正在牙牙学语、蹒跚学步的孩子们，他们是我的孙子辈，这是几百年来最幸福的一代人。城里的孩子的条件较之乡村的孩子，生活条件更为优裕。因为中国从上个世纪80年代开始推行的计划生育，使人口出生率大大减少。城里人都是“一对夫妻一个孩”，农村的政策稍微宽松一些，但最多也只允许生二个孩子。过去那种一对夫妻生一群孩子的情况不复出现。孩子少了，孩子也就珍贵起来。我们小时候，几乎就像小狗小猫一样无人照看，现在的孩子大部分都得到了极大的关爱，甚至是过分的关爱。山东人对孩子都抱有过高的期望，都希望孩子能成龙成凤。用在孩子教育上的投资也大大提高。

山东是中国的发达省份，经济快速增长，有强大的生产能力，但我认为外国人不要对快速发展的中国心怀恐惧。中国的产品便宜，主要原因是劳动力便宜，但这样的廉价劳动力不会维持太久。今年春节我回山东，发现那里的劳工工资已经有了大幅度提高，前年每天20元，去年增长到每天30元。中国政府今年初也颁布了提高农民工待遇的法令。我认为，随着劳动力价值的提高，中国产品的竞争力必将减弱。法国更没有必要怕中国，中国人尤其是山东人富了，法国的香水和葡萄酒就有了更加广阔的市场。

山东是中国的人口大省，现在约有人口9082万，是法国人口的一倍半。中国有句俗语叫做“千人千思想，万人万模样”，因此，要用短短几千字的文章，向法国读者介绍山东人的生活和精神状况，实在是一个巨大的困难。我只能用一种介绍我的家族的方式，介绍我熟悉的几代人，但愿能有“窥一斑而略知全豹”的效果。

总之，亲爱的与山东省建立了密切的友好的关系的卢瓦尔大区的人民，我以一个山东人的身份对你们说，我以一个在法国出版过十五部著作的作家身份对你们说：山东人因为饱经忧患，因之更加向往和平、富裕、安宁的生活；山东人因为受提倡仁义道德的孔孟之道熏陶数千年，因之更重视友谊、诚信和合作精神；山东人热情豪放，山东人勤劳勇敢，山东人热爱朋友。与山东人交往，如饮美酒，不知不觉中就会醉倒。山东人中当然也有坏蛋，但即使是坏蛋，对法国人也会非常友好——这句话听起来像一个玩笑，但其实是真的。

柏林观戏

2006年4月

3月23日晚，在柏林世界文化宫剧场，以“文化与记忆”为题的中国文化月拉开序幕。据说这是德国历史上举办的以中国文化为主题的最大活动。活动内容包括戏剧演出、艺术讲座、美术展览、作家朗诵等。也许是因为对戏剧的痴迷和爱好，我觉得这诸多项目中，能够给德国观众留下深刻印象的，必是戏剧演出。开幕式当晚的演出剧目，是台湾当代传奇剧场的创办人、著名京剧演员吴兴国的独角戏《李尔在此》。

吴兴国，在台湾早就是大名鼎鼎的人物，在国际戏剧界也有相当的知名度，但在大陆戏剧界，却长期不为人所知。随着前几年的北京演出和北京大学讲座，他的名声也渐渐扩散开来。当然，名声是身外之物，重要的是他四十年来千锤百炼化为绕指柔的艺术成就，已经引起了大陆同行和诸多戏迷票友的关注。现在把大师的桂冠献给吴兴国也不是不可以，但没有必要这么着急，是他的早晚是他的，但已经可以把“京剧革命先锋”的称号献给他了，给他个先锋称号，让他继续冲锋。

京剧，曾经是那样的辉煌，曾经是那样深入地影响着中国百姓的日常生活，曾经是那样的让中国人如醉如痴，但随着社会的发展和科技的进步，它日渐式微，正在变成艺术化石。上世纪80年代开始，大陆戏剧界奋起努力，想再造京剧的辉煌，政府也大力支持，上下同心，希望能使这个濒临绝境的剧种恢复青春。差不多与此同时，在台湾，吴兴国，几乎是匹马单枪，“将对传统的热情与爱，转化成一场愤怒的革命”，他生怕同侪和前辈们“京剧恐怕要随着我们走入坟墓”的担忧变成现实。他不相信“我最爱的京剧怎么会没法吸引人”？他和一群志同道合的年轻人创办了当代传奇剧场，首先从变革传统京剧剧本的思想贫乏、结构松散、语言粗糙、节奏拖沓、人物平面化入手，将莎士比亚的《马克白》，改编成了吴兴国的、台湾的、也是中国的《欲望城郭》。此剧亮相舞台，据说“观众欣喜若狂，有人大叫，有人流泪，台北艺文界足足震动了一个星期”。当然，总是会有不同看法，“吴兴国是京剧传统的破坏者”的说法也颇有市场。传统与现代，继承与创新，是一切老艺术的老矛盾。不创新，死定了，但创新的尺度如何把握？是向老观众献媚还是向新观众靠拢？众说纷纭，莫衷一是。我是主张大胆创新，不惜拆掉废墟、摧毁腐朽偶像的，哪怕矫枉过了正，也不要紧。事实上，那些已经成了偶像的大师，当初都是大胆的革命者。他们当年的创新，也是伴随着欢呼和诟病。对赞扬和批判，吴兴国无暇顾及，他一部部地编排新戏，用作品，把自己垫高到新的境界。

我无缘现场观看吴兴国的《欲望城郭》，但有幸看了他演出的录像。果然相当不错。剧本大胆留白，节奏快捷，演员基本功扎实，唱、念、做、打俱佳，对剧中人物理解深刻，不仅仅是用技巧演出，更是用心灵演出，用心灵带动技巧。服装、造型、舞台调度都颇具新意。

好吧，看改编自莎翁名剧的《李尔在此》，在柏林世界文化宫大剧场舞台上，吴兴国一人分饰十角，生、旦、净、丑，唱腔形体频转换，文武昆乱不挡，东方与西方融合，古典与现代接轨，确是有意味的形式，确是有深度的作品，给观众留下思索的巨大空间。

演出结束，掌声经久不息，西方观众的教养和礼貌常常会让中国的表演者产生错觉，但礼貌性的鼓掌和按捺不住的欢呼我还是能够辨别的。

演出后，在一起吃点心。卸妆后的吴兴国看上去根本不像一个五十多岁的人。我油然想起一句歌词：革命者永远是年青。我向他表示了敬意。他的舞蹈演员出身的太太，当代传奇剧场的制作人，与他一起进行京剧革命的林秀伟女士，问我愿不愿意为吴兴国也为他们的剧社写篇文章，我不假思索地说：我愿意。

回忆“黄金时代”

2008年6月21日

从军艺文学系毕业，一转眼二十二年。我的第一本小说集《透明的红萝卜》出版也是二十二年。那年出生的孩子，也到了大学毕业的年龄。尽管我们心理上还在抗拒，但事实上已经老了。那时候有个唱大鼓的艺人骆玉笙正走红，她大概也是我们现在的年纪——也许稍微老一点——她唱的鼓词儿有一句我牢记不忘：“重整江山待后生。”因为这篇文章最早是应解放军艺术学院的学报之邀而写，所以我就感觉到是面对着文学系那些风华正茂的师弟、师妹们说话；希望有很多亲切，但愿不要有倚老卖老的嫌疑。我主张老了就该知趣，就该敬畏青年，就该闭嘴，就该让出地盘，让年轻人登台表演。文坛其实也是一个舞台，乱纷纷你方唱罢我登场。既是舞台，吃的也就是青春饭。师弟师妹们写的文章，我能找到的都看。你们写的东西，打死我也是写不出来的。这不是谦虚，就像我们当年写的东西，我们上一代的作家也是写不出来的一样。

我清楚地记着1984年8月31日上午，我搭乘单位的班车到军艺报到。我是第一个到的。大门口右侧的大杨树下，临时摆开了几张桌子，系里几个工作人员在那里张罗着，让我填各种表格，然后发给我一把宿舍的钥匙。宿舍在大门口右侧那栋灰楼里，一层，最西头南面第一间，靠厕所最近靠教室也最近。那么长的房间，西墙上还有一面黑板。宿舍里摆着四张铁床，四张崭新的杏黄色的写字台，还有四把电镀红塑胶坐垫椅子。我从来没有用过这么漂亮的写字台，也从来没坐过这么柔软的椅子。后来听说，这些都是徐怀中主任帮我们向学院里争取来的。这样的宿舍和摆设，真让我喜出望外。因为原说驻京部队的学员是要走读的。那时我连公共汽车都不太会坐，连拨号电话都不会用，部队远在延庆，一听说让我走读，顿时就懵了。我向系里的老师刘毅然请求，能不能让我住校？只要给个地儿就行，仓库，杂物间，甚至走廊上，都行。后来刘毅然告诉我不用走读了。面对这近乎豪华的宿舍，当时的感觉想哭。

可能因为我大哥是我们高密东北乡第一个大学生的缘故，我从小就感受到了大学生的荣耀，从小就萌发了上大学的梦想。这梦想近乎疯狂，师弟师妹们如感兴趣，可以找我那篇《我的大学梦》看看，其中尽管有夸张，但基本事实还是真的。那时的军艺文学系虽然是个专科，但毕竟也算跨进了大学的校门，毕竟可以堂而皇之地将解放军艺术学院的校徽挂在胸前，满足一下虚荣心。与我同样兴奋的我想绝不止我一个。记得开学不久的一个晚上，一同学的父亲带着一帮人从山东赶来，一进校门就大声喊叫："这是解放军艺术大学吗？俺儿子在这里上大学呢！"老爷子的激动和自豪溢于言表。父尚如此，何况其子。

开学典礼后，有一个类似于自报家门的见面会。给我留下深刻印象的是朱向前同学的发言，滔滔不绝，旁征博引。我惊讶不已，暗想此人还来上什么学？直接到大学去教书得了。接下来就是上课了。许多久闻大名的人物，纷纷登台亮相。确有名副其实的，也确有名不副实的，但对我来说，所有的课都让我受益匪浅。

后来回想起来，怀中主任和系里的老师们根据我们的特点制定的教学方针是十分正确的，也是卓有成效的。我们的年龄，最小的也近三十岁，老一点的接近四十岁。大家都有一定的创作经验，都多少发表了一些作品，有好几位已经声名赫赫。学制只有两年，如果让我们像一般的大学生那样上课，显然不合适。而采用了那种既有名师系列授课，又有各界名流自由讲座的教学方式，既能弥补我们基础知识之不足，也能让我们时刻保持着与艺术界的联系，开阔我们的视野，刺激我们的创作热情。

尽管二十多年过去，但当时听课的情景还历历在目。像洪子诚、曹文轩老师的当代文学；赵德明、林一安、赵振江老师的拉美文学；唐月梅老师的日本文学；刘再复老师的“性格组合论”；王富仁老师的鲁迅研究；汪曾祺、林斤澜、李陀先生的创作谈，等等，都给我留下了难以忘却的印象并将受益终生。另外如中央工艺美术学院孙景波老师的美术讲座，用幻灯的方式，向我们展示了数百幅精美的图画，其中一幅原始时代的老祖母的雕塑图片，成为我一部重要小说的灵感源头。还有中央乐团著名指挥家李德伦的音乐欣赏课，更让我终生愧疚。那时李大师正在全国各地搞交响乐普及运动，他的课从音乐起源谈起，当时我感到他把我们低估了。他的课比较长，耽误了食堂开饭的时间，大家似乎都有些不耐烦。他讲完后让大家提问，没有人提。我傻乎乎地站起来，说：“李老师给我们放了半天录音，但我们还没看到过您的指挥，您能不能对着录音机给我们比划几下子？”李大师不高兴地说：“我指挥过很多乐团，但还从来没有指挥过录音机。”后来，当我多少知道了一点音乐知识，多少知道了一点李德伦先生的经历和成就，才知道我的要求是多么荒谬和无知。

因为我们毕竟是写小说的，听了一些课后，便不禁手痒起来，一个轰轰烈烈的写作高潮，便不声不响地展开了。刚入学时宿舍的格局也发生了变化：每张床和每张桌子都用布幔遮拦起来，进去后如入迷宫。唯一没遮没拦的是我们宿舍。上星期我去绍兴文理学院讲课，与同宿舍的施放见面。他已经转业到绍兴图书馆任党委书记。回忆起当年情景，有点像王羲之《兰亭序》所言："夫人之相与，俯仰一世，或取诸怀抱，晤言一室之内；或因寄所托，放浪形骸之外；虽取舍万殊，静躁不同，当其欣于所遇，暂得于己，快然自足，不知老之将至。及其所之既倦，情随事迁，感慨系之矣！"

那时我们文学系夜夜灯火通明，每个宿舍都像车间，大家的创作热情之高，创作速度之快，今日回想，如同神话。每到午夜时分，隔壁同学李本深兄，就用勺子敲着饭盆，在走廊里喊叫："下工了，开饭了！"于是各个房间里便有人出来，去水房里打水，用热得快或者电炉子煮方便面。我们初入学时方便面两毛钱一包，后来涨到两毛五一包。我一次买了五十包，装在旅行袋里，放在床下。同时买了二两虾米，煮面时放上两粒，鲜美无比。同室中吃过我的面的，赞赏不已。那时学校伙食很差，吃饭排队，闹闹嚷嚷，如同集市。在房间里煮面可以节约大量时间，而且省钱。尽管校方多次查禁电炉，但屡禁不止。那时我认为方便面是世界上最好吃的东西，是伟大的发明。那时每星期只能洗一次澡，数百人争夺十几个莲蓬头。那时宿舍里暖气若有若无，脚上起了冻疮。那时的条件，与今日军艺无法相比，但我已经感觉很幸福。那时我们摽着劲儿写，写完后互相看。即便平时油嘴滑舌者，到了为同学的稿子提意见时，也庄重严肃起来。我们的集体努力，很快就在文学界造成了影响。全国各地的编辑们纷至沓来，来者总是有所收获。那时我们文学系像一个小说工厂，也有人戏称我们是造币车间。那时候一万元是一笔惊天动地的巨款，有好几个同学写成了万元户。那时有些老师劝我们不要着急写，应该利用难得的机会认真听课，多看点书。现在看来，我们那时近乎疯狂的写作，应该是正确的选择。因为那种写作的氛围是不可复制的，那种社会的环境也是不可复制的。我们毕业后，每个人的创作条件都比在校时要好，但大多并没写出比在校时更好的作品。创作确实有些难以理喻啊。

军艺文学系，几十年来之所以在社会上享有声誉，我想重要的一点就是，这里能培养出作家，而且大都在校时即写出了力作。军艺文学系有这个传统，有这个氛围，而这一特点，即便是许多名牌院校的中文系也不具备。因此，我们当时看似急功近利的行为，也有一些正面的意义。当然听课很重要，看书也重要，甚至整理内务、出操跑步也很重要，但能在完成上述功课的同时，挤出一点时间来创作，却也十分必要。张爱玲说“出名要趁早”，希望师弟师妹们努力。

80年代，已经被评论界说成是文学的“黄金时代”。其实也是电影、美术、音乐等艺术门类的“黄金时代”。这样说的根据自然是那时期出了作品出了人才。不客气地说，我们军艺文学系是80年代文学界的一道亮丽风景，缺了我们，这个文学的“黄金时代”是要褪色不少的。但我们当时并没有感觉到有多么好，我们那时与今天的人一样满腹牢骚，抱怨外部环境不好，抱怨禁区太多，抱怨许多处在领导岗位上的老作家思想保守，压制青年。尽管那时确有一些题材不能写，也确有一些作品写出来了但不能发表，但事实证明，该写的都变着法儿写了，写出来的作品，如果确是好货，即便当时没有发表，后来也都发表了。可见有一些禁区，并不妨碍文学的发展；完全无禁区，也未必产生伟大作品。

那段时间转瞬即逝，日子过去得越久，值得回味的东西越多。我那时少不谙事，虚荣肤浅，说过不该说的话，也做过不该做的事，伤过一些同学的心，至今想起了还很愧疚，但愿同学们已经原谅了我。

蓝色城堡

2008年

奥德修斯从海滩上站起来，拖着几乎失去知觉的身体，爬上一个小山坡，进入一片茂密的森林。他回头望了一眼银光闪烁的大海，便一头栽倒在两棵枝叶繁茂的橄榄树下。他感到身体僵硬，如同岩石；地面柔软，宛若奶酪。他听到森林深处传来女人的说笑声，衣裙的窸窣声，似乎还嗅到了燃烧檀木的香气。难道又落入了卡吕普索的圈套？使我的返乡之梦再度破灭？他试图站起来，应对眼前的复杂局面，但身体不听头脑的支配。他感到身体在下沉，就像一座巨石雕像陷落淤泥。橄榄树盘结的树根试图兜住他，但它们最终难以承重，可怜地断裂了。他快速下沉，上边出现一条与他仰着的身体同样形状的通道。他看到那片天空渐变渐小，最后成为一个针尖大的亮点。他意识到自己被埋葬了，或者，就像传说中的，坠入了地狱。于是，一阵悲哀涌上心头。这时，他却感到身体落在了坚硬的地方。

他睁开眼睛，首先看到的是昏黄的天空。没有星斗，也没有日月；不是白天，也不是夜晚。他慌忙坐起来，看到自己身处一个巨大广场的中央。北面一箭之地，有一座金碧辉煌的城楼，弧形的门洞上方，悬挂着一幅巨大的画像。楼前有三座白色的石拱桥，有两队身穿橄榄绿色军衣的士兵，步伐整齐地走过来。他本能地去摸腰间的佩剑，但只摸到了冰凉的肚腹。这时，他羞耻地发现，自己赤身裸体，肌肤上沾着滩涂上的淤泥，毛发上挂着海中的绿藻。他看到，周围有许多人，穿着他在梦中也没见过的奇装异服，身上散发着他从未嗅到过的气味，嘴巴里发出他从未听过的语言。他们有的面露惊讶之色，有的脸上浮现着古怪的笑容。有的目不转睛，有的左顾右盼。有的人手持亮晶晶的方型小匣，瞄着他，然后迸出一束刺目的亮光。有的人用长长的木杆，戳着他的脚底上那块疤痕，仿佛在辨认他的身份。他看到几个威武的士兵，分拨开围成圈子的人，对着自己走过来。他猛地跳起来，一只手掩私处，一只手挥舞着，冲了出去。

他在奔跑中纵身跳起，从路边一棵树上扯下一根树枝遮住下体。他看到右侧是一条像滔滔大河一般宽阔的道路。路上奔驰着五颜六色的怪物，它们眼睛明亮，状如甲虫，没有脚，如蛇贴地爬行，肚腹透明，中间有人端坐。这让他立即想起自己设计制造，让特洛伊人吃尽苦头的木马。他飞速穿越一条南北向的道路，那些怪物碰撞在一起，发出凄厉的尖叫，散发出刺鼻的气味。他踏着那些甲虫的背，仿佛踩着敌人的盔甲。长年的海上生涯，使他天然地具有了感受方位的能力。沿着那座有高大石柱支撑的宫殿，朝着西方奔跑。他看到了一轮黄色的太阳，如同柠檬，正沿着昏暗的天际滑落。身后有成群的人在追赶，前边也不时有人摆出一副拦截的架势，但只要他冲到跟前，他们便尖叫着逃跑了。也有几个大胆的，扑上来扯住了他的胳膊。他猛地一拨，便看到他们像小孩子一样连连倒退着，有的仰面跌倒，有的坐在地上。

他在一片稀疏的小树林中奔跑着。从隐藏在树林中的几只像巨大的长方形匣子一样的怪物里，钻出了几十个身体魁伟、动作敏捷的男子，就像那些隐藏在木马肚腹中的希腊勇士。他们左手持盾，右手持棍，头盔在暮色中闪闪发光。他们排成弧形，对着他包抄过来。他一眼就看出这批人身手非凡，即使是阿喀琉斯也难对付他们。于是他折身往南奔跑。他看到迎面是一座淡蓝色城堡，形状椭圆，既像一只巨大的鸭蛋，又像一座美丽的岛屿。他一步跨越五级台阶，转瞬间便跳到了蓝色城堡入口处。几个身穿蓝色服装的守门人惊愕地盯着他，仿佛被施了魔法一样目瞪口呆。

他沿着一条灯火灿烂的通道往前跑。通道中央矗立着两排方形的耀眼灯柱，头上仿佛罩着一层薄冰，冰上波纹游动，分明是水的映像。当他跑到通道尽头时，迎面来了两个人，对他弯腰鞠躬。

他凭直觉得知这两个人没有恶意，便停下脚步，右手捂住胸膛，彬彬还了一礼。他看到这两个人，一个年过七旬，身体瘦削，鼻梁直挺，眼窝深陷，眼珠深蓝，目光忧郁；另一位身体肥胖，年约五十，头发半秃，眼睛细长。尽管他暂时还听不懂他们的语言，但他还是猜到了他们的意思。于是他跟随着他们，沿着一条黑色的能自行旋转的梯子，登上了蓝色城堡的上一层。地上的大理石色彩斑斓，光可鉴人，高大的穹窿上，镶贴着深红的木板，墙壁上绘着艳丽的图画，图画上的女人，竟跟自己二十年没有见面的妻子十分相似，一群目光贪婪的男人围绕着她，似乎在纷纷向她表示爱意。他感到心中一阵焦虑。老者示意他回头往外看，他于是看到了那条甲虫奔跑的大道，看到了路边那些灯柱上成簇的巨大的球形灯盏放出的璀璨光芒。最让他惊奇的是，透明的墙壁外边那一池碧水正在微微地荡漾着，城堡的影子倒映其中，显得既美丽又神秘。

目光忧郁的老者，带着他缓步参观，并用一种勉强可以听懂的语言对他解说着，颇似一个主人对客人炫耀着自家的房屋，就像俄奇吉亚岛上的女主人炫耀她的宫殿和珍宝一样。解说者语气中的自炫，让他略有反感。

那个跟随在他侧后的肥胖男人一声不吭，每当目光相碰，脸上就会出现尴尬的笑容，那半秃的头颅，也在微笑中轻轻颤抖。这人让他想起故乡的那位谦卑的牧猪人欧迈俄斯。想当年，每当他去视察自己的猪圈时，牧猪人便这样跟随在侧，脸挂笑容，诺诺连声。

他们坐在了大堂的一角，一个身穿红色长裙、身上散发着薰衣草香气的美丽女郎，为他们献上了红葡萄酒。“这是世界上最好的葡萄酒。”老者说着，举杯一饮而尽。他也依样饮尽。“我们用这酒招待最尊贵的客人。”他突然觉得自己已经能很好地理解老者的语言，好像这酒是消除语言障碍的灵丹妙药。

“奥德修斯，我们从荷马的史诗里，知道了您过去的英雄事迹和不幸遭遇，也知道了您今后的命运。”老者轻轻地说，“您很快就会返回故乡，杀死那些吃光了您的奶酪、喝干了您的酒窖的无赖，与您的妻子珀涅罗珀团聚。您现在身处四千年后的中国首都，这里是刚刚落成的国家大剧院，一座梦幻般的建筑，我是这座建筑的设计师法国人保罗·安德鲁，这一位，”老者指着那个中年胖子，说，“是中国作家莫言，我的朋友，我们俩是荷马的崇拜者，他把您的事迹唱成了史诗。从他的史诗里，我们得到了高尚的艺术灵感。荷马的史诗是一切艺术的源头，而您，是所有英雄的楷模。”

在倾听保罗·安德鲁谈话的过程中，红衣女郎连续给奥德修斯上酒，他一连喝了十几杯，心情感到轻松愉悦。这时，灯光转暗，帷幕拉开，舞台上正在演出歌剧：

在森林里，奥德修斯用橄榄树枝遮掩着下体放声歌唱。舍利亚岛国王的女儿瑙西卡面带微笑站在他的面前。

学书漫谈

2010年5月12日

少时，父亲就多次教育我们兄弟：一定要把字写好！人生来相貌丑陋，命运不济，出身贫困，那是没有办法的事。但字写不好，则完全是个人的原因。我父亲认为，只要肯下功夫，肯勤学苦练，就一定能把字写好。从书法艺术的角度来考虑，我父亲的话不一定正确，因为，一个没有艺术天分的人，无论如何努力，也成不了书法家，但即便是没有任何艺术天分的人，只要肯努力，也会把字写得好看一些，而只要字写得好看，即便不名一文，亦可走遍天下。为了说服我们，我父亲还举过很多例子，其中一例说我们的一位先祖，去参加县太爷举办的社饮，因衣衫破旧，被那些身着绫罗绸缎的乡绅蔑视。酒过数巡之后，县太爷令众乡绅赋诗写字。乡绅们先是相互推让，继而踊跃献技。我那位先祖在一旁冷笑。有人注意到了，便向县太爷汇报。最后的场面是我那位先祖将身上的破棉袄甩掉，赤膊捉笔，饱蘸墨水，不是往纸上，而是往那白粉壁上，尽情地挥洒，龙飞凤舞，满壁生辉，不但字好，词也好。于是众人刮目相看，我那先祖也被县太爷请坐上席。还是说我这先祖，有一年，去为青州某大户人家写匾，因东家招待不周，心中郁闷，只写了三字，尚余一字未写，即呼手腕病发，不能握笔，然后买驴回乡。东家心中大恼，但看看已经写出的那三个字，的确是好得不得了，只好忍气吞声，备厚礼来请。我那先祖却礼数次，终于答应将那剩下的一个字写完。东家请我先祖上车，我先祖道，上什么车？东家道：去写那个字啊。我先祖笑道：写一个字，何必跑那么远？言毕，从炕席下抽出一片纸，用一块破瓦片磨了一点墨，从墙角捡来一支秃笔，蘸墨挥毫，顷刻便成。见东家面有狐疑之色，我那先祖道：拿回去贴上吧，若有丝毫差池，我从今往后就不写字了。时隔多日，远隔数百里，只写一个字，如何能保持与那三个字的风韵、气势、大小的统一性？对此疑问，我父亲的解答是：他已经把手靠死了！“靠”字是我故乡土语，大意是经过长期训练，手上已经有了感觉。也就是孔夫子所说的“随心所欲不逾矩”。很可惜现在已找不到我先祖所写的字，因而也就无法领略他写得到底有多么好。尽管我没能在书法方面下功夫，但通过我父亲这种讲故事式的教育，还是使我从小就对书法多了一些兴趣，对能写出一手好字的人自然也格外地尊敬和羡慕。

我记得60年代初上小学时，学校里是有“写仿”这门课程的，每周好像有两节课。老师先教我们握笔的方法，然后发给我们每人一张字帖，让我们将白纸蒙在上边摹写。讲到握笔方法，我又想到我父亲讲过的故事，说我先祖教孩子写字，经常悄悄地走到正写字的孩子身后，猛力拔笔，如能拔出，即予重罚。也就是说：写字时要牢牢地将笔捏住。后来我试验过，这种握笔方法未必科学。那时只要上“写仿”课，我们的脸上和手上都会抹满墨渍，放学时街上的大人都会说：看，今日又“写仿”了。文化大革命一开始，书法课就取消了。尽管我统共也没上几节书法课，但今日回忆起来还是印象深刻。也可以说，后来我之所以还能拿起毛笔写字，与童年时期这几节书法课是有关系的。文化大革命开始后，学校里让学生写大字报，每天规定要写出一定的字数来，这自然是一件很荒诞的事，但多少也有些正面的效应，那就是逼着我们用毛笔写字。我后来在县棉花加工厂工作时结识了一个毛笔字写得很好的人，每到春节，大家都买来红纸，请他写对联。围观者赞不绝口。他说他的字就是文化大革命时抄大字报练出来的。

在棉花加工厂工作时，有一天厂门口新换了一幅标牌，牌上的大字，是我们县最著名的书法家所写。此人姓邹，在县文化馆工作。他们家上溯三代都是写字的，并且自创了一种优美简炼的书体，扁而欹斜，是从隶书化来，但似乎又吸收了魏碑的风骨。近百年来，我们县的公文告示，政府机关事业单位的牌匾，几乎都出自邹氏之手。当时，听着人们关于邹氏书法的议论，我心中确有过当一名书法家的梦想，但在农村那种条件下，即便有恒心大志，真要练字，也不容易。

许多年后，我成了作家，经常外出参加一些活动，人们错以为作家都可以挥毫泼墨，总是热心地准备好文房四宝，但大多数情况下大家都不敢动手。偶尔有几个手上有点功夫的作家捉笔题词，赢得掌声，又令我羡慕不止。我甚至想，何时下决心，拿出半年时间，啥都不干，天天练字，总可以练到像用硬笔一样自如地使用毛笔吧?

2004年底，我要去日本北海道访问，想不出带什么礼物。正好有教育部两个朋友在我家玩，我说请他们帮我找书法家写几幅字送给日本朋友。他们说，你的钢笔字写得不错，你何不自己写？第二天他们就给我送来了纸、笔、墨、砚，后来又给我送来了图章，一应家伙俱全，就这样写了起来。我没拜师，也没临过碑帖，有人要字，便在饭桌上铺一块小毡子开写。有时笔下无感觉，写出来的字自己也觉得丑陋无比。偶尔一次有感觉，似乎笔笔得意，字字有趣，自我陶醉。后来有一天，突然想，都说我的字是用毛笔写的钢笔字，原因是钢笔用了几十年，手上的感觉改不了了。既如此，何不用左手写写看？就像儿童初学写字一样。试了几次，果然有点意思，如是就这样用左手写了起来。

我这辈子永远成不了书法家，但对书法的热爱肯定会伴我终生。写字确实有迷人之处，有瘾，见到了纸笔手就痒。应该说，喜欢写字是高雅的爱好，而且，因为爱写字，自然也就留心这方面的事，见到这方面的文章就读，见到这方面的书就买，即便外出旅游，见到一块写得有味道的牌匾，也会多看几眼，并在心中暗自揣摩。因书法而读文读诗读联，自然也能增添一些文史知识。而且，有了一些这方面的修养，也就多了几分理解古人的可能性。一个用毛笔写字的人与另一个用毛笔写字的人，大概会更容易沟通吧。

在当今这个电脑时代，多数人已经连钢笔都不用了，遑论毛笔。当然十指在键盘上翻飞也是一种技艺，但这种技艺所产生的是电脑屏幕上的标准字体。许多人已经提笔忘字。能够充分表达个性，不仅具有实用功能而且具有审美功能的书法已经成为少数人的爱好，据说正在申请联合国的非物质文化遗产，一门艺术，到了需要申报遗产的时候，也就岌岌可危了。我想，毛笔书法不仅仅是一种书写方法，而且还是一种民族文化心理的养成方式，更是一种审美的训练。计算机要学，不学不能与世界同步；毛笔书法也要学，不学不能很好地传承中华文明。计算机要从娃娃学起，书法也应从娃娃学起。既然京剧和地方戏已经作为课程进了课堂，那么，书法也应该作为必修的课程进课堂。现在的应试教育搞得怨声载道，那何不用书法这种有趣的课程挤掉一点学数理化的时间？让孩子们抹在手上脸上一点墨汁，沾一点纸墨的香气，是多可爱的现象啊。纸和墨的香气是醉人的，养人的，让孩子们嗅嗅，可以促使他们健康地成长。

话是这么说，但要想恢复到以前那种时代显然是梦想。我这篇文章，不过是根据自己的一些经历，谈一点我对书法的理解，难免惹方家笑话。没有关系，多一点我这样的书法爱好者，基本上是好事。我斗胆说一句：能用毛笔书写的人，更像一个中国人。

我再斗胆地说几句：一个真正的书法家，必须是一个不错的诗文联句的创作者，如果一个人一辈子只写“宁静致远”、“天道酬勤”、“厚德载物”，只抄录唐诗宋词，而写不出一首基本中规中矩的诗词，编不出一副大体工整的对联，这样的人，充其量也就是个写字匠，无论如何自吹自擂、无论头上有多少名衔，那也不能让我服气。连我这样的业余爱好者都不服气，那真正的书法家更会嗤之以鼻。

再自炫一下：去年春节，我在故乡高密。前文提到过的那个书法世家的后人，找我写字。我这人皮厚胆大，明知是班门弄斧，但还是编了两句写给他：“三代翰墨龙凤体，万家门户邹氏书”。据说他拿回家给他父亲看了，那老书法家观看良久，感叹道：词不错，墨很黑，纸上乘。

人们将老书法家的话传给我，我听后，目眩良久。

打人者说

2010年8月1日

题目是《打人者说》，其意为，凡打人者，总是有许多的话要说。首先要对被打者说，说“我”——或是“我们”——更多的时候是“我们”，为什么要打“你”，亦或是“你们”。凡打人者，之所以打人，总是首先要占领一个道德的高地，于是义正词严，举拳有理。一般情况下，被打者是没有权利、也没有机会为自己申辩的，因为，一旦当象征着正义或代表着正义的拳头高高地举起来时，道德审判的工作已经完成。接下来进行的就是正义的报复。我们在我们的历史上以及在我们的现实生活中，已经见惯了这种正剧——即便是惨剧，我们也只能当做正剧看。我们在从小接受的教育中，已经把这样的惨剧当成公道和天理。这公道和天理的根本依据就是：杀人者偿命，作恶者受罚。于是，我们把人施之于他人肉体的暴力，当成了天道的报应。于是，我们不仅习惯于棍棒施之于肉体，我们还习惯于拳脚施之于妇婴，我们还习惯于那些天才狱卒们的发明：从腰斩到凌迟，从剥皮剜眼点天灯到枪筒戳肋骨到头顶上放爆竹，因为这一切，都是假借了正义和天道。关于人跟动物的根本区别，有种种或庄或谐的判断。但我要说：人与动物的根本区别在于，人可以对同类施以酷刑——以上这些漫无边际的感慨，都是因为不久前我去怀柔的一个画室，看了中央美术学院毕建勋教授一幅巨大的中国画而生发。这幅画长约六米，高约三米，画面上有一百多人，有两个人在痛打一个躺在地上的人，其余都是身份各异、年龄不同、表情万端的围观者。这幅画作的题目就叫《打人》。刚开始我以为是幅油画，但问过之后知道是幅国画，是使用中国水墨中国纸张画成的中国人物画，这些对我来说都无关紧要，对我有意义的是这幅巨作所产生的力量。画家问过我的感受，我说：震撼！又问，还是震撼。这震撼当然与画作的尺幅有关，但不是重要的，最重要的是这幅画作所表现出的被我们司空见惯了的场景，实际上成了一面巨大的镜子。这镜子照出的是人心，是我们已经麻木的灵魂。

我对画家说，我已经活了五十五岁。童年时曾经挨过很多次打，父母打过，老师打过，村里的同伴打过，村里的干部打过，也曾差点被北京胡同里的女人打过，但我除了打过女儿一次，从来没有打过人。即便是打女儿那一次，也是我心中难以逝去的痛，想起来便感到深深的罪疚。但这能否说明我就是一个好人呢？能否说明我是一个善良的人呢？不能！因为我看过无数次打人，当然都是以革命的名义打坏人，当然都是以正义的名义打恶人。当我看到那些据说是曾经残酷地剥削过、迫害过贫农的地主被吊在梁头施以酷刑时，当我看到集市上的小偷被群众顷刻之间打得血肉模糊时，我的心中产生过不忍，但我并没有认为这样的行为是不人道的，即便我心中觉悟到就是真正的罪犯群众也没权力对其施以酷刑和肉体打击时，我也没有胆量跳出来为被打者说一句话。这幅巨作上那些旁观者，其实就是我，其实就是我们。

旁观者是我们，打人者会不会也是我们？其实，只要做了旁观者，完全可能成为打人者。我，也许是我们，每个人的内心深处都藏着一个打人者。当我们遭受到不白之冤时，当我们蒙受了奇耻大辱时，当我们遭受了不白之冤蒙受了奇耻大辱而又没有力量报复时，我们的心中，是否想象过一个对那些恶人施以暴力的场景？你们也许没有，但我有。几年前当北京胡同里那个蛮不讲理的女人无端地欺辱了我和家人时，我想象过对这个女人施以酷刑的场面；不久前当我看到那个河南的农民被警察屈打成招判处无期徒刑服刑若干年后因为“死”者竟又活着出现终致冤情大白的案例后，我就想象过对那些刑讯逼供的警察施以同样的酷刑，这样的冤冤相报是人世间循环上演的戏剧，符合多数人的心理。据此我说，尽管我们从来没有打人，尽管我们今生也不会打人，但这幅题名《打人》的巨作却与我们每个人有关，因为我们都在精神上打过人，并有可能成为真正的打人者。

当然，我们也很有可能成为被打者，当所有的人都认为施恶者挨打是天道时，那么，天道就是一张施恶的遮羞布。当强者对弱者举起拳头时，完全可以把被打者说成是杀人犯强奸犯纵火犯，没有人去深究被打者是不是真的有罪。就这样，许多无辜的人，都被当成恶人打了，或者被打死了。人，一旦可以打人，不管出于什么理由，就说明人还不是真正的人。人，一旦可以打人，不管你打的是什么人，你距离野兽就很近。其实，这个地球上，真正的猛兽不是老虎也不是狮子，而是人。人可以成为天使，也可以成为魔鬼。人心可以是天堂，也可以是地狱。所谓六道轮回，其实都在人心中，一念之差，此身已堕入地狱。拳头举起来，灵魂沉下去。这些意思，画家已经用他的画面，向我们表露得十分清楚。

当年，鲁迅用他的笔，揭露了“看客”心理，有人说这是中国人的劣根性，其实，这不独是中国人的劣根性，而是全人类的劣根性。我的小说《檀香刑》是受鲁迅对看客心理的批判启发而作。我想到，看客之外，还有施刑者与受刑者，这三者之外还有导演，四方合一，方能构成一台大戏。于是我写了刽子手，写了罪犯，也写了施刑的场面，有些人对这部小说中的“残酷描写”多有批评，但我想，酷刑也是一面镜子，会照出各种嘴脸，当我们从中看到自己的狰狞嘴脸时，是需要一点勇气才敢于承认那就是“我”的。毕教授的画作《打人》与我的拙作《檀香刑》多有暗合之处，只不过画面的力量较之文字的力量更为直接。我不敢说自己已经看懂了毕教授的画，但起码是，从毕教授的画里，我看到了我自己。

似乎仅仅用画笔还不足以将心中的话表现出来，毕教授与他的研究生盛华厚，又合作了与《打人》这幅画密切关联的诗剧《打人》。我认真地读了这诗剧，深受感动。尤其是尾声部分，几乎是泣血锥心，像一个传教者，为了把爱灌输到荒凉的人心而顿足悲号。看到这里，我似乎懂了，毕教授画《打人》，不仅仅是要用这种巨幅画面警醒世人，而是要唤醒人心中沉睡的爱，对他人的爱，对自己的爱，也是对人类的爱，爱是《打人》的唯一主题。

> 我挚爱的人啊/你们自己把自身摧残至此 / 你把我摧残至此 / 你把你摧残至此 / 那无处不在的摧残 / 就是我的悯人悲天 / 别再让我痛苦万般

这样的超越了阶级、种族甚至善恶的对人的爱，是上帝的胸怀，这样的爱从来没被实行过，今后也不可能被实行，但这样的爱是存在的，这也是上帝存在的理由和标志。

从鞭炮到佛道

2011年3月11日

辛卯春节，我在高密东北乡陪八十八岁的父亲过年。除夕之夜，鞭炮烟花从黄昏响到黎明。午夜时分，站在高坡上眺望县城，见那片夜空不时被璀璨的焰火照亮，爆豆般的鞭炮声连成一片，其中夹杂着闷雷般的炮声，硝烟滚滚，火药味很浓。经历过战争的父亲感叹道："当年八路打高密，也没闹出这么大的动静啊！这要糟蹋多少钱……"是啊，这要糟蹋多少钱啊，从南到北，从西到东，在这个夜晚，中国的土地上，覆盖着一层鞭炮的残骸；中国的夜空，弥漫着滚滚的硝烟；这就是过年，有钱的过年，没钱的也过年；这就是欢乐，富人欢乐，穷人也欢乐。谁说中国没有狂欢节？春节就是中国人的狂欢节。先是几亿人的大流动，动用着最昂贵和最便宜的交通工具，朝着不同的方向，飞机，火车，汽车，摩托车，自行车，实在不行就开动双腿，克服种种困难，跨越层层障碍，方向虽然不同，但目标都是一个，那就是：回家！回家干什么？过年！哪怕这些家在大山深处，在崖畔尽头，在沙漠边缘，在海岛渔村……哪怕回到家看到的是贫穷落后，听到的是怨恨牢骚，感受到的是世态炎凉……所有这些，都挡不住回家的脚步。

儿时盼过年，目的很明确，那就是穿新衣，吃水饺，放鞭炮；现在怕过年，原因很模糊，认真想想，大概是对衰老与死亡的恐怖。平时如无病痛，也就忘了年龄，但年是个节点，是个提醒，每到这时候，你必须明白：又长了一岁。对小孩子来说，“长一岁”里有成长的欢乐；而中老年人，从“长一岁”里体会到的是不可抗拒的规律和无可奈何的悲哀。说得更直白一点，过一次年，就离死亡更近了一步。在狂欢中，在鞭炮声中，向死亡靠拢。当然，有死亡便有新生，新陈代谢，生生不息，这是规律。但衰老和死亡总是件让人不愉快的事。想到了这一层，便可以看到地藏菩萨向我们遥遥地招手了。

笛安小友给我定的题目是关于地藏的。我写文章喜欢绕，绕来绕去，总会绕到题上。何况这地藏，包罗万象，关乎六道三界，关乎地狱心魔，关乎罪孽超度，有关大千世界的一切问题，都可以从这里得到一个说法。

说到地藏菩萨，不能不提到九华山，因为这九华山是地藏菩萨的道场。说到地藏菩萨，如其说是一个具体的形象，不如说是一种献身的精神。因为他有无量的化身，可以为孝女，也可以为伟男。那位在九华山开辟道场并留下不坏肉身的新罗高僧金乔觉，不过是地藏菩萨的一次化身。地藏菩萨的精神就是：“地狱不空，誓不成佛。众生渡尽，方证菩提。”这精神至高无上，但俗世中有些境界显然由此派生：如“见困难就上，见荣誉就让”，“把生的希望让给别人，把死的危机留给自己”，“肩住黑暗的闸门，放他们到宽阔光明的地方”等等，皆可当如是解。更有那美国电影“泰坦尼克号”，以及诸多的灾难片中，面临生死关头，总有人贪生怕死，也总是有人，一次次地苦海救人，最后把生的希望推向别人，自己去死。我想大凡是人，看到这情节，总是会被感动，而能被感动，就说明我们每个人其实都具备了地藏的精神，只是没有机会表现出来罢了。这也正是我佛所说：万物皆有佛性，如果正确引导，皆可觉悟，超脱六道之苦厄。但可惜尘世中欲望太多，那可贵的灵性，皆被污染，放不出灵光了。

我去过很多的庙宇，也进过很多的教堂。去教堂，是看艺术，看文化；而进庙宇，则基本上是看人心：自我的心，众人的心。学佛参禅，对于我等俗众来说，略通皮毛即好，如果真的悟透了，那也就没有这个世界了。这人的社会、物的世界，说破了“神马都是浮云”，那争名逐利、建功立业还有什么意义？那些祈求佛祖保佑他们的贪官污吏、那些重金买得烧新年第一炷香的达官贵人，不都是糊涂鬼、可怜虫吗？

按照佛教的解说，六道皆是苦海，即便在人道之上的阿修罗道和天神道，也还是有欲望，因而也就有痛苦，只有到了那诸般皆无的涅槃之境才能永脱苦海。这个至高无上的境界，对一般俗众来说，其实并无什么吸引力。我想，对一般俗众，不妨简化点，知道地狱、畜生、人、天神四道并知道一个灵魂种子可因为自己的行为而在这四道中转化即可。地狱里的鬼，如果存心向善，积累功德，就如同那刑满释放的罪犯出狱一样，可以晋升到畜生道里去，或做飞鸟，或做游鱼，或做山林中的猛兽，或做农夫家的役畜。这道里自然又分了许多的等级，譬如做一条鱼总比做一只蛆虫好。做一只鸽子，总比做一只乌鸦好。同是做马做牛，又有不同。譬如做了皇上的坐骑，那可以吃精美的饲料，披华丽的鞍鞯；而做了拉磨的驴子，那就要被蒙着眼睛转圈，还要不时遭受鞭打。在畜生道里做好了，那就有可能晋升到人界里去，虽然有“乱世人不如太平犬”的说法，但总体上，人还是比畜生高了一个级别。当然，同是为人，也有诸多的差别，这都是由前世的善恶而定。人世中积累福德，可升天界，成为神仙，长生不老，无病无灾，对于俗众，到了这一层，我想就够了。当然，天神犯了错误可贬到人世，人犯了罪孽，可沦为畜生，畜生犯错，可堕入地狱，如此轮回，全是因为行善或作恶的果，因果报应。其实，我想，对于大众，知道善有善报恶有恶报就可以了，这是有利于安定团结，有利于构建和谐社会的。如果按唯物主义的解释，人活一世如同草木一秋，肉体消失灵魂即涣散，既没有天堂地狱，更没有因果报应，那这个世界可就彻底乱了套。人类社会之所以还能大体维持和平，人心之所以大体还能向善，除了法律的硬性约束外，实有赖于宗教的软性控制。正因为有了天堂地狱，有了因果报应，才使好人有所企盼，坏人有所忌惮。当然，生活中处处可见好人不得好报，恶棍作威作福的现象，令我们产生怀疑和动摇，但佛教已经为这种现象准备了答案。善恶有报，不是不报，是因为时候未到。今世不报，来世报；今世受苦，有可能是因为前世造了孽。这马上又涉及了罪与救赎，地藏经就是教人自我拯救之法，或者自己作出牺牲，作出努力以拯救已堕落入地狱的亲友之法。佛是相当宽容的，放下屠刀，立地成佛；一动善念，心地澄明。有钱的可施舍钱财，布施福德，舍得方能成正果，放下就是活神仙；那些没钱的，亦可以用别的方式来积德抵罪。既不能出钱，又不能出力，那么，念一声阿弥陀佛，亦能让堕入地狱的亲人见到一线光明。关键是心诚，作过恶的，真的为那些恶感到痛苦。欲行善的，是真的动了善念；只图心安，不求报答。那些去庙宇里与佛祖做买卖的，那些做行善秀的，无异于缘木求鱼，南辕北辙。更有那恶人，明明行的是男盗女娼，但满口仁义道德，心毒如蛇蝎，嘴利如锋刃，高举着悲悯、忏悔的大旗，实则是借公器报私仇，挟道德灭异己，这样的人，还不如明目张胆的强盗可爱，正所谓“真流氓胜过伪君子”也。

我曾对恶棍深恶痛绝，也曾幻想着用种种的方法消灭他们，或将他们的画皮揭开，让善良的人们看到他们的真面目，但终于明白，正如地狱永远不会空而地藏菩萨永远不会成佛一样，恶人也是永远消灭不净的。这恶人，其实是人中的一个品种，教育和善行，均难改变种性。而也许，这样的天生的坏种，是不会受到惩罚的，就好像狼虎捕食弱类，那本是造物赋予他们的权力，纯种的坏人，大约也是造物特地造出来放到人间来显示它的存在的。所以我想：那些纯粹的坏人和那些纯粹的好人，都是神灵存在的证明，想到此，心里也就坦然，也就不会再生出“他怎么这样坏呢？”与“他怎么能这样呢？”的疑问，更不会再去恨他，因此也就少了一些执迷，多了一点觉悟。

这茫茫宇宙中除了我们看得到摸得着或想象到的之外，到底还存在着一些什么，这从来就是个问题，也从来不是一个问题，关键是想与不想。其实想得太多了不好，一点不想也不好。对我等俗人来说，略微想想，略知大概，且莫深究，比较妥当，否则，只怕未证菩提，先入魔道，其悲也大矣。十几年前，我去马来西亚，结识了一位对佛教很有研究的黄先生，我向他请教六道轮回的问题，他说：六道轮回就在人心中。你若一动善念，境界顿高，瞬间可达天界；你若一动恶念，品格陡降，霎那即堕地狱。所谓“心可为天堂，亦可为地狱”是也。修行者，就应该时刻保持净心，不动任何念头，无欲无色，如此即可抵涅槃境界，这可实在是太难太难了。所以，我们一般人，也就不必去追求那至高的境界，我们还是在尘世里，存着对地狱的畏惧和对天堂的憧憬生活为好。

还是呼应一下鞭炮的事吧。前些年禁放时，曾大力宣传放鞭炮的坏处，如伤害人体甚至生命，如污染环境引起火灾，如造成浪费等等，但是开禁之后，这些宣传便销声匿迹了。开禁前的鞭炮，其花色和威力与开禁后不可同日而语。如今的鞭，有长达两万头的，如今的炮，好像是用炸药制造，其威力不亚于手雷。另外，开禁前的鞭炮，多是老百姓放，开禁之后，凡放出惊天动地之巨响、造成灿烂夺目之光辉的，大多是公家单位。每年春节，公家单位燃放烟花爆竹的花费，必是个惊人的数字。纳税人的血汗钱，顷刻间化为硝烟纸屑。至于因放烟花爆竹而造成的死伤事故，也不会是个小数吧。我从县公安局朋友那里得知，今年春节期间，高密因燃放烟花爆竹造成两人死亡：一人醉卧在一盘礼花上，胸膛被炸成蜂窝煤状；另一人的脑壳，被礼花崩到了房脊之上。这后一位，据说是当地一个无人敢惹、作恶多端的“好孩子”，他的死，让深受其害的乡邻们纷纷感到报应不爽。你看，虽然没有多少人去读经念佛，但佛教的基本原理早已深入人心，成为中国老百姓的文化基因。

说不完的话

2011年3月

小时候，因为我喜欢在人前说话，曾让我的父母十分担忧。他们对我的所有教育中让我最难忘记的，就是在人前不要说话，尤其是不要说实话。但我总是一出家门就把父母的教育弃置脑后，总是忍不住地把自己看到的新奇事儿和自己头脑中萌生的奇怪念头对人说，为此，我给父母带来过很多麻烦，也直接影响了我自己的前途。我之所以小学未毕业即被赶出校门，就是因为我说了一些不该说的实话。

等我拿起笔来开始写作时，首先想到的就是应该向那些伟大作家学习，为自己起一个笔名。我回忆起父母对我的教导。于是就为自己起了“莫言”这样一个笔名。如今，莫言已经成为我正式的名字，我的原名已经很少有人知道了。

中国人是很讲究名字的，从人名上可以感受到很多时代的和文化的信息。近年来，许多人更是把名字看成是一个能够决定自己命运的重要原因，许多专为人起名字的小店也应运而生。我不相信一个名字能有那么大的作用，但还是相信名字对人有一定的心理暗示作用。我每当想起自己的这个名字，就会回忆起故乡和童年，就会产生一种急于诉说的强烈愿望。事实也是这样，虽名为“莫言”，但却成为一个滔滔不绝的诉说者。用笔来诉说，也用嘴巴诉说。仿佛我童年时期因为被压制而没有说完的话，终于得到了尽情倾吐的机会。

《四十一炮》就是这样一部诉说之书。我把看到的、听到的、想到的，全部说了出来。这里边自然包括着我对社会生活中丑恶现象的批判，对人的贪婪欲望的批评，对人性之软弱的理解和同情，也有对美好情感的赞美和向往。小说中写到了中国的现实，也涉及到了中国的历史，但我最想让读者知道的是人在混乱的时代里的堕落与升华。这本书的英译本由印度的出版社出版，这让我感到很满意。不管印度人是否同意，我觉得，在这个地球上，最像印度的国家是中国，而最像中国人的是印度人。

从1981年发表第一篇小说到现在，我的写作已经持续了三十年。有很多朋友问过我：你的故事讲完了没有？——我的故事永远讲不完，因为旧的故事还没讲完，新的故事又产生了。我心中的话更没讲完，因为说与写的速度永远赶不上思想的速度。因此，我也只能像小说中那个罗小通一样，不停顿地说下去。

我的老师

2005年

这是一个千万人写过还将被千万人写下去的题目。用这个题目作文一般地都抱着感恩戴德的心情，当然我也不愿例外。但实际生活中学生有好有坏，老师也一样。在我短暂的学校生活中，教过我的老师有非常好的，也有非常坏的。当时我对老师的坏感到不可理解，现在自然明白了。

我五岁上学，这在城市里不算早，但在当时的农村，几乎没有。这当然也不是我的父母要对我进行早期教育来开发我的智力，主要是因为那时侯我们村被划归国营的胶河农场管辖，农民都变成了农业工人，我们这些学龄前的儿童竟然也像城里的的孩子一样通通地进了幼儿园，吃在那里睡也在那里。幼儿园里的那几个女人经常剋扣我们的口粮，还对我们进行准军事化管理。饥肠辘辘是经常的，鼻青脸肿也是经常的。于是我的父母就把我送到学校里去，这样我的口粮就可以分回家里，当然也就逃脱了肉体惩罚。

我上学时还穿着开裆裤，喜欢哭，下了课就想往家跑。班里的学生年龄差距很大，最小的如我，最大的已经生了漆黑的小胡子。给我留下了印象的第一个老师是一个个子很高的女老师，人长得很清爽，经常穿一身洗得发了白的蓝衣服，身上散发着一股特别好闻的肥皂味儿。她的名字叫孟宪慧或是孟贤惠。我之所以记住了她是因为一件很不光彩的事。那是这样一件事：全学校的师生都集中在操场上听校长作一个漫长的政治报告，我就站在校长的面前，仰起头来才能看到他的脸。那天我肚子不好，内急，想去厕所又不敢，将身体扭来扭去，实在急了，就说：校长我要去厕所……但他根本就不理我，就像没听到我说话一样。后来我实在不行了，就一边大哭着，一边往厕所跑去。一边哭一边跑还一边喊叫：我拉到裤子里了……我自然不知道我的行为带来的后果，后来别人告诉我说学生和老师都笑弯了腰，连校长这个铁面人都笑了。我只知道孟老师到厕所里找到我，将一大摞写满拼音字母的图片塞进我的裤裆里，然后就让我回了家。十几年之后，我才知道她与我妻子是一个村子里的人。我妻子说她应该叫孟老师姑姑，我问我妻子说你那个姑姑说过我什么坏话没有，我妻子说俺姑夸你呐！我问她夸我什么，我妻子严肃地说：俺姑说你不但聪明伶俐，而且还特别讲究卫生。

给我留下深刻印象的第二个老师也是个女的，她的个子很矮，姓于名锡惠，讲起话来有点外地口音。她把我从一年级教到三年级——我自己也闹不清楚上了几次一年级——从拼音字母教起，一直教到看图识字。三十多年过去了，我还经常回忆起她拖着长调教我拼音的样子。今天我能用微机写作而不必去学什么五笔字型，全靠着于老师教我那点基本功。于老师的丈夫是个国民党的航空人员，听起来好像洪水猛兽，其实是个和蔼可亲的老人。他教过我的哥哥，我们都叫他李老师，村子里的人也都尊敬他。文化大革命期间，兴起来往墙上刷红漆写语录，学校里那些造了反的老师，拿着尺子排笔，又是打格子，又是放大样，半天写不上一个字，后来把李老师拉出来，让他写，他拿起笔来就写，一个个端正的楷体大字跃然墙上，连那些“革命”的人也不得不佩服。于老师的小儿子跟我差不多大，放了学我就跑到他们家去玩，我对他们家有一种特别亲切的感情。后来我被剥夺了上学的权利，就再也不好意思到他们家去了。几十年后，于老师跟着他的成了县医院最优秀的医生的小儿子住在县城，我本来有机会去看她，但总是往后拖，结果等到我想去看她时，她已经去世了。听师弟说，她在生前，曾经看到过《小说月报》上登载过的我的照片和手稿，那时她已经病了很久，神志也有些不清楚，但她还是一眼就认出了我，师弟问她我的字写得怎么样，她说："比你写得强！"

第三个让我终生难忘的老师是个男的，其实他只教过我们半个学期体育，算不上"亲"老师，但他在我最臭的时候，说过我的好话。这个老师名叫王召聪，家庭出身很好，好像还是烈属，这样的出身在那个时代里，真是像金子一样闪闪发光。一般的人有了这样的家庭出身就会趾高气扬，目中无人，但人家王老师却始终谦虚谨慎，一点都不张狂。他的个子不高，但体质很好。他跑得快，跳得也高。我记得他曾经跳过了一米七十的横杆，这在一个农村的小学里是不容易的。因为我当着一个同学的面说学校像监狱、老师像奴隶主，学生像奴隶，学校就给了我一个警告处分，据说起初他们想把我送到公安局里去，但因为我年龄太小而幸免。出了这件事后，我就成了学校里有名的坏学生。他们认为我思想反动，道德败坏，属于不可救药之列，学校里一旦发生了什么坏事，第一个怀疑对象就是我。为了挽回影响，我努力做好事，冬天帮老师生炉子，夏天帮老师喂兔子，放了学自家的活儿不干，帮着老贫农家挑水，但我的努力收效甚微，学校和老师认为我是在伪装进步。一个夏天的中午——当时学校要求学生在午饭后必须到教室午睡，个大的睡在桌子上，个小的睡在凳子上，枕着书包或者鞋子。那年村子里流行一种木板拖鞋，走起来很响，我爹也给我做了一双——我穿着木拖鞋到了教室门前，看到同学们已经睡着了。我本能地将拖鞋脱下提在手里，赤着脚进了教室。这情景被王召聪老师看在眼里，他悄悄地跟进教室把我叫出来，问我进教室时为什么要把拖鞋脱下来，我说怕把同学们惊醒。他看了我一眼，什么也没说就走了。事后，我听人说，王老师在学校的办公会上，特别把这件事提出来，说我其实是个品质很好的学生。当所有的老师因为我坏得不可救药时，王老师通过一件小事，发现了我的内心深处的良善，并且在学校的会议上为我说话，这件事，我什么时候想起来什么时候感动不已。后来，我辍学回家成了一个牧童，当我牵着牛羊在学校前的大街上碰到王老师时，心中总是百感交集，红着脸打个招呼，然后低下头匆匆而过。后来王老师调到县里去了，我也走后门到棉花加工厂里去做临时工。有一次，在从县城回家的路上，我碰到了骑车回家的王老师，他的自行车后胎已经很瘪，驮他自己都很吃力，但他还是让我坐到后座上，载我行进了十几里路。当时，自行车是十分珍贵的财产，人们爱护车子就像爱护眼睛一样，王老师是那样有地位的人，竟然冒着轧坏车胎的危险，载着我这样一个卑贱的人前进了十几里路，这样的事，不是一般的人能够做出来的。从那以后，我再也没见到过王老师，但他那张笑眯眯的脸和他那副一跃就翻过了一米七十横杆的矫健身影经常地在我脑海里浮现。

我与奥运开幕式

2008年

2006年8月初某夜，梦中构想奥运开幕式，醒后兴奋无比，爬起来匆匆记住要点。第二天整理成文，给几个朋友看。本为逗趣，没料想朋友将此消息辗转告诉了奥运开幕式领导班子。8月13日晚，在北五环北京市会议中心，张和平（奥运开幕式总指挥）、张艺谋、陈维亚请我与潘阳和王浙滨吃饭。我忐忑不安地将几份稿子给他们看。看完之后，他们有的淡淡一笑，有的面无表情。张导说，类似的东西，他们收到很多，网上更是铺天盖地。他们需要的不是这种构思，而是希望找到一个能够代表中华民族灵魂的东西。我说了阴阳五行，儒家思想、河图洛书之类，但显然都是老生常谈。他们的时间如此紧张，我却用这样的东西来让他们请我吃饭，简直是罪过。那顿饭我吃得非常尴尬，深感羞愧，并且歉疚。只好反复说，我是想用这种方式来表达一个中国公民对奥运会的向往与支持。其实，我是有私心的。我想，如果我的方案，哪怕能给他们一点启发，我也可以厚着脸皮向他们讨要一张奥运开幕式的入场券。现在，奥运开幕式已经成为历史，而我的开幕式构想，也成为朋友们取笑我的话题。

新民晚报热情约稿，让我谈谈奥运开幕式，就将当时的手稿从纸堆里找出来，抄录附后。如此馊案，或可供读者开颜一笑。

2008年北京奥运会开幕式构想（外行之狂想）

第一部分：追日奔月

以远古神话“夸父追日”、“嫦娥奔月”为素材，表现远古人类的理想和幻想。

在鸟巢上方，一个耀眼的“太阳”缓缓旋转，先是一位手持木杖、赤裸上身、腰系“树叶”的剽悍男子奔跑追赶——后有数十乃至数百名同样衣饰男子络绎奔出，绕场追赶——太阳飞升而去，众男子手中木杖化为火炬。

一轮“明月”缓缓升起。一群美貌古装少女集体拜月——拜月舞。一少女着洁白羽衣，升空，落到“月亮”上，飞出“鸟巢”。

本节主题歌：

因为渴望光明，我们追赶太阳。因为惧怕黑暗，我们飞向月亮。跑啊跑啊，跑得更快；飞啊飞啊，飞得更高；更快更高是人类的向往。

我们追赶太阳，太阳给我们温暖；我们飞向月亮，月亮给我们幻想。跑啊跑啊，跑得更快；飞啊飞啊，飞得更高；更快更高是我们的理想。

让我们的追求变成花朵，让我们的幻想插上翅膀。为了光明和幸福永驻人间，为了和平与爱情源远流长。跑啊跑啊，跑得更快；飞啊飞啊，飞得更高；让美丽的花朵处处开放。

第二部分：铸铜造字

表现先秦时期科技与文化的进步，以及战争、对抗和人民对和平生活的向往。

炉火熊熊，宝剑铸成。

在一白色大屏幕上，依次展现甲骨、钟鼎、籀、篆、隶、楷、行、草等汉字发展演变之历史。可以由不同时期的著名人物如李斯、钟繇、王羲之、颜真卿、李白等人持如椽巨笔作象征性的笔舞，屏幕上的文字也不时转换，文字可从《诗经》、《易经》等古籍中寻摘。

群武士作剑舞，作格斗之舞，象征战争。

女人们夺下武器，投掷火炉。

公孙大娘剑器舞。

推出一悬挂支架上之巨钟，和平钟声。

大屏幕上推出各种文字之大字，字义俱为：和平钟声。

第三部分：东渡西航

表现中国人民不畏艰险抱无限之诚意，百折不挠，开辟海上航线，实现中外文化交流。

东渡，唐朝鉴真和尚六渡扶桑，终使佛教与盛唐文化在日本开花结果。

西航，明朝三宝太监郑和率庞大船队下西洋，直达东非海岸。郑和信奉伊斯兰教。

关键是造几艘逼真之大船模型，有樯橹，有风帆，且风帆能鼓动起来。

大屏幕可继续使用，展现精美之瓷器、丝绸、家具等中国古代器物。

第四部分：龙凤呈祥

表现进入新千年的人类生活，构建和谐社会的美好愿望。

在男女歌唱演员的歌唱声中，几百对美丽男女，盛装华服，集体舞蹈，舞蹈形式多变，充满浪漫抒情气氛。

可设计“百鸟朝凤舞”和“龙凤呈祥舞”。当歌声和舞蹈停止时，成群福娃欢呼入场。

儿童歌曲大合唱中，一轮“明月”缓缓下降，悬在“鸟巢”上方。嫦娥从“月亮”中翩翩飞下，点火。

本节歌曲：

一：让我们唱歌跳舞，目光对着目光；让我们心心相印，传递着美好理想。天涯共此时，一轮明月光。百姓齐欢呼，万众共仰望。

让我们握手拥抱，共享幸福时光；让我们相亲相爱，实现和平愿望。天涯共此时，一轮明月光。举世皆瞩目，奥运在东方。

二：儿童合唱、朗诵（先朗诵一遍，然后合唱）

风儿轻，月儿圆，嫦娥姑姑要下凡。天上没有好风景，幸福生活在人间。

五：建议

使用具有全人类意义的神话素材，摒弃已被西方观众所熟知的“中国文化符号”，不要兵马俑，不要红灯笼，不要茉莉花，用象征的手法，表现人类的漫长历史和对未来的美好向往。

聘请科技专家，实现艺术构想。

建设“奥运博物馆”。

我与《小说选刊》

2007年

创刊于上个世纪80年代的《小说选刊》，毫无疑问已经是当今的著名刊物。现在活跃于文坛的作家，大概都与这家刊物有过联系。

我于80年代初开始发表小说，80年代中期，凭借着中篇小说《透明的红萝卜》，获得了一些名声。那个时候，正是新时期文学的黄金时代，写小说的人多，关注小说的人也多。那时的《小说选刊》在作家和读者的心目中，享有很高的地位。一个初学写作者，如果作品能够被《小说选刊》选载，马上就会引起人们的注意，如果连续有两三篇作品被选载，那他或她，几乎就可以堂而皇之地将作家的桂冠戴在头上了。这样的地位，这样的效应，今日自然不可重复，但想起往日的辉煌，还是让人欣慰和感慨。

那时候我还比较年轻，经常做一些愚蠢而浅薄的事情。我做过的诸多馊事之一，就是曾经给《小说选刊》编辑部写过信，希望能选载我的《透明的红萝卜》。《小说选刊》没有理睬我。我相信在那个年代里，《小说选刊》每天都可能收到这样的信件。《小说选刊》有自己的标准。一个作者，写信推荐自己的作品，虽然也是合法行为，但总是不那么光彩。这件事一直是我的心病，早年曾经对朋友说过，现在借这个机会公之于众，也就等于把这块心病去了。

《小说选刊》虽然没有选载我的《透明的红萝卜》，但选载了我的《红高粱》，并且附上了李陀等人的评论，造成了很大的影响。粗粗地回忆一下，截至到目前为止，《小说选刊》选载过我的作品有《大风》、《猫事荟萃》、《蝗虫奇谈》、《沈园》、《拇指铐》、《木匠与狗》、《牛》、《三十年前的长跑比赛》、《我们的七叔》，也许还有其它的篇目被我遗忘，但这已经足够证明，《小说选刊》对我是很关注的，对此我深表感谢。更让我感动的是，今年，《小说选刊》增加了一个原创作品栏目，我的《火烧花篮阁》得以首篇发表，尽管这第一把火烧得似乎没有像原初设想得那样猛烈，但幸好有‘抛砖引玉’的说法，后来的作品，必将使这个栏目，呈现出鲜明的创新姿态，提醒着原创的意识，使我们的小说，出现真正的百花齐放的局面。

新世纪的《小说选刊》，无论怎么努力，大概也难以再造上个世纪八十年代文学勃发时期那种辉煌，但作为一个经过了二十多年风风雨雨的刊物，已经成熟，并且表现出来自己的独特风貌。这种披沙拣金的精神，这种追求原创的姿态，都将使这本刊物不同凡响。今日的青年作者，作品如果被《小说选刊》选载，虽然不会像我们当年那样欣喜若狂，但心中肯定还是高兴。因为，这表示着他们的创作，得到了一种带有某种程度的权威肯定。今日的那些已经成名的作家，如果作品被《小说选刊》选载，心中也还是会欣慰的吧？这是我个人的经验，不一定带有普泛的意义。

图书在版编目（CIP）数据

会唱歌的墙 / 莫言 著. -- 北京 ：作家出版社，2012. 11（2016.5重印）

（莫言文集）

ISBN 978-7-5063-6675-5

Ⅰ. ①会… Ⅱ. ①莫… Ⅲ. ①散文集－中国－当代 Ⅳ. ① I267

中国版本图书馆CIP数据核字（2012）第241778号

会唱歌的墙

作　　者：莫　言

出版统筹：第二编辑中心

出版策划：精典博维

责任编辑：懿　翎

特约编辑：红　雪　陈颖琦

装帧设计：博雅工坊·肖　杰

出版发行：作家出版社

社　　址：北京农展馆南里10号　　邮　　编：100125

电话传真：86-10-65930756（出版发行部）

86-10-65004079（总编室）

86-10-65015116（邮购部）

E-mail:zuojia@zuojia.net.cn

http://www.haozuojia.com（作家在线）

印　　刷：北京明月印务有限责任公司

成品尺寸：152×230

字　　数：280千

印　　张：24.5

版　　次：2012年11月第1版

印　　次：2016年5月第5次印刷

ISBN 978-7-5063-6675-5

定　　价：33.00元